时间的斑点
新世纪世界华文小说的问题与阐释

戴瑶琴 著

Spots of Time
Issues and Interpretations of Overseas
Chinese Literature in the New Century

上海社会科学院出版社

本书是国家社科基金"新世纪海外华文小说的中国艺术思维研究"(21BZW135)阶段性成果

抵抗遗忘：新世纪海外华文文学
（代序）

1965年，小说《又见棕榈，又见棕榈》的发表成为北美华文文学发展史的标志性事件。牟天磊无比感伤的那段话"没有具体的苦可讲……那是一种无形的东西，一种感觉……我是一个岛，岛上都是沙，每颗沙都是寂寞"①，回旋于20世纪近40年的海外华文文学史。白先勇称於梨华为"没有根的一代"代言人，而"融不进去"的"文化隔膜"成为海外华文的创作母题。2003年，物理学家杨振宁以亲历者身份对於梨华小说的阅读体验，收入《在离去与道别之间》为序："几十年来，於梨华以几代台湾来美国的留学生的性格、经历和心理状态为题，写了极成功的长篇和短篇小说。几十年来，她，和她的几代留学生们，累积了甜的、苦的、欢乐的、痛苦的、触及灵魂的人生经历。当然她的读者们也同时累积了多种人生经历，她们和他

---

① ［美］於梨华：《又见棕榈，又见棕榈》，江苏文艺出版社2010年版，第78页。

们会从这本小说中看到她们自己和他们自己的影子。"① 2020年5月1日,於梨华在美国辞世。她见证了美华文学发展,小说确立的两个基础事实——"隔"与"无根",牵动中西比较的宏大论题,被后续的华文文学创作者不断夯实,不断推进。

新世纪二十年间,北美华文文学表现出两次题材转折(他国故事—中国故事—他国故事)、两拨作者接力(台港地区留学生/内地新移民)、两个国家创作力量消长(美国/加拿大),新颖的文学构思、艺术立场和生命阐释得以交流互通。但美华文学学术史,存在散点式与突现式的研究事实。我选择"作者—写什么—怎么写"的简单逻辑,对美华文学的亮点实施拢合及整合,阐释其创想与创新、狭隘或保守。

美华文学形成了相对完整的代际序列,每个"身份共同体"都已储备代表作家。代际划分固然是比较粗放的,但其昭示的创作接力显现华文文学的良性稳态发展。若抛开"新生代"概念的特定指向,而仅圈定"新",二十年间每一次代际更迭都是以重新"融入"的姿态出场,携带个性化的文化理念和文学野心。

20世纪70年代末,"新移民文学"崛起,与"留学生文学"相比,写作主力从台港地区留学生转向内地留学生;创作者布局"落地生根"后的生活景况。21世纪初,"新移民文学"创作群在拓宽,它逐步与"留学生"脱钩,一方面是"留学生"离开校园走向社会,一方面是不同背景的"新移民"加盟华文文学。人生经验的充实,叠加文学作品的现实意义,继而

---

① [美]於梨华:《在离去与道别之间·序》,二十一世纪出版社2003年版。

活化为生活的广度与人性的深度。严歌苓、张翎、陈河是最具有辨识度的美华作家，也是学界研究、跟踪最多的作家。他们并非纯然文学"新人"，以相异的题材、技巧和审美，建构个体辨识度。而"60后"中生代，对他国生活的职业化和专业化的开发，印刻美华文学的微观路向。

2010年前后，"70后"作家开始发力。他们中一部分是在中国内地已有知名度的创作者，移居北美后继续写作，一部分是纯粹文学素人。无论是中国故事还是他国故事，他们重视其背后指向的问题意识和时代精神。"70后"引发的新变，并非仅仅从作品中反思与质询社会现实，而是他们坚持主动探寻并质疑的行为本身，折射出对独立思考与自我表达的尊重和坚守。近年，"90后"作者群已然显现，但他们会给海外华文文学制造怎样的新意，还需要通过一定数量作品来检视。

"中国故事"是新世纪以来世界华文文学领域的创作亮点。作家从对异国故事（现状与问题）的白描，转向对中国本土叙事资源（历史与文化）的调度。於梨华、白先勇、陈若曦、丛甦等从家国切入，建立"无根"乡愁美学。20世纪80年代新移民小说的贡献是反思"无根"的原因，通过回国"寻根"的方式求解，将人生观、价值观、文化观等深度思考纳入对"无根"现状的考察。它与中国内地"寻根文学"交集于相似时间节点，海外和内地，不谋而合地形成"寻根"想法呼应，但提出的问题与解决的问题并不相同。90年代"新移民"的"中国故事"，多为50—70年代的家族故事，个人经验与时代经验缠绕捆绑，但缺少些创新及锐见。近十年世华"中国故事"以理性思考取代感性叙述，强调对普通生命的敬畏与尊重。

严歌苓对"中国故事"具有重大贡献。她开启一种写作模式，也固化了一种写作模式。这个固化，主要是指她的成功对其他作家的示范意义。严歌苓持续延展"中国故事"的表现层面，在历史/现实、家庭/社会、个人经验/时代热点、既有困境/当下境遇等多重逻辑关系中进行转换；从作品角度，小说具有独特的问题视角和稳定的情感流向，特别是人物塑造的重点与叙事节奏的拐点，都经过精心设计。

同样面对"中国故事"，"50后""60后"从空间交错、史实并置中探索文化寻根，而"70后"华人作家更青睐从民间和都市面临的具体问题中讨论中国现实民生，从艺术元素的具象写照中反观中国文化生态，进而推演21世纪中动态化的"失根—寻根"所引渡的文化反思、文化接受、文化互通。"70后"笔下的"中国故事"更是出现关注对象的平移，从"父亲母亲"转向"哥哥姐姐"。可是"中国故事"又形成充满默契的漩涡，数量快速生产、新意反复消耗，"扎堆"现象反证出"他国故事"急剧收缩。受众的阅读经验依然定格在"新移民"个人奋斗史，移民一代"落地生根"后的生活经营，移民二代的当下诉求，无法获悉新情况和新问题。

我感受到创作者似乎更愿意经营故事，而感情的处理则相对匆促。"具体到人、到群、到世界，小说在刻画着紧张，宣示着矛盾，表达着对立，唯独不书写平庸。我姑且称之为平庸，是因为生活中的很多故事就是特别寻常的，平淡到写进小说里，甚至会让人觉得匪夷所思。陀思妥耶夫斯基曾说生活比一切构思都离奇，生活它在自然地发生，而构思难免人工的痕迹。"① 大开大合的中国故事，跌宕起伏，但"落地"困难；人物纷繁攒动，但女性人物比重太大，外国人形象始终模糊，甚至可以说，核心人物在身份、行动、经验上的脸谱化、概念化趋向已经显现。作品传达的表现欲较强，急切地想说出主题、技巧和立场，表明各种新发现和新探索，无形中造成作品十分"紧张"，"真"也都被"急"给逐层剥离了。

中西文化比较是北美华文文学无法绕开的议题，而继承与创新是创作者需要直面的"怎么写"问题。具体到"中国"书写，不同"身份共同体"的华文作家，事实是一种本能反应。新移民文学的前二十年，美华文学几乎都在重复"边缘"论题。时间在淡化隔膜感，近十年它试图解决如何写作"在地"。当前中西双向审视，其更重要意义是"新移民文学"从"他者"（西方）反观"自我"（中国）的思考惯性被打破，转换为"自我"（华人新移民）观审"他者"（西方本土）的思路。

新世纪初小说创作，作家曾为中西比较找到了一个源发于空间的落点——"交错"，它一度成为"新移民文学"的叙事范式，甚至存续在当前海外华文小说里。加拿大华文作家张翎因一部《交错的彼岸》成为"交错"的技术代表，需要明晰的是，"新移民小说"中绝大部分"中国故事"实际都是"交错"结构，而张翎对于中西"交错"的运用主要集中于早期三部长篇：《望月》（1998）、《交错的彼岸》（2001）、《邮购新娘》（2004）。2017年出版《劳燕》时，她将空间交错（中国/加拿大）置换为人称交错（我/你/他/她），这一转变宣布作者将交错

---

① 戴瑶琴：《心灵隐秘地带的旧轨与新路》，《香港文学》2020年第5期。

的形式性让渡于交错的协同性。空间交错，虽然为学者提供了中西比较的研究便利，但拘囿华文文学的艺术构思。AB平行式文化编码一度成为主流，差异的罗致覆盖共性的挖掘，文化互动后文化互鉴的内在向度，亟待强化。在面向"中国"的时候，创作者找到了乡土。今昔对比，成为最便捷的切入点，现代化对传统的介入并革新，逐步抹去乡土底色。乡土叙事收藏着每一位华人作家的故乡版本，宏阔深广的家国情怀，落实到寻常人家，就是人与家/故土的依存。

正如石黑一雄所说有多元文化背景，渴望成就一番事业的年轻作家几乎会本能地在创作中寻根。他指出了"寻根"的必然性，而哈金则解决了"寻根"的方法，即"寻找自身的传统，缠住伟大的对手"。海外华文文学，在中西文化比较中无法回避的最基础、最核心问题就是如何理解并阐发中国传统文化。从客观上看，我们自身的文化传统，还没有获得扎实研究，艺术思考更只是浮光掠影地流转于形式。

波兰作家托卡尔丘克提出"星系"写作，"星系"概念，有时空观、有包容度、有开放性。新世纪二十年，文学思潮、文学社团、文学人物和文学作品，就如一个个星子，结构出北美华文文学星群，先行者在陆续离场，创作者不断消失、闪现、交接、聚合。应该说，相当数量的研究者会产生价值低判，不自觉地设定潜在他者是整个中国内地当代文学上。从本质上看，北美华文文学就是区域性，怎可能持续出现、成批出现重量级作家作品？它所能呈现的是某几位代表性作家。局部和整体的对比，逻辑是不合理的。与此同时，创作者自然也需自行搁置"速成"期待，文学创作需要常年的积累与打磨。但美华文学经典化确立是一项很有价值的研究工作。

我想特别提起2000年出版的《中国留学生文学大系》,从某种程度上说,它也在为21世纪北美华文文学开篇,整理了过往的创作实绩,扶植了年轻的创作力量。如今我们再回溯其作品,更能捕捉住美华文学进阶,切实感受作家风格的突变、家国情怀的流变、题材热点的转变、艺术审美的渐变。

2008年初版、2018年再版的《异旅人》回归留学生故事,关照亚裔群体,他们不再失魂落魄,却难免荒腔走板。隔膜,依然存在,他们因生命力过强或过弱,表现出与世界不够融合:"算了,装什么多愁善感,我是什么人自己还不明白吗?""留学生"心态的转变,表现为由孤岛"谪仙"、丛林中伺机而动的猛兽,变为"冲着笼子奔跑的熊猫"。困境,在新一代亚裔留学生的世界里,是悉数接纳和果断取舍。

这部书所论及文本多为近年新作,我在确定篇目的时候,是因其题材或艺术的独特性,比如故土、在地、都市、科学、跨界、感官联觉,更是因其普适性的情感质。伊伯特在《伟大的电影》中说,"一些流传下来的,能够为我们一看再看的电影,没有崇高的题材,亦无错综复杂的叙事手法。它们之所以流传下来,有时只因为它们像利箭一般,直刺我们的内心"[①]。这些小说是以耐心、从容且真诚的写作,驻留于华文文学世界的作品。此时开启的细读,是一次对文学实绩的整理,是一场心灵的怀旧。创作者以一个被定义的"海外华文作家"身份在

[①] [美]罗杰·伊伯特:《伟大的电影2》,李钰、宋嘉伟译,广西师范大学出版社2020年版,第400页。

孤独地写作,何时可以不在文学期刊的年度性专辑中集体出场?海外华文文学的发展困境是只有预设,没有等待,更缺乏期待。

　　坚持华文写作,坚持华文研究,说到底,都是抵御遗忘传统的一条路径。

目 录

1　抵抗遗忘：新世纪海外华文文学（代序）

第一辑　文学是思维的形体

3　**在地性**
　　《流俗地》的圈层结构

19　**乡土写作**
　　"长江"系列之《大江》

41　**技术流**
　　张惠雯新作的人像新变和印象技法

60　**地球人**
　　"住"在世界

80　**推理核**
　　日本华文小说的辨识度

99　**科学思维**
　　生产小说的化学反应

118　**都市法则**
　　东京等待被言说

129　文史互渗
　　　中国叙事·历史叙事·年代叙事

143　性别书写
　　　海外华文女作家创作的旧轨及新路

152　自我认知
　　　在享受与厌倦缠绕的情绪中，辨析自我内外的融与斥

第二辑　抵达故乡的一种可能

165　如何习惯不由自主的命运

171　故乡，在夜里，舒活筋骨

176　家的狂想曲

182　温州"反骨"

187　成长的路径

193　时间之流

199　超脱离去和归来的阈限

206　"新"的女性与女性的"新"

212　岛，有形的与无形的

218　一张天罗地网

第三辑　"新移民"如何自处？

227　逐"梦"之后

232　《胭脂》的写作策略

239　既然黑夜已经来了，那就这样吧

246　弧线:"八十七"的谜底

252　董先生家的后院与春风旅社的天台

258　逼真的虚构与幽暗的纪实

265　心灵秘境

270　涨潮和落潮之间

第四辑　十年

279　小说之势

286　小说之镜

292　小说之念

300　小说之谜

309　小说之眼

318　小说之新

327　小说之力

339　小说之维

350　"有情"的文学：海外华文小说五年综述

363　参考文献

368　后记

第一辑
文学是思维的形体

在地性
《流俗地》的圈层结构

　　《流俗地》是黎紫书回归现实主义的创作转型,"在地"书写保持人—家庭—社会的圈层架构,但其写作落点已由专注私人体验转向关怀社会生态。从时空视角分析,"楼上楼"与"百子柜"是一组核心意象;从生活视角分析,"盲"和"网"是一组核心意象。"楼上楼",楼高二十层,它是一座密匝的组屋,以户为单位,既恪守父子、父女、母女、兄弟的亲情伦理向内探进;又通过接纳华人、马来人和印度人向外协同敞开。"百子柜"——排列有序的抽屉,有条不紊地收纳关涉时代/地域/个人的马来西亚浩瀚记忆。银霞因视盲,被命运安置于可以通达真相的"听",所有人间秘密皆化为气流,钻入其耳道,在组屋绵长的滴水声中、灯管内飞虫的噼啪声中,银霞对人世的探索欲被不断调动。而古家作坊式的编织劳作,隐喻着她又能将其掌握的故事,悉数封锁。"绝大多数人给自己定位的方式是找出城市尺度的两个极端,也就是城市的名字和自己所住街道的名字。尺度上的两个极端似乎显示出人们有一种普遍的倾向,即生活在两个距离很远的思想境界中——高度抽象化的思维和具体的答案。"①"流俗地"真实含义,应是锡都(抽象)和组屋(具象)的组合,黎紫书以记录家乡怡保多族群的凡俗人生为创作目的。

"华人亲缘是华人文化模板的主色调,主要包括地缘纽带、血缘纽带、神缘纽带。虽然这些组织都源自中国本土,而且因历时久远已经深深地扎根于中国大陆本土社会,但是,它们被灵活地加以应用,不是严格复制中国社会的古老模式,而是作为具有一定灵活性的模板,适应了海外华人在当地社会千变万化的环境中谋求生存发展的需要。"② 黎紫书笔下三大圈层,是地缘、血缘和神缘的某种变体,相当数量海外华文小说一直在讲述中国文化的"落地",其重心在文化传播,而《流俗地》特色是展示"落地"后,多元文化在微观层的沟通过程,即文化涵化,其中华文教育和民间信仰成为创作者思考的切入点。

1. 生活圈层

马来西亚怡保是《流俗地》实地,小说描绘华人、马来人和印度人的聚居共存,因此,《流俗地》并非只是一部单纯的华人移民史,而是一部扎实的马来发展史。

段义孚界定及阐释的"恋地情结",对深入理解《流俗地》有启发性。他肯定"恋地情结是关联着特定地方的一种情感。

---

① [美] 段义孚:《恋地情结》,志丞、刘苏译,商务印书馆2018年版,第286页。
② [美] 孔飞力:《他者中的华人——中国近现代移民史》,李明欢译,黄鸣奋校,江苏人民出版社2016年版,第162页。

在对这种情感的本质进行分析之后,我们将转而去探讨能为恋地情结提供意象的地方与环境之特征,所以,这种情感远远不是游离的、无根基的。尽管环境能为恋地情结提供意象,但并不意味着环境对恋地情结具有决定性的影响,也不代表环境拥有强大无比的能唤起这种情结的力量。环境可能不是产生恋地情结的直接原因,但是却为人类的感官提供了各种刺激,这些刺激作为可感知的意象,让我们的情绪和理念有所寄托。感官刺激具有潜在的无限可能性,而每个人的脾气秉性、目的以及背后的文化力量都决定着他在特定时刻所做的选择(爱或价值观)"[1]。"恋地情结"虽然紧扣"地",可它不是由具体的"地"决定,而是由个人特质和文化传承联动而激发。由此佐证黎紫书小说"在地性"根植于文化浸润和生命情感,即《流俗地》"是以我的家乡马来西亚怡保为背景,书写一群平凡不过的人和他们凡俗不过的人生。……虽然这小说充满了马来西亚的地方色彩,但真正在写的是在这土地上的人,我相信读者们一定能在这些人生存的状况和姿态中,找到许多人性的共通点,对它有所共鸣,并且被它打动"[2]。"楼上楼"是困顿年月的见证,也是族群相濡以沫的情感图腾,它储备超越种族的朴素共情——经时空打磨、由人际培育、由文化规约。

城与家是生活圈层的两大要素。黎紫书笔下的家庭具备一定共性。整理其作品的家庭模式与生活空间可以发现(见表1),她通常建构问题式原生家庭:"失父"状态和代际冲突。居

---

[1] 段义孚:《恋地情结》,第168页。
[2] 和光读书会:《〈流俗地〉:生于落俗,安于流俗》,《香港文学》2021年第8期。

所沉陷黑暗，表现为病菌、白蚁、潮湿、幽闭、阴冷、局促、阴森、昏暗、灰暗、狭窄、幽暗、阴霾、密匝。《流俗地》虽沿用此情境，但"近打组屋"又传达新质，它正以集体空间形态，包容个体空间各异性，小说暗示昭示生机的光，一直从每户人家的门缝底下溢出来。"楼上楼下左邻右里，无时无刻不充满了日子的气息。小时候父母只让她在组屋用铁丝网圈定的范围内活动，后来她长大，组屋的围篱改成了砖砌的矮墙，但只要有可靠的人做伴，母亲便同意让她出门，最远可行到坝罗华小和人民公园一带。她也曾偷偷越界，横越车水马龙的休罗街，到旧街场另一边去吃豆腐花和鸡丝河粉，甚至远行到新街场，买了她一直想吃的葡式蛋挞。"[①] 黎紫书在描摹银霞、细辉、拉祖的独立家庭时，保留先前"黑暗叙事"，但在打造家庭网络时，她调动"光明叙事"。事实上，黎紫书之所以有调整是因其之前创作一直着眼于写个人与个人家庭，《流俗地》需要关照不同族群的共同生活场域。幽暗环境孵化丰富的生存刺激，催动华人、马来人、印度人对锡都的主动适应，而在漫长的适应过程中，他们必须学习如何互相依存，更多人性共通点就从生活流浮显。

表1

作品	家庭模式	生活空间
《疾》	父亲常年离家；母亲离世	病菌飘荡的小屋
《蛆魇》	生母通奸；生父服毒；阿爷阿弟乱伦	白蚁蠕动的老屋

---

① ［马来西亚］黎紫书：《流俗地》，北京十月文艺出版社2021年版，第113页。

续 表

作品	家庭模式	生活空间
《流年》	重组家庭；重男轻女；兄妹不和	潮湿封闭的屋子
《浮荒》	父母双亡；和细姨生活	幽闭阴暗的小楼
《天国之门》	父亲出轨；父母双亡	阴冷的房间
《无雨的乡镇》	父亲常年离家；嫖妓	狭小局促的旅馆
《告别的年代》	父亲不在场；母亲去世	阴森的妓院
《裸跑的男人》	父亲不在场；独居	昏暗的小阁楼
《推开阁楼之窗》	生父失德；继父病态；母亲失行	封闭灰暗的妓院阁楼
《卢雅的意志世界》	父亲常年离家；母亲抑郁；家中举债	狭窄的双层排屋
《把她写进小说里》	母亡；父亲弃家；和孤嫂生活	终年幽暗的屋子
《某个平常的四月天》	重男轻女；父亲出轨；母亲冷漠	阴霉潮湿的房间
《流俗地》	母弱；视盲；无教育权	密匝组屋

垂直结构的"近打组屋"（楼上楼）是生活圈地标。"组屋巍峨，像是背着半边天；无论日升日落，太阳攀爬或滑坐到了哪个角度，店里也总像灯下黑，大白天依然光线不足，日照稀薄得像鱼缸里飘浮的微生物。"[①] 段义孚以中世纪垂直式建筑为研究对象，分析其与宇宙观的关系时提出："一种文化历法中如果有循环往复的节气，则很可能孕育出一种垂直分层的宇宙观。

---

① 黎紫书：《流俗地》，第113页。

人类倾向于形成垂直分层的空间观念，并形成循环往复的时间观念，这依赖于由人的本质属性产生出的一种独特的视角，即能从具有隐喻性的感知中辨识出这种垂直维度。人类的本质具有两面性，可以扮演两种角色：一种是世俗的、社会的，另一种是神秘的、神圣的，前者与时间相连，后者超越了时间。"[1] 马来西亚华人社区保持中国传统节气观，传承中国民间信仰，由地缘、亲缘、血缘维系的生存群落，传神演绎华人世界的世俗性和神秘性。梁金妹抱怨"那地方风水不好，一大撮白鸽笼，把人和鬼都困在里头，谁也出不去"[2]。但银霞认为"孤魂野鬼相对而言倒是都孤僻安静，鬼与鬼之间从不串联，也不结党，与她们共治一炉似乎没有多大的难处。有的时候，她甚至觉得这些鬼魂如熟人般可亲"[3]。

盲女银霞的梦游正是往返阴（神秘）阳（世俗）两界的涉渡之舟。黎紫书将开启故事的机关设于梦境。猫和梦，紧密联系为一体。猫，作为一种声源提醒，其功能如同克里斯托弗·诺兰电影《盗梦空间》里的陀螺，协助银霞区分梦境和现实，它既把控银霞思绪的纵深推进，又在她承受心理压抑机制的反噬时，锐利地刺破虚幻。

2. 性别圈层

无论是锡都还是近打组屋，在奢侈光线中，底层女性只配

---

[1] 段义孚：《恋地情结》，第195页。
[2] 黎紫书：《流俗地》，第110页。
[3] 同上。

享有一抹。严苛处境没有为其发展留有余地,小说中马票嫂、莲珠、蕙兰、婵娟皆如飞蛾一般,"每一有光,便哀哀鼓噪"①,绕着日光灯耗尽它们短暂的飞行。在相对单纯的声音世界,母辈如萨朗吉,沙哑且忧郁;银霞如西塔琴,柔美且神秘。在欲望肆意的视像世界,权力利用了女性的毫无戒心,她们被动压下一切触及爱和理想的个人诉求。银霞不是明亮宇宙里黑暗的那一个存在,而是漆黑无明世间中光芒的指引。

小说建立独特的性别圈层,黎紫书条分缕析地揭示底层女性的上升通道是如何被一一关闭的。回到根本,女性困境源于家庭和社会的双重施压。马票嫂、婵娟、银霞三段独立的校园经历,皆为殊途同归的失败,宣告马华华人女性无法借力教育拯救自己。失学失业后,她们重新被推回底层野蛮生长。马票嫂在密山华小退学,银霞被坝罗华小拒绝,源于学校对家贫和残疾的歧视。"许多年后马票嫂对谊女银霞说起这童年往事,说得戏剧感十足,忍不住拍了拍自己的大腿哈哈大笑;笑得眼角挤出泪水,那泪流到她的嘴角,被她伸舌舔了去。银霞想陪她一起笑,无奈心里揪成一团,只觉五味杂陈,仿佛那故事里也包含了她自己的身世,便无论如何弄不出一张笑脸来。"② 为改变命运,她们被迫另谋他径。"银霞终究也是不甘寂寞的,也想办法走出去,让她那黑暗的世界多有些内容,不像以前那样终日死守楼上楼。前两年她到盲人院学习,细辉偶尔与拉祖结伴到密山新村去探看,后来慢慢疏于走访,银霞的心也渐行渐远,

---

① 黎紫书:《流俗地》,第192页。
② 同上书,第117页。

一整天记挂着盲人院里的书记和打字机，见面时与他们说的也尽是院里的人事，好像恨不得住到那里去。"① 但随后盲校的突发性侵，彻底切断华人盲女继续受教育的可能。正因为肇事者身份成谜，盲人院里华人、马来人、印度人、英国人皆有可能，小说尖锐指向男性对女性自我塑造的一次直接封锁。因女学生受校园霸凌自杀，女教师婵娟被迫辞去教职，以平息舆论。她从此彻底放下"读书人"身份，回到"事头婆"（老板娘）地位，但"三魂七魄不知少了哪一块"。莲珠的遭遇证实女性无法依靠男性权力成就自己。"莲珠当年初嫁，虽已二十六岁了，却明艳照人，犹如一辆刚落地的新款车，每天被拿督冯带出门去炫耀一番。她先是在各种不同名堂的酒宴上亮相，被簇拥在一群手握酒杯、身着长袖巴迪衫的商贾和政要之间。"② 莲珠的地位因被"物化"而提升，虽然能站在拿督冯的身边，却只被金屋藏娇。大辉残忍点明："取个英文名字就会高贵一些吗？你一个渔村妹，浑身臭鱼腥，改名为萝丝就能变玫瑰？"③ 蕙兰论证女性无法用虚幻的爱拯救自己。她卑微地全身心爱着大辉，"她这一辈子只这么一回豁出去，为一个男人挖空心思，施尽浑身解数"④。但她未收获对等尊重，丈夫吸毒、家暴、出轨，不断消耗其全部的宽容与深情，最终她决定不再忍受，从心底深处，连着撕裂的血肉，将无比信奉的爱连根拔除，大辉如同行李箱一般被她从生命里扔掷出去。"女人只怕被男人占

---

① 黎紫书：《流俗地》，第154页。
② 同上书，第67页。
③ 同上书，第60页。
④ 同上书，第212页。

便宜呀。"① "流俗地"所有女性，一切历劫皆由男性施事者操纵。

黎紫书作品里父母设定存有相似性（见表2）。女性无法从异性和同性中获得保护和支持。《流俗地》倾向将男性作为女性他者，敏锐提示占据性别优势的男性，也依然无法在马华完成自我实现。失败根植于内耗，一方面是自我放纵，缺乏勇气与能力，年轻力量如大辉放浪、细辉庸碌；一方面是族裔偏见，深陷利益缠斗，唯亲缘论，印度裔拉祖在华人社区被害。相反，女性生命力更顽强，同时心理素质更稳定，但她们没有向上攀缘的社会条件，随时遭受来自男性的打压。应该说，黎紫书秉持中性立场，对两性皆有批判，聚焦女性求存，她既强调异性的阻挠，又不隐讳同性的牵制。文本创造条件，如保密与倾谈，试图建立马票嫂、莲珠和银霞之间的理解与支援，但联盟匆促破防，究其原因，根深蒂固的保守横亘在两代之间，难以消融。小说犀利揭示姐妹情谊有条件、有情境、有原因。

表2

作品	子辈	父亲	母亲
《疾》	我（女）	父亲离家；胃病；脚烂；老年性痴呆	出走，悲苦
《蛆魇》	我（女）	生父自杀；继父通奸；祖父乱伦	粗俗；妖媚
《流年》	纪晓雅（女）	父母离异；继父丑陋	肥胖松垮
《天国之门》	林传道（男）	父亲出轨，车祸死亡	歇斯底里、悲愤咆哮

① 黎紫书：《流俗地》，第258页。

续　表

作品	子辈	父亲	母亲
《告别的年代》	我（男）	父亲缺席	处心积虑
《推开阁楼之窗》	小爱（女）	生父抛家；继父病态	轻佻浪荡
《把她写进小说里》	蕙（女）	父亲弃家；逃亡	形容枯槁；阴森
《卢雅的意志世界》	卢雅（女）	离家；铺张；债务	积郁
《某个平常的四月天》	肖瑾（女）	通奸；重男轻女	消瘦干瘪
《流俗地》	银霞（女）	懦弱；重男轻女	漠视教育

"银霞从小就这个性，倔，要强。正因为这样，尽管天生残缺，她却不乐意像别的残障人一样，待在家里接零活，做散工。"①《流俗地》结尾，盲女银霞从丰饶梦里将往昔苦难一径掐断。"巴布理发室"一章，"对弈"的细致描写，是银霞一生都将落子无悔的伏笔。她成为一名德士电台的接线员后，每天首先清点整个锡都的心律。黑暗和光明交替，飞蚁与人群，都会一再重复关乎命途的各种逃离和回归。热情无法根治观念的昏聩，信念无法扭转女性的弱势，决意与磨难和解的银霞，一度流连梦境，又疲惫地寻迹走出。"你看，我什么都没有！银霞对着眼前这漆黑的世界，以及那溶解在黑暗深处的母亲，哭喊起来。"②黑暗在梦与醒之间，先被稀释，再被重聚。

---

① 黎紫书：《流俗地》，第9页。
② 同上书，第129页。

3. 文化圈层

"流俗"的一个重要表征是马来西亚的华人民间信仰,其神祇多为人物神,祈愿具有极强的功利性,祈求"有灵必求""有应必酬"。"东南亚一直是宗教、文化和商品贸易的相互交汇之处。从印度传入的佛教和印度教与东南亚的本土信仰相互交融,成为当地统治者及其宫廷的精神支柱,并且经由各地乡村的寺院庙宇进一步在普通百姓中传播。"[1] 多元宗教和多元文化是马来西亚的特性,林连玉在"第一届华文教育节宣言"(1955)里强调"我们应当坦白地承认,现代国家的形成,地域主义重于血缘主义。我们华人拓殖南来,食此毛,践此土,当然要永久住于本邦,成为本邦的国民了。但是却要明白,我们是以效忠诚,尽义务,换取生存权利的保障,并不是卖身投靠,应当忍受牺牲的。因此我们敢大声疾呼,我们的文化,就是我们民族的灵魂,我们的教育机关,就是我们的文化堡垒,我们要秉承与传递我们先哲的教训,我们的生活,才会过得美满与愉快,在这民族复杂的地区建国的铁则,就是和衷共济,共存共荣。"[2]

《流俗地》形容坝罗华文小学与坝罗古庙为一枚硬币的两面,这喻示锡都的文化特殊性,即华文教育和多元宗教一体化。"人类学家们阐释了文化元素如何被重新配置与拼装,以强化在远离故乡的地方凝聚社会群体的力量。其中'过程与原则'尤

---

[1] 孔飞力:《他者中的华人——中国近现代移民史》,第4页。
[2] 同上书,第317—318页。

其值得关注。移民们在努力适应新移居地之生存环境的奋斗中，依据现实需求，从他们所谓正规的社会母体中抽取其所需要的文化元素，付诸实施。"① "纵观中国人海外移民的数百年历程，可以看到在移出地与移入地之间长期延续着条条通道。此类通道并非如丝绸之路那样显现于现实的地理空间，而是经由潜在的亲缘乡缘之关系网络编织而成。通道的构成元素一是实质性的，即人员、资金、信息的双向流通；二是虚拟性的，即情感、文化乃至祖先崇拜、神灵信仰的互相交织。"②《流俗地》准确地以民间信仰，阐释中华文化元素在马来西亚重置且拼装的"过程和原则"。

神与鬼共同化入当地人精神世界，敬畏是全体华人、马来人、印度人的基本心理，由此推断，神鬼并非小说刻意指向的魔幻现实主义，而是真实社会图景白描，神鬼实现民间信仰的具象化。"锡都是个山城。岩壁上的山洞被开辟成石窟寺。……三宝洞南天洞灵仙岩观音洞，栉比鳞次，各路神仙像是占山为王，一窟窿一庙宇，里头都像神祇住的城寨，挤着漫天神佛。洞里由太上老君坐镇，再沿着洞壁一路布置，让玉皇大帝西皇祖母协天大帝观音佛祖财帛星君吕祖先师关圣帝君和大伯公虎爷公……"③ 中国民间视玉皇大帝为万神统治者，尊崇西皇祖母生育万物、协天大帝忠义护国、财帛星君财福亨通、吕祖仙师三界十方无求不应。同时，民间信仰显现不同族群的文化对话。马来本土的"拿督公"（原型为马来地方保护神"科拉迈"，马

---

① 孔飞力：《他者中的华人——中国近现代移民史》，第197页。
② 同上书，第444页。
③ 黎紫书：《流俗地》，第1页。

来语"Datuk Keramat")与坝罗古庙的大伯公("福德正神"、华侨先驱)同为"土地神"供奉。

《流俗地》呈现的生礼和丧礼皆承载社交功能。"百日宴""满月宴"、奀仔丧事、梁虾丧事、梁金妹丧事、何门方氏丧事是小说详细刻画的家族集聚,其更重要意义是传递合久必分、分久必合的讯息。"从近打组屋搬走以后,能把昔日邻人都召来聚首的,唯有家中的红事白事。"① 丧礼既创造昔日邻人聚首叙旧的机遇,又披露困境已渡后,人际情感必趋疏远的事实。梁虾丧事,"男女老幼围了好几桌,依然东家长西家短的,桌子上堆满了花生壳,听在她耳中热闹得几乎有点喜庆的气氛"②。梁金妹丧事,"这种聚会的调子便不一样了,人来得零落,也少有谁带着孩子;无孩童活蹦乱跳满场飞,便无大呼小叫,连念经的道士也死气沉沉,铙钹声有一下没一下,听着徒觉欺场"③。何门方氏丧事,"像是在高级俱乐部里享受下午茶,宾客们无不自觉地降低音量说话,变成了三三两两交头接耳,满场窃窃私语"④。"住在一个社区里面的居民不会感到这个地方有什么独特之处,除非他们去接触周边的区域;但如果他们过多地接触和了解外埠地区,他们体验自己的世界、自己的社区的机会就会变少,从而这个地方也就不再能成为一个真正的社区了。"⑤ "楼上楼"对于居住者而言,是一个过渡住所,它聚拢此时的困厄人群,一旦其找到脱困方法,那么组屋解体成为必

---

① 黎紫书:《流俗地》,第306页。
② 同上书,第307页。
③ 同上书,第307—308页。
④ 同上书,第308页。
⑤ 段义孚:《恋地情结》,第315页。

然。亲缘和地缘关系松散，人情日趋淡漠，生礼与丧礼自然滑向向心力丧失的结局。

弗洛伊德提出恐怖是心中被压抑的情绪得到释放，进而让人看到脑海中固有长存的内容。《流俗地》的梦游与法事，皆在实践人／"鬼"沟通。李泽厚说"西方由巫脱魅而走向科学（认知，由巫术中的技艺发展而来）与宗教（情感，由巫术中的情感转化而来）的分途。中国则由'巫'而'史'，而直接过渡到'礼'（人文）'仁'（人性）的理想性塑建。"① "中国文明有两大征候特别重要，一是以血缘宗法家族为纽带的氏族体制，一是理性化了的巫史传统。"② "巫"在中国传统文化中，它体现着"宗教、伦理和政治"的合一。最重要的是，"巫"是一种宗教性的道德，"它本是一定时代、地域、民族、集团即一定时空条件环境下的或大或小的人类群体为维持、保护、延续其生存、生活所要求的共同行为方式、准则或标准"③。《流俗地》中"通灵"场景，环绕着"巫"文化的神秘性、神圣性、仪式性和宗教性。弗雷泽认为"交感巫术原理的一种奇怪的应用是对受伤者实行法术"④。驱鬼法事即有中国巫文化特质，"何门方氏请来方士，那人五短身材，一张脸铁板似的方方正正，穿了件印着肉干行招牌的黄色 T 恤，也不乘电梯，从底层一路登上八楼，来到何家门前忽然双目圆睁；嘴上一声暴喝，脚下一跺蹬！方士上半身一边捏指诀一边念咒语，下半身步罡

---

① 李泽厚：《历史本体论》，生活·读书·新知三联书店 2006 年版，第 165 页。
② 同上书，第 157 页。
③ 同上书，第 49 页。
④ ［英］詹·弗雷泽，刘魁立编：《金枝精要——巫术与宗教之研究》，上海文艺出版社 2001 年版，第 33 页。

踏斗，咿咿哦哦，宛若一场独角戏。待他完事后收回手印，气息已粗，大汗淋漓，两腋一片漫湿，仿佛刚经历了一番苦斗"①。这场法事目的是为细辉祛除顽疾。方士，在职能上体现祭司与巫师的合一。"为了实现愿望，人们一方面用祈祷和奉献祭品来求得神灵的赐福，而同时又求助于仪式和一定形式的话语，希望这些仪式和言辞本身也许能带来所盼望的结果而不必求助于鬼神。"② "鬼是人类生命在死后的续存的人格，以幽灵或显灵的形式出现。"③ 黎紫书多次描写"通灵"，目的是借助不同界域互动，翻转透视人心的镜像。小说里栩栩如生的神鬼世界还有其隐喻，昭示着华人生存处境如冥界般恶劣，底层女性的命运如鬼魂般飘忽。

"归来"实现小说开篇与结尾的呼应，人（大辉）和猫（普乃）的重现夹杂着失望与希望，两者都透露即将开始一场焕新，但这座城市顽固在"光明与黑暗泾渭分明，难以僭越"④。银霞半生纠缠着夺目的灿烂和地狱一般的黑暗。"政府不断在一系列敏感的场合反复强调马来文化的唯一性，包括：反对创办以华文为教学用语的大学；拒绝认可舞狮作为一种民族仪式，尽管华人在庆祝新年时十分看重这一形式；政府还否认华人叶亚来是吉隆坡的创建者的历史地位。这一切激起了华人的强大不满，引发了20世纪80年代的大辩论，主题是究竟何者应当被

---

① 黎紫书：《流俗地》，第104页。
② 詹·弗雷泽，刘魁立编：《金枝精要——巫术与宗教之研究》，第4页。
③ 叶舒宪：《原型与跨文化阐释》，陕西师范大学出版社2018年版，第141页。
④ 黎紫书：《流俗地》，第447页。

接受为马来西亚的国家文化。"① "组屋"时代的社群生活不复存在,但华人群体稳步发展依然步履维艰,社会对全面认可女性始终躲闪。那么新变,是真的新生,而是再次陷入旧轨,小说没有给出答案,可能这正是凡俗的真实态,谁也不能决断未来,只能期待未来。

---

① 孔飞力:《他者中的华人——中国近现代移民史》,第318页。

乡土写作
"长江"系列之《大江》①

"硬边写作"这个词形容李凤群创作,全然不同于厄普代克评价巴塞尔姆运用坚硬的、栗色的词语,她的写作是一种精神苦修,调动个人对土地的所有经验和情绪,扎根长篇,深耕现实主义,四部小说《大江》《大风》《大野》《大望》呈现体系化特色,故事背景设定于"江心洲"场域,故事事件体现为剖面收缩和论题聚焦。若将其进一步细化,《大江》《大风》《大野》贯穿地域—家族—个人的内聚逻辑,落实到人/土地的关系阐释上,三者聚合成"外向型"视野,以农村青年如何走出乡村为主旨。《大望》是"内向型"视野,重新论证人为何从城市回归乡村。四部长篇由此构成人/土地统一体的闭环,合力解析时代与选择的关系、选择与人的关系、人与自我的关系。李凤群为这一系列讨论设立落点为"寻找"母题,寻找希望、

---

① 本文研究对象《大江》(修订版),是由北京十月文艺出版社 2021 年出版的三卷本《大江》。下文统称《大江》。

前途，乃至更深远意义层面的自我实现，但思想内核是人该怎样有尊严地活下去。《大江》第三卷结尾，吴革美慨叹"漫游不息只为寻找立足之地"①，阐明吴家每一代人往返于乡乡之间、城乡之间、陆地与大江之间的根本动因。

《大江》深刻揭示中国农村六十年（1950—2010）的被动变革，无论是守成、逃离还是死亡，都由"心动"率先撬动"江心洲"现有的稳态秩序，乡村被目之所及的"新"或者"利"，怂恿着不得不变。《大江》与路遥《人生》在对农村现实且急迫问题的思考上具有延续性，皆焦虑农村青年因阶层固化而承受的人生固化。《人生》给出的暂时方案是回归土地，《大江》则坚持出走的价值和意义。吴家后人展示农村青年进入城市的丰富发展面向，但小说还是先将"成功"有所简化，提供"走出去"的正向结果。真正城市奋斗篇落地于李凤群2019年出版的《大野》，"在桃"补叙了"革美"离开"江心洲"后，在都市闯荡四年的经历。小说列出"70后"农村女孩的奋斗目标："你更向往自由，你渴望经历一些故事，遇到爱你的人，看重你的人，看看外面的世界，也看看别人怎么活。"②"李凤群对它的价值进行了分析，给出了结论：人都会在自我否定和自我肯定的反复过程中，理解自己、宽宥他人。"③《大江》底色是她对土地的熟稔和感情，不同于"故意性乡土写作"④，它最明确

---

① 李凤群：《大江》（修订版）第三卷，北京十月文艺出版社2021年版，第870页。
② 李凤群：《大野》，北京十月文艺出版社2021年版，第388—389页。
③ 戴瑶琴：《成长的路径》，《人民日报》（海外版），2018年11月21日。
④ 乔治·斯坦纳批评福克纳笔下的传奇是"故意乡土化"，狡猾地偏离同时代事件的主流语境和织体。斯坦纳的解读，指出福克纳写美国南方农村，实质是绕开对人类经验复杂性的思考。李凤群小说是比较纯粹的乡土写作，她是基于个人（转下页）

的辨识度是新世纪问题小说。改革开放文化场内，作品从农村青年的进退、乡土与人的假定共同体、乡镇改革局限性三个维度，提供了21世纪中国长江流域乡村书写的崭新文学经验。

1. 青年问题

《大江》各类悲剧是一种故事表象，家财自杀、大风自杀、二龙和双全的意外、方达林的病逝、家秀的惊恐，都是极端化和扭曲化地应对命运。扑面而来的一场场死亡中，农村青年追求个人梦想的欲望逐步被乡土消耗、磨损、蚕食、压平。希望、失望和绝望撕开"江心洲"精神黑洞，吴革美是吴家四代人中唯一成功者，她在"出走"前，已从他人/个体的境遇互证中，精准预见自己会被"江心洲"既定家庭伦理和处世哲学吞没的过程。

罗兰·巴特提出以名称"层叠"建构认知序列，若将青年成长视为一个集合体，人名是发展过程的清晰节点，李凤群阐述吴家四代青年在抵达独立命途中，想做什么、能做什么、做了什么。吴家义、吴保国、吴革美、吴文以毁灭和蜕变两种方式，挑战"江心洲"陈规。前三者都重视行动，"用尽所有天才"离开江心洲，又坚持回馈乡土。吴文是例外，毅然与乡村切割，以维护居高临下的城乡对话。我认为吴文的思想转变仍

（接上页）丰富且痛苦的生存经验，专注于跟踪和揭示农村根本性问题不断升级中的复杂性，这对于中国当代乡土小说是有重要意义的。

显匆促。吴文实际憎恨乡土，从表面上看，"他身上那江心洲没有的、崭新的、陌生的优越感和对什么都无所谓的气派把江心洲的男男女女全都唬住了"①。他时刻惶恐于血缘真相曝光，惧怕突然一无所得，再次被囚于乡村。"所有的优越都伴随着因傲慢与残酷带来的危险，还有因此导致的敌对的、强迫他人的行为。"② 吴文的离群和沉默，掩藏着滕尼斯论证的力量过度与抵消问题，他若被完全接纳则必须和江心洲完成"意志的相互确认与彼此服务"，"悬浮"状态表明他与吴家也仅是机械结合，从未形成有机体。

吴家义、吴家富、田大龙、吴保国、吴革美是李凤群植入个体真实生活经验后的人物重塑，他们承袭"高加林式"生命困境，倾诉类似困惑、愤怒和痛苦。阎纲在给路遥的信中评价"高加林到底是什么样的人物呢？他就是复杂到相当真实的一个初出茅庐的人物形象。""具有自觉和盲动、英雄和懦夫、强者和弱者的两重性的人物形象。""一个有为的青年难以有所作为，得失荣辱，似在反掌之间。"③ 比照《大江》，吴保国与高加林具备高度相似的人物复杂性和矛盾性。路遥给阎纲的回信非常有启发性，他详细解释把这类人物送到读者面前的原因。回信触及两个农村写作基础议题：即为什么选择城乡问题？农村青年处境如何？

---

① 李凤群：《大江》（修订版）第三卷，第 840 页。
② ［德］斐迪南·滕尼斯：《共同体与社会》，张巍卓译，商务印书馆 2020 年版，第 85 页。
③ 路遥、阎纲：《关于中篇小说〈人生〉的通信》，《作品与争鸣》1983 年第 2 期。

由于现代生产力的发展，又由于从本世纪60年代中期开始，在我们广阔的土地上发生了持续时间很长的、触及每一个角落和每一个人的社会大动荡，使得城市之间，农村之间，尤其是城市和农村之间相互交往日渐广泛，加之全社会文化水平的提高，尤其是农村的初级教育的普及以及由于大量初、高中毕业生插队和返乡加入农民行列，城乡之间在各个方面相互渗透的现象非常普遍。这样，随着城市和农村本身的变化与发展，城市生活对农村生活的冲击，农村生活对城市生活的影响，农村生活城市化的追求倾向；现代生活方式和古老生活方式的冲突，文明与落后，现代思想意识和传统道德观念的冲突等等，构成了当代生活的一些极其重要的方面。这一切矛盾在我们社会的政治、经济、文化、思想意识、精神道德方面都表现了出来，又是那么突出和复杂。①

城/乡互相影响和互相制约变换出生活复杂景况，令《大江》青年感受猛烈的心灵撕扯。匮乏的文化输入造成农村青少年的困局，吴革美因家庭重男轻女，就被武断剥夺受基础教育的权利，仅有文化补给是父亲带回一本《故事会》。水泥船迎来的外界咨询、吴保国的义举和大凤的爱情，动摇她对命运的笃信。吴革美不同于高加林，她坚信教育的力量，肯定知识改变命运，不怀疑教育的有用性，不信奉教育的功利性。

---

① 路遥、阎纲：《关于中篇小说〈人生〉的通信》，《作品与争鸣》1983年第2期。

李凤群不无伤感地描写吴家人既是时代牺牲品又是时代排头兵,她再次肯定个人英雄主义,即对家族和土地的使命感。吴保国和吴革美为拒绝贫穷而反抗。"这两个都自以为用正确方式行事的兄妹,清楚地明白他们自己的行为,他们的宏大的理想对于生活,对于江心洲的命运,对于幸福其实都只是一己之力,只能尽其所能、顺势而为!"① 个人英雄主义的新意辐射向固本和开放两个向度——守住"江心洲"与发展"江心洲"。同时,作者受小说人物自行发展的牵制,又对英雄主义有效性产生了一定怀疑,吴保国入狱与逃离的经历赋予英雄主义以悲情。在保卫家乡和建设家乡两个时段,他都未得到家乡善待,其英雄主义也最终在塌桥事件全面颓败。"断桥"是这场悲剧的具象化,"这座孤零零的断桥、这座侵吞了吴保国一世财富的断桥在黑黢黢的黑夜里,在昏暗的苍穹下,寂寥地耸立着,雨柱从它身上滚滚而下,跌进长江,这座没有完工的桥,像一只伤心的眼睛,注视着吴革美的身影"② 。"断桥"如同一座废墟化纪念碑,其注视隐喻着吴革美对吴家英雄主义的接续。

但吴革美的英雄主义因救助姑姑而受阻。小说精彩刻画当家秀被带离江心洲,得以彻底终结苦难时,反而爆发凄厉尖叫。这一细节与表现主义画家爱德华·蒙克的《呐喊》存在互通,世界如同一个漩涡,蒙克绘出极端的孤独与绝望。弗雷德里克·杰姆逊对此解释是主体的分类和瓦解。"正当大家埋首于进行自我建构、创造个人主体,务使个体单元发展成为自立自足

---

① 李凤群:《大江》(修订版)第三卷,第812页。
② 同上书,第868页。

的独立范畴之际,大家同时发现,建构中的自我日益脱离社会了,不假外求的个体也自然而然地跟外界断绝关系了。我们把自我困据在超乎外物的单元个体之中;与此同时,也就把世界囚禁于自我的无边孤寂之中。如此,人确实是把自己永远地关闭起来,活活地埋葬着,任你如何万般求索,出路始终找不到。"[1] 家秀在听障、无子的困境中,自觉瑟缩于卑微,唯一一次抗争是阻止丈夫夜晚幽会。当她紧跟革美刚踏入城乡接合部,"在她眼里,这显然就是个钢筋水泥和无数条蠕动的腿组成的大漩涡。她开不了口,憎恶和惶恐都写在脸上了。她坐在那里,像一个迷路的孩子,死死地捏在吴革美的胳膊;吴革美已经感觉到胳膊被捏成青紫色了。革美想着大家都往外面去找希望,可家秀看来,侄女带着自己往乱里钻嘛!这个女人,这个贫穷了快五十年的女人,她能忍受不孕、丈夫的背叛,她忍受家园和兄弟被长江吞噬,但是显然,她不能容忍这种空气、这种迷幻的场景"[2]。家秀依赖江心洲,她自觉永无可能弥合与城市的裂隙,耸立四周的隔膜感迫使她用尽全力说出了"我!要!回!家!"

"这个家族的子孙也跟这条江一样,见识各种冲击、见证各种风景,承担种种挫折和悲伤,最终仍坚持向前,最终能到什么方向,还能演绎何种传奇,这不是当下能预知的事情。纵然最后的家园要一步步退却,退到片甲不留;纵然厄运就在前头,但是毫无疑问,向前,向前,这就是一条江的命运,也是吴家

---

[1] [美]詹明信:《晚期资本主义的文化逻辑》,张旭东编,陈清侨等译,生活·读书·新知三联书店2013年版,第367页。
[2] 李凤群:《大江》(修订版)第三卷,第738页。

一代代人的命运。"① "向前"是吴保国和吴革美接力的个人英雄主义灵魂，它始终与理想主义捆绑，无所畏惧且永不放弃。

2. 土地问题

《大江》地域原型是当前安徽省无为市②，文本叙事空间由"太阳洲""江心洲""十里墩"组构。无为市地处皖中，临江滨湖，承东启西，小说陈述"太阳洲"沉没后，吴家被迫迁徙至"十里墩"，但他们中途改道投奔仍存在水患高危险系数的"江心洲"，只因生长在江边的人离不开水。"江心洲"即现在的无为市姚沟镇③，《大江》提及的"十里墩"原是作者虚构的，巧合的是，无为改县立市后恰有同名"十里墩镇"④。2010年小说初版，近十年来，无为市水运和陆运双线开发，为当地经济发展提速。

人/土地关系是《大江》核心论题，可作品实际诠释了新情况，即假定的共同体。"他们彼此间划分出了严格的行动领域和权力领域的界限，每个人都禁止他人触动和突破界限，触动和

---

① 李凤群：《大江》（修订版）第三卷，第812页。
② 无为市坐拥59.3公里长江黄金岸线，其中适宜建万吨级以上工业及港口码头岸线10.1公里。引自http://www.ww.gov.cn/zjww/index.html。
③ 无为城以南16公里，东邻高沟镇，西和十里墩乡、襄安镇以河为界与刘渡镇接壤，北靠泥汊镇，南濒长江，与铜陵市隔江相望，镇域总面积78平方公里，下辖7个村和1个社区，有261个自然村，人口3.9万人，耕地面积2.89万亩。http://www.ww.gov.cn/zjww/index.html。
④ 十里墩镇是无为县南向发展的前沿阵地，芜铜高速、省道军二路、即将建设的347国道穿境而过，花渡河、西河水运畅通便捷。http://www.ww.gov.cn/zjww/index.html。

突破界限的行为被视作敌对行动。"① 这就解释了吴家改革者的悲剧,也解释了青年人无法成长的原因,严密伦理形成统一意志,于是富裕被作为共同财产,反映社群价值,改革先行者每一个行动都被视为对统一性的挑战。但陷于贫穷,又不断激化人对土地的恨意。江心洲人不自主地将对境遇的恨转嫁于对乡土的恨。土地暴露矛盾形态:遇强则弱、遇弱则强,人对土地产生了难以言说的恨意。李凤群并未绕开恨意,然《离江》一卷对其逐步稀释。恨源发于对乡村守旧和谬误的批判,当事人不自主地将对境遇的恨转嫁于对乡土的恨。长江流域乡土反思,在小说中显现为两个现实主义写作方向:一是乡土与自然的关系,包含土地自身的生态特质及变化,由此论证严酷生存环境的真实;一是乡土与人的关系,包含人对土地的依赖和土地对人的回馈。长江培育强大的负能量场,人的潜能从水患中被一再激发。李凤群的乡土反思,在小说中沿着血缘共同体—地缘共同体—精神共同体的逻辑呈现出来。吴家是血缘统一体,江心洲聚合地缘共同体,吴保国和吴革美形成心灵性生命的关联。

江心洲常年雨季,水资源丰富,但防洪压力大。洪水导致当地农民被迫在长江沿线迁居。自然环境给予吴家人绵延的不安全感,两重"失家"阴云笼罩家族,既担心江心洲像太阳洲一样被洪水倾覆,他们必须二度建家;又担心一旦江心洲再失守,吴家人该怎样面对接二连三的死亡?土地无法稳定回报前辈的艰苦奋斗,也拢不住后辈的离心。每一代吴家主事人,都

---

① 斐迪南·滕尼斯:《共同体与社会》,第34页。

明白恋土情结不能控制年轻一代,他们暂时沉默,只是还尚无能力掌控未来。

"雨"是"江"的辅助意象,路遥小说也特别重视描摹"雨"。《人生》和《大江》都采用景—人—情融合的叙事策略。雨意象将复杂情绪外化,雨动势与事件及人心的变化呼应。

> 农历六月初十,一个阴云密布的傍晚,盛夏热闹纷繁的大地突然沉寂下来;连一些最爱叫唤的虫子也都悄没声响了,似乎处在一种急躁不安的等待中。地上没一丝风尘,河里的青蛙纷纷跳上岸,没命地向两岸的庄稼地和公路上蹦跶着。天闷热得像一口大蒸笼,黑沉沉的乌云正从西边的老牛山那边铺过来。地平线上,已经有一些零碎而短促的闪电,但还没有打雷。只听见那低沉的、连续不断的嗡嗡声从远方的天空传来,带给人一种恐怖的信息——一场大雷雨就要到来了。①

> 江心洲人的眼里无一例外是湿淋淋的冰凉凉的天地。整个世界全是雨点。雨点滴在地上,先是发出急速的啪嗒声,再便是猛烈而连绵不断的哗啦哗啦声,紧接着就是汩汩声或者类似人声在人堆里的那种嘈杂声,间或轻轻地、丝丝地就像哪家小女儿在吹水泡,一道道一缕缕地拍在你心坎里来。天黑下来的时候,雨点像捆绑在一起的千军万马,一起在摇动着江心洲,

---

① 路遥:《人生:路遥小说选》,青海人民出版社 1985 年版,第 231 页。

想把江心洲的树啊房子啊庄稼啊和人连锅端掉扔在江里的感觉。潮湿带来的恐惧感透过毛孔扎进江心洲人的心里。①

《人生》背景是陕北黄土地,雨、江、黄土意象群为孵化负面情绪的载体。作者安排连番暴雨介入人物心理成熟历程,借此强化命运残酷及不可预知。两场雨都未留情面,雨势把控心灵深处的恐惧。偏居乡村,前路被雨遮蔽,信念被雨清除。人并非因自然环境局限而焦虑,而是因个人终身受困而恐慌。陕北和江南的雨幕是同质化隐喻,喻示起伏滚动的痛苦和等不到未来的绝望。"饥饿的过度体验只能加重人们的仇恨而不是感激"②,同样,无休止的雨一边浇灭成功的光亮,一边撩拨人出走的冲动,它无形中催化江心洲人对土地的憎恨:江和雨联动,封锁了个人发展的所有可能。李凤群还是不忍心将前途全然封死,《大江》里每一次雨季结束,土地耸动着新变。

土地有两重性,一方面它是封闭的,夸大离开的危险;一方面它又是宽容的,接纳离开的失败。《大江》力量在于界定有限度的宽容,即乡土可以原谅失败,比如逐步消化先行者创业计划屡屡受挫,却不原谅失败者,对吴家义和吴保国,都集体性穷追猛打。吴保国两次被江心洲接纳十分耐人寻味,皆因自身彼时的有用性,而非外界纯然善意,一旦当他被发觉失去利用价值,立即两次被江心洲抛弃。吴革美明白"这不再是她的

---

① 李凤群:《大江》(修订版)第二卷,第244—245页。
② 同上书,第297页。

地盘，故乡把她们打发走了，在养育她的空间里，不再有她的位置了，岁月把她们变成了陌生人，变成了新的人"。① 由此，小说引出深度思考，乡土对先行创业者，到底是积极协助，还是消极旁观？它抛弃创业者的时候，是不是为自保而采取的"弃子"举措？《大江》揭示乡土动态化故步自封的悲剧，它抵挡不住城市化进程，也无力自救，只能蜷缩于等待死亡的舒适圈。小说有一处"灯塔"隐喻。"江心里一只灯塔恰巧对着他们家的大门。一到天黑，灯塔就会亮起来，它微弱的灯光在门前摇晃着闪动。如果说江是一只怪物的话，那么这只灯塔就是它的眼睛，而这只怪物的另一只眼则在遥远的对岸以同样的方式闪烁。他们仍然过着前门是江，后门是河，不是旱就是淹的艰苦日子，而这一回头，则预示着他们对自己的命运已默默地顺从。"② "灯塔"是希冀，当江心洲陷入绝境，其实长江两岸都闪现转机。推究江心洲人选择顺从的原因：经历饥饿、失家、死亡等一连串极端遭遇后，他们只求安稳，守住现世平安。

《大江》切断人与土地的互惠关系，自然环境和家族伦理，催生个人主义跃进。我们对比高加林和吴革美离开乡村那一天的心理活动。"尽管他渴望离开这里，到更广阔的天地去生活，但他觉得对这生他养他的故乡田地，内心里依然是深深热爱着的！"③ 路遥于《在困难的日子里》披露同样想法："我知道，正是这贫困的土地和土地一样贫困的父老乡亲们，已经都给了我负重的耐力和殉难的品格——因而我又觉得自己在精神上是

---

① 李凤群：《大江》（修订版）第三卷，第869页。
② 李凤群：《大江》（修订版）第一卷，第115页。
③ 路遥：《人生：路遥小说选》，第312页。

富有的。"① 高加林将土地视为其行动后盾,而吴革美离开时,她对着江水泪流满面:"好了!这一切结束了。现在,那些背负在她身上的忧虑、疼痛和纠结彻底消失了。她感到一种自由贯穿全身,从此之后,她将海阔天空,无拘无束。我再也不会回来了,她对自己说,无论如何都不回来,就是死,也要死在外头,死在他们望不到的地方,死在水泥路上。总之,我永远不会回来。"② 显然,她怀着破釜沉舟的决绝,与土地做一了断。

德顺爷爷迎接高加林第二次"归来",宽慰他"就是这山,这水,这土地,一代一代养活了我们。没有这土地,世界上就什么也不会有!是的,不会有!只有咱们爱劳动,一切都还会好起来的"③。《大江》提出土地不了解年轻人,老一辈人也不了解年轻人,物/人共同确定外部世界的险恶和闯荡者的注定失败。目睹父亲对水的恐惧和家人的持续死亡,吴家富醒悟了:"大龙这一辈人的理想已经不在这里,他们的心不在这块贫瘠的土地上。……他知道这是一种趋势,就算他拼尽力气去挽留,孩子们仍然会在有一天随着滚滚大潮拥向那个世界——像个黑洞一样神秘无边的地方。"④ 因此,当吴胜水高考失败后,他耗尽财力,帮助儿子永远离开"江心洲"。"他希望儿子进城,是为了让父亲放心,让胜水能够摆脱这个家族的命运。就是从那时起,他的内心就有了把儿子送进城的想法了,虽然他到后来把事情搞反了,把进城当成了理想,而把为什么进城给忘记了,

---

① 路遥:《人生:路遥小说选》,第96页。
② 李凤群:《大江》(修订版)第二卷,第557页。
③ 路遥:《人生:路遥小说选》,第376—377页。
④ 李凤群:《大江》(修订版)第三卷,第617页。

但是好歹，他总算做到了。"① 吴家富"进城"想法颇为实际，他对土地的感情，已经让渡为对家族的感情。在《离江》篇章，李凤群迟疑了，她又折回人对土地的依赖，"眼下，人人都不把土地当一回事，他相信那些出去的人总有一些会回来，回来时，他们还是会把土地当成宝贝。"② 基于吴保国的挫败，她尝试将对土地的恨引领回对土地的爱，家族发展观又由走出去复归留下来。路遥回应某些评论对他的责难正是"回归土地"问题。"首先应该弄清楚，是谁让高加林们经历那么多折磨或自我折磨走了一个圆圈后不得不又回到了起点？是生活的历史原因和现实原因，而不是路遥。作者只是力图真实地记录特定社会历史环境中发生了什么，根本就没打算（也不可能）按自己的想象去解决高加林们以后应该怎么办。"③ 李凤群也没有明确留下/离开的终局，小说收束就如路遥在《人生》最后一章标明的"并非结局"。

无为市得名"思天下安于无事，无为而治"。江心洲人对待长江就是一以贯之的"无为"，一切顺其自然，一切悉数接受。但年轻人显然不再容忍"无为"，儒家哲学的"穷"与"达"参与其处世观的构筑。每一历史阶段的江心洲出走者，都信任进化论的实践观。斯坦纳分析集体性的心理过程，驯化的科学思维会努力建构简单符码的系统，而野蛮思维却是一种语义系统，永远在进行自我重组，重新整理经验世界的数据，却不减

---

① 李凤群：《大江》（修订版）第三卷，第605页。
② 同上书，第857页。
③ 路遥：《早晨从中午开始——〈平凡的世界〉创作随笔》，中国文联出版公司1993年版，第83—84页。

少离散元素的数量。① 吴革美与吴家其他人，正是分别信奉"野蛮"和"驯化"，在"走出去"问题上最根本分歧是前者坚持理性判断，而后者依赖经验主义。

3. 改革问题

李凤群在《大江》后记提到创作目的"把中国农村六十多年来农业生存的日渐式微的过程以及城市化进程转变之间日益加剧的冲突演绎出来：把生存，欲望，被孤独和迷惘等各种负面情绪所笼罩的渐变过程表现出来。"② 文学作品常环绕着对"改革"内外因的讨论。江心洲也不是铁板一块，它一直涌动冲击密封圈的"变"，吴家义和吴家富由农转商的行动，都是"穷则变"抉择。"江心洲"改革正可与安徽"小岗村"经验形成对比。"小岗村"隶属安徽北部凤阳县，属丘陵地带，以农业为主，自然条件无优势。它引领了中国农村改革，1978 年 11 月 24 日，"小岗村"实行"包产到户"政策，18 人立下契约："我们分田到户，每户户主签字盖章，如以后能干，每户保证完成每户的全年上交和公粮不在（再）向国家伸手要钱要粮。如不成，我们干部作（坐）牢杀头也干（甘）心，大家社员也保证把我们的小孩养活到十八岁。"③ "江心洲"地处安徽中部，位于

---

① [美] 乔治·斯坦纳：《语言与沉默：论语言、文学与非人道》，李小均译，上海人民出版社 2013 年版，第 282 页。
② 李凤群：《大江》（修订版）第三卷，第 873 页。
③《小岗村：18 枚"红手印"摁响"惊雷"》，https://baijiahao.baidu.com/s?id=1701674050528549394&wfr=spider&for=pc。

"长江轴",交通不便,以农业为主,由于无法拧成"改革"合力,经济发展滞缓。吴家义集资买牛是集体勇气的"变现",但"丢牛"摁住了江心洲人"变"的念想。1980 年春,"江心洲""各家各户的地基本上都订桩划界了,一等到五季麦子收上来,这地就能正式承包到户了。"① 与"小岗村"相比,江心洲社员缺乏改革的信念、对改革者的信任、践行改革的魄力和担当。"整个春上,人心像扬到天上的芝麻,散得落不到地。大伙都围在地沟里赌钱、吹牛、晒太阳。"② 而 1980 年 5 月 31 日,"邓小平同志在《关于农村政策问题》的谈话中指出凤阳花鼓中唱的那个凤阳县,绝大多数生产队搞了大包干,也是一年翻身,改变面貌……肯定了小岗村的大包干责任制"③。

《大江》绘制改革曲线,起点是个体经济萌发。江心洲在 1977—1978 年与现代化展开首轮接洽。水泥船的出现,为江心洲人创造机遇,但其更大意义是让后者意识到——世界上有另一种水路生活。与此同时,吴家义悄无声息地开启热火朝天的小贩生涯,"他头一笔的买卖是把江心洲的老余家母猪刚下的两头小猪以三块八的价格谈了下来"④,"又过了几天,吴家义把自留地里的早熟了几天的嫩黄瓜摘下来,挑到镇上二毛钱一斤往外卖"⑤。当东坝头防洪工程完成之际,"来往经过的船只三三两两地往这边靠,先是一两只,后来是三五只,这些船有划桨的小摇船,更多的是吊着粗麻绳的水泥船。从这些船上,江

---

① 李凤群:《大江》(修订版)第二卷,第 240 页。
② 同上书,第 241 页。
③ http://www.cnxiaogang.com/content/detail/5fa50a553db32aea4071e6d5.html。
④ 李凤群:《大江》(修订版)第一卷,第 227 页。
⑤ 同上书,第 228 页。

心洲的队员大开眼界,他们晓得了什么叫煤,什么是钢材,还晓得了黄沙水泥从江西挪到江苏就值钱"①。"有了顾医生这个中间人的两边传话,江心洲人很快就把自己菜园里的菜以及家养的鸡鸭鹅以高于镇上一两毛的价格卖给他们:省得他们跑脚!从这时起,江心洲人第一次在自己的家门口触摸到了外面的世界。"② 他们尝到收益甜头后,经商就开始打压农耕。史桂花与船贩老婆们接触后,打听到"别的地方早就不挣什么工分了,土地分到户了,自己种的自己收,自己收的自己卖,地里没活就不用上工,省下来的时间就可以到处跑"③。这一段"道听途说",证实安徽"小岗村"同一时段实施的"包干到户",家庭联产承包责任制已经展露优势。

重读路遥《人生》,高加林进城买馍一段同样触及改革牵动的农村之变。

> 吃过早饭不久,在大马河川道通往县城的简易公路上,已经开始出现了熙熙攘攘去赶集的庄稼人,由于这两年农村政策的变化,个体经济有了大发展,赶集上会,买卖生意,已经重新成了庄稼人生活的重要内容。
>
> 公路上,年轻人骑着用彩色塑料缠绕得花花绿绿的自行车,一群一伙地奔驰而过。他们都穿上了崭新的"见人"衣裳,不是涤卡,就是涤良,看起来时兴

---

① 李凤群:《大江》(修订版)第一卷,第223页。
② 同上书,第224—225页。
③ 同上书,第226页。

得很。粗糙的庄稼人的赤脚片上，庄重地穿上尼龙袜和塑料凉鞋。脸洗得干干净净，头梳得光光溜溜，兴高采烈地去县城露面：去逛商店，去看戏，去买时兴货，去交朋友，去和对象见面……

更多的庄稼人大都是肩挑手提：担柴的，挑菜的，吆猪的，牵羊的，提蛋的，抱鸡的，拉驴的，推车的；秤匠、鞋匠、铁匠、木匠、石匠、篾匠、毡匠、箍锅匠、泥瓦匠、游医、巫婆、赌棍、小偷、吹鼓手、牲口贩子……都纷纷向县城涌去了。川北山根下的公路上，趟起了一股又一股的黄尘。①

文本既叙述农民从事个体经济的自发性，分工越发细化，"生意"成为庄稼人生活的重要内容；又暗示全新人生观正在型塑，庄稼人要求物质与精神同步发展。江心洲人首次心意被拨动，源于吴家富买回一辆自行车，"自行车的出现，第一次让江心洲人觉得，日子并不是以往那样往前走，而是在向前冲，要冲到金光闪闪热气腾腾的地方去，冲到看不见摸不着的地方去"②。事实上，自行车只是一个较为妥帖的未来客体，真正令江心洲人对改革放心的是亲眼见证吴家富的发家。他们相信只要豁出命去，敢干，谁都真能成功。两部小说都描写"自行车"，它飞驰而过，象征20世纪70年代末，改革的启动及其带动的观念更新。农民与土地逐渐解绑，可江心洲整体经济

---

① 路遥：《人生：路遥小说选》，第343—344页。
② 李凤群：《大江》（修订版）第二卷，第378页。

改革的步伐非常缓慢，小说中写到1984年镇上远近三十里，只有一条街，而"街东头到西头总共才一家理发店；两家杂货店，买油盐酱醋和布；一家卫生所，卖跌打损伤药和中药，顺便也卖一些针头线脑；再就是一家油条店，也卖包子和面；另一家裁缝店和一家豆腐店"①。虽然年轻人从着装和用度上，与时代渐次贴近，但改革目的性、主动性和坚定性还未建立。就如约翰·费斯克评价大众，他们关心的不是如何改变世界，而是怎么抵抗或顺从世界的要求，进而让自己的生活可以承受。

陈河新作《涂鸦》提供同时期温州城镇改革经验，小说呈现另一种形态的地方民营经济模式。温州特征是"贫穷迫使人们必须尽量变通才能生存，自立传统引导人们掌握种种异乎寻常的生存技巧"②。作品从1978年雏形期的"温州模式"解读社会转型和人心浮动。陈渠来与李秀成提示民营经济发展的两条路径，即官方和民间，两股合力指向温州家庭化经济形式的初始形态。1977年，陈渠来大胆接下加工一批车床件的"异地业务"；李秀成从国营厂退回街道厂时，地下作坊式生产及销售模式，将其塑造成"磨具大王"。应该说，创业的成功与失败，并非其个人意识问题或者能力问题，而是改革试水期，政府和市场还未能给予民间个体经济充分的成长空间和充足的发展条件。此后温州家庭作坊式经济体的繁殖和扩展，温州人项飙的人类学研究提供更详细信息。"浙江村最基本的结构特征是，通

---

① 李凤群：《大江》（修订版）第二卷，第393页。
② 孔飞力：《他者中的华人——中国近现代移民史》，第36页。

过每个人的相互连接、重叠的小网络撮合和扩展，它有很强的平面发展能力，却没有被组织的基础。"① 李秀成作坊展示"关系丛"的雏形，它是人组织和运用的结果，其概念强调行动者对关系的认知、把握和计算能力②。

江心洲对改革的理解依然停留在物质层面，想法没有转化为直接行动力。小说从吴文回乡引发的认知爆炸揭示这一点。江心洲显而易见的变化，并不是从吴保国造桥开始，而是由吴文的到来引领。吴文显示全然不同于江心洲的新物质主义，打造符号化"吴文式生活"。"吴文那有别于江心洲式的步伐，有别于江心洲式的口音，有别于江心洲式的衣着，再加上这神奇地拔地而起的工地，使他的身上无形中增添了一层神奇的魅力。一股旋风似的，在浑然不觉的情况下，他的一举一动都成了江心洲孩子们模仿的动作，甚至连他那单薄也成了一种时尚。这个孩子，以这一副漫不经心的模样，却以匪夷所思的速度获得了江心洲的敬意。"③ 吴文带来的电脑、手机和游戏，抢占青少年的支配性心理，他们无形中将外面的世界、改革后的生活和吴文在此的生活模式完全等同了起来。

李凤群在《离江》卷反思"江心洲"改革的效果。"这片古老的江滩，在历经的无数岁月里，冬天被枯萎的芦柴叶遮掩，夏天被潮水洗刷，周而复始，从不间断。现在，这些曾郁郁葱葱的树木，不得不被一一砍伐，芦柴根不得不被纷纷铲除，为

---

① 项飙：《跨越边界的社区：北京"浙江村"的生活史》，生活·读书·新知三联书店 2020 年版，第 396 页。
② 项飙：《跨越边界的社区：北京"浙江村"的生活史》，第 419 页。
③ 李凤群：《大江》（修订版）第三卷，第 828 页。

这座沟通世界的桥梁让路。……泥巴地上堆积的石子黄沙水泥越来越多,江心洲人似乎已经感觉到世界的风城市的风繁华的风通过桥面扑面而来。"[1] "一天天变化着,一天天陌生着,一天天成了别的样子。"[2] 改革首先解决江心洲的交通问题,为经济发展铺就基础条件,但也破坏了江心洲的自然生态,截断中国农民对土地的悠长情感。李凤群调动吴家富、吴保国和吴革美的视觉、听觉与触觉,描绘资本逐步侵蚀乡土和人。无论谁都被物欲拖拽着无限下陷,这才是吴保国破产后体会无助和绝望的根本原因。

4. 结语

《巴黎评论》采访海明威为什么要写作,他回答"从已发生的事情,从存在的事情,从你知道的事情和你不知道的那些事情,通过你的虚构创造出东西来,这就不是表现,而是一种全新的事物,比任何东西都真实和鲜活,是你让它活起来的"[3]。"江"和"雨"合力塑造哀恸的乡土和狂野的人性。《大江》现实主义建立在结实的亲历性和真实性之上,李凤群对中国农村真挚的"有爱"及"野心",赋予作品重现现实的逼真和流畅。吴革美承载李凤群本人的精神气质,承载她的记忆和选择。吴革美对家族的理解、对吴保国的理解,与波伏娃的存在主义世

---

[1] 李凤群:《大江》(修订版)第三卷,第829页。
[2] 同上书,第829页。
[3] 《巴黎评论》编辑部:《巴黎评论·作家访谈1》,黄昱宁等译,人民文学出版社2012年版,第36页。

界观具有一定程度契合。"人生生命的悖论恰恰在于人总想要是什么，却终究只是存在着。"①

李凤群的"长江三部曲"之第二部《大风》，借助张家每一代人的寻根，定位个人与乡土的关系："倦鸟总会归巢，而我们却将一去不返。"这表达出与初版《大江》的密切关联度，我认为李凤群强调的还是出走乡村，"个人与乡土之间是互相挂念或互相遗忘的，当人主动选择漠视和遗忘自己的过去，那么等你想寻回的时候，也终不可得，于是只能把他乡当故乡"②。第三部《大野》，她不再刻意偏重"离开"，而是以在桃和今宝的人生对照，重新思考"离开"与"留下"这组关系，提出了回到原点的设想。十年后《大江》修订再版，她的乡土反思经过沉淀和打磨，重燃对土地的爱。另外从技术角度考察，《大江》初版是朴拙现实主义写作，饱含情感的语言流注而下，创作《大风》时，李凤群有意识地调整叙事方法，将全部故事交于人物来讲述，因个体不同立场，铺就小说谜象丛生的事件虚实和线索交错，而《大野》再次回归作者擅长的现实主义书写，即专注历史场域内的乡土经验和青年个体。"大江和土地和农民相依相偎，从春到夏，从秋到冬，他们一起经历日出日落，一起承受风霜雨雪。这相互依存的两者，究竟是谁对谁更怀有深意？"③《大江》（修订版）将长江—土地—农民设为共同体，并透露李凤群当前的文学创作理念：从土地出发又回归土地。

---

① 《巴黎评论》编辑部：《巴黎评论·女性作家访谈》，肖海生译，人民文学出版社2021年版，第30页。
② 戴瑶琴：《2016年海外华文小说：小说之谜》，《文艺报》2017年2月17日。
③ 李凤群：《大江》（修订版）第三卷，第869页。

技术流
张惠雯新作的人像新变和印象技法

张惠雯讲究短篇小说的写作艺术。她不回避人与环境的关系，一方面思考将地域性元素无痕迹地纳入叙事背景，埋设中国/他国双重视域；一方面自觉将真实生活场域嵌入叙事过程，构建社会、家庭、个体三重文化网络的通达。视觉/触觉的联动是小说的艺术个性，时空的一切细节都已自在自洽地成为"处境"的组成单位。新作采用今昔对比的故事模型，从感性的形象层面切入，延续对性别、身份、道德、人性等价值意向的探讨，由富有生命光泽的意象和意境，刻画心灵的各异性；由语言的美感和情感，实现文学的抒情性；由当前社会生活的多样态和多元化，诠释文化情境的特殊性。

张惠雯已经出版了《两次相遇》（2013）、《一瞬的光线、阴影和色彩》（2015）、《在南方》（2018）三部小说集，贯穿其间的线索是其文学创作定位的逐步清晰及聚焦。《二人世界》（2019）提示着新转型，这次的"转"，我认为是进一步"收缩"，将观察视点落地于人物心理的精度层，从而避开预设的中西文化场对写作的干预。张惠雯对短篇小说有一定研究储备，她很好地把握体量和含量的最优解，在舍弃为了"讲"故事而"经营"故事的一系列负载项后，她的写作素朴优雅，人、景、情、思的结合张弛有度：一方面很精巧，结构相对闭环，维护离去/归来、隐瞒/坦白、谎言/真相、设疑/释疑的首尾平衡；一方面很精练，人物设计和情节推进都注意小切口，如某个年龄、某处地方、某一时间的回忆。我想，出色的短篇小说正需要有落点、有逻辑、有情感、有力度。

2018—2020年，张惠雯发表短篇小说《二人世界》《雪从南方来》《感情生活》《沉默的母亲》《寻找少红》《街头小景》《劝导》《天使》《玫瑰，玫瑰》《飞鸟和池鱼》《昨天》《良夜》《涟漪》《关于南京的一些回忆》。作品环绕女性、今昔、成长三个关键词，若细化其向度，女性面向少女时代和母亲时代；今昔体现于过去/现在两段历程的互鉴和互证；成长表现为人在世情变化中抵达的心理成熟度。它们之间并非各自独立，而是很紧密地融合为一体。文本的辨识度是基于一个念头，生发出一幅图像，继而搭建起一处场景，通过旁观和介入的立场，以抒情诗式的语言，直击"潜伏在心灵深处的情欲、恶念甚至某些纯真的渴求"[1]。小说砍碎了女性内心的冰海，这片冰海是由当下的、现实的、共性的问题凝固而成。无论基于何种身份与际遇，张惠雯笔下的女性，都具有清醒的女性意识，具备独立的个体思考、自主判断和自觉行动。在F. R. 利维斯看来，文学

---

[1] 张惠雯：《月圆之夜》，选自《一瞬的光线、色彩和阴影》，上海文艺出版社2015年版，第173页。

作品的价值核心为是否能够有助于人生,是否能够增加人生的活力。回到《二人世界》,它引领的转变意义是女性从摧毁中重立信念的决断及执行。我试图从她塑造人物的方法、内容、途径这一线索,拆解文本新意的创想或叠加,展示文学如何以轻盈的方式讲解倏忽而过的生活。

1. 感官联觉：视觉和触觉

张惠雯以感觉捕捉并接纳世界与人心。她会调度多重感官先打开一境,铺垫故事的开端和迎接人物的出场。洛克在《人类理解论》中提出"思想成形于外部世界直接压印在心灵上的感觉印记,心灵把各种感觉印记组合起来,由此开启了思维之程式"[①]。她贴着生活写感觉,聚合个人对世界的感受与批判,并以舒适的独白或对白复现。小说个性还体现在对光线、植物、陈设变化态的摹写,吻合作者欣赏的极简主义美学。总体上,构图法偏西方绘画,更多以静态画面控制空间,非中国绘画以动态画面绵延时间。正因为光线的层次和景物的布局,作品有清楚的"印象派"艺术特质。文本对"印象派"绘画观的文学转达,无形中与画派发展的阶段性侧重点保持着契合：19世纪"印象派"强调视觉,而后期"印象派"留意触觉。张惠雯有意识地糅合视觉与触觉,塑造色彩、光线充分丰盈的自然语境。绘画艺术的嵌入令小说翻折出迷人光泽,由纹理空间生成的

---

① [美] 彼得·巴里：《理论入门：文学与文化理论导论》,杨建国译,南京大学出版社2014年版,第20页。

"情动"辗转于流动性的时间。

呈现感觉,就需要思索怎样写出景物的变。斯坦纳分析"巴洛克"式小说稠密意象的一段论述,很精妙地解释笔触、感觉、光和感官之间的关联。"每个词都固定在精确明亮的位置。达雷尔用他的笔触,一点点地把他奇特的感觉语词镶嵌进意象图案,构成触手可及的暗示,如此精致迂回,以至于阅读完全成了感官理解的过程。这些鲜活的段落是在触摸读者的手,它们有着复杂的听觉和乐感,光线似乎在明亮的窗花格一样的语词表面嬉戏。"① 《涟漪》调度结构的"变"。整体是动态化构架,事件运动皆因"涟漪"力的推动与回环,故事陆续滚动。开篇独白在透露"我"心声的同时,也披露作者对"变"的灵动拟像。"我一直喜欢火车车窗外面流逝的风景,不管那是破旧的民房、废弃的工厂,还是绿蒙蒙的农田、干涸的水渠。在流动里,它们具有了一种与静止状态下不同的东西,仿佛超越了物性,具有了某种类似生命隐喻的力量,常常让人联想到时间、生命本身。"② 这段叙述,提示了小说中"变"的深层特性,即从"物象"的"物性"中透视生命。

《昨天》选择视像的"变",从平行时空,权衡各式人生路径的选择。作家对目之所及的描摹格外精准。具体的写作方法有四种。

其一,凭借色。"记忆中的颜色首先滚动。她家是白色的平房,她会穿白裙子,路两边开着白色的槐花、粉紫的桐花、紫

---

① 乔治·斯坦纳:《语言与沉默:论语言、文学与非人道》,第323—324页。
② 张惠雯:《涟漪》,《野草》2020年第5期。

红色的楝树花。门前有一片浓绿的槐树林,'我'时常从黑褐色的大树躯干遥望她。我家是米黄色的小楼。'我'和史涛在浓郁花香中骑车狂奔。现在,'我'想先赶紧寻找一条安静的街道,让'我'迅速整理好'我'、她和史涛的昨日,再鼓足勇气走近家属楼前被刷成蓝色的铁门。"[1] 颜色转换一方面暗示着心境在纯净—克制—迟疑间起伏,另一方面对位青年/中年的特定心态。

其二,借助物。张惠雯很耐心地用文字渐次掠过固定空间内的物,锁定后推拉人物精神成长史的某一标识物。她早期写作是从物的意象中暗示世情之变。"如今沙河早已不通水运了,镇子也冷落下来,唯有河对岸常社店的那座宋朝灯塔,带着疲惫神情,微倾着身子,依旧俯视着长河古镇,标志着这地面上曾有过的一段繁华故事。"[2] 新作里,她强调物的本体性,从物中建立人物成长和性格型塑之间的关联。"折梯旁边,三个同等规格的透明塑料箱子摞成一摞,装着小敏的旧鞋子:扁平柔软、可以折起的船型鞋,细跟的舞鞋,网球鞋,跑鞋,夹趾的、草编鞋底的凉拖鞋,褐色羊皮长筒靴,鞋口翻毛的短靴……"[3] 离家是不可逆进程,被特写的各式各样的旧鞋子,既隐喻小敏成长的节奏,又披露父女情的深厚。

其三,通过貌。人物外形的陡然变化如同一轮先期设问,引导阅读者探究改变的成因和改变的结果。张惠雯近作更加注

---

[1] 戴瑶琴:《相比较于故事性经营,〈昨天〉更在意抒情性表达》,《小说月报》公众号 2020 年 5 月 18 日。
[2] 张惠雯:《古柳官河》,选自《两次相遇》,上海文艺出版社 2013 年版,第 296 页。
[3] 张惠雯:《雪从南方来》,《人民文学》2019 年第 4 期。

重从多感官复合视角切入，由外貌开启心灵。对比《两次相遇》（2011）和《良夜》（2020），前者呈现"我"第二次看到画中女人时写道："她的头发比我第一次遇见她的时候长多了，从中间清晰地分至两边，滑过她的肩膀和胸部，直垂至腰间。她瘦了，脸型几乎变了，那头女巫式的过于笔直、漆黑的头发更衬托出她的瘦削、憔悴"①。描写方法是焦点式，以头发为中心，并陈相异际遇。后者吐露寡居中的"我"，意外重遇初恋后，主动反观自己："我久久地盯着那只手一只病人的手，我常常想要藏起来的手，手掌肿胀，手指微微变形，皮肤暗沉、长着褐色的斑块。现在它看起来似乎也没那么难看。我把脸埋在手掌中，体会那一点儿残留的感觉：一个冰凉的东西在一个温暖的东西里将要融化的感觉"②。视角由"观"转向"感"，组合视觉与触觉去启发读者的自发探寻。

其四，依据光。三部小说集都传达张惠雯对光的充分倚重和信任，由光承担抒情功能，进而升华"情动"意蕴。

> 《我们埋葬了它》（2007）："阳光刚好照在那上面，长成一排一排的小杨树都变成了金黄色，还有草，坡上长着厚厚的、丝绒一样的草。"③
> 《两次相遇》（2011）："路灯的光照在这个废弃的灰色建筑上，在墙上、柱子上形成一扇扇光带和暗影。我们几乎同时注视这悄然移动的、柔和而晦暗的波纹，

---

① 张惠雯：《两次相遇》，选自《两次相遇》，第268页。
② 张惠雯：《良夜》，《湖南文学》2020年第7期。
③ 张惠雯：《我们埋葬了它》，选自《两次相遇》，第21页。

注意到它就像一幅画，而我们的侧影也错落、重叠地印在其中。我们走得近了一些，他突然笑起来，用肩膀顶了我一下，我也笑起来。有一瞬间，我们仿佛又回到上次相遇的时候，一些相同的、细微却美好的感觉又在我们心里苏醒过来……"①

《醉意》（2014）："路上没有别的车，更没有一个人，稀疏的路灯柱发出昏沉的黄光，倒是两边落光了叶子的大树顶上的天空显得清凉、澄澈。"②

《暮色温柔》（2017）："天空仍是夜与昼交融时那种深邃的蓝，但在远处，太阳即将升起的天际线那边，蔓开了一条柔和的玫瑰色。拂晓的朦胧光线里，戴维看着半绿半黄的原野上延绵无尽的荒草和灌木，这两种东西像是死死缠绕着一起生长，芜杂、强悍、不可分割。"③

《昨天》（2020）："窗外，在那些被人精心培育的繁盛花木的背景上，走过的人无声无息，像片片薄的、一闪而过的剪影。我望着那明亮的、尘埃般的阳光，似乎指望在那光中出现什么幻影。"④

比较五部作品可以发现，张惠雯偏爱以暖色光源营建空间感。太阳光和路灯光的变化呼应情感的喜悦与忧伤。作者／人物

---

① 张惠雯：《两次相遇》，选自《两次相遇》，第273—274页。
② 张惠雯：《醉意》，选自《一瞬的光线、色彩和阴影》，第177页。
③ 张惠雯：《暮色温柔》，选自《在南方》，北京十月文艺出版社2018年版，第151页。
④ 张惠雯：《昨天》，《芙蓉》2020年第3期。

的心态愈加趋向平和，坦然接受一切变数。"我"曾对"她们"的落魄不免伤怀，直至《昨天》，那些受光阴钳制的女人，都化为一个个飘忽而过的剪影。新作不完全采取直接正面描写景物及光线的变化，而是辅以一定的侧面描画，呈现物变的内涵及结果。"那应该是一间方方正正的小厅，但钉在墙上的一块椭圆形镜子改变了它给人的印象。经过这面椭圆形镜子（如同一圈扁圆的水洼）制造的重影、折射、放大、轻微变形等视觉效果，这房间的形状、空间感变得不那么清晰分明了，像一条笔直的路有了河湾般柔滑的转角，一个狭小、平常的匣子借助倒影产生了绵延、虚幻的感觉。"① 镜子的镜像作用，协同时间和空间的实时转化，张惠雯以光，赋予物的时间容量。同时，光与镜子的结合，从点——线——面强化人性的多变性，并设置自我认知的重重困难。

福克纳小说里一直流动着富有生命光泽的物感。美国南方地域个性和文化品质被投射于房子和路，他会写下"马车慢慢走着，稳稳地行驶在洒满阳光的广袤而寂寥的大地上，仿佛这一切都与匆匆的时光无关。""田野和树林似乎总是悬在半空，时静时动，海市蜃楼般迅速地变换着。"②《八月之光》里搭乘便车的丽娜，即将临盆，她以稳定的良善和安静应对命途多舛。张惠雯在以文学阐释感觉方面，显现出与福克纳互通的技术质，但她的创作理念收敛为穿越物变后变异的心变，直接借用其文本阐释，即"一切的道德准绳、一切我曾引以为荣的行为准则

---

① 张惠雯：《涟漪》，《野草》2020 年第 5 期。
② ［英］威廉·福克纳：《八月之光》，霍彦京译，北方文艺出版社 2016 年版，第 18—19 页。

都溃退了,而这种大溃败并没有经过多少惨烈的挣扎,就像一栋老木屋被温柔的水流席卷而去,坍塌得无声无息,消失得无影无踪"①。我认为她对心变,最出色的处理就是以复刻与讲述相结合的叙事方法表现"无影无踪的坍塌感"。

2. 身份转型:少女和母亲

张惠雯小说多数选择第一人称叙事。她不刻意设定性别主导,男性和女性皆是观察者和亲历者两重身份的交替。"我"在作品里,体现为外述型叙事者与内述型叙事者的结合。② 张惠雯推崇契诃夫,契诃夫被认为是了解整个人类的伟大作家,他采用"实录式"方法刻画琐碎的日常与普通的人物,始终致力于探索人的内在真实,而内在真实从内在行动中得以呈现。《二人世界》的特殊意义是作者以积攒的私人体验入文,因为初为人母使其个人完成一次蜕变。这次转型是痛苦地、艰难地把过去的"自己"一点点吞下,重塑新"我"——"从一个烦躁幽怨甚至刻意冷漠的母亲变成另一副样子:坚定、默忍、明白自己在爱并且应该为爱去做什么"③。由此,我发现,近作的包容度和宽宥度会更高,但问题意识更鲜明。张惠雯整理"新一代移民"于当前、在他乡遇到的一系列情绪问题,解读女性个体/集

---

① 张惠雯:《涟漪》,《野草》2020 年第 5 期。
② [法] 热拉尔·热奈特:《叙事话语 新叙事话语》,王文融译,中国社会科学出版社 1990 年版,第 227 页。所谓"外述型叙事者并不参与到他所叙说的故事中去,内述型叙事者则参与到所叙说的故事中,是其中的一个人物。第一人称叙事者既可以是外述型,也可以是内述型,因为他们也可以说别人的故事,而不是自己的"。
③ 张惠雯:《二人世界》,《收获》2019 年第 2 期。

体的烦闷。同时，她又将创作对象精准化为"全职太太"，从中西文化场对这一群体的不同认知中阐发其时代新质。"新"从一处被漠视的女性困境中浮显，即"你爱的人和你不喜欢的生活捆绑在一起"①，但若被迫抉择，"往往是这样，你得到了一样，就失去了另一样，而你并不明白哪一样更好，也难以判断哪一样更好，哪一样对你更重要"②。从少女到母亲的心理质变，需要同时化解源自内外因的尖锐的现实难题。

《二人世界》中出现了新角色——孩子。他的哭声无孔不入地搅拌"我"的全部空间。为了"他"的长大，"我"开始天天做减法，不再工作、不再社交、不再审美，最终归于"我"不再做妻子，就任职为专属男孩的母亲。小说以女性心绪为助力，真实演绎"二人世界"历经闭合—开放—闭合的运动，其间龙卷风式地升腾旋转着恐慌、焦躁、脆弱与暴戾。"我的生活会一直这样被他完全占据吗？所以爱的结果、婚姻、家庭生活就是这些没完没了的琐碎劳作吗？答案让她恐惧、浑身发冷，身心俱疲。"③决定母亲自我成熟的还是内因。罗杰·伊伯特解读电影《假面》时，提出一例普遍性的认知缺陷，"我们对自己的认识大多并不来自对世界的直接经验，而是心中浮现的各种观念、记忆、由外部输入的媒体信息、其他人、工作、角色、责任、欲望、希望和恐惧"④。寄托于外界的支援和理解，无法走出母亲自陷的困境。创作者与创作对象的共同成熟是孩子令

---

① 张惠雯：《沉默的母亲》，《江南》2018年第5期。
② 张惠雯：《感情生活》，《香港文学》2018年第10期，第24页。
③ 张惠雯：《二人世界》，《收获》2019年第2期。
④ [美]罗杰·伊伯特：《伟大的电影1》，殷宴、周博群译，广西师范大学出版社2012年版，第417页。

母亲明白了另一种爱,即"你会为之承受痛苦、做自己原本不愿甚至不能做的事却绝不割舍的爱"。① 亲身实践的在场体验,否决了自我哄骗和人为逃避。

《飞鸟和池鱼》(2020)可与《二人世界》进行对照阅读,它的亮点是再度审视母子关系。张惠雯写出了颇为感伤的第二度转折——母亲和孩子的角色又一次互换。"一切都停顿在这个点、陷入困局,她的心智、我的生活,全都卡住了。""在我脑海里,她的样子固定不变、无法和照片里那个年轻些的女人相互映照、融合,那就是她老了以后的样子、现在的样子。""如果不是头发几乎全白了,她那样子就像个幼稚的孩子。生活完全变样了,我指的就是这个:她变成了一个孩子。而我变成了她的什么呢?我得像对待孩子一样小心而耐心地对待她、密切留意她的一举一动。我们两个倒换了角色:前三十年,我是她的孩子。现在,她是我的孩子。"② 母亲从拯救者(青年)成为被拯救者(中年)。"我"突然遍寻不着失智母亲,猛然意识到即将失去她的时候,"我感到心脏重新在我的胸腔中平稳地跳动了。现在她再也飞不走了,我抓住了她,抓得很结实、很紧。我和她又连在了一起,无论是身体还是命运……这比什么都好"③。"飞鸟"和"池鱼"可被视作两部文本的共有意象。为母后,女性由"飞鸟"变成了"池鱼";自我重塑中,女性实为"飞鸟"和"池鱼"同体;衰老年迈时,女性又被弃置于"池鱼"模式。

---

① 张惠雯:《二人世界》,《收获》2019年第2期。
② 张惠雯:《飞鸟和池鱼》,《江南》2020年第2期。
③ 同上。

张惠雯作品的叙事节奏是在给予和制止间抓住人的本质。"全职太太"群体，从某种意义上说，是中国当代文学的稀缺题材。需要明确的是，中西方价值观和文化观的不同，导致对"全职太太"的界定及接受都有所差异。张惠雯没有采取俯视和窥视两种态度，仅视其为一项个人选择，女性的生命要求和自我管理，依然是十分清晰的。母亲将所有感情只投注于孩子时，实际是在强烈自控的前提下，折返于自我损耗和自我捍卫的两极心境。《沉默的母亲》集中近期"新移民"故事里人物的情绪共性。

　　"她"需要克制压抑感。"除了丈夫和孩子，她几乎没有什么人交流。她也会带孩子们去附近的儿童游戏场地，她在那里遇到其他妈妈，有些是她的邻居。那些妈咪或者看起来挺摩登，或者有主见、很强悍的样子，她觉得自己和她们差得很远。而她们在尝试把她纳入邻里妈咪圈的最初努力后，也不怎么积极和她交往了，因为她看起来那么被动、怯懦，像一只容易受惊吓的麻雀，连她的发型、衣着都给人一种垂头丧气的感觉。"[1]"新移民"沃克太太因缺失经济权而依附、因依附而暂时弱势、因暂时弱势而决定蛰伏。

　　"她"需要修炼隐忍感。"生活完全变了！这是我们早已预料到并且自以为有足够心理准备来应对的，但实际上它比我们预料得又复杂很多。……我就像玻璃罩子后面的海马，困在小小的天地里，游来游去、转来转去仍然还在那里。""我所能做

---

[1] 张惠雯：《沉默的母亲》，《江南》2018年第5期。

的，只是继续爱、忍耐，以及等待。"① "我"无法逃离，又无处借力，只能以全盘忍受的方法求助时间的怜悯。

"她"需要解除抑郁感。"她对他说她感到生活一下子变化太大，和以前完全不一样了，她还没有完全适应。他明白她的意思，但他觉得这是每个女人必须接受的转变过程，以前她生活得像个无忧的少女，现在她需要当个无所不能的母亲。"② 在脆弱、迷茫和恐惧无法释怀的情况下，她决定关闭心门。三种情况都纵容痛苦的攀缘，只能由女性自主调适。《二人世界》里，"她"彻底认同了新的"母亲"身份。"她不记得从哪个时候起，她开始爱上这孩子了。有可能她一直爱他，不爱自己的孩子是不可能的，只是以前她仿佛是被动的、出于本能地去爱，而现在她明白了这爱意味着什么。"③ 张惠雯小说一直潜行着一条逻辑线：为人母的原初狂喜，制造着后续的焦躁，理清混乱后，完成自我正向肯定。厘定成熟，需要女性理性接受身份、处境和四面袭来的明枪暗箭。

3. 时空翻转：抗拒和接受

今昔对比建构出故事原始模型，揭晓普遍性生命体验，张惠雯在由主观和客观构造的时间关系里，经常设计预叙、倒叙和时间倒错，从差异中探察心灵的各异性。她擅长将正面描写和侧面描写结合，妥当安排倒错的跨度/幅度，进而观审精神世

---

① 张惠雯：《沉默的母亲》，《江南》2018 年第 5 期。
② 同上。
③ 张惠雯：《二人世界》，《收获》2019 年第 2 期。

界。卢卡奇说短篇小说其实专门表现偶然和巧合在人类生活中的真实地位。时间和空间是一组辩证，时间从空间中找到它存在的痕迹。在一面镜子、一间住所、一方故土面前，对青春的彼时回忆，转身垂落为现实境遇的镜像，它同时拨动心理接受层面的正负指数，对遭遇的各种不幸与心绪的各种不平，以强化和淡化的方式去应变。张惠雯的写作能力显现为引领读者在时间中穿行，后者竟不留意时光的消逝。需要指出的是，她也经常于故事的中间开篇，因为"既可以概述之前发生的事情，又可以暗示之后会发生什么，从而吸引读者，产生出叙事的动感"①。"居中式"为"回望"提供了叙事便利，《两次相遇》《梦中的夏天》就在追索记忆中，慨叹美的黯然失色。这里的美，既有美的人物，也有美的事物。作者立足当下，从回忆（自述/他述）中切入，以过去与现实的交错，转折不同取舍背后隐藏的难言之隐，以及选择后的难平之意。而她的新作，坚认母亲只是一个身份，女性强大的扎实证据是心智成熟，而非年龄的增长和角色的增多。

张惠雯揭示出人物可能出现的三种通识性心绪。

第一，倦怠。它恰如精神的钝化，正因为无论是过去还是现在，人物都被外力推着行动，所以不由自主的挫败感已然助推其性格塑形，并培育奋斗倦意。在《双份儿》里，"他"与"我"对谈了二十年前的一件往事，通过记忆管理，误会逐次澄清，"哀"的缘由被渐次廓清。"他有时会突然陷入那种阴沉的情绪之中，仿佛被浓雾笼罩：那种老之将至的无力之感，那种

---

① 热拉尔·热奈特：《叙事话语　新叙事话语》，第228页。

被时间消磨之后的厌倦，就像生活正离他而去、留下一个背影，背影也越来越远，很快就会变成一个远方的模糊的灰点，而他仍然得在那些日复一日的琐碎、没有意义的事务里消磨着余留的暗淡的有生之年……"① 压抑时时反噬精神，他陷入"零余"心态，急切地从彼时寻找存在意义的证据，继而确立此在价值，但最悲哀的莫过于拨开往日迷雾后，发觉其内核依旧是一片混沌。

第二，顾虑。我以一场相聚为例。"她想到年轻时候的激情，想到自己那时的美貌，有时忍不住伤心。她很害怕，害怕她在他眼里变得苍老、干瘪、可怜，变成了另外一个女人。"② 她实则同时披露更深一层的女性心理：在心仪的对象面前，女性"唯恐任何不恰当的言行会让自己显得轻浮"③。迟疑是基于个人立场考量的较为表层的伤感，最深切的感伤还是来源于比较，当她面对年轻花朵的时候，感受到结结实实的痛苦。"她忍不住扫了一眼丽莎的侧影，可她太年轻，根本不懂得其中悲伤的含义，不懂得时光的残酷，有多少东西都被它带走了？美丽、欢乐、活力和爱的权利……泪水在她眼睛里汇聚起来。"④ 随顾虑伴生的恨意，使得人物即时立体起来。

第三，释然。小说不仅展现"释然"的结果，而且跟踪"释然"的过程。如果说在《两次相遇》里，"我"是出于本能，对画中人经璀璨滑落为颓败而懊恼不已，夯实了被时间认

---

① 张惠雯：《双份儿》，《上海文学》2019 年第 5 期。
② 张惠雯：《岁暮》，选自《一瞬的光线、色彩和阴影》，第 227 页。
③ 同上书，第 226 页。
④ 同上书，第 244 页。

定的今不如昔的结论。那么"我"在明晰自己怅然若失的心态后，依然畏葸不前，证明了"我"仍旧徘徊于追念和认可之间。"我"在《梦中的夏天》里，不再回头，放弃在某种程度上暴露出"我"的自私。"我"将她圈定于只归属"我"个人的梦里，没有顾忌"不再"可能施加于她，接续性的情绪施压。"我"无法坦然在今昔之间置换她，继而确定只记住梦中的她。有意味的是，张惠雯似乎为后续创作埋设伏笔。"在我眼里，她曾经是个看不透的女人，但我慢慢了解到并没有什么看不透的人，只要你真的去看。我想，无论多老，或者变成什么样子，她身上那股孩子气至少没有完全消失。对我来说，这就像是一种永远不会变质的纯真，是某种岁月无法夺走的东西。"[1] 故而在《昨天》里，"我"想通了。歌曲 Yesterday 引领"我"走进、目睹、体验"她"有序的日常之后，"怀念她"的情结已解，小说给予新方案："不必要苛求在'她'的今昔之间建立密切关联，沉淀于心的美好不会因任何形式的干扰而发生改变"[2]。

对"对比"的处理，张惠雯运用"归来"的路径去实现。法国社会学家埃里蓬反思异类性个体与家族、社会、文化、政治之间矛盾的《回归故里》，可为张惠雯笔下的"回归"提供注解。

> 我可以重新找回这片"自我的空间"，这个我曾极力逃离的地方：一片我曾刻意疏离的社会空间、一片

---

[1] 张惠雯：《梦中的夏天》，选自《在南方》，第236页。
[2] 戴瑶琴：《相比较于故事性经营，〈昨天〉更在意抒情性表达》，《小说月报》公众号 2020 年 5 月 18 日。

在我成长过程中充当反面教材的精神空间，也是无论我如何反抗，依然构成我精神内核的家乡。我回到家，看望母亲。我开始与母亲和解。或更准确地说，与自己和解，与从前一直拒绝、抵制、否认的那部分自己和解。①

此般精神修复，在张惠雯的小说里，由爱情滑向亲情，同时也完成"他国故事"向"中国故事"的自然过渡，"回归"内涵更为复杂和充实。清晰的"回归"目的及结果为海外华文文学创作提供新经验，表达了"新移民"对离去/归来的两向适应。他们对身份认同不再纠结，正如埃里蓬接下来的陈述：

> "我和母亲之间重新建立起联系。我内心的某种东西被修复了。我意识到这些年我的疏离给她带来多大的打击。她为此受尽苦头。这疏离对于我，这个主动逃离家庭的人，又意味着什么？根据弗洛伊德对'忧郁'的图解，我难道不是正通过另一种方式，接受着我所排斥的自我身份的惩罚吗？这身份一直在我体内存活着，它就是我身体的组成部分。那些我曾经试图逃离的东西，仍然作为我不可分割的一部分延续着。回到过去的生活环境，总是一种指向内心的回归，一种重新找回自我的过程，包括我们主动保留的那部分

---

① [法]迪迪埃·埃里蓬：《回归故里》，王献译，上海文化出版社 2020 年版，第 2 页。

自我以及我们否定的那部分自我。在这个过程中，一些东西浮现脑海……我们希望已经摆脱、但又不得不承认它们造就了我们的个性的那些东西，即徘徊于两种身份认同时所产生的不安。"①

《暮色温柔》《欢乐》《昨天》着陆于"我为什么来"的问题，主人公无一例外地皆有私人原因，归来后的认同与接受佐证着埃里蓬的论点。以《暮色温柔》为例。"我"十五岁时决然离家是因为"我不喜欢那种生活，但那只是原因之一。你不可能想想那样枯闷的生活，因为你从小就生活在香港，你是个都市人，那种生活本身可能把你变成只会闷头吃草的牛。家庭是另一个方面，问题是我的父亲……到后来，他和我都无法再忍受对方，他要我们成为他那样的男人。但我早就知道我不会是那样的男人"②。"我"现在已经做好充分准备，意识到"我"可以释怀、应该谅解、能够接受。麦克尤恩认为只有小说能呈现给我们流动在自我的隐秘内心中的思维与情感，那种通过他人看世界的感觉。"我"极力摆脱的家乡，否定的血缘，始终潜伏于"我"心底，它就是隐身在暮色里的一种极安静、温柔的东西。

"小说家是这样一个人：在一个炎热的夏日，在一节二等列车车厢内，他能够信口说出一则故事，迷住所有的乘客。"③ 小说家需要在限定时空内，展现优秀的写作能力，并对阅读接受

---

① 迪迪埃·埃里蓬：《回归故里》，第3页。
② 张惠雯：《暮色温柔》，选自《在南方》，第163页。
③ 乔治·斯坦纳：《语言与沉默：论语言、文学与非人道》，第309页。

进行预判，这确实是很大的考验。短篇写作就有类似难度。张惠雯从不费心刻意经营一则张扬矛盾性故事，却用绵密的细节及节制的情感织就故事肌理。从容自然的语言表现力从小说开篇就奠定诗意，即刻集聚的情景感孵化沉浸式阅读。

  张惠雯的所有短篇写作，最核心的关注点是人的心灵。她探测人心的底线，由即时的、倏忽间的念头与感受，生发出合情合理的选择。我们无须将其作品细分出中国故事和他国故事，小说共性是重视人类精神世界的体积与心理世界的容量。"创造中的心灵犹如行将燃尽的炭火，某股力量无形中升起，犹如一阵风，倏忽吹过，吹起短暂的点点星火。这股力量源于内心，就犹如花开花落，色浓色褪。它何时光临？何时又离去？本性中清醒的部分无可奉告。"[1] 如何去查实清醒的那部分呢？张惠雯建议创作者和阅读者同样怀有敏感、善意和温柔的心灵，去关注与之息息相关的生活，智慧就有机会从真挚的体恤里瞬间绽放。

---

[1] 彼得·巴里：《理论入门：文学与文化理论导论》，第23页。

地球人
"住"在世界

周洁茹是"住"在香港后，重新回归写作的。我一直很在意她提的"住"，这个词准确地揭示了人与地域之间的黏合度和亲密度。也只有"住"下来，作家才真正有机会去触摸、观察及体验一座城市。"行走"制造迅捷的发现和感知，"住"却在不断消耗时间与耐心。生活复杂性凌驾于文学表现力，"住"吸纳来自人／自然两方面的情绪，"住"的过程是一种沟通和协商，而"写"的过程披露了创作者向生活抗争或妥协的心意。

对周洁茹过往小说的研究，回环"青春""成长""女性""欲望"等关键词，转向其近年创作论，又浮现出"香港""市井""底层"等切入点。作家不是只用一个文本表达自己，而是集合一系列作品透露其动态的阅读与思考。面对生活，写作者"自己说"比"照着说"，虽有难度却更有意义。若将周洁茹小说先验性地放置于20世纪90年代的"美女作家现象"，实质是误读的接续。《岛上蔷薇》（2016）、《到香港去》（2017）、《罗拉的自行车》（2018）、《吕蓓卡与格蕾丝》（2018）、《小故事》

（2020）五部小说集，已清晰标示她"写什么"和"怎么写"的变化，但作品稳定的思想主线依然是为自己写作的文学观。

1. "青春梦"的演变

二十岁的周洁茹凭才气写出百万字作品，不服膺任何文学理论。青春有多重版本，与影视作品偏爱的灰色或清新质地不同，现实里的青春，往往是平淡无奇的。反叛、挑战、逾矩，都在悄无声息地发生。90年代发表的小说，阐发作者本人对待青春既叛逆又温顺的态度。至于反思物质对人的异化或审视欲望对人的介入，并没有被她纳入写作计划。在她的散文里，菲茨杰拉德的话多次出现，即每个人的青春都是一场梦、一种化学的发疯形式。周洁茹探索青春话题，"关于成长、恋爱、犯罪、被遗弃、成人社会……没有谁的青春是空虚的，只是残酷，因为只在一瞬，像梦"①。落实于文本，她叙述"出格"行为，如出走、抽烟、玩摇滚、追问初夜，但人物内心相当传统，甚至保守。应该说，她在抒发源于青春的"激烈感"、梦想与现实碰撞后的"疼痛感"、对家庭和社会闭锁地带的"求知欲"，但反对将其发酵为疯狂或堕落。小说有一个显著共性，即人物的语言与行动体现出巨大反差。青春能够收敛所有关于成长的讨论，但周洁茹的思考有个人原则。她对于世界和人性的书写，是睥睨而不是匍匐，面对物和性——两个既敏感又尖锐的根本性论题，以坦诚地"说"来捍卫底线。

---

① 周洁茹：《在香港》，广东高等教育出版社2019年版，第295页。

《你疼吗》是一部很有代表性的小说。"疼",不是因突如其来的疾病或灾难造成的锐痛,而是一种难以言说的心理烦闷。周洁茹通过一位年轻女孩对初夜感受的持续提问,披露二十岁青年人对性知识的索求。"我的问题里可没有一个脏字,任何下三烂、动物的气息,一点都没有。那要看你的心,你的心里什么都没有它就只是一句平常话,你的心里有了别的意思,那么它什么意思都有。"① "她们都曾经是我最好的女友。其实只能怪我自己,因为我伤害了她们脆弱而且容易受伤的心灵,她们不约而同地掩面而去。"② 茨威格在《昨日的世界》里写道:"只有那些不给予的东西,更引起人的强烈欲望要去得到它;越是禁止的东西,越能刺激人拼命想得到它;耳闻目睹得越少,梦幻中想得越多;人的肉体接触的空气、光线和日光越少,性欲集聚得越多。……从我们情欲萌发的第一天起,我们本能地感觉到那种非理性的道德观用掩盖和沉默从我们身上夺走本该属于我们这个年龄所需要的东西;为了保存早已腐朽的习俗,而牺牲我们正直的愿望。"③ 20 世纪 80 年代具有双面性。一方面,它依然将一些对本体的探索,视为"耻",向内锁闭;一方面,它又吸纳着繁复、驳杂或激进的论争,向外播撒。生命的诞生,在学校教育和家庭教育中,不一定是绝对禁忌,但都是顾忌。《你疼吗》撕开一处了解"性"的口子,通过"我"任性地、执拗地发问,抛出生理与心理层面的初夜论题。"我想在这件事上我没有错,我只是问她疼不疼,同时我的神态很关心。

---

① 周洁茹:《罗拉的自行车》,北京时代华文书局 2018 年版,第 29 页。
② 同上书,第 21 页。
③ 同上书,第 27 页。

如果我是男人，也许她会用尖尖的葱指指着我说我是流氓，但我也是女人。""它是一个下流问题吗？我不认为。"①从这个意义上说，小说是女性对身体的主动求知。事实上，她们对稍微越轨顾虑重重、对违逆父母无比紧张。"各种下流观念无时无刻不在影响着我们，但我只想着把疼不疼留到以后再说，心甘情愿，心情放松。今年我二十一岁，那至少是要再过五年以后的事情了，我一定代表了很大一部分年轻女人的真实想法。如果你嘲笑我，我也会坦然接受。"②"疼"的提问，直接显示四位女性的婚恋观，由此牵动相异人生观和价值观的比较。"总之我不能因为要知道疼不疼而去亲身体验，虽然我们都是年轻女人，我们崇尚潮流，家境富足，没有生理缺陷，她们做的我也应该能够做到，但是目前我有别的事情要做，它们很重要。"③

故事形态尖锐，内质沉静，周洁茹希望读者能够自己判断和思考，而不是依赖她去引领或启发。1999年，她在一次电台访谈中谈及理智型写作状态："我像一个影子，冷冷地看着她们游荡、犯错、幸福、痛苦，可是无能为力，我只是旁观，然后记录下来。我不是她们。不是因为我在写她们，我就是她们。"④ 2016年接受采访，她再次阐明文学立场："如果我写的什么也能够让你哭，肯定是因为不在高处也不在故意的低处，任何一个站在旁边的位置，我在里面，我在写我们，我不写你们。如果我要写你们，我会告诉你。尊重他人的生存方式才能

---

① ［奥地利］茨威格：《昨天的世界——一个欧洲人的回忆录》，徐友敬、徐红、王桂云译，安徽文艺出版社2000年版，第84页。
② 周洁茹：《罗拉的自行车》，第41—42页。
③ 同上书，第41页。
④ 周洁茹：《在香港》，第287页。

够得到你自己的尊重。诚实是写作的基本条件，如今都很少见了。"① 确切说，小说包裹着率真童心，她借助刺激和治愈的叙事路径，呵护女性青春梦的纯与真。"我关心个人的生命、小人物的生死，我比她们更害怕她们死去，我不愿意，我要每一个孩子都活着，因为世界是美的，即使现在不美，将来总是美的，或者总有一朵花是美的。可是我办不到，我不是神。我唯一能够做的事情，就是不厌其烦地描述她们的一天，又一天。"② 朗西埃解读福楼拜《包法利夫人》时，提出文学对于接受者，制造并治疗"歇斯底里症"。因为对生命的敬畏，周洁茹留意被曲解的青春期叛逆，关爱被主流价值观认定的"问题少女"。沉默的实质是一种驯化，圆滑地维护一切"好"的面相，扼制心底漾起的反叛，家庭和学校的严密掌控反作用于更多的"困惑"蠢蠢欲动。重新细读周洁茹早年作品，察觉批评者的"惊诧"质疑不免片面，只是她提前说、敢于说对身体和人性的疑虑。新世纪初期，媒体选择性地扩大并扩散这一批"70后"女作家作品对观念禁地的突破，"美女作家"的现象级热炒，绕开了创作者发出挑战的内外因。从某种意义上说，所谓欲望化、物质化、异化、黑化等话题，存在预设性的断章取义，遮蔽了题材及主题的革新。界线一经划定，未能纠正，也不再纠偏。对"70后"女作家在90年代发表的小说，是需要重新审视和重视的。

少女们步入中年，她们又如何看待自己的青春呢？停笔十

---

① 周洁茹:《在香港》，第306页。
② 同上书，第296页。

年，周洁茹恢复写作后，在小说集《吕蓓卡和格蕾丝》《小故事》里，借助闺蜜对谈的形式揭开这个话题。她依旧对女性心态的变化保持关注、对人心的虚实保持警觉。

法国作家莫里亚诺的《青春咖啡馆》里有一段精彩描写，显现同代人——"我"与瓦拉医生，二十年后重遇的微妙心理。

> 只不过，我并没有与过去彻底决裂，没有把过去的一套东西全然抛弃。在我的同代人当中，还有一些见证人，一些幸存者。一天晚上，在蒙大拿，我问瓦拉医生是哪年生的。我们生于同一年。我跟他说我们以前见过面的，就在这家酒吧，那个时候，这个街区尽享繁华，流光溢彩。而且，我好像觉得甚至在那以前就见过他，在巴黎右岸的其他街区。我甚至很肯定。瓦拉用生硬的语气要了四分之一升伟图矿泉水，在我有可能唤起他最糟糕的回忆的时候，打断了我的话。我赶紧闭上了嘴巴。我们在这个世界上活着，有许多事情讳莫如深。于是，我们都极力避开对方。当然，最好的方法是，彻底地消失，消失得无影无踪。①
>
> 我一个人坐在角落里，想着想着，差点爆笑起来。大家都没有变老，随着时光的流逝，许许多多的人和事到最后会让你觉得特别滑稽可笑和微不足道，对此你投去孩子般的目光。②

---

① [法]帕特里克·莫里亚诺：《青春咖啡馆》，金龙格译，人民文学出版社2010年版，第23页。
② 同上书，第24页。

周洁茹考验和记录"我们"的今昔，直陈类似尴尬。她说"问题少女"时代的"我们"突然间变好了，我想，究其原因是大家放弃了与成长的对峙，在完成青春蜕变的过程中，抖落了任性。我认为，她以天真坦率的孩子般心态，去追忆过往的故事和消失的朋友。青春梦是轻盈和沉痛交织的，不是"我"找不到那些"花儿"，而是她们害怕再被"我"重遇，继而回想起不堪或傻气的过去。不想再见，也是"青春梦"贴合情理的落幕。

2．"香港速度"的刻画

1998年，周洁茹在小说《我们干点什么吧》里写下："在这个世界上，唯一的不夜城就是每个城市的火车站和汽车站，它们通常集中在一起，灯火辉煌，各种各样光明磊落的和肮脏的事情都在同时发生"①。火车站/汽车站，火车/汽车，构筑其小说的基础空间。火车和汽车培育出丰饶的矛盾性，它们兼具封闭和开放，既是情境，将人物和故事约束于特定天地，为充分地描摹情绪提供便利，又是意象，沟通人与城市，连缀过去和现在。火车/汽车在"到……去"系列小说中不可或缺。《到南京去》《到常州去》《到香港去》《到深圳去》四部作品的思想机理，是周洁茹居于不同地域时，缠绕于心的反抗意念。她陆续增加了另外两条通达城市的路径——网络和地铁。旺角、

---

① 周洁茹：《罗拉的自行车》，第68页。

佐敦、尖东、铜锣湾、油麻地、马鞍山直接被设为作品标题，若从小说中整理高频地标，发现人物活动空间主要被埋设在港铁荃湾线和观塘线的沿线。应该说，周洁茹自然地求新，这个"新"，不是源源不断地输入新概念、新理论或者新方法，而是传达新观念，即对城市、对时代、对年轻人的理解。由此我推论，公共交通是周洁茹"香港书写"的基本落脚点。

十年后，周洁茹从美国回到香港，她发表小说《201》。故事背景设定为家乡常州。美英开了十年公交车，每天凌晨3点到停车场，3点半出车，下午2点半交班回家。固定的时间、规定的路线，社交小心翼翼，人生循规蹈矩。小说并置工作内环境和工作外处境，裸露城市里正常、反常、异常的混杂。一个关键词——投诉、两个意象——票与手，妥帖地暴露人性狡黠和观念错位。"前门上后门下，身高超过一米二就要投币买票，这些都是公司的明文规定，谁都得按照规章办事，可是美英做不到乘客上车就睁大眼睛盯牢了投币箱，美英更做不到竖起耳朵听好了感应器过IC卡时'滴'的一声，美英心里面也明白，有时坏小子是用嘴巴发出那个声音的，经过练习，那个短音简直可以被模仿得惟妙惟肖。"① 当美英终于鼓足勇气要求女人必须为孩子补票时，她接到了十年内的第一单投诉。"美英的眼泪已经滚滚地下来了，美英的眼睛里都是迷雾，什么都看不见了。"② "看不见"是极好伏笔，她怀疑规章制度的存在意义、疑惑乘客的"左""右"不定，但同时，她对"人很好"的

---

① 周洁茹：《到香港去》，太白文艺出版社2017年版，第35页。
② 同上书，第45页。

"黄经理"突然丧失识别能力。她看清了一只"手"——"黄副经理摇摇晃晃地走在前面,大概是夜深了,影子都碎了,美英跟在后面,眼睛里只有那团动着的碎了的影子。直到影子不动了,美英抬起头,眼前就是一张突然张大了的脸,那张脸真的很老了,眼珠子真的都发黄了。美英啊,那张脸笑嘻嘻的,美英啊。美英的手心突然变得冰凉,就像被一条蛇缠住了。美英看着自己的手,果真是蛇,青筋毕露的,很老了的蛇"①。《201》刻画人性之变衍生的人心之痛,十年消耗,使美英对世界彻底失望。自《201》始,周洁茹的写作已经不再只聚光于女孩的成长之惑,而是扩展向底层女性生活环境里满满的恶意。

每一路公交都是城市的一条经络,因为常州是周洁茹的故乡,所以她对街巷、城区、城郊都倾注感情。然而"香港不过是一个时间的缝隙,大家在这里中转,没有人会真正留在这里。我来香港的第一天也是这么确定的。要到七年以后的那一个早晨,整整七年,我突然听到'咔'的一声,那个瞬间,我就从那里,跨到了这里。一切都发生在你的内心深处。"② 当周洁茹完成从"路过"到"住下"的心理转变后,她以公共交通为观察渠道,实时记录香港的老化速度与发展速度。公交和地铁协助她累积文学素材,构建即将铺开的日常叙事的雏形。"在她倾心于一个个点和地理叙述中,过往故乡的细碎与迷惘,都市格子楼的拥挤与窘迫,生活的无情挤压与撕裂,生存的伤痛、无

---

① 周洁茹:《到香港去》,第 46 页。
② 周洁茹:《我当我是去流浪》,山东画报出版社 2016 年版,第 303 页。

奈与不甘,在她日常琐碎的书写与才情出众的文笔下,营造出特异的语境,散发出别样的魅力。"①

香港于她而言,有"折返"意义:一是从美国回到中国,一是再次回归写作。对港铁事无巨细的描写,暗示这次"折返"的疲惫。"从马鞍山去大浦要绕一个很大的弯,如果你选择港铁,那就会是更大的弯,你得经过恒安,大水坑,石门,第一城,沙田围和车公庙,到达大围以后你再经过沙田,火炭,有时候是马场,如果那一天有赌马,然后是大学,最后才是大浦。从地图上看,真的是一个好大好大的弯。"② 《铜锣湾》是地标最密集的一部作品。"我坐在马鞍山公园给露比打电话,我们已经离得很近了,如果她从湾仔坐船到尖沙咀,她穿过海港城、海防道和九龙公园,她从尖沙咀站一直坐到大围站,她在大围转马铁,恒安的后一站,乌溪沙的前一站,就是马鞍山。"③ 小说提供了香港路线图,点阵的密集转换,源于创作者长期"住""行"才得以叠加的在地经验。大的区块由地铁连接,小的处所以公交串联,两个空间搭建城市筋骨。茶餐厅、菜市场、大学、图书馆、幼儿园,聚合于人物身边,围筑其生命场域。紧随移动的地标,阅读者如同被推着去感知香港的活力。同样写"地铁",周洁茹与"90后"作家的切入点恰好相反。她描画地铁"地上"的"烟火气",《佐敦》《旺角》《九龙公园》中,地铁站周边忙而不乱的生活迎面而来。"90后"作家会更倚重地铁"地下"世界的"自由度",它存放外来者的梦想与寻找。地铁

---

① 何向阳:《"她们"的风景》,选自《到香港去》,第3页。
② 周洁茹:《岛上蔷薇》,江苏凤凰文艺出版社2016年版,第151—152页。
③ 周洁茹:《请把我留在这时光里》,花山文艺出版社2015年版,第11页。

穿行于周洁茹小说，平等接纳各色人群、各种职业、各段人生，故事里的人都"住"在此刻的香港。

　　需要指出的是，周洁茹描绘香港，并不是致力钻探香港的城市特色或者文化元素，而是因为她的家在这里。她书写城市的立场不是"外来者"，而是"居住者"。"我的香港小说，全部发生在香港，但是主角说的都是江苏话。"① "我这样的人，总也分不清楚方向，我早就没有心了，我还有点情感，可是我再也没有对我童年以后去的地方产生情感，无论那些地方富裕或者贫穷，无论那些地方有没有住过我爱的人。你对某个地方产生的情感，不过是因为那些与你有关的事情，那些你对自己的回忆。"② 抵达的同时，就开始接受。外来者如何融入香港呢？《到广州去》提供了相关实例。"葛蕾丝的屋苑与她的屋苑隔了一个天桥，他们讲她的楼是投资移民楼，她完全不觉得是冒犯，豪华会所，豪华游泳池，金碧辉煌，住的也全是投资移民，每一个女人都是厚底高跟鞋跟每一个男人都是标准的普通话，要到一年以后，有一些高跟长裙会换成球鞋牛仔裤，有一些标准普通话会变成略不标准的广东话。然后又会到来一批新的移民，新的高跟和新的普通话。香港就是这样的存在。"③ 香港是一座桥，"移民"到"原住"之间没有横亘转变的沟壑，也无须预设"隔膜"，作者举重若轻地展示人对环境完全具备迅速接受能力，这恰是具有现实性和时代性的真相。

　　周洁茹格外尊重语言的速度感和分寸感，其香港书写的语

---

① 周洁茹：《岛上蔷薇》，第200页。
② 同上书，第154页。
③ 周洁茹：《到香港去》，第210页。

言速度与城市速度相互匹配。《香港文学》创刊主编刘以鬯先生的文学语言是"断片式",这是他对穆时英"新的话术"的继承和发展。"断片式"即"用文字呈现艺术电影的立体效果"①,解读都市的刺激和速度。我想补充说明的是,"断片式"语言有特定属性,它与现代都市文化结合在一起,它有一定的接受群落。在刘以鬯的香港故事里,刺激浮显于文本,因情欲起,因更深刻的迷惘和空虚而终;刺激沉潜于文本,追随城与人的互动,催动人的物化和异化。周洁茹小说也是一种意识流特征的"断片式"语言,传达都市人情绪的跳跃、迅速、直接、捉摸不定。它与呓语和絮语都不同,"断片"语言存在叙事逻辑,指向清晰,动/静明确,情感传达的速度、力度和准度,都是作者已然考量的文学设计。

> 阿珍回了辛迪的消息。辛迪,我们法庭上见。
>
> 然后阿珍给老公打了个电话,奶奶房子装修要到我们家里来过渡,你没有同我讲过一声就拿了主意,你没有当我是一个屋里人,这是一个问题。
>
> 老公在电话那头一句话没说出来,大概是呆住了。
>
> 我六点准时下班,我们必须谈一谈。阿珍又跟了一句,油麻地站,A出口,你来接我下班。②

《油麻地》结尾的对话,展现符合人物心理转变的文本转

---

① 吴剑文:《刘以鬯:他独自开创了香港现代主义》,《新京报》B08版,2017年9月23日。
② 周洁茹:《油麻地》,《花城》2019年第5期+粤港澳大湾区文学特刊。

折。全心做鸵鸟的阿珍,没有获得她渴望的安稳生活。此处一条短信和一个电话,提供充足的信息量;第三人称和第一人称的交替,揭晓阿珍处理问题的果断与解决问题的决心。"断片式"语言从某种程度上也塑造观察者和被观察者在都市的同步"漂移"。"漂移是一种快速通过各种环境的技巧,是指对物化的城市生活,特别是建筑空间布局的凝固性的否定。"① "漂移"实时生成语言的速度感,周洁茹小说中密布的地铁站点和公交路线,让人物和城市同时移动。我觉得她的作品不是先有故事构架再由语言组织,而是从语言里折叠出作品的故事性,以语言充分延宕的可能性传导出故事多样态的可行性。

3. "70后"独生子女的焦虑

周洁茹作品中有三类"70后"群体在场。"我在小说中很注意躲闪性别和年龄,可是没有成功。我多数陈述别人的故事、别人的爱情。"②

首先,她是一名"70后"作家,在创作初始就坚持写自己最熟悉的同代人故事。棉棉在解释《我们为什么写作》时,提出写作对于她们"70后"群体及周洁茹个人的意义。"我们可以很轻松地说写作拯救了我们的生活,我们也可以很轻松地说写作会坏了我们的生活。我们为什么写作呢?在周洁茹那里,这件事情非常清楚。写作是她可以确定的一件不容置疑的纯洁

---

① 帕特里克·莫里亚诺:《青春咖啡馆》,第140页。
② 周洁茹:《在香港》,第289页。

的事情。"① "70后"称谓只是最易被抓取的共性,她们实际都以写作宽宥自我、逼视真相。"虽然赢了我们两字,但我们到底对我意味着什么,我们到底有多少共同点,我真的不太清楚。想想那时也挺有意思的,我们出现的时候都是一起出现的,后来我们不见了的时候也都是一起不见了。"② 周洁茹没有强烈的"70后"集体意识,年龄不是决定她写什么和怎么写的理由。"还有人把'70后'翻来翻去,赶上了的没赶上的看看是不是还能赶一把的,前'70后'后'70后',重塑'70后'真正的'70后',那么谁又是假装的'70后'"?③ 她都是贴近"当下",表现个人在某个时段理解的或冷漠或温暖的"当下"。

其次,"70后"的女性。周洁茹平视与其同龄的女性,解释她们正在经历什么、承受什么,还会期待什么。关注二十岁,如《你疼吗》;关注三十岁,如《幸福》;关注四十岁,如《尖东以东》。香港故事里的内地新移民,是近年小说的典型形象:四十岁左右的年纪;共同的名字——阿珍或阿英;每天从地铁口走出、在天桥被人流推搡、受夫家钳制、转圜于逼仄蜗居。周洁茹安排"母亲"和"妻子"身份,令读者感应曾经"花儿"的现时凋零。苏珊·桑塔格讨论切萨雷·帕韦哲的文本,"现代对情爱关系的虚幻性的深信不疑,导致了一个更深远的后果,即新出现的对那种得不到回报的情爱的无法回避的吸引力的一种自觉的默认。因为爱情是孤独自我所感受到的一种被误

---

① 棉棉:《我们为什么写作》,《香港文学》2015年第11期。
② 周洁茹:《在香港》,第268页。
③ 同上。

投到外部的情感,因而被爱之人的自我的不可征服性对浪漫主义想象力产生了一种催眠术般的吸引力"①。周洁茹笔下的"70后"女性,同样不可救药地沉溺在没有回报的情爱泥淖,渴望被爱,导致她们自愿接受匪夷所思的受难。欲望和风险是成正比的,正向负荷与负向负荷的变换,制造出故事动感。《幸福》里的毛毛,卑微地爱着自私无情的景鹏,屡次拒绝无条件爱她的魏斌。毛毛肆无忌惮地把一切情感垃圾向魏斌抛掷,景鹏则像一条水蛭,吸干了毛毛的气血。毛毛和魏斌成为同类,被催眠,去受虐。《旺角》里的艾吕雅厌烦笼罩光环的教授丈夫,却痴迷于一个匿名警察。她疯狂地寻找他、服从他。警察"只是征服了她,从掌控她里面获取快感","说不出来一个爱字"②。"湾仔,她只认得那一个出口,也只认得那一家酒吧,他带她去的。其实是很吵的一家酒吧,他们说不上一句话,他们也不说话,只是对面坐着,握住对方的手。那些时刻,她以为是执子之手的,涌出来许多悲凉。"③ 两人曾在旺角夜色里偶然相遇,艾吕雅贪恋这一份突如其来的心灵熨帖,因爱而生发曲解的一系列感受,是对她长久孤寂的疗救。

最后,"70后"独生子女。或许很少有人留意到作品还具有一项特殊意义——对70年代末生人的特别珍贵的意义,即周洁茹在陈述"70后"独生子女的想法,尤其是对父母的无比依恋。她是"70后"第一代独生子女,小说中人物的逃离/回归、

---

① [美]苏珊·桑塔格:《反对阐释》,程巍译,上海译文出版社2003年版,第53页。
② 周洁茹:《到香港去》,第190页。
③ 同上书,第189页。

前卫/保守，贴合"群体"在认知世界过程中被动的先行。语言里掩藏不住的感伤和恐慌情绪，说明独生子女集体性的复杂情感：最有自由，因为父母的爱不需要分配；又最没有自由，因为必须承载所有的爱和期待。周洁茹超前书写"70后"第一代独生子女经历的四十年，特别是怎样从被迫顺从到主动顺从。他们在青年时代是逆反的，不愿屈服且迫切离家，步入中年后，出人意料地平静了。应该说，转变符合"70后"集体性特质，而"变"的动因是父母的日渐衰老，时时制造着"离开我"的惶恐。作者以心理的"怕"撬动故事，"70后"独生子女还没有准备好只能独自一个人留在世界上。

"70后"第一代独生子女的最大特殊性是没有可借鉴经验，却被要求迅速为后来者建立经验。"在我们这样的年龄，我们这个时代，我们不知道兄弟和姐妹是什么，那会是怎样的一种感情，我不知道，我们从小到大都是孤身一人，我们冷漠，但那不是我们的错，那是政策问题，我们无法亲身体味到那种姐妹般的情感，我们不知道什么才是像姐妹那样亲密无间地去爱别人，每个人都不相干，我们彼此都是皮肉隔离的个体，我们互相漠视，在必要的时候才互相需要和互相仇视，但是那样的接触也是异常短暂的。"[1] 建立自己家庭后，他们同时成为两个家庭（父母家/个人家）的最根本支柱。

不同于其他"到……去"作品，《到深圳去》的独特性体现为对代际关系的新思考。"我"从习惯被父母照顾，变成只能由"我"照顾父母。"我"展现给父亲的不仅是行动的狼狈，

---

[1] 周洁茹：《罗拉的自行车》，第98页。

而且是处境的狼狈,"我"进而明确自己心理的狼狈,而父亲被迫在衰老中承受起情感的狼狈。

  我爸说他要回家了,他不会再来,他的身体情况不允许他再多来一次香港,他也真的是连一个小背包都拎不动了。我都能够想象得到,他们离开以后,我又会在床头柜上发现一个留给我的装满了现金的信封。除了那一次他们被小偷偷走了钱包,只有一次,但是足以记住。①

  "留钱",是寻常又精准的生活细节。"我们活得太让我们的父母担心了。"小说结尾设问:"我就得到幸福了?"它所爆发的张力是质问的力量。对于第一代"独生子女"家庭而言,父母无暇顾及自己是否幸福,现实中极少人去反思婚姻情感是否富足,从孩子降生开始,"我"的幸福就是父母的幸福。"我"的悔恨是"我"至今都无能力令父母完全幸福。

  《跳楼》和《来回》两部小说需要被对照阅读。前者暴露独生子女在青少年时期的心理问题。"被中心"和"被边缘"的两向极端拉扯着他们。"小星十三岁了,和所有的独生子女一样,小星是家里的宝。小星爸爸给小星买所有小星想要的东西,所以小星有自己的房间和电话,小星经常在电话里问同学作业,也有同学来电话问小星作业,问完作业再问点别什么,因为作业以后每个独生子女都是很闲很无聊的。所以每天小星的电话

---

① 周洁茹:《吕贝卡和葛蕾丝》,海天出版社2018年版,第123页。

比小星爸爸还多。"① 每一个独生子女都是家庭的核心，父母因为害怕失去孩子而偏执性呵护，以爱的名义虔诚地提供一切、安排一切，孩子因无人倾谈而无比寂寞，因过多约束而报复性叛逆。移步于社会网络，独生子女需要独立招架任何磨难与厄运。成年后，他们携带着生存指令——即时性无比坚强。

《来回》集中讨论了人到中年的初代独生子女正需应对的困境。ABCD 和"我"，五个人，虽然各自境遇不尽相同，但共性为"我们都是独生子女，而且我们的父母都老了"。小说设计父/子对话的循环："你们为什么不留在香港呢？我们为什么要留在香港呢？老家有什么好的呢？老家有什么不好的呢？"② 无论秉持什么立场，双方都必须进行抉择。父母渴望归乡，孩子优选他乡，可现实却是父母因对子女的爱而一再地来来回回，选择已表明了谁在妥协。来回，证明着父/子屡次争斗后的握手言和。应该说，《来回》是伤感的问题型作品，它在松弛讲述中压实了沉重论题，谁都知道要解决，谁都不知道怎么解决，它对独生子女此刻处境的揭示是特别犀利的。

ABCD 及"我"的"冷处理"叙述反而助推一波又一波的强烈悲伤。首先，父母与其独生子女的居住问题。A：父母应该有自己的安排，不必要和子女捆绑。B：父母卖了房子，搬到香港，但与她各有住所。C：父母居住于离香港最近的深圳，她仍可以常常去吃饭。D：把北京的房子换了广东江门的别墅，父母既生活安逸，又离她不远不近。而"我"父母，要求在家乡生

---

① 周洁茹：《罗拉的自行车》，第 266 页。
② 周洁茹：《小故事》，北京十月文艺出版社 2020 年版，第 102 页。

活。很有趣，同龄人面对同样议题，提供了相异答案。五种路径都是独生子女与父母的相处模式，作者试图确定下某种有操作性的方案。小说坦白撕扯人心的真实情感，即中国的独生子女和父母之间始终是互相依赖着的。父母的来回，永远是考虑替子女分忧，哪怕仅仅是为了看着孩子把饭吃下去。其次，父母的生活管理问题。最直接又棘手的事实是纷至沓来的病痛。当B的父母同时病倒后，她着实难以招架，转而寻求"我"的协助，这反证了独生子女的孤立无援，不得不以发小情谊去替代缺失的姊妹血缘。最后，代际理念差异问题。保姆、情感、金钱，各种矛盾一一浮出水面，又都因距离被放大。独生子女储备了独自生存的技能，但是其父母，正逐步丧失独立生活的机能，时间残酷地证实"我们"越来越强大、父母越来越弱小。小说描绘了最伤痛的一幕，独居的老杨主动钻进了一场保健品骗局，他假戏真做的目的只为花钱买一声"爸爸"。"来回"具有双重含义。空间的来回易于实现，连绵不绝的情感拉锯令双方都难以招架，必须进退和取舍，才是最残酷的、时刻"来回"的人性煎熬。独生子女家庭正遭遇事实难题，子辈的自我实现中，始终裹挟着永远无法剥离的心灵忏悔。

周洁茹曾在《一个人的二十岁》里说"我爸爸喜欢三毛，我爸爸希望我自由，可是他不知道怎么给我"[1]。《来回》是不是已经给出了答案？当子女四十岁已到来的时候，来回，就是父母给他们自由的方法。

---

[1] 周洁茹：《一个人的朋友圈，全世界的动物园》，江苏凤凰文艺出版社2017年版，第160页。

城市、当下、"70后",建立起周洁茹作品的辨识度。小说聚光点是实时的城市/人的同时成长,而城市的当下性解析,正是中国当代文学的稀缺题材。虽然她以意识流把握叙事节奏,但是作品根基依然是非常纯粹的现实主义。文学创作确实不需要以"代际"来宣告作家归属,视角却可以选择性投射其最熟悉的某一特定群体。周洁茹提供了很有意义的写作经验,即作家及其文学人物是"70后"同代人,她尝试去打造通往心灵的深井,模糊他们的籍贯、身份、职业,只是书写此时此刻的遭遇。需要指出的是,周洁茹作品中的女性主人公从不自怨自艾、畏葸不前,坚信命运由自己决定。所有的阿珍、张英、葛蕾丝、艾吕雅,都对纷至沓来的挑衅和施压,主动出击。罗伯特·麦基阐释故事创作原理时提出不可强行打包过多思想,它们容易互相挤压,直到作品最终崩溃成一堆互不关联的概念瓦砾,没有表达任何东西。① 烟火气的日常故事常流转于目光与口头,复杂和深刻又何尝不是一种作者的叠加?周洁茹喜欢为故事性做减法,小说让人隐隐疼痛或掩面而笑,是来自个性化语言深藏的矛盾性和戏剧性。

---

① [美] 罗伯特·麦基:《故事》,周铁东译,天津人民出版社2016年版,第116页。

推理核
日本华文小说的辨识度

推理，从广义上看，有两种基础的文学表现。一是类型，推理小说被归入通俗文学范畴，目前仍折返于"市场热"／"学界冷"两级语境。中国推理小说在 20 世纪 20 年代正式起步，创作出"中国故事"经典文本，如程小青《霍桑探案》，但后续发展阻滞。21 世纪以来，文学 IP 全产业链开发促发言情、武侠、科幻、推理题材的批量式生产。细读文本可以发现，当前中国推理小说存在一个共性问题，即原创性不足，创作风格承袭自日本或欧美，两者中，又更倚重日本推理作品。一是方法，文本依托推理"悬念"，以"谜"来建构整个故事，明线是重重待解之"谜"，暗线是复杂人性。在由推理启动的小说里，未知（文本）激发着求知（读者）。因此，我将明确且充分的"悬念"界定为"推理核"，从日本推理小说的中国接受切入，借助大数据，梳理日本推理的叙述逻辑，讨论其与日本华文小说创作观的内在联系，继而以陈永和《光禄坊三号》、亦夫《被囚禁的果实》、陆秋槎《元年春之祭》三部日华小说作为研究对象,通过与欧美华人推理小说的对比,阐明不同代际日华作家建筑"推理核"的叙事策略和叙事技巧。

1. "推理核"的接受度

分析 2016/2017 两年度中国国家版权局官网"引进图书版权"数据①(见图1),中国每年引进的外国作品从归属地考察,美国、英国、日本居于前三位。具体到日本图书②,其数量逐步递增,且在作品总量中的比例一直为 95% 左右。

若再进一步细化到类型文学,统计 2016/2017/2018 年度两大重要图书销售平台——亚马逊与当当的图书销售数量(见图2),以日本推理小说家东野圭吾为例,其作品的中国受溶课直观化显现。笔者将研究区间设定于 2016—2018 年,基于"亚马逊"和"当当网"图书销量数据,分别绘制小说类排行榜与侦探推理小说排行榜。在小说总销量榜中,东野圭吾以《解忧杂货铺》《白夜行》《嫌疑人X的献身》三部作品入榜,始终稳守排行榜前十名,其中 2016/2017 年度在两个平台皆保持前两位。在"当当网"的侦探/推理/悬疑类小说榜中,东野圭吾更是全然压倒性优势,前十位占据九席。

---

① 国家版权局网站目前还没有 2018 年的数据,笔者将已有的 2016/2017 年数据进行整理,绘制图表。
② 日本作品,覆盖图书、录音、录像、电子出版物、软件、电影、电视节目等不同范畴。日本作品的引进比例保持在 12% 左右。但统计发现,其中日本图书的引进数量,2016 年是 1911 种,占总数量(1952 种)的 98%;2017 年是 2101 种,占总数量(2232 种)的 94%。

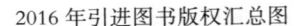

图 1

图 2

依托“开卷数据”，中国内地 2016—2018 年间共出版东野圭吾小说 60 种（见图 3），出版社包括人民文学出版社、南海出版公司、北京十月文艺出版社、北京联合出版公司、上海译文出版社、新星出版社、译林出版社、现代出版社、湖南文艺出版社、天津人民出版社、化学工业出版社。众多出版社积极加入，证实日本推理小说的市场需求与出版价值。

书名	作者	出版社	出版时间	书名	作者	出版社	出版时间
黎明之街	[日]东野圭吾	南海出版公司	201801	第十年的情人节	[日]东野圭吾	人民文学出版社有限公司	201710
第十年的情人节	[日]东野圭吾	人民文学出版社有限公司	201711	东野圭吾作品套装新版	[日]东野圭吾	人民文学出版社有限公司	201801
第十年的情人节(精装)	[日]东野圭吾	人民文学出版社有限公司	201710	危险的维纳斯	[日]东野圭吾	北京联合出版有限责任公司	201812
秘密	[日]东野圭吾	南海出版公司	201710	名侦探的咒缚	[日]东野圭吾	南海出版公司	201812
放学后(2017版)	[日]东野圭吾	南海出版公司	201708	盛夏方程式	[日]东野圭吾	南海出版公司	201811
白夜行(2017版)	[日]东野圭吾	南海出版公司	201707	悲剧人偶	[日]东野圭吾	北京十月文艺出版社	201704
沉睡的人鱼之家	[日]东野圭吾	北京联合出版有限责任公司	201706	学生街的日子	[日]东野圭吾	南海出版公司	201810
伽利略的苦恼	[日]东野圭吾	北京十月文艺出版社	201706	假面系列套装(全3册)	[日]东野圭吾	南海出版公司	201605
造彩虹的人	[日]东野圭吾	北京十月文艺出版社	201705	白金数据(漫画版)	[日]东野圭吾.浅井莲次	北京联合出版有限责任公司	201810
大雪中的山庄	[日]东野圭吾	北京十月文艺出版社	201705	怪笑小说(2018版)	[日]东野圭吾	北京十月文艺出版社	201810
恋爱的贡多拉	[日]东野圭吾	现代出版社有限公司	201704	从前我死去的家	[日]东野圭吾	北京十月文艺出版社	201808
濒死之眼(新封面版)	[日]东野圭吾	上海译文出版社	201704	怪笑小说(2018版)	[日]东野圭吾	北京十月文艺出版社	201808
那时的某人	[日]东野圭吾	译林出版社	201703	悲剧人偶	[日]东野圭吾	北京十月文艺出版社	201807
风雪追击	[日]东野圭吾	现代出版社有限公司	201702	拉普拉斯的魔女	[日]东野圭吾	北京联合出版有限责任公司	201701
东野圭吾作品精选集	[日]东野圭吾	上海译文出版社	201701	虚无的十字架	[日]东野圭吾	湖南文艺出版社有限责任公司	201807
浪花少年侦探团	[日]东野圭吾	南海出版公司	201701	东野圭吾套装	[日]东野圭吾	北京联合出版有限责任公司	201706
拉普拉斯的魔女	[日]东野圭吾	北京联合出版有限责任公司	201612	毒笑小说(2018版)	[日]东野圭吾	北京十月文艺出版社	201807
名侦探的守则	[日]东野圭吾	南海出版公司	201612	黑笑小说(2018版)	[日]东野圭吾	北京十月文艺出版社	201807
神探伽利略(7)-虚像小丑	[日]东野圭吾	上海译文出版社	201611	谁杀了她	[日]东野圭吾	北京十月文艺出版社	201806
神探伽利略(8)-禁忌魔术	[日]东野圭吾	上海译文出版社	201611	以眨眼干杯	[日]东野圭吾	化学工业出版社	201804
白银杰克(新)	[日]东野圭吾	上海译文出版社	201611	假面之夜	[日]东野圭吾	南海出版公司	201806
圣诞妈妈	[日]东野圭吾，杉田比吕美	新星出版社有限责任公司	201611	假面系列(套装2册)	[日]东野圭吾	天津人民出版社有限公司	201803
圣女的救济	[日]东野圭吾	南海出版公司	201701	幻夜	[日]东野圭吾	南海出版公司	201805
恶意(2016版)	[日]东野圭吾	南海出版公司	201611	黎明之街	[日]东野圭吾	南海出版公司	201802
假面饭店(新修珍藏版)	[日]东野圭吾	南海出版公司	201609	梦回都灵	[日]东野圭吾	人民文学出版社有限公司	201801
单恋(2016版)	[日]东野圭吾	南海出版公司	201608	白马山庄谜案	[日]东野圭吾	人民文学出版社有限公司	201801
变身(2016版)	[日]东野圭吾	南海出版公司	201607	怪人们	[日]东野圭吾	人民文学出版社有限公司	201801
流星之绊	[日]东野圭吾	南海出版公司	201605	没有凶手的暗夜	[日]东野圭吾	人民文学出版社有限公司	201801
分身	[日]东野圭吾	南海出版公司	201605	白金数据	[日]东野圭吾	北京联合出版有限责任公司	201801
假面前夜	[日]东野圭吾	南海出版公司	201604	假面山庄	[日]东野圭吾	北京十月文艺出版社	201712

图 3

引进、销售、出版三项数据，都直接显现日本推理小说在中国的广泛辐射力和巨大影响力。日式推理代表世界推理小说发展的第三次高峰，与前两次相比，它在选材、构思和技巧上都有创意及创新，从时代和地域组合的时空坐标里，塑造“本格派”“社会派”“变格派”“新本格派”的独立个性。江户川乱步、横沟正史、松本清张、森村诚一、岛田庄司、绫辻行人、东野圭吾不仅拥有世界范围读者群，而且其小说被持续翻拍成不同语种影视作品。

世界华文文学的作品类型虽存在一些局限，但并非没有推理小说，相反还有两位在欧美有一定知名度的推理小说家[①]，即余心乐（瑞士）和裘小龙（美国），可一直缺乏学界研究跟进。余心乐重视"动机"与"途径"，以华人探长"张汉瑞"为作品主人公，案件发生在瑞士，他说"在创作取向上，我以'本格解谜'为主轴，在推展情节的过程中，遵奉'公平游戏之原则'为圭臬，走反映生活现况的写实风格，避免玄幻式的瞎掰乱扯；就技法上而言，丝丝入扣的推理与逻辑分析，一直是我努力不懈的目标"[②]。裘小龙将小说背景设定在20世纪90年代初的中国内地，主人公陈波是公安侦查员，作品从侦推中折射中国社会的变化、中国人心态的变化、中国文化倾向的变化。裘小龙《红英之死》《石库门骊歌》偏向"社会派"，而余心乐《松鹤楼》《生死线上》归属"本格派"。他们承袭欧美推理小说写作传统，受阿加莎·克里斯蒂、柯南道尔、钱德勒的影响颇为明显。全能型华人侦探为主体人物，由其把握事件节奏，可推理思路较为单调，故事情节刻意突兀，时代性、地域性特色被一再强化。

　　日本华文小说是世界华文文学的重要组成部分，它实有与欧美华文文学相异的叙事视角、叙事方法。它包裹中日文学的美学传承和文化流转，日本文学中分量颇重的"推理"思维，渗透入日华小说的"中国故事"与"他国故事"，调动读者主

[①] 《红英之死》曾入围美国的"爱伦·坡推理小说奖"和"白瑞推理小说奖"，并获得第23届世界推理小说大奖——"安东尼小说奖"。
[②] 余心乐：《杂谈我的侦推创作历程》（上），《推理杂志》（台北）1996年第5期，第21页。

观能动性，推进积极的思考式阅读。日华文学一方面确有纯粹的推理小说，如《元年春之祭》（2016）；另一方面又有融合"推理"质素的作品，如《光禄坊三号》（2017）和《被囚禁的果实》（2018）。它们恰是归属不同"身份共同体"作家（"50后""60后""80后"）的近作，创作者都偏爱以推理控制叙事节奏。笔者将一切推理思维凝结于"推理核"，在理清了日本文学的流通和消费之后，阐释日华小说对日式推理的创造性转化，即小说的生产，重点在它会以何种独特结构和文化机理传达"中国经验"。

2. "推理核"的结构法

推理小说受追捧在某种程度上是因为它可以满足人的"好奇心"。一部成功推理作品的良性功能根植于持续性调动人的求知欲。"推理核"设计基点是"问"与"思"，可以从表现内容与表现形式两个层面被描述，它并不专属推理小说，而是可以含纳一切推理思维统摄的文学作品。《光禄坊三号》《被囚禁的果实》《元年春之祭》，虽出自不同代际作家，却着陆于共同关键词："家"和"谜"，创作者分别设计出三种"推理"结构，即思维导图式、聚焦式、神秘主义嵌套式。

笔者运用 Python 方法对 13 位代表性的日本推理小说家，共计约 2 600 万字的小说文本[①]完成了关键词解析（见图4），根据

[①] 选择日本推理小说 13 位代表性作家江户川乱步、松本清张、横沟正史、岛田庄司、森村诚一、西村京太郎、夏树静子、仁木悦子、西泽保彦、京极夏彦、绫辻行人、东野圭吾、麻耶雄嵩，将他们（包括小说集）的 248 个文本文件，（转下页）

词频由高到低排列，提取前二十的数据，借此佐证推理小说一些常规结构元素。第一，设定一个谜题。"什么"56 306频次、"为什么"11 982频次；第二，构思逻辑关系。"不是……就是"63 398频次、"因为……所以"52 627频次、"如果……那么"39 062频次。第三，探索解密途径。"可能"21 534频次、"觉得"17 837频次、"好像"15 247频次、"看到"13 907频次、"声音"13 315频次、"时间"10 554频次。

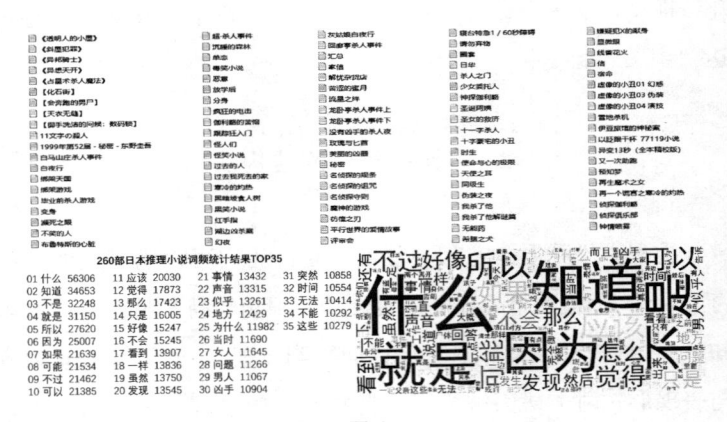

图4

预设—推论共同构筑"推理核"，个人创作特色就埋设于推演的起点、路径与结果。同样对《光禄坊三号》《被囚禁的果实》《元年春之祭》进行词频调查，提取高频词前三十数据分析

（接上页）约260部小说（248个文件里包含两个作品集）近2 600万字文本作为基础数据，用Python语言编程，根据词频统计，手工筛除无效项，如语气助词等，导出关键词，绘制词云图。我们也做过欧美华文小说50部的数据解析，发现词频倾向性有一定偏差，尤其是在"不是……就是、因为……所以"等逻辑关系词的数量上差距明显，相反作品中人称、人物、地域类关键词数量占绝对优势，垄断前二十位。目前数据，已具备一定的研究可能性，得出的结论也有一定可信度。

创作思路，发现与日本推理小说高度相似的叙事逻辑①（见图5）。以《元年春之祭》为例进行说明。谜的提出，"什么"215频次，"为什么"100频次、"问题"67频次；谜的结构，"因为……所以"302频次、"不是……就是"235频次、"如果……那么"185频次；谜的解决，"可能"91频次、"或许"82频次、"觉得"74频次。

元年春之祭词频统计TOP30	光禄坊三号词频统计TOP30	被囚禁的果实词频统计TOP30
01 自己 340　11 就是 129　21 无法 99	01 什么 418　11 看到 157　21 看着 110	01 自己 244　11 开始 103　21 甚至 80
02 没有 280　12 我们 128　22 可能 91	02 知道 260　12 一下 148　22 以后 110	02 这个 221　12 而是 97　22 现在 69
03 这样 244　13 知道 126　23 先生 89	03 自己 225　13 这样 146　23 已经 107	03 不是 152　13 这样 94　23 那个 85
04 什么 215　14 因为 124　24 不过 87	04 律师 214　14 突然 131　24 声音 104	04 已经 148　14 因为 93　24 时间 65
05 时候 181　15 事情 116　25 或者 82	05 怎么 208　15 男人 127　25 为什么 102	05 觉得 144　15 只是 88　25 心里 65
06 所以 177　16 不是 106　26 其实 82	06 觉得 187　16 电话 127　26 旗帜 98	06 什么 142　16 思然 87　26 似乎 64
07 可以 176　17 应该 106　27 现在 81	07 眼睛 165　17 才能 121　27 一直 85	07 有些 127　17 那里 86　27 打电话 62
08 只是 138　18 那么 104　28 如果 81	08 就是 164　18 什么 121　28 妈妈 93	08 就是 131　18 我们 86　28 内心 62
09 已经 133　19 但是 101　29 不会 78	09 不够 160　19 他们 121　29 胎州 87	09 觉得 127　19 过去 82　29 看着 60
10 凶手 129　20 为什么 100　30 还是 74	10 喜欢 159　20 还是 115　30 要看 87	10 还是 124　20 如果 80　30 真的 60

图5

陈永和、亦夫、陆秋槎都在沿用推理小说最常规开篇模式：一场突然的"死亡"事件。"有个叫沈一义的，就是其中之一，六十三岁，脚一伸，死不透"②；"惠子死了"③；"大家都死了"④。

陈永和在《光禄坊三号》创作谈论及作品是"IDEA 小说"，由一个"想法"搭建人物设计、情节走向、结构规划。

---

① 补充说明《光禄坊三号》与《被囚禁的果实》的词频分析。分离出小说中出现特有人名、数量词、语气词，统计排前三十位的高频词。《被囚禁的果实》中，"什么"142频次；"不是……就是"283频次、"因为"93频次、"如果"80频次；"可能"69频次、"觉得"127频次、"看到"60频次。《光禄坊三号》里，"什么"418频次、"为什么"102频次；"不是……就是"324频次；"觉得"187频次、"眼睛"165频次、"看到"157频次。
② 陈永和：《光禄坊三号》，《收获》2017年春卷，第6页。
③ 亦夫：《被囚禁的果实》，《当代》（长篇小说选刊）2018年第6期，第142页。
④ 陆秋槎：《元年春之祭》，新星出版社2016年版，第11页。

IDEA 就是沈一义的三份遗嘱，而其驱动器是定时发送的逝者"短信"，诱发"我知道你不是沈先生，但我想你应该知道我是谁"①的连续揣测。游走于文字间的悬念，不断搅拌即将明朗的真相。《光禄坊三号》基本构架是以解密来推进叙事，"IDEA 更精确化的核心是'未知'，在这部作品中像是'协商'与'共谋'，它躲藏在'遗嘱'背后，主导着困境的构建与开解"②。IDEA 里包裹"推理核"，它以思维导图式结构铺开，由物（遗嘱）及物（照片）连缀起缜密繁杂的线索。沈一义的遗嘱之谜是主线，连缀林芬（前妻）、冬梅（夫人）、龚心吕（恋人）、娄开放（崇拜者）四条情感线，每一条线再延展出母子、师徒、情侣、雇佣等关系，最终所有线的集聚点是墙壁夹层里陌生女子的照片："每一个人都在画上找到了自己。娄开放说眼睛像林芬，冬梅说额头像龚心吕，林芬说嘴巴像冬梅，龚心吕说鼻子像娄开放，整个脸型像沈一义的母亲，但气质整体感觉又像她奶奶"③。陈永和将叙述者和接受者配对，安排两重释疑途径：对于读者，需要知晓四位女性与沈一义的真实关系；对于四位女性，急需确立其他三人与沈一义的关系。因此她笔下"推理核"兼备宏观与微观相结合功能：向外面对社会、向内指向人性。

科幻小说存在"硬""软"之分，推理小说实际也有同样指向。推理的"硬"是"本格"写作，强调逻辑性，专注于扩展推理思路、丰富推理方法、创新推理结果。"软"偏重现实

---

① 陈永和：《光禄坊三号》，《收获》2017 年春卷，第 71 页。
② 戴瑶琴：《情怀，小说之眼》，《文艺报》2018 年 2 月 9 日，第 4 版。
③ 陈永和：《光禄坊三号》，《收获》2017 年春卷，第 84 页。

性，依赖"悬疑"设定，着墨于推理之外的事件背景与成因。《元年春之祭》属于"硬核"推理。故事基点是"家"，围绕观氏家族的两次悬案——"灭门案"和"小休案"。"推理核"是"谜中谜"嵌套结构，弥散着"神秘性"阴柔悲悼。陆秋槎为神秘主义找到有确实相关性的落点：巫文化，并将其注入推理核。西方认为"神秘主义始于雾终于疯"①。岛田庄司在《占星术杀人魔法》中，解释"阿索德"概念时也简单提及"巫"，但他直接滑向"技"的层面。小说副标题是"巫女主义杀人之谜"，於陵葵的身份是长安家族中选定的巫女，她因渴望夺回自己的自由，故而与掌握国家祭祀的观氏一族产生了不可调和的矛盾。李泽厚指出"中国文明有两大征候特别重要，一是以血缘宗法家族为纽带的氏族体制，一是理性化了的巫史传统。"② 观氏灭门和巫女之死正是依循这两个向度。"巫"在中国传统文化中，它体现着宗教、伦理和政治的合一。最重要的是，"巫"是一种宗教性的道德，"它本是一定时代、地域、民族、集团即一定时、空条件环境下的或大或小的人类群体为维持、保护、延续其生存、生活所要求的共同行为方式、准则或标准"③。落实到文本，陆秋槎着重表现的还是"巫"的宗教性维度，如祭祀方法、祈福仪式。巫女必须献祭自己，不可逾矩，以免累及家族招致厄运。不同于《光禄坊三号》，《元年春之祭》"推理核"未承载太多社会反思与人性解剖功能。

---

① 乔治·斯坦纳：《语言与沉默：论语言、文学与非人道》，第20页。
② 李泽厚：《历史本体论》，第157页。
③ 同上书，第49页。

《被囚禁的果实》采用另一种"软推理"建造方法。"推理核"启动的"谜"直指人心。推理过程处于持续收缩,更聚集于自我发现。"推理核"裏挟三重谜题:惠子、桃香、罗文辉(井上正雄),谜的具体形态为血缘之谜和性爱之谜。作品跟踪记录惠子去世后,家庭各成员一年间的心路。刻板的线性生活压制罗文辉潜意识的起伏,他对岳母惠子的感恩演变为依恋,以"耻"感的形式存放,迎与拒的情绪波动制造日复一日的灵肉分裂。惠子一家生活状况透视东京的家庭形态、人际关系、都市阶层;通过"古谷失踪案""三木真珠自杀案"暴露被掩饰的恶念与恶行。正雄发现的真珠日记,揭晓母女敌意真相;安藤告知的过往,披露古谷对父亲的仇视原因。"中内千夏自杀案"逼迫"我"正视与惠子的关系,"我"为爱她而娶了其智障的女儿桃香,为报恩于她而佯装不知井上勉的身世可疑,"我"囚禁于心的谜是对岳母的爱、对儿子的恨。"自由就在外面,但我却一次又一次重新关上了已经被打开的牢门。自由对于健康者是美味珍馐,而我却是个严重的病人。"[1]"惠子死了,试图让她在文字里复活的努力,最终也被我扼杀在了萌芽状态。但我相信那个最终停留在了我想象中的惠子,并非我的臆想,而是惠子的另一面,是在我半世人生貌似平静的水面下若隐若现的另一个真实的惠子。我一直都知道她的存在,但却不忍或不敢让她真正在生活中现身。"[2]亦夫的推理是分解极端性的事件,裸露矛盾性的人心。

---

[1] 亦夫:《被囚禁的果实》,《当代》2018年第6期,第215页。
[2] 同上书,第214页。

三部作品提供了"推理核"的三种建构方法，凸显日本"本格""社会""新本格"的风格，尤其偏向东野圭吾的心理剖析与岛田庄司的神秘主义。与之形成参照，美国华裔作家裘小龙小说是纯欧美式构思。一是密室。阿加莎·克里斯蒂擅长在"暴风雪山庄"蓄势，针对人性弱点，由果求因。裘小龙《石库门骊歌》就沿用类似构思，石库门内住户都有杀害尹骊歌的理论可能和事实不可能。一是主题人物。与阿加莎·克里斯蒂、柯南道尔、爱伦·坡、钱德勒一样，他创造"陈波"——一位智慧过人的侦探。不同于波洛、马普尔、福尔摩斯、马洛的私家侦探身份，"陈波"是知识分子型公安战士，接受过高等教育，痴迷文学，但他同时又被预设20世纪五六十年代"反特片"中功勋侦查员的典型性特质：一样的文武双全，一样的疾恶如仇，一样的高度忠诚，并且保持单身。

日华小说"推理核"还有一些共性。首先，扎实缜密的细节描写，比如衣食住行、季节轮转。其次，叙事视角的组合。热奈特将视角定义为聚焦，区分零聚焦、内聚焦、外聚焦的概念。透视日华小说"推理核"内部构造，主体是内聚焦，由多个人物分别叙事，又兼具全知全能式零聚焦。这同样是日本推理小说的常规角度组合。真相总被迷雾遮蔽，"我们称为事实的东西也许是一层语言纺成的面纱，覆盖在我们的心灵上，远离现实"[1]。《光禄坊三号》中，四位女性轮流承担叙事，陈述自己知晓的部分真相，作品新意是将解谜附着于四人合力。《被囚禁的果实》由桃香呓语／正雄独语形成真假互渗的两重视角，先

---

[1] 乔治·斯坦纳：《语言与沉默：论语言、文学与非人道》，第28页。

验性和现实性的错位描画出抵达真相前的驳杂景观。《元年春之祭》里每个叙事主体都在刻意隐瞒，只挑选需要让人知道的片段刻意陈述。小说以神秘主义保护"假"——实际上每人掌握的内容都大于说出的内容。

3. "推理核"的文化膜

日本华文小说的"推理核"处于文化包覆之中。《元年春之祭》大篇幅融入中国古典文献，《光禄坊三号》深耕福州地域文化，《被囚禁的果实》揭示东京都市文化特点。应该说，中日文化是"推理核"的文化根基，创作者都自如地嵌入中国古典诗词，选择"中国故事"/"他国故事"两个维度，以推理构思和推理逻辑传达中国文化。

余心乐解释其"推理"是"拿侦推小说当作传播讯息的媒介，去勾描东西文化异同与融歧的问题，并借此探讨华人在海外奋斗生存时所面对种种环境及心理的挑战"[1]。因此，张汉瑞人设被定位于"国际化融合"。同时，他又讨论推理小说发展方向："如何善用此一时势与潮流，从我中华民族丰富的文化遗产以及当代惊人的进步成就中，运用有别于西方传统的手法，透过侦推文学的表达形式，去解剖人类的共性，分析物质社会的种种现象"[2]。余心乐的推理小说是传递中国经验的他国故事。我们重新审视裘小龙小说的接受度，发现其始终是海外热捧/国

---

[1] 余心乐：《杂谈我的侦推创作历程》（上），《推理杂志》（台北）1996年第5期，第21页。
[2] 同上书，第27页。

内冷遇。对于熟悉欧美、日本推理作品的受众来说，推理"硬核"薄弱，且有一定固化及老化，小说可读性并不强。裘小龙谈到"在国外写中国，我还要面对一个假设读者的问题（implied reader），即在写作时必须意识到特定文化读者群的需要"①。作品以改革开放为依托背景，隐含的案件背景则是"文革"，实质上，它仍是一种程式化年代叙事，以两个重要时期，构成案件发生的后果和前因。《红英之死》英文版为"*Death of a Red Heroine*"（红色女英雄之死）、《外滩花园》英文版为"*A Loyal Character Dancer*"（忠字舞者）、《石库门骊歌》英文版为"*When Red is Black*"（当红是黑的时候），皆有一定政治隐喻。"高干子弟"及其背后的权力，是小说话题性的根基，并且模式化地终有一位英明领导实施"最后一分钟"营救。三部小说的创作水准基本维持在一个层面上，作者预设的两种文化冲突、社会的两极分化、现代人的精神迷失，落实到小说中，只是表面化的现象罗列。一些文本细节也值得推敲，例如含糊的时代背景。作品定位是90年代初，然而场景设计并非90年代初的实情，如手机、微波炉、吊带衫等并不普及。他似乎在打通整个90年代，把中国90年代中后期的情况，乃至21世纪初的情况前置。同时，陈波的浪漫主义和理想主义难免矫情。

陆秋槎是古典文献专业出身，推理思想是"原始主义与现代技巧"的结合，试图"以一种现代西方的文学类型来书写一种古代东方的道统"②。若从海外华文小说视角考察，他延续余

---

① 裘小龙：《红英之死》序言，上海文艺出版社2003年版。
② 陆秋槎：《元年春之祭》，第243页。

心乐提出的创作思路,即文化内质的中国化。因此"文中征引传世古籍与出土文献颇多,此处难以逐一注明所据版本。其中对《礼记》引用尤多,在进行白话翻译时参看了王文锦先生的《礼记译解》一书。对《楚辞》文句的训诂则主要参考了蒋天枢先生的《楚辞校译》一书。"① 此外,他还参看了十三种古典文献。当前世界华人文学,明确将故事场域放置于中国古代社会,主动再造历史现场的作家有两位。一是法国山飒,她以《柳的四生》《裸琴》,回到魏晋南北朝和宋元,以画论、琴道实现中国文化的精致化写作;一是日本陆秋槎,他从中国经典文献叠加互释中实现古典化写作。陆秋槎在《元年春之祭》释《礼记》,山飒于《裸琴》引《乐记》,她以"乐""礼"结合,阐发做人与制琴相通之道。"乐者,天地之和也,礼者,天地之序也,和故百物皆化,序故群物皆别,乐由天作,礼以地制。""琴者禁邪归正以和人心,是故圣人之制将以治身育其情性和矣。抑乎淫荡,去乎奢侈,以抱圣人之乐,所以微妙在得夫其人而乐其趣也。"② 抚琴也是对自我的一种约束。"琴者,禁也。七根丝弦会松懈,弹琴前就要调音紧弦。人像琴一样,也应当每日自我审视、纠正言行。禁不可为之为,禁不可思之思,有禁才有逍遥……"③《裸琴》里少妇的命运悲剧,皆因与"情""禁"纠缠。在《元年春之祭》中,不乏对"礼""仁""射"的理论阐释,《子虚赋》等文学经典被融入寻常生活。"露申从小住在这附近,是否读过司马相如的《子虚赋》?……《子虚

---

① 陆秋槎:《元年春之祭》,第239页。
② [荷]高罗佩:《琴道》,宋慧文等译,中西书局2013年版,第76页。
③ [法]山飒:《裸琴》,人民文学出版社2015年版,第170页。

赋》里面是这样描述云梦的。葵开始缓缓吟诵——"①"芰衣姐临终的时候唱了《九章》里的一段"。②家宴时,"钟展诗援琴作乐,会舞倚声和歌,唱的是《青阳》","钟会舞歌罢,葵鼓瑟歌《頍弁》"③。《小雅·頍弁》本就是贵族宴饮作乐之歌。小说第二章第二节描写观家宴席,但作者借於陵葵之口,主要篇幅都在表述个人对屈原的理解。

同时,陆秋槎并非只是引经据典,他很精心地实施历史现场还原。"正堂的屋顶榦木四交,状若鹊冠。半开放的堂前设了四扇屏风。楹间则支起一方猩红幄幔,用金线绣上了凤纹,又缀以列钱、流苏。堂内左右各设两座七枝灯,枝端各施行灯一盏。两灯之间又置有豆形铜熏炉。灯与炉体皆鎏金。观其形制,似是六国时的旧物。"④落实细微处,作者苛求人物与场景的历史对位。从某种意义上,陆秋槎包裹于"推理核"之上的文化古典化,提供中国故事书写的另一条路径。

陈永和也将"推理核"嵌入"中国故事",她吸纳福州当下的民情风物,以写城市之变带动人心之变。"光禄坊三号",就是一个中国式宅院:"宅院分三个部分,进门正面对着两扇插屏门,绕过去是个小天井,接着一进大厅,左右两边各一个套间,一进厅与二进厅间隔一扇大门,进去又一大厅,两边各一套间,结构与一进厅完全一样。两个厅各有一小门可以通往旁

---

① 陆秋槎:《元年春之祭》,第8页。
② 同上书,第35页。
③ 同上书,第43页。
④ 同上书,第39页。

边庭院，庭院里分布有花、树、小亭、假山等等"①。描绘一次家宴，她从食材、做法到命名，都着意突显福州特色。"张竞提着一只杀好了的土鸡、两盒百饼园凡女人都爱吃的芋泥酥和香芋蛋黄酥；钟正明……带来一袋山农家留给自己喝的无农药大红袍；沈卓拎着几只从平潭渔民手上买到的野生螃蟹和海胆。……林芬走路去南后街的同利店买了肉燕跟木金店的肉丸。冬梅……完事以后开车去上渡湾边买了一只巨大的白刀鱼。……三个女人变花样似的做了一桌福州菜：油煎肉丸、炒双脆、南煎肝和杂烩汤，蒸河鱼，加上土鸡汤和一大盘冷菜。"② 街道、建筑、气候也有福州独特印记。"她顺着公园路往马厂街走去，经过旧德国领事馆，一路枯叶散落在地，许多新绿在旧绿的簇拥下从围墙里探出头来。春天到了，福州的三月，路上静悄悄的，几乎没有行人。其实马厂街是条小巷，弯弯曲曲的，围墙里面都是些旧时代遗留下来的小洋房。有些围墙上贴着一张大纸，说某某某曾经在这里住过。龚心吕的眼睛在林徽因这名字上停留了一下，但马上晃了过去，什么也没看进去，她甚至不明白为什么林徽因的名字会出现在这个小院落外破旧的砖墙上。"③ 福州的街巷情致与女性的幽微心理相呼应。马厂街是福州地标式民国建筑遗址，由以园、可园、梦园、爱庐、忠庐、硕庐等十二座民国红砖房结构而成，不到 500 米的小街里记录着福州历史，而小说中提到林徽因，她曾经在可园度蜜月。

---

① 陈永和：《光禄坊三号》，《收获》2017 年春卷，第 19 页。
② 同上书，第 108 页。
③ 同上书，第 99 页。

《被囚禁的果实》折射中国人眼中的日本。它依循时间线索，以东京的春夏秋冬描摹日本的热烈与阴郁。小说有意突出樱花①，运用大量的景物描写，将东京樱花与东京生活并行在一起。"与中国北方相比，东京在我眼里，是一个四季不甚分明的城市，尤其它的冬天可以说是缺失的。旅居此处近三十年，东京很少下雪，积雪更是罕见。即便偶尔满地薄白，也只是昙花一现，很快就消失得不见踪影了。今年这个冬天，更是连一片雪花都没有落过。到了三月中旬，气温已经高得有了一丝燥热的感觉。早花河津樱已经败落，小村井梅园里数十种美华正在怒放，而无处不在的染井吉野也已是花苞累累，每年一度的盛大的花见期已经指日可待了。"② 亦夫引用郑孝胥《樱花花下作》"仙云昨夜坠庭柯，化作蹁跹万玉娥"描绘东京樱花季盛况，又借苏曼殊《樱花落》"十日樱花作意开，绕花岂惜日千回"感叹花季短暂。花期过后，"东京这座别人的城市，像被一道强烈的霓虹灯照过之后，顷刻间又恢复了它的灰暗、陌生和冰冷"③。东京气候又与人物心理形成对照关系。桃香季节性情绪变化追随着天气冷暖，惠子去世一年内，"我"的心也与东京一起湿热一起冰冷。而气候更深层的含义在于东京与"我"无法消除的隔："对于我这样一个从小生活在中国西北乡下的人而言，东京永远都是没有冬天的南方。这座远离我童年之地的城

---

① 日本推理小说作家在其作品中经常描写日本樱花。如"新本格派"代表人物岛田庄司，笔者统计其已出版的中文版小说集 15 部（《透明人的小屋》《斜屋犯罪》《异邦骑士》《异想天开》《占星术杀人魔法》《化石街》《会奔跑的男尸》《天衣无缝》《御手洗洁的问候》《黑暗坡食人树》《龙卧亭杀人事件上》《龙卧亭杀人事件下》《魔神的游戏》《寝台特急1》《希腊之犬》）词频，出现樱花描写计 99 处。
② 亦夫：《被囚禁的果实》，《当代》2018 年第 6 期，第 154 页。
③ 同上书，第 160 页。

市，即便已经进入了季节划分上的冬天，却也永远无法抵达我人生记忆之初那铭心刻骨的寒冷"①。小说以"观樱"破除父辈对日本的偏见。"父亲虽然在我面前处处把日本社会批驳得一无是处，却毫无障碍地适应了客居他乡的生活，甚至过得如鱼得水。"② 樱花（文化指征）与亲情（人性指征）相结合，揭开父亲"融入"的原因是人类对真善美的珍视。

4. 余论

"推理核"是日华小说的文学特色，它在故事性的营建中，极大地激发可读性，并满足了读者的探索欲。但作品有一个显著问题是语言的"拧"，作家保持着一些日语表述习惯，因此场景描述和人物对话，令读者觉得赘述和滞涩，不符合汉语构词造句法。因此，"推理"技巧层面精进，首先需拆除语言的"隔"。

当前日本华文小说"推理核"更重要的研究价值是文化内质，有一种潜在的创作趋势，即"日式推理"日益成为"讲故事"方法，而创作者立意在书写中国故事，传达中国文化。值得肯定的是，年轻的日华文学作家基于传统思考创新，向中国古典文学及文化纵深探索。开掘中国文化精致化向度，将为当前世界华文文学发展提供新思路与新实践，这是值得世华文学创作者深入研究的。

---

① 亦夫：《被囚禁的果实》，《当代》2018 年第 6 期，第 219 页。
② 同上书，第 158 页。

科学思维
生产小说的化学反应①

20世纪四五十年代,第三次科技革命在美国兴起,它是继蒸汽技术、电子技术之后,信息控制技术的革命。从计算机到空间,从原子能到生物工程,此次革命在推动经济、政治、文化等领域变革的同时,也影响人们的生活方式和思维方式。同时,各学科之间的相互联系不断加强,合作化程度不断提高。基特勒强调必须考虑技术媒体中数据的储存、传输和运算。"意义并不是主体所赋予技术的,不是内在或者先于技术存在的,而是由技术所引导的,或者因为技术而可能的。"② "书写,作为一种象征性的编码技术,已经被塑造光和声波的物理效果存

---

① 王苇柯,美国"80后"华裔作家,1989年出生于南京,毕业于哈佛大学,获得化学学士学位,在波士顿大学获得艺术硕士学位。长篇小说 Chemistry 出版于2017年,获得海明威笔会奖、怀丁奖在内的一系列文学奖项,她因本书被美国图书基金会评选为"五名最杰出的35岁以下作者"之一。Chemistry 的中文版改名为《中国女孩》,已由上海文化出版社于2019年2月出版,因对一些基本科学概念的理解差异,本文研究中未使用中译本,中文都由笔者自己翻译。
② 陈静:《人工智能时代的数字图像与视觉知识生产》,《马克思主义美学》2018年第2期,第209页。

储的新技术所颠覆。爱迪生的两大发明——留声机和活动电影放映机——打破了书写的垄断，开启了一种非线性（也是序列性的）数据处理的先河。"① 如果说科技发展，已经改变文学的传播；那么科技思想，正在逐步渗透文学的生产。文学是呈现、重塑、想象生活，"我们日常对世界的经验，是从亿万个原子组成的巨大物体之间的关系得来的……一切现象实际上是以极小粒子的量子物理为基础的"②。刘慈欣在 2018 年"克拉克想象力社会服务奖"演讲时说：未来像盛夏的大雨，在我们还来不及撑开伞时就扑面而来。科幻小说将以越来越快的速度变成平淡生活的一部分，作为一名科幻作家，责任就是在事情变得平淡之前把它们写出来。③ 一批理工科学术背景的"70 后""80 后"华裔作家，立足科学原理，构思新的创作视角、新的写作素材、新的表现方式，呈现人生的可能性指向。威廉·肖克利在 1956 年获得诺贝尔物理学奖时提出实验的重要性在于是否能得出关于自然本质新的、可能持久的了解，我认为，当前以科学思维创作小说的价值在提供人生论题的各种新解释。

1. 科学思维

美国新一代（"70 后"为主）华裔作家中，很多人热爱科幻写作。2017 年，年轻华裔作家的科幻小说引领大陆图书市场

---

① 陈静：《走向媒介本体论》，《文化研究》（第 13 辑），第 295 页。
② 布莱恩·考克思、杰夫·福修：《量子宇宙》，伍义生、余瑾译，重庆出版集团，2018 年，第 2 页。
③ 详见刘慈欣演讲词，https://tech.sina.com.cn/d/i/2018-11-09/doc-ihnprhzw9541134.shtml，2018 - 11 - 09。

"科幻热",中文版被出版或再版,如特德·姜《你一生的故事》、刘宇昆《爱的算法 杀敌算法》《奇点移民》、鲍嘉璐《月球人》、陈致宇《特工袋鼠》。物理学家弗里曼·戴森阐明人类需要太空旅行有三个原因。第一个原因是垃圾处理,第二个原因是摆脱物质匮乏,第三个原因是我们对于一个开放式前沿的精神需求。太空旅行的终极目标,是不仅带给人类科学发现和电视上偶然的美妙节目,而且还有我们精神世界的真正扩展。[①] 科幻小说的现实性体现在文学与科学的对话、文学与时代的对话、文学与世界的对话,相当数量的"70后""80后""90后"华裔作家抱有深邃的"宇宙情怀",他们写作小说,不是逃避生活,以文字排解苦闷,而是在积极参与,揭示更多现实"遭遇",尝试更多元的解决路径。文学想象力从生动的科学世界中被激活,在传统性、通识性的文化冲突、族裔问题、家庭矛盾、灵肉之争等议题之外,年轻华裔作家试图将小说创作放置于跨学科的"场",从天文学、物理学、生物学、化学、心理学等视角转述科学观,以理性论证表达创作者超越民族、种族的人文关怀。

移居其他星球对人类而言是福是祸?薛定谔式幻想启动了相当数量年轻作家的科幻文学之路。鲍嘉璐在其《月球三部曲》中构想了移民月球后显现的社会组织架构与未来月球人的生活细节。作者的学历背景是生物学/生态学,因生态破坏和资源紧缺造成的阶层分化,及由此引发的战争,是其科幻题材创作的

---

① 详见弗里曼·戴森:《宇宙波澜:科技与人类前途的自省》,王一操、左立华译,重庆大学出版社2015年版,第149页。

切入点与思想域。无独有偶，2018年横扫全球票房的美国漫威电影"复联3"中的萨诺斯（"灭霸"），不惜一切代价地集齐"无限宝石"，终为能打出一个响指——宇宙寂灭，其根本目的也基于此。

据科学家考证，月球体积大约不过地球的五十分之一。《月球人》提出一旦当人类秉持着既想躲避战争又要捍卫个体自由的意愿，逃往月球，实际坠入的恰是一个面积更小、资源更匮乏，且无法再离开的困境。"月球人"是地球人的"他者"。在月球，阶级重新划分，拥有武器和资源的团体成为领导者，他们以"守卫家园"名义诓骗民众，实施集权统治。外有地球人窥探，内有委员会独裁，"月球"人深陷于苦难渊薮。月球成为一个配备高科技，却更血腥与暴力的领地。作者引入对科技伦理的思考，数本主义与人本主义的关系成为思辨焦点；从小说的肌理内，折射出对一切生命的尊重与敬畏。作品里滑动着一系列科技元素，其中值得重视的是月球人的"手屏"。他们从小即与手屏共存生活，借助其屏蔽实时监控，有效杜绝监听监视。鲍嘉璐借此暗示地球人与手机的关系，手机为生活提供便利，也在某种程度上阻隔人类对生活的切实体验，人为制造出与真实世界的"隔"。

特德·姜《你一生的故事》[1] 结合费尔马"最少时间律"[2]，

---

[1]《你一生的故事》获得1998年"星云奖"（Nebula Award），后改编成电影《降临》。小说和电影在科学的侧重有所不同，小说实际是基于物理学，"七肢桶"的语言是现象，最少时间率是本质。而电影的重心在语言学，刻画人与外星人的交流。

[2] 根据物理学中的变分原理，自然界在面临这个问题时往往遵循极值原则，追求某一属性的最大化或者最小化；同理，光总会选择走极值路径，其实际所取的路线永远是最快的一条——即费尔马的时间最少定律。

他设计外星人"七肢桶"的语言,假想外星人感知、认识世界的方式。在物理学家与"七肢桶"的沟通过程中,处于伊利诺伊州的"七肢桶"首先回应,重复了"最少时间律"物理实验。若从因果关系角度思考"光的折射",接触水面是"因",因密度不同产生折射后改变方向是"果";但最根本成因实为时间。"费尔马定律"是从目的以及达成目的的方法来描述光,就如"光"自然知晓或者有施事者向其下达指令:"你应该最大化或者最小化时间以抵达你的终点"①。小说揭晓光在出发的那一刻就知道未来要抵达的地点,过去和未来不是先后发生的,而是同时发生的——这便是外星人"七肢桶"理解时间的方式,其语言也由"同步性"而形成。因而当语言学家露易丝完全掌握"七肢桶"的语言、并自发以相同方式思考时,便拥有预知未来的能力。她洞悉了自己以及她暂时还不存在的女儿的一生后,被动接受了"宿命论"。"一瞬间,过去与未来赫然并置于眼前,我的意识在当下时间之外,正燃烧着长达半世纪的余灰。我觉察我目及的整个时代具备同步性,它裹挟住我的余生,还有你的一生。"②

王苇柯作品的独特性是化学思维,她将人的成长过程设想为晶体形成。晶体本质是由大量微观物质单位按一定规则有序排列的结构,它有缺陷性,因其形成条件、原子的热运动及其他条件的影响,原子排列与完整周期性点阵结构产生偏离。"结晶"中发生的化学反应,一方面令个性塑形具有各种可能,另

---

① Ted Chiang, *Story of Your Life*, Northampton: Small Beer Press, p. 88.
② Ted Chiang, *Story of Your Life*, p. 99.

一方面转换出人际关系的复杂面向。需要强调的是，小说 CHEMISTRY 的价值凝聚于其现实性和当下性。它集结了"80后"华裔青年遭遇的一系列心理问题，尤其是如何处理与父母的关系。小说戏剧性在理性/感性的数次交锋中被不断激发。理性驱动年轻人不会盲从亲信，信奉独立思考，但它却没能击穿由感性层层裹覆的中国式亲情。

2. 化学反应

王苇柯选择"词"，为化学与文学的结合埋设论点。"Chemistry 的中文是'化学'。第一个字本意是改变、变形、融化。第二个字意思是学习。若用汉语的'上声'或'入声'读出来，'xue'可能指'雪'，'hua'也可能是'话'。而'化学'就会成了'化雪'，或是'话学'。"[1] 小说 CHEMISTRY 里，"我"的成长过程与多项常规化学反应形成有趣的对位关系。作者将"我"与艾瑞克这对情侣设为对比，检视归属不同族裔身份、不同家庭背景、不同成长路径的美国年轻群体。他们自如"接触"，但无法"相融"。"我"学业停滞、心理焦灼、烦恼原生家庭、疑惧未来婚姻。艾瑞克则是"全家最成功的人"，"他的职业道路特顺，就像支支利箭直击靶心"[2]。若反观化学世界的催化反应，它是在催化剂作用下实现的化学反应（见图6），其完成需要一定的活化能，使反应分子原有的某些化学键成功解离并

---

[1] Weike Wang, *Chemistry*, New York: Alfred A. Knopf, 2017, pp. 196–197.
[2] Weike Wang, *Chemistry*, p. 9.

重构。因此，在部分难以发生化学反应的体系中，加入催化剂，可使其降低活化能，进而控制产物的选择性及立体规整性等。

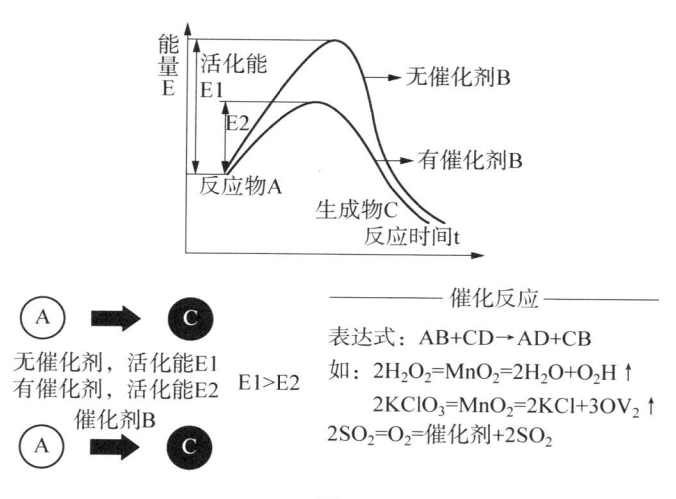

图6

催化反应
表达式：AB+CD→AD+CB
如：$2H_2O_2 = MnO_2 = 2H_2O + O_2H\uparrow$
$2KClO_3 = MnO_2 = 2KCl + 3OV_2\uparrow$
$2SO_2 = O_2 = 催化剂 + 2SO_2$

无催化剂，活化能E1
有催化剂，活化能E2   E1>E2
催化剂B

异性交心如"异种电荷"互相吸引，艾瑞克正保持着稳定的成功态，催化"我"的不成熟"怀疑"与"依赖"。两人因"相异"而"相吸"阶段，艾瑞克观察到，他理念中特别顺理成章的牵手、示爱、求婚，在"我"这里，却一次次激发出心理病症：不适应长时间牵手而下意识将拇指掐进掌心、因一句"我爱你"就全身发烫、苛求两人保持同步发展故而迟迟不答应求婚。艾瑞克认定的爱情，是互相包容与互相陪伴，他沮丧无论和"我"多么亲密，还是有"十英寸厚的防弹玻璃"横亘在两人中间，更令人失望的是在这堵"玻璃"后还矗立着更多玻璃。为了先打碎第一层，他开始尝试改变"我"的"结构"，带"我"看医生、听"披头士"、养狗,导向他期待的反应结果——做自己。艾瑞克不是协助寻找催化剂,而是他本身就是催化剂。"我"因他的出现而得以开始正视心理问题、质疑成长模式、检讨中国式母女关系。"在公园里的时候,'我'会不由自主地轻拂'我'看见的每一朵花儿。艾瑞克便说:'你就像个孩子。'他带给'我'一个额头的轻吻。就这儿,'我'手指此时来回轻抚的地方。"① "吻"印在"我"的额上,轻抚运动意味着"我"固有信念的逐渐分解,而这一分解的过程促使"我"切实体验到什么是独立精神个体的存在。

催化剂也有效用变缓甚至停止起效的时候,例如催化剂中毒就是反应原料中的微量杂质使催化剂的活性、选择性明显下降或丧失的现象,毒性可逆或不可逆。艾瑞克并非始终保持加速作用,改造"我"的挫败感导致催化剂"中毒",反应失效的结果是两人关系破裂。"你为什么这样?你难道还不明白?你是没有真正的童年,所以你才乱发泄。"② 化学的科学性正在于"反应"并不会因为催化剂缺失而停止作用。事实上,"我"自身"晶体"已因艾瑞克而发生了质子改变,其离开,促使"我"终于知晓"无所畏惧"对于坚守自我的关键意义。艾瑞克如同冰箱里最后那颗"我"舍不得吃的"长毛"糖果,变质且无益健康,但它的存在,就是"我"的心灵慰藉。"我"吃下它后,决心给艾瑞克写信,已然传达出催化反应的效用。

---

① Weike Wang, *Chemistry*, p. 205.
② Weike Wang, *Chemistry*, p. 89.

代际问题，被王苇柯巧妙地转换为化合反应的关系。化合反应（见图 7）可简记为 A+B→C，C 是在 A 和 B 共同影响下生成的产物。"我"的出生和长大，都在父母合力作用之下。如果说，"我"与艾瑞克的相处模式是"晶体"提纯，那么"我"父母是以"原子核"建构夫妻关系。"带正电荷质子的原子核，应该有斥力，但却不互相排斥而分开。"① 迥异的原生环境和对抗的理念分歧，却令人费解地依然使"我"的家庭保持"凝而不散"："不管发生什么，不离婚"。科学可以对此释疑：强相互作用的存在。同时，父母的思想又无遗漏地聚合向"我"，无形中干预"我"的择业观和婚姻观。

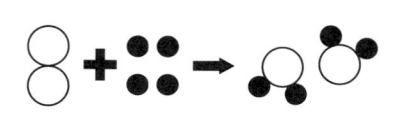

——— 化合反应 ———

表达式：A+B=C
如：$2Na+Cl_2==2NaCl$
$4Al+3O_2==2Al_2O_3$
$CO_2+H_2O==H_2CO_3$

图 7

"我"从青少年时代就认定自己"必须无条件地热爱化学"，但科学并不会实时回馈"我"的情感忠诚。在父亲眼里，"天空不是蓝色，不是灰色，也不是白色，是 1 024 片雪花飘落地面的颜色"。在母亲心里，"你以为你是谁？没有博士学位，对我来说，你就一文不值"②。表面上，"我"的失控是因为没有论文、没有学位；实质上是暂时失去了研究兴趣。"我"竭力摆脱化学对"我"长期的控制，屏蔽实验室所有事项。"把父母

---

① Weike Wang, *Chemistry*, p. 208.
② Weike Wang, *Chemistry*, p. 62.

双亲都从镜前抹去","我"绝不会攻读博士学位。"我"/自我展开一次次对话与反诘:"我为什么要逃离科学?是因为我不喜欢还是不擅长?"心理医生的解答一锤定音:"这不是你的问题"①。"我"勇敢砸下五个烧杯,拒绝父母给予"我"的"化合反应"。小说中有一处生动比喻:做移民家庭的独生子,如同深空航行,两者最根本的相似点是强烈孤独感。② 自 20 世纪 60 年代"留学生文学"以来,华人文学研究专注"留学生""新移民"对美国生活的融入,但每一代"新移民"的子女,对不同时期"移民"家庭的接受过程,现阶段需要重新探讨。"我"询问艾瑞克:"你爸妈对你说过最难听的话是什么?""你见过他们做得最糟糕的事是什么?""必定有过某个时刻,你见识到父母的卑劣粗鄙或者无聊吧?"③ "我"期待他也有"我"的不幸,以保持与"我"对生活的共情,可结论是他只有幸福。对于代际关系,艾瑞克坚持"父母不等于我们,我们不同于父母。我父母的婚姻也仅为普通之一例"④。"我"没有与之正面交锋,而是另辟蹊径地以生物学的科学性,回答"我"与父母"打断骨头连着筋"。"人的基因代码一半来自父亲、一半来自母亲,线粒体 DNA 则完全由母亲决定。"⑤

"我"与闺友性格的互证与互补,演绎出复分解反应的复杂。复分解反应(见图8),即 AB+CD→AD+CB,是两种化合物互相交换成分后生成另外两种化合物的反应。两人自三年级相

---

① Weike Wang, *Chemistry*, p. 118.
② Weike Wang, *Chemistry*, p. 145.
③ Weike Wang, *Chemistry*, p. 17.
④ Weike Wang, *Chemistry*, p. 26.
⑤ Weike Wang, *Chemistry*, p. 199.

———— 复分解反应 ————
表达式：AB+CD→AD+CD
如：HCl+NaOH==NaCl+H$_2$O
2HCl+Ca(OH)$_2$==CaCl$_2$+2H$_2$O
H$_2$SO$_4$+2NaOH==Na$_2$SO$_4$+2H$_2$O

图8

识，在毗邻的密歇根小镇长大，互为镜像，借助对方审视并改变自己。

"镜子"是小说核心意象之一。心理医生提供化解怒气的方法——站在镜子前凝视自己。同样中国传统文化里存在"照镜"的各种文学及艺术表达。镜子确立的视觉模式通达精神层面。闺房最重要的特征是它的封闭性，"我"选择站在自己房间的镜子前，以无一切干扰的状态保持与自我的对话。与中国画里的"屏风"有相似性，都在有限空间内建立双重审视：受众—人物、人物—自我。屏风最初定义是'遮蔽'。它是最理想的分隔物——不仅分开单个的场景，而且把观赏者和观看对象隔开。[①] 巫鸿在诠释"屏风"时，他侧重于"重屏"，屏风上的内容投射主体的心灵世界。镜子更为复杂，对于读者，它具有"屏风"功能：读者窥视着"我"凝视镜子里的"我"，镜子反射的不只是"我"的外貌，而是其内心；读者获取共鸣的客体并非"我"的形象，而是"我"的全部精神追求。对于"我"，它储备好"看见"和"认出"的双重审视，目的是抵达对自我的理解。同时，"我"与女友也担任各自的镜子，反转"看"/"被看"，回溯至人类"婴儿期"的本真——裸露与模仿。"我"恋情出问题、工作陷入瓶颈；她分享怀孕喜悦、抱怨丈夫出轨，

---

① 巫鸿：《重屏》，文丹译，上海人民出版社2017年版，第67页。

互相裸呈真相。"我"开始看育儿杂志,更是向母亲说出"想要退学";她流露出焦虑不安的神经质。婚姻变故使女友养成了躲进浴室躺进浴缸思考的奇怪习惯;有一瞬间杀死丈夫的念头;在婚姻咨询所,歇斯底里地泄愤。"我"给她的铝心镇纸①发挥"镇静剂"效用,"镜子"前、"面对面"这两条渠道的坦诚倾诉,完成沟通、净化、再造。

女友婚姻从美满到瓦解的经过及结果与分解反应(见图9)高度相似。它是由一种物质反应生成两种或两种以上新物质的反应,即 AB→A+B。

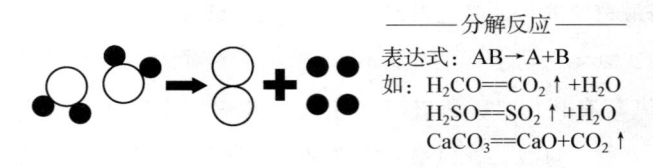

———— 分解反应 ————
表达式:AB→A+B
如:$H_2CO == CO_2\uparrow + H_2O$
$H_2SO == SO_2\uparrow + H_2O$
$CaCO_3 == CaO + CO_2\uparrow$

图9

家庭稳态结构由于第三者闯入而被打破。他俩分解反应的本质是外和内分。感情全然破裂,因未成年女儿的存在,才维系假象和谐。他不止一次地给她打电话或语音留言:"对不起。我想你。""你能不能考虑回来看看,仅作为一个朋友?"② 分居期间,他反复以"我们的女儿"作为情感之矛。两人虽再次复合,但婚姻已发生质变,沦为一种合作协商。"我们是一个好团队,财务稳定。他能逗笑宝宝。"③ "我"和艾瑞克也具有分解

---

① 小说特意强调是"铝","铝心镇纸"是作品的另一个核心意象。从化学解释,铝是一种活泼金属,重量轻,耐腐蚀。它是两性的,极易溶于强碱,也能溶于稀酸。
② Weike Wang, *Chemistry*, p. 174.
③ Weike Wang, *Chemistry*, p. 209.

反应特质，四年相处依然无法调和文化冲突与观念分歧，压力如影随形。

3. 代际论题

代际问题一直是华文小说与华裔小说的写作热点，它延展出个性、人性、文化、伦理等不同触角。而美国华人文学又有其特殊性，即每一代"身份共同体"华人，对美国的融入体验，都是崭新的。20世纪80年代"新移民"下一代已成长起来，他们拥有迥异于父辈的生活境遇和文化接受。同时，越来越多大陆小留学生"被"留学，其显现出与之前两代"留学生"（20世纪50年代和20世纪80年代）全然不同的知识储备和个性意识。感觉的过程是由物质向心理内化的过程，不同于传统行为主义机械的刺激→反应的白板理论，而更与"格式塔"心理学派的同构说相契合。"同构"体现在心理现象是一种"场"效应，其必须借助两种力的推动而实现：第一种力是由主体的动机和需要形成的内驱力，即"张力"，会随着需要的满足或目标的实现趋于松弛乃至消失；第二种力来自客体的结构性功能与目的。代际关系，对于父辈与子辈而言，杂糅两种力，回旋于个体场和代际场，继而在场内产生应力和应变效应，引发心理变化，促发相关行动。

化合反应，它在文学里折射为两个层面变化，即代际化合与文化化合，而解析代际实质上又是审视文化的微观途径。梳理近二十年美国华人小说中的"代际"书写，浮现一条主线是"化合"的无效→起效→有效，由此形成两项推论，即矛盾从冲突到化解、对中国传统家庭伦理从反抗到接纳。

谭恩美《喜福会》(1989)从激烈代际冲突中,描绘子辈对父辈严密控制的一次反抗。程乃珊在译后记中论及"中国母亲表示她们的爱,往往不在乎关心他们想些什么,他们的困惑,他们的不安,却更关心他们的吃,不断塞给孩子们春卷、八宝饭——却很少问他们在想些什么……确实,她们的中国妈妈只知道塞吃食,一心一意望女成凤而丝毫不尊重女儿们个人的意愿,那种专横又慈爱的干涉,令美国女儿们哭笑不得,有时确实也使她们恼怒不已。"① 作品深意在揭示中国式家庭教育的接续,始终以德行为主兼及智性。"曾几何时,那个我所躲避的,时时搅得我心烦意乱的,竟成了一个坏脾气的老妇人。多年来,她只是以她的绒线披肩为盾,编结针为剑,貌似张牙舞爪地,却在耐心等着自己的女儿,将她请进她的生活中。"② 薇弗莱顿悟龚琳达的爱,几十年对峙,她其实在批判中模仿母亲。

父辈对教育失败的深度反思是《花儿与少年》(2004)一大主题。"要我是你"这种虚构句式表面上是退守,本质上是强迫。"苏来的时候,也四岁。看看,我能救她吗?我什么都试过了,最后我还是把她交给了戒酒组织去救。苏可能这辈子没救了。她痛苦吗?不痛苦。痛苦的是她的继父,我。"③ 瀚夫瑞继而转向塑造仁仁成为西方的淑女。他认定子女的发展必须符合自己的意愿,故而将教育的着眼点落实在如何让孩子成为一个上流社会的人,而不是让他们学会如何去爱。严歌苓揭晓无用

---

① 谭恩美:《喜福会》,程乃珊译,浙江文艺出版社1999年版,第283页。
② 谭恩美:《喜福会》,第183页。
③ 严歌苓:《花儿与少年》,陕西师范大学出版社2011年版,第144页。

的化合反应，中国教育（母亲）/美国教育（父亲）组合，先后作用于苏和仁仁，竟都完败。同时，晚江和九华的团聚，从中国家庭重组"条件"里，出现新化合反应，中国教育（母爱）/中国教育（父爱）对孩子的影响渐出成效。

李翊云从年迈父亲视角，反思"静默"的父女关系。《千年敬祈》（2005）体现代际关系书写中的过渡性——两代人由冲突到谅解。女儿在青少年时期，受困于家庭的"沉默"，她猜测父亲的婚外情，并认定父亲并不爱她与母亲。"冷暴力"左右其价值判断，父女交流屡次直接堕入仇视。"如果你从未学会用母语去表达自己，那么一旦当你懂得了另外一种语言，就会只选择用它来表达自己。"① 语言掩饰着主人公对真实心理的遮蔽，小说结尾是代际沟通的无解。而2007年，由作者本人做编剧的同名电影②却安排了父女和解。父亲不再干涉女儿的生活，决然独自游历，活出自我。

在《啊，加拿大》（2015）里，王芫表现复合式代际矛盾，既有针锋相对的观念碰撞，又有不期而遇的人性互通，而创作重心已着陆于探测母亲这辈人的心理复杂度。女儿爱丽丝渴望"落地"，想尽办法守在加拿大，留下就意味着守护住"家"。反观母亲安泊，秉持的理念是永远追寻更好机会，所以对"扎

---

① Yiyun Li, A Thousand Years of Good Prayers, New York: Random House, 2005, p.180.
② 李翊云是电影《千年敬祈》的编剧。"和解"改编有两种可能。第一是基于电影接受角度需要调整。第二是作者的认知转变。笔者倾向于前者。需要指出的是，这是一部美国全资电影，华裔导演王颖1993年拍摄了谭恩美《喜福会》改编的同名电影，获得成功。跨越十年，他再度回归中国家庭伦理题材。两部电影具有接续性，首先是结论的一致性——代际从对抗到和解；其次是视点的平移——从关注子辈转向研究父辈。仍是美国电影，李安在1994年拍摄的《饮食男女》实际已展现出对父辈心理世界的成功刻画。

根"十分淡泊。母亲依然是用"爱"来推卸一切掌控，依然不自觉地为子女制定自己满意的"路线图"。对于年轻小移民来说，他们外表激进前卫，玩世不恭，但其内心涌动着最强烈"归属感"诉求，并将亲情和友情视为人生必不可缺的"认同感"的基础，母辈们的生存韧劲和思想弹性才真正难以预计。

与之形成呼应，伍绮诗《小小小小的火》（2017）延续了《无声告白》（2014）的主题：我们终此一生，就是要摆脱他人的期待，找到真正的自己。而面对代际论题，小说也发生了关注点从子辈到母辈的平移。首先，母爱的本能。骄傲强势的理查德太太，依然和所有母亲一样的心情："想到自己孩子在外面流浪，她开始心碎"①。其次，当下"代际"共同迷局："她原以为这个孩子是她的对立面，但伊奇，却继承、携带并珍藏着她很久以前便压抑于心底的反抗火花，并且她也深信不疑，这火花是定会燃烧的"②。最后，跨越代际的人性。理查德太太"是那只冲破笼子追求自由的小鸟，还是笼子本身呢？"③

CHEMISTRY（2017）采取策略是正反论证式书写。一方面，王苇柯讨论了谭恩美的"控制论"。从女儿的视角："为什么不能像我那些美国朋友的妈妈一样对孩子，为什么不能跟她们一样有感情？我妈愣了一下，手轻轻按在心上，对我说：'中国人是将感情放在心里，而不是……'她指指天花板：'挂嘴上到处说'。"④"我"必须践行她的期待、忍受她的脾气。从母亲的视

---

① Celeste Ng, *Little Fires Everywhere*, New York: Penguin Books, 2017, p. 205.
② Celeste Ng, *Little Fires Everywhere*, p. 205.
③ Ibid.
④ Weike Wang, *Chemistry*, p. 191.

角:"中国妈妈信奉孩子的特点是胎里带来的。机灵的,迅速地给自己攒优点,笨孩子乱了方寸,只顾睡大觉。就因为懒惰,让他们摊上一堆坏毛病"①。另一方面,她又达成对"控制"的释怀。"我必须成功,以免辜负父母。""美式教育关注个人,中式教育强调孝顺。"② 从这个层面看,同为"80后"的王苇柯与伍绮诗形成了十分有意思的立场对比。事实上,这种差异根植于成长经历。王苇柯同时重视母辈的精神需求,"我"通过电影《继母》触摸母亲的内心,中国式母爱是患得患失的两难:怕因抓得太紧而失去孩子,怕若完全放手也失去孩子。但不同于谭恩美、严歌苓、伍绮诗的是子辈立场,她传达出"80后"华裔群体对中国传统家庭伦理的认可。

除了代际间"化合反应",*CHEMISTRY* 将中西文化冲突以具象"化合反应"呈现。父亲用铁、钨、钼、铬与钛的合金制作的戒指,因其"宁曲不折"的金属特性成为家庭的精神图腾。王苇柯通过对"80后"华裔少女成长过程中生活细节的还原,披露"我"糅合中西人生观、价值观、世界观。穿旗袍、剪长发、用中文与跟狗讲话,是表象化的自由主宰,而"含蓄"与"服从"两大秩序,依托"不容置疑"的准则,密布于"我"的成长空间。

一家人都不善于表达爱,原因是大家皆怯于行动、羞于言语。被最心仪的哈佛大学录取,"我"心花怒放,但父亲却只是"放下刀,握了握我的手,然后又拿起刀继续切萝卜"③。"我"

---

① Weike Wang, *Chemistry*, p. 10.
② Weike Wang, *Chemistry*, p. 200.
③ Weike Wang, *Chemistry*, p. 87.

想不来，自己是否曾见过爸妈牵手、相拥、接吻；"我"一听见甜言蜜语，难堪地恨不得从万丈高楼纵身跳下，哪怕会致残①。一切情感的极度内敛，都源自"爱，就是我为你受苦"。中西文化的"化合反应"在制造变化。"我"改变着"含蓄"，特意练习说一些给学生打气的话，更是吃下了那颗"长毛"糖，并主动给艾瑞克写信。但"我"没有改变是"服从"：服从父母、服从导师。父母的永恒理由——"我为你好""你最好"；"我"的永远回答——"我会尽力加油工作""对不起""好的"。即使"我"无比厌恶做一只"绵羊"，极度渴望化为一只"蜘蛛"，可"我"找不到"我"的甲壳。小说中引用J. K. 罗琳在哈佛大学2008年毕业典礼上的演讲："责怪父母掌握方向盘，给你带错了路，这理由可是有时效性的。一旦换你自己开车了，你就得承担全责"②。从某种意义上说，父母的干涉是借口，更深层原因是"我"自己对独立没有做好准备。

我认为，"晶体"传达的科学理念映射人生不会如纯晶体般具有完美重复单元，因此人应该承认并接受不完美。同样，隔绝亲情的纯然个体独立也是不存在的。"中国人会将最深切情感珍藏在心中，筑起一道墙，甚至从月球都能看见它。"③ 年轻一代再次信任"为你受苦"的爱，实质夯筑于对父辈的谅解。"父母处于我现在年纪的时候，父亲已开始申请美国学校，母亲决定放弃一切跟随他。他们是何等的勇气。"④ 子辈将父辈与自己

---

① Weike Wang, *Chemistry*, p. 48.
② Weike Wang, *Chemistry*, p. 63.
③ Weike Wang, *Chemistry*, p. 192.
④ Weike Wang, *Chemistry*, p. 198.

拉平到同一个年龄段时，从换位思考中学会了包容。更为年轻的王苇柯，反而表达出对中国传统教育观的某种理解。

"爱因斯坦在给女儿的一封信中写道：爱是宇宙中唯一一种能量，人类还没有学会如何随心所欲地驾驭它。他断定，这独一无二的宇宙力量被科学家忽视了。"① 小说中的这段表述透露了王苇柯的创作观。她具有"兼容"特质，首先她出生于1989年，实际已兼具"80后""90后"的个性气质；其次她具备理（化学）与文（创意写作）扎实的知识积累。虽然从事化学研究，虽然相信科学，但她更重视的还是爱，"母亲对我说，对你父亲来说，至关重要的是让你有个'家'。父亲对我说，对你母亲来说，至关重要的是让你有个'家'"②。对于"我"，"家"就是母亲所在之处。同时，王苇柯对"爱"的思考还有更贴合现实的特殊内涵，即她在刻画一个特定群体——出生于中国大陆、年少赴美的"80后""90后"独生子女，她吐露其"孤独感"的真相："我希望他们永远不要离开人世，因为一旦他们'走了'，这世界就只剩下我"③。化合作用的新结果是年轻一代的思想成熟，从中国大陆移居美国的独生子女群体，他们的成熟并非显现为如何在将来更好地做自己，而是如何守住父母此刻的陪伴。

---

① Weike Wang, *Chemistry*, p. 201.
② Weike Wang, *Chemistry*, p. 195.
③ Weike Wang, *Chemistry*, p. 196.

都市法则
东京等待被言说

不可否认，当下都市生活的再现，正依赖影视和网文的创作投入，尤其是年轻"后浪"，他们选择快捷的接受渠道去阅读自己奋斗的城市，确认"落地"的形势并预估"扎根"的可能。城市化进程是对城乡边界的一再擦拭，它干预各阶层人群人生观和价值观的解构及建构，都市书写依然在用力过轻和用力过猛这两种极端情境间莽撞跃动。一种对文学的疑惑日渐积聚，大多数中国作家正生活在城市，为什么不描写它？为何仍只书写记忆中的乡土？是不想放弃自己擅长的题材，不愿二次积累新写作经验，还是对真实都市其实并不够熟悉？

1995 年，日本富士电视台制作的《东京爱情故事》在中国首播，由上海电视台引进译配，"70 后"和"80 后"是这部剧的收视主体，"莉香"和"东京"旋即成为大批"学生党"对爱情、对都市、对世界的某种认同，职场丽人赤名莉香的追爱/失爱成为摩登东京的一组特写。"东爱"塑造从爱媛来东京逐梦的永尾完治，他既对爱情畏葸不前，又对大都市战战兢兢。一方面他渴望摆脱乡村的观念禁锢，另一方面，他并没有格外强烈的企图心去推进行动，因此"到东京去"的腔体里填充着看一看的态度。质朴、勤奋、犹疑和怯懦，集体介入他的感情抉择，他总准备着随时撤退。二十多年后，《东京女子图鉴》又贡献一位东京"闯入者"典型——绫，"东京"能协助她成为令人羡慕的人。秉持着野心和执行力，她接受了独立与依附两条路径的失败，最终决意离开东京，从绚烂回归平凡。这两部电视剧，都牵动一时热议，应该说，其意义是能在特定时代背景下，提示都市正在进行时的诱惑与残酷，铺开热烈奔向都市的外来者，即将享受的机遇及失落。虽然是东京故事，但刻画年轻一代的共性处境，因而也吸纳中国"70后"—"00后"为"剧粉"。剧作以"东京"冠名，可对其文化特征和时代特征的开发并不是创作重点。就在《东京女子图鉴》和《东京男子图鉴》热播的同时，阔别文坛三十年的日本华人作家黑孩，贡献了与东京密切相关的两部小说：《惠比寿花园广场》和《贝尔蒙特公园》，曾看"东爱"长大的那一代人，再次发现了同龄人在东京的奋斗故事；正看"东图"的这一代人，迫切需要检验外来者是否可以在大都市成功。我认为，黑孩的域外小说，与《东京爱情故事》和《东京女子图鉴》存在一种互证和互补，在世界一体化的大格局下，它补叙着他国闯入者从青年到中年阶段，在东京的求存、对东京的爱恨。

　　立足都市，黑孩小说抓住了三个社会热点，即外来者在东京怎么生存，职业女性如何平衡事业与家庭，异国婚姻的幸福指数有多高。她设定家庭和职场两个叙事空间以充实都市细部。《惠比寿花园广场》《贝尔蒙特公园》《百分之百的痛》具有整体逻辑，从人物的关联度和经历的延续性角度看，达成创作的嵌套叙事。作品环绕女性主人公"我"的经历展开，收集"我"在都市生存的经验。我尝试聚合三部小说的"我"，推导所有折磨人的事件都是怎样发生与演变的。基于心理视角，"我"知道"惠比寿"对于东京的意义，它是其中心，"我"坚持认为若能住在这里，可以获得成为真正东京人的心理满足。小说多次提到"我"在惠比寿会有微醺的感觉，"那一天，站在夜色中，在啤酒的神奇的光辉之下，我的心里产生了一种莫名其妙的幸福感，幸福得瘫痪了一般。我对自己说，什么时候有了钱，要做的第一件事，就是把家搬到惠比寿来。"① 一份爱情适时到来，使"我"与都市的感情更加融洽。韩子煊对"我"的"寄生"和欺骗，"我"之所以可以容忍，也正是因为其存在是"我"与都市相融的助力与证明。"当耗尽所有的情感之后，对生活所经过的深思熟虑的把握，令我无比地怀念起惠比寿花园广场。虽然早已经搬出美月朋友介绍的那家公寓，但我用韩子煊一直惦记的那点钱做头金，还是在足立区买了一幢三层的一户建。惠比寿跟我一起搬进去。之后，多了一个男人，是我的丈夫。之后又多了一个男人，是我的儿子。儿子成了我的最爱，但惠比寿成了儿子的最爱。"② 惠比寿之梦破灭后的生活，似乎在《贝尔蒙特公园》里继续下去。"我"生活在足里区的贝尔蒙特，成为平庸黎本的太太，有了儿子雄大。顺从和将就并不能令人在都市里泰然处之，事业与家庭的多种危机依

---

① 黑孩：《惠比寿花园广场》，《收获》2019年第6期。
② 同上。

然会缠上你。职业女性,在财务不充分自由的前提下,是不敢失去工作的。"我"面对明争暗斗的区役所,"我"不得不忍受羞辱和轻视,因为家庭现状逼迫"我"必须保住一份工作,借以缓解经济危机。无休止的歇斯底里,皆因"我"和丈夫是一对异国夫妻,心理世界的隐秘,都埋设于各自内心,不愿透露。黎本以谎言保护"黎本共同体","我"要求以绝对忠实维系情感稳固。核心分歧是我俩对"家"的认识截然不同,"中国人对家的概念是传宗接代,日本人对家的概念则是生活的共同体。"①《百分之百的痛》如同是"我"的中国故事的一段插叙:母亲因病住院直至去世的过程,调动"我"对从小一起长大的兄弟姐妹的爱恨,小说诚恳讨论了"我"的私念与亲人的私心。"我"赫然发现,无论是在他国还是故乡,当"我"已从依附他人中自救的时候,"我"事实上仍是被依附者。小说调转指向爱的危机,"我"的宽容竟然成为"我"自缚的茧。由此,三篇作品形成聚力,跨越了青年和中年,以"失格"情状的呈现为不同代际提供人格参照。作者深刻自剖,"我"被东京推拉的作用力,实质都是个人欲念,是"我"为彻底成为"东京人"而付出的代价。"我"无能为力城市对"我"的挤压,与它多番的相爱相杀,却引起读者的强烈共鸣,谁都想要求城市做什么,又无法决定它做什么,不变的是都市,变的只是你自己。

如果说上述论题是感性的都市现象,满足了读者的猎奇、窥视和借鉴,那么接下来的论证焦点是肌理层面的问题揭示。黑孩小说触及东京的个性特质,受众从新知识和新经验的阅读

---

① 黑孩:《惠比寿花园广场》,《收获》2019年第6期。

中把握住一些有用性。

  首先，永不消失的"围城"困境。我们都熟悉拉斯蒂涅的人生三课，鲍赛昂、伏脱冷和高老头推动他"属于"巴黎。黑孩笔下的都市闯入者是普通人，他们没有机遇去学习拉斯蒂涅的关系学和强盗逻辑。东京，承载着秋子的梦想，她无比眷恋夜幕中惠比寿的光影，她确实借助居住于惠比寿的韩子煊，实现了融入惠比寿的愿望，但也心知肚明并没有改变其草根属性。我认为小说有一重深意是吐露都市闯入者不甘心从都市的中心撤离。近年，中国城市孵化的经济压力和精神压力，培育出一种中青年心态——"逃离北上广"，即离开打拼多年的北京、上海、广州等一线城市。白领阶层格外焦虑，在媒体的助推下，它迅速撩拨着每一个孤独个体，继而形成外来者对都市的某种抵抗。机遇和挑战，永远是都市最生动的两面，坚持留下的还是大部分，更年轻的群体还在持续涌入。"有的人想扔，有的人想要，人和人之间的关系就是如此。"① "逃离东京"与"逃离北上广"具有同质的"围城"效应，奋斗者与都市利益的纠缠，造成去留两难，经过的和正在经历的人，期待从作品中捕获对自己决定的支持或反驳，继而为进城和出城说服自己。《惠比寿花园广场》中有一个颇为精巧的设计，秋子养了一只取名为"惠比寿"的猫，它实际隐喻着她与惠比寿之间的关系：越想抓住，越得不到。"惠比寿越挣扎，我越用力。不幸的是，正如我所预料的，惠比寿使劲儿在我的手上咬了一口。我加快脚步，小声地叫着惠比寿的名字，跟它说不要担心。公寓前的灯光已

---

① 黑孩：《惠比寿花园广场》，《收获》2019 年第 6 期。

经相当明亮了,我能感觉到血在肌肤上流动着。我还看见了四个黑色的小洞,是惠比寿的牙齿留下的。在我按下门铃的时候,惠比寿使出全身力气咬了我第二口。我还是那个念头,即使我的手被咬成千疮百孔也绝对不能松手。"① 从惠比寿到贝尔蒙特,"我"从中心到边缘的移动,并不会扭转"我"在日本依然弱势的景况,都市永远在消解矛盾的同时又在生产矛盾。

其次,等级固化的事实。《贝尔蒙特公园》尖锐指向日本职场固有的等级化。"照日本的官方定义来看,所谓职场暴力,就是利用自身在职务上以及人际关系上的有利性,对同事施加超过业务范围的精神性以及肉体性的痛苦的行为。至于所谓具体的标准,对刘燕燕和坂本来说,每一条都似确凿的事实:损害对方的人际关系及职场环境。无视对方,将其隔离,或是联合其他人将对方孤立等行为。不教给对方工作所需的内容,将对方的席位隔离开等幼稚的行为也包含在内。要求过大。交给对方明显不可能完成的任务量,并且在对方没有完成的情况下大声呵斥或殴打对方。要求过小。只交给对方无关紧要的工作内容。"② 职场的各种打压渗入细枝末节,较低职位的上升通道狭窄逼仄。传统价值观纵容职场暴力。只接受日本都市偶像剧培育的人,难以想象现实职场环境的恶劣,只有"在场"的人,才会对"狼性"感同身受。日剧总试图将生活导向光明,避开了敏感的阶层问题,主动为个人奋斗开辟出一些道路,作者不断暗示:都市会承载梦想。黑孩以亲历者的身份,诉说了秩序

---

① 黑孩:《惠比寿花园广场》,《收获》2019 年第 6 期。
② 黑孩:《贝尔蒙特公园》,《收获》2020 年夏卷。

和尊卑无处不在。山崎和"我"都是低职位的下级,因而刘燕燕对待我俩是不容置疑的权威,这由其前辈身份所确立,她无须考虑攻击对象是什么国籍。"刘燕燕如此傲慢是因为她有一个很牛 B 的名称,就是'前辈'。在日本,比你提前一天提前一分钟入社的人,都是你的前辈。前辈也是一种资格。前辈与后辈的关系也是上下关系。前辈说的事情是绝对要服从的。"① 布尔迪厄说"受到一种确定的社会训练的所有行动者实际上共同拥有一整套基本的认识模式,这些模式从互相对立的形容词组合中获得一个客观化的开端,这些组合通常用来划分和形容差别最大的实践领域内的人或物。"② 他进一步讨论社会秩序和社会划分,提及人的位置意识会导致其主动退出他已被排除的东西。"对限制之意识的特性在于包含着对限制的遗忘。真实划分与实践划分原则、社会结构与精神结构之间的一致的最重要作用之一,毫无疑问是这个事实,即对社会世界的最初体验,是对信念的体验,信念即对秩序关系的赞同,因为秩序关系以不可分割的方式建立了真实世界与思想世界,所以这种关系总是被当成天经地义的。"③ 因而,日本的尊卑秩序,造成员工体系(不分国籍)都在接受既定的"前辈论"。"有一次,我们一大群后辈在一起喝酒,说到前辈这个话题,有一个人打了一个比喻:好比前辈教你怎么打乒乓球,前辈让你俯下身体,用眼睛瞄准球,击球的时候一定要注意观察球的方向。但是,前辈一局都

---

① 黑孩:《贝尔蒙特公园》,《收获》2020 年夏卷。
② [法] 布尔迪厄:《区分:判断力的社会批判》(下册),商务印书馆 2019 年版,第 741 页。
③ 同上书,第 745 页。

不会输给后辈。前辈带你走路，告诉你往左拐弯是对的，但左边基本上是死胡同。我想打这个比喻的人，一定是喝酒喝多了。我记得所有在场的后辈都使劲儿地鼓掌。"① 职场恰是一片"达尔文主义的试验田"，山崎和"我"的抑郁症，是其作为淘汰者的应激反应。因此当"我"把遭遇向更上一级汇报，反复陈述刘燕燕存在的负面性，此时上级教给"我"的只有忍耐或者躲避。这就是日本约定俗成的就业生态，为社会秩序所支持。等级制是罪恶渊薮，黑孩通过秋子的例子、黎本的例子，对其进行了批判。都市生存的难，于此被清晰披露出来。

最后，都市中年群落的情绪。中年人承受不住百无聊赖的生活，抛开对爱的坚守，黑孩将所有恨意的产生和发展都处理得顺理成章。中年人的感伤和焦虑具备普适性。情绪比心态更聚焦，"我声音沙哑、黑头发里掺杂着白发的时候，发现最好的年华在我不注意的时候已经丢失了，如今我在神秘的海底、遥远的丛林、语无伦次的诗歌里可以看到它们的面影，它们的面影是多么遥远，即便如此，如果可以住到惠比寿，一想到我现在的信念就是住到惠比寿这么单纯，我就觉得无比感动。"② 有读者评论秋子对韩子煊的无限度退让，是"斯德哥尔摩综合征"反应，即被害人对加害人产生依赖情感。我认为并非这种心理情境。韩子煊的出现，是适时的，处于秋子需要都市认可的阶段，惠比寿是她存在的意义。虽然韩子煊本性无耻伪善，但他契合秋子近期目标里的爱情需求。"我心理上出了问题，好像一

---

① 黑孩：《贝尔蒙特公园》，《收获》2020年夏卷。
② 黑孩：《惠比寿花园广场》，《收获》2019年第6期。

只受了伤的流浪猫,到处寻找安慰。而这个叫韩子煊的男人,好像圣诞夜醒来后枕边的一个礼物。"① 当秋子意识到爱和尊重日渐消失的时候,她开始动摇,对韩子煊的情意也处于摇摆,最终安全感缺失强制她主动切断与韩子煊的关系。我想,秋子是理智的,她的爱与恨,都是发自本心的敏感和警惕。网络小说中都市是一个很大的题材域,但其标签是青春、成长、爱情,无论是爽文还是虐恋,都与都市生存境况和文化特质关联较少。换句话说,都市仅是一个便利且时髦的背景,其他异质空间同样可以容纳。相当数量的严肃文学在面对都市的时候,会将其划分为地上和地下两个系统。故而创作者惯性地采用双线模式,构思典型环境中的典型性格,关注社会底层,挂怀小人物的命运起伏。黑孩的塑造对象是昂扬的,无论秋子还是黎本,敢于捍卫自己、表达自己、丰富自己。她明晰的叙事策略是环绕着人,建立起外部世界和内心世界。而她最成功的写法是描摹真实私念,特别是有理有据地坦白都市人应对中年危机的进退取舍。中年危机是一个心理学名词,频发年龄段一般为39—50岁,从广义上来讲,是指这个人生阶段可能经历的事业、健康、家庭婚姻等各种关卡和危机。近几年,日本《深夜食堂》系列剧引发共鸣,为什么会有这么多人喜爱在深夜独自出来觅食?客观上看,"深夜食堂"提供了对都市游荡心灵的抚慰。它成为都市人情感的出口,在这里安放的平等与温情慰藉躁郁与不安。与此相似,黑孩的"贝尔蒙特公园"也有相同情感功能,斑嘴鸭承接"我"的痛苦转移,"我"在随时提醒自己,不要忘记本心。

---

① 黑孩:《惠比寿花园广场》,《收获》2019年第6期。

罗伯特罗阐释亚里士多德诗学时，对悲剧提出了个人创见，他认为悲剧最大益处是，既然所有人都要面对同样的命运，没有人可以永远回避灾难，那么任何不幸发生在他们身上的时候他们就更容易去承受，回想起同样的灾难也曾发生在别人身上，他们会因此感到强有力的安慰与支持。黑孩深度发掘藏掖于都市细微处的残缺，以及都市人难以言传的难堪，为读者提供镜像。现实也许严苛得多，黑孩还是有所收了。她转圜在人物心理的层面，以独白和对白的形式描摹，固然吻合日本文学对细节的经营，但精准的同时，难免琐碎，若持续"去故事化"处理，全部陈述的状态又不免单调，后续会形成阅读倦怠。作品节奏起伏很小，她利用对语言的把控推着作品走，这样非常考验读者的耐心，而小说对人物附加的经历枝节稍显多余。

黑孩确实在安慰着闯入都市的独行者。她以自然舒适的语言，描画着实际带有控诉感和压迫感的都市生活。更为重要的是，其创作特质是以规避两个极端，雕刻着当下都市的纹理。她将都市文学从工具性感知中剥离，回归为身体性感知。一方面"去精英"，中年阶层的寻常日子是作者思考核心，人物的活动范围被精准圈定于家和职场，而这正是现今都市文学描绘较为粗糙的部分，很多作品并没有深入探察中年人心底的欲求和诉求，而以简单的情感故事为叙事容器。黑孩作品一直会执拗地挖掘"欲念"的成因，原本匪夷所思的行为经故事发展，淬炼出情有可原。一方面"去底层"，弱势人群之痛，自然是都市题材文艺作品的常规视点，人文关怀被工匠化地嵌入伤痕故事之中。黑孩以扎实的细节和真实的情感，重塑中年群体的日常，这既是贴着读者的创作设计，又是贴着都市的文学写作。黑孩在《百分之百的痛》创作谈写下:"有一点我很固执,就是小说一定要读起来有真实感。连想象的细节都必须要有真实感。这也正是我只用第一人称写小说的根本原因。"①"90后""00后"的"后浪",对于都市并不在逃离,而是奋不顾身地持续涌入,黑孩提供"东京故事",以过来人经历,打破当下都市文学中符号的盈满,而转向适度的"留白",其作品价值在于以对"别墅"与"蚁居"两种生存形态的破除,进而戳破大都市的光环,同时又将一切磨难回归于个人成长的常识与常态。

---

① 黑孩:《百分百的痛》,《山花》2019年第11期。

文史互渗
中国叙事·历史叙事·年代叙事

  张翎的小说创作是从"寻根"起步的。20世纪90年代，"中国故事"是她设立的基础叙事背景，家族和情感成为张翎作品关键词。《望月》《交错的彼岸》《邮购新娘》三部长篇，夯实了"江南情怀"为其小说文脉。《向北方》隐藏创作从"水"（藻溪）到"山"（洛基山）的转型触角；《金山》文史精耕，全面浮现她对历史叙事的认知和实践。《阵痛》《流年物语》的意义在于突破固有文学框架，传达出新质创作构想：从中国叙事与历史叙事中剥离出"年代"，将其打磨成个人化的年代/人的私语、角力、悲剧美学。三个主题，呼应张翎的创作阶段，承载她对故土与异乡、东方化与西方化、欲望与现实等普同性问题的独立思考和汉语表达。相比较而言，她对年代叙事的把握更为细腻和精致，将人文母题放置于特定年代的一段段人生险境之中。

1. 中国叙事——以"流动"和"家族"重构故土

"中国故事"已然成为当前台港地区暨海外华文小说的亮点与生长点。20世纪90年代以来,"新移民"文学题材由域外故事让渡于中国故事。"中国故事"显现为两种形态。从历时角度,构建单一叙事线,探讨家国流变、命运起伏、人性善恶、文化传承;从共时角度将"中国故事"与"西方故事"双向并置,阐释中西文化的冲击与回应,其所指可以辐射向女性主义、现代主义、后殖民主义、空间等研究向度。"中国故事"价值分别体现于理论层面,即"中国故事"孕育着多维度的"中国经验";应用层面,即世界华人作家是如何在域外文化场对"中国性"题材和"中国式"审美实施发掘、提炼、运用、阐述。

张翎小说创作源发于中国故事,并迅速建立个性特色,她在二十年写作中坚持中国故事思路,更不断尝试多种叙事方法,探测"中国性"题材的各种维度。通过《望月》《交错的彼岸》《邮购新娘》三部长篇,她创造了研究者界定的"张翎模式",即以中西家族为核心,借助中西场域的交错,铺设中国故事框架。这一模式造就20世纪90年代"新移民"小说一度的文学新意,以感性、细腻与敏锐的视野与情怀,充实小说抒情性。

"中国故事"底色是"变动不居"的人生态度。"水"是张翎一系列"中国故事"的重要意象。沈从文曾在《我的写作与水的关系》中说到,"我学会用小小的脑子去思索一切,全亏得是水，我对于宇宙认识的深一点，也亏得是水"①。水的流动，承载了他"横海扬帆的梦"。张翎少时就时常注视藻溪和瓯江，思考"水"终流向何处。流动，引领她从南（江南）到北（北京），再从东（中国）到西（美加）。落地加拿大后，张翎以"变"与"动"为视点描绘中国故事，调动空间转徙与人物穿梭。在早期小说中，她比较看重"中国性"，借力地域文化和传统文化，将"中国性"转化为民族性、民间性。作品折叠中国江南景致，流贯中国文化的温柔敦厚和诗礼风致。2005年《向北方》虽从地域范畴走出"江南水乡"，走向"洛基山"，但她仍坚持以"水"之柔性及韧性塑造女性人物。水（柔）与山（刚）形成互比和互衬，小说显现刚柔并济的审美，以温柔婉约的语言接纳坚硬顽强的心灵。张翎认为"女人具备'水'的特质，水可以顺应一切艰难的地形，即使只有一条头发丝一样细的缝隙，水也能从中间挤过。我小说中的女人的确都很坚韧，但她们表现坚韧的方式却各有不同。有的异常决绝，但更多的是以不变应万变的姿势承受生活中的灾祸，最终以耐心穿透时间，成为幸存者。"② 正是对"水"的思考开启了她的中国故事。

构建家族谱系是"家"的重要呈现方式。家族代际传承成为基本叙事线索，与门风、乡土、历史、文化等因素形成组合体，目的是反观社会问题与人性问题。张翎小说"中国故事"的另一核心要素是家族，我认为家族叙事并非只是一种便于讲

---

① 沈从文：《从文自传》，人民文学出版社1997年版，第9页。
② 张翎：《"人"真是个叫我惊叹不已的造物》《文学报》2016年5月20日。

故事的思路，而是承载作者潜意识中海外游子的"寻根"意识。张翎自如采用"地标"式家族结构法，即聚合家族流变史、个人成长史、文化发展史，将"温州梦"与"他国梦"谱系化和具象化，经《丁香街》《江南篇》《花事了》《羊》等中短篇小说的尝试，再通过《望月》《交错的彼岸》《邮购新娘》三部长篇逐步熔炼，形成西方望族与江南世家的中西合辙。但需要指出的是，该阶段家族故事，对家族本身文化层面的开发是较为笼统的，也趋常识化。人物、代际形成一定叙事套路，准确说，江浙共识性文化特质被揭示、被压实于故事，而个体家族的典型性和独一性未被深入发掘和探讨，家族内在伦理单调，家族所承担的"中国性"也流于表面。《金山》可被视为张翎"家族叙事"阶段的完结篇，她留意了家族本该具有的历史与个性双重意义。当创作由地域向历史探进，张翎此时的文学抱负是用现代汉语为"长眠在洛基山下的孤独灵魂，完成一趟回乡的旅途"。家族不仅是个人情愫载体，而且与家国情怀缠绕一起。小说以"洛基山"与"开平碉楼"共同装载方氏家族的"家国梦"，由方锦山、方锦河、方锦绣，托起"山河锦绣"的家族祈愿，记录一代代海外华人的怀乡和还乡。《金山》之后，张翎对"家"的塑造更加主动规避集体经验的叠加，转而专注个体家庭的事件与心理，以"中国故事"为叙事背景，收缩宏大家族叙事，书写普通家庭沉浮。《阵痛》以三代女人上官吟春、小桃、武生的"临产"故事为中心线索，揭示埋植于血缘的神秘宿命：女儿始终在逃离母亲，但最终在孕育新生命的艰难时刻，不由自主地主动依附母亲。《流年物语》聚焦"全家"，由不同年代、不同机遇撞击出"刘年"对个体自由的各种形式探索。

张翎曾在与笔者的访谈中,解释不敢主动尝试当下现实写作的原因。首先,她对人物过去/现在发展轨迹更有兴趣;其次,更在意历史本身的变迁及由此衍生的沧桑感;最后,她自觉已错过中国最热闹最跌宕起伏的改革,很难精准抓住中国当下的生活论题。对中国最深切的认知,已停留在20世纪80年代末期,而对此后中国,都是些浮光掠影间接印象的堆积。她可以自如动用的中国故事补给,来自童年和青少年时期的故土记忆,因此主动选择从时空变迁中俘获写作灵感。张翎真诚表达她对"过去式"中国故事的偏爱和擅长,但近年随着频繁往返中加,她已通过《唐山大地震》《生命中最黑暗的夜晚》《何处藏诗》《流年物语》《死着》《心想事成》等现实题材的创作探索,逐步转向现时态"中国故事"写作。

2. 历史叙事——以史料和人物书写中西

历史是容量无穷大的题材库。"与自然相反,历史充满着事件;在这里,意外事件的发生和无限不可能性之奇迹的出现是如此频繁,以至于说它们是奇迹都听上去有点怪异。但在这里,奇迹频繁发生的原因仅在于,历史过程是人类自发创造并时时打破的,就人是一个行动的存在而言,他是一个开端。"[1] 历史的"事件"与随之出现的"奇迹",为文学制造素材和想象,而"人"的行动常常能成为一部作品的脉络。具体到"中国故

---

[1] [美]汉娜·阿伦特:《过去与未来之间》,王寅丽、张立立译,译林出版社2011年版,第162页。

事"，它可从容地在众多节点得以汇聚和激发，继而随之酝酿的"中国经验"更多维、更丰富、更深广。我一直期待"历史故事"成为中国故事的一个新发展方向。目前已有大量海外华文小说以20世纪30—90年代为叙事背景，从某种程度上看，这类"中国故事"题材新鲜感实际已被消磨，并滋生出一定阅读倦怠。选择回望"古代"，即对中国古代史的追溯和古代人物的重塑可被视为"中国故事"的视角延展。历史故事的基石是中国传统文化，它是一次对古典中国或近代中国的追溯、爬梳和再现。

《金山》是张翎艰苦的文学寻根。华工史是对海外华文文学具有重大价值的主题，但又是作家很少触碰的主题，因为它不能全由虚构来呈现，而需要借助真实史料去填充机理。张翎借《金山》，走出原先"中国故事"写作范式，更是主动降低"言情"的语言温度。文本原先绵密婉约的古典美被减弱，而裸呈出粗粝厚实的现实质地。张翎之前习惯定格20世纪50—80年代横断面，在《金山》草创期，她就已决心记录和审视19世纪海外华人的集体处境与个体遭遇。

《睡吧，芙洛，睡吧》的价值认定需和《金山》结合起来考察，两部作品都是"历史化"的文本实践，《金山》是对独特性史实与人群的思考探究，而《芙洛》是对域外既有故事的文学再造。《睡吧，芙洛，睡吧》仍旧跨越中西两个时空，可与张翎之前作品相比，中西界限已不再那么泾渭分明，她没有继续在故事上平均用笔，而是自觉突破将"中国故事"和"西方故事"平行并置的"张翎模式"。《睡吧，芙洛，睡吧》以域外为主体，波莉·伯密斯和贝拉·霍金森的人生故事被组合起来，塑造出新女性"芙洛"。简笔带过的"小河故事"是对她异国人生的补叙，承接从小河到芙洛的蜕变。"大大"牙缝里挤出的"两袋土豆"正是这两个名字之间的转捩点，由其置换了小河与小树的命运，把小河推向了"金山"后，缔造了芙洛的崭新人生。我们若从张翎的写作习惯分析，主人公即使身处西方，她仍旧会在作品里保留其中文名字来开展叙事，如卷帘、踏青、蕙宁、萱宁、小灯、猫眼。《睡吧，芙洛，睡吧》里主人公芙洛、吉姆、丹尼，都是采用英文名，这也许是作者的一个暗示，她要避免一切会对西方故事独立性产生干扰的潜在可能。

张翎在《金山》序里谈及历史写作的艰苦："这本书和现代都市小说的书写方式有着极大的不同，它所涵盖的故事发生在一个巨大的历史框架里，而且它牵涉到的每一个细节都很难从现代生活里简单地找到依据。必须把屁股牢牢地黏在椅子上，把脚实实地踩在地上，把心静静地放在腔子里，把头稳稳地缩在脖子里，准备着久久不吭一声地做足案头研究——极有可能会在这样长久的寂寞中被健忘的文坛彻底忘却。"[1] 创作过程"除了两次去开平、温哥华和维多利亚实地考察之外，我的绝大部分研究，是通过几所大学东亚图书馆的藏书及加拿大联邦和省市档案馆的存档文献和照片展开的。"[2] 自小说第二章《金山险》开始，张翎就在故事推进中，顺序穿插加拿大报刊文献摘录，依次为：《维多利亚殖民报》1879 年 7 月 5 日、《不列颠哥伦比亚人报》1881 年 4 月 7 日、《温哥华世界报》1896 年 9 月 14 日、《域多利中华会馆通告》1924 年 5 月 6 日、《温哥华太阳报》分类

---

[1] 张翎：《金山》，北京十月文艺出版社 2009 年版，第 4 页。
[2] 同上。

广告栏 1944 年 6 月 5 日、《温哥华太阳报》1945 年 12 月 15 日。《金山》总体架构是中西场域，依循中加两条叙事线，但实质是历史/文学双线——华工史（真实）与家族史（虚构）呼应。

张翎很擅于使用书信体，《金山》里书信的大量运用，巧妙规避了大段心理刻画的冗长和繁复，同时，书信也成为揭示人物动机与行为的清晰途径。更深一层意义在于，运用简洁的家书，也绕开了大段真实史实的补叙，代之以朴拙的文字和真切的情感，举重若轻地揭开海外华工奋斗史的沉重真相。其实在创作起步期的伤痕反思小说中，张翎就已自觉驾驭书信。在《一束无法邮递的信》里，她用枫给瑜的一封封书信，跟踪"枫"欢乐与痛苦的动态心理。《向北方》的书信陈述人物逐步的自我认知，"你的爸爸要卸下了自己的梦，才回来扛你的梦"①。而从《金山》到《劳燕》，书信已然成为张翎在处理历史题材小说时重要叙事方法，书信本质是小说真正意义上的全知叙述者。以《金山》出现的第一封家书为例②：

淑德吾妻：

别来无恙？家中个人是否都平安？甚念。前次托北村关九叔带去的二十元银票，想必已经收到。我住址依旧，身心皆安，否念。金山天渐寒，谋生不易，寄去银两望仔细筹划，节省开支。母亲龙儿和六指，皆烦你殷勤照看。村东湿眼家欠的三斗米，你不必催

---

① 张翎：《向北方》，载《余震》，华东师范大学出版社 2009 年版，第 38 页。
② 张翎：《金山》，第 39 页。

母亲腰疾，已寻得良方，不日即托人带回。遥致冬安！

夫　红毛　庚辰年1月十九　于金山城里

这封信，虽经"方德法"的语言润色，但目的是揭示"红毛"性格。他的语言举止皆粗俗鲁莽，可透过家书，却窥见其情深意重、胆大心细的一面。他报喜不报忧，规避淘金客的艰辛，无论是自家事还是邻里事都替家人周全考虑和担待，字里行间流转对母亲、妻儿的挂念。

《金山》开启的历史化叙事，是张翎小说"中国故事"的新思路，也是"中国经验"的新呈现。在新作《劳燕》里，她再次回归以史实为基、再结构故事的写作手法。以"中美特种技术合作所"为点，讲述一个人（阿燕）的"二战史"。但是，张翎不再全然依循时间线建构历史故事，而是只从中提取历史元素以打造小说的现实主义根基。因为对"中美特种技术合作所"的史料发掘，《劳燕》突破了对人物命运的叙述，而沉潜入对战争真相按图索骥的发现，揭示"中国战场"里中国平民和普通美国兵的"二战"经历。"回到现场"的文学诠释，拓宽海外华文文学中"中国故事"创作视阈。

3. 年代叙事——以审视和反观解读现实

张翎认为"中国故事是个包罗万象的概念，我写的更多是过去的故事，尽管也在努力接近当下。"[①] 21世纪以来的张翎作

---

① 张翎：《真相的对立面，不一定是谎言》，《解放日报》2016年6月19日。

品，越发贴近当下中国。毛姆说"当一个画家，诗人或艺术家神秘地被一种叫作'灵感'的奇怪精神所控制时，忽然间各种想法不知从何处跃入他的脑海，他发现自己认识到了原本就在自己心中但过去从未进入意识的东西"①。实践了爱情故事（《望月》）、家族故事（《交错的彼岸》）、历史故事（《金山》）、人物故事（《睡吧，芙洛，睡吧》）后，张翎最终从不同题材中确立写作擅长，即对"年代"的敏感与执着。小说逐步脱离《望月》《交错的彼岸》《邮购新娘》中显性的抒情，落实于一个自在的写作点，即年代叙事，我认为这才是"张翎模式"的真正核心特色。但需要指出的是，年代并非任意的，而是她精心挑选出包孕丰沛矛盾性、激发充分戏剧性、展示多重人性的时间段。同时，如果是描写已逝年代，自然会和历史故事产生一定程度交集。若对其细分，历史故事为宏大叙事，有稳定的时间线和阔达的中西场域。年代故事则更为聚焦某个有特定意义的时段，笔力封闭于一个时代横断面。从1979年第一部小说开始，文本树立的思想特质是坚韧——描写坚韧的人物与坚韧的生活，经过二十年史、思、情三元素的磨合与融汇，"韧性书写"终显明晰和明确。"仅仅是人的忠诚、人的罪恶、人的宽恕依然是浅表的，人的忠诚、罪恶和宽恕如果不涉及生存的压力，它仅仅就是一个'高级'的问题，而不是一个'低级'的问题。……'低级'的问题则属于我们'芸芸众生'，它是普世的，我们每一个人都无法绕过去。"②张翎的年代叙事，

---

① 毛姆：《随性而至》，上海文艺出版社2011年版，第62页。
② 毕飞宇：《小说课》，人民文学出版社2017年版，第192页。

从艺术审美考察，是典型的现实主义，早期"中国故事"里爱与宽恕这类抽象主旨，伴随着创作从"水"到"山"的转型，褪去概念化外壳。

年代故事的基点是灰色界面。张翎说"探测一个社会的文明程度的一个标准，就是看'非黑即白'的思维模式占据多少思想空间。越进步开明的社会，'黑'和'白'占据的空间越小，而中间的'灰色地带'越发达——这表明人们自觉摒弃了狭窄的评判，而选择了理解和宽容，尤其是对自己不了解的事物。在我个人看来，写作者应该努力探讨那些灰色地带。我们的观察力强大与否，某种意义上表现为我们能看到多少个层次的灰。灰的层次越多，越能表现人性的丰富。"① "灰色"有两重意象。一是如何理解生活。张翎小说呈现特定时代的私人生活版本。"时间是个神奇的东西，它能把我们从局部和细节中解脱出来，最终让我们看到总体。所谓的'历史遗产'，不应该是个'公有制'的统一版本，应该允许有众说纷纭的私人版本。小说反映的，应该也是其中的一个个体版本。"② 她对"年代"的兴趣，自《余震》始。"唐山大地震"中李元妮的瞬间抉择，把小登和李元妮各自推入随后几十年"阴霾"，难解的对错制造出母女生活的混乱。《流年物语》以20世纪80年代改革开放为背景，张翎对1986—2001年的思考颇有新意，她描绘"改革"如何引发一个具体家庭的貌合神离。改革触发社会整体面貌与整体心态的变化，肩负变革使命的刘年，始终游走于黑白之间。

---

① 张翎：《真相的对立面，不一定是谎言》，《解放日报》2016年6月19日。
② 同上。

城市"其实是由两座城市组合而成,一座套着另一座,像俄罗斯套娃。第一座是明城,是所有的人都看得见的城市,它的边界是由一群环绕其四周的矮丘和破旧的围墙构成的。而另一座却是外人所无法看见的影子城市,它是从明城所投下的阴影里滋生出来的。……两个城市的人不仅靠不同的事物为生,他们也说着不同的话语,各有一套完整的社会秩序和行事规则。两个城市中间并没有明显的隔墙,可是两边的人都清晰地知道自己所处的位置,自觉地恪守着那条物性的边界线,谁也不会轻易踩入不属于自己的边界。"① 一是如何认识人。沿着《余震》(2009)、《世界上最黑暗的夜晚》(2012)、《流年物语》(2015)、《死着》(2015)、《心想事成》(2017)、《家贼》(2017),崭新的思想主线逐渐明朗:倾听的意义。人心被视像组合的层峦叠嶂所遮蔽,"我们还能信任我们的眼睛吗?真实的对立面一定是谎言吗?它会不会是另一个版本的真实?"② 众人生活在"看"的世界,利益和欲望是生存链,"欲望是现代性了不起的悲剧主人公,努力奋斗并且永远达不到目标,纠缠于其自己不能为之事"③。它费尽心思制造种种变形来阻挡真相现形,图像大于本质,如约瑟夫·布罗茨基所说,生活的视觉效果,恐怕永远比其内容重要。对于孩子全思源而言,改革制造了物质的富足,却带走了家的自由度和幸福感。猫是驻扎在思源脑子里的魂灵,它的物语与女孩的心语呼应,灵敏地洞悉孩童与

---

① 张翎:《流年物语》,北京十月文艺出版社2016年版,第221页。
② 同上书,第410页。
③ [英] 特里·伊格尔顿:《甜蜜的暴力》,方杰译,南京大学出版社2007年版,第218页。

成人的心理微变。猫说:"我曾经走街串巷,从一家房顶跳到另一家房顶,在手指宽的篱笆缝里挤进我身体的生活方式叫作自由,现在我才醒悟过来,我在人世间所有的日子,充其量不过是被时间和距离两条绳索束缚着的一种囚禁方式。"① 思源说:"她突然在爸爸脸上发现了一样东西,不是老,也不是发福——这都是些一日复一日的细微渐变,她不可能在某一刻里猛然警觉。那天早上她猝然发现的,是爸爸眼睛里的星星不见了。……她已经预见了在她后边的生命中,还有许多值得哭的时刻。"②

在新媒体时代,传统的现实主义年代叙事到底有没有过时?李敬泽说"文学的微光使我们看到,人可能是另外的样子,我们自身远比我们意识到的更为丰富和复杂,我们看到了经验的真实质地,看到了事物的模棱两可,看到人如何击破覆盖他的幻觉、成规、归类和论述,去发现和践行他自己的真理。"③ 张翎的年代叙事,根本意义是用文学冲破人心的迷障,通过引导人同时观察和倾听,解开生活真相、勘破人性秘密。王德威评论沈从文"事功和有情"时指出"其实历史有另一种读法和看法,这种读法和看法反而让历史更鲜活地呈现在面前,这样的历史对于沈从文而言,就是有情的历史。有情的历史让一代又一代的中国人传递千百年来的诸多历史忧患,让他们在无边寂寞、挫折中,将自己所思所虑付诸文字,再一次累积下来"④。

---

① 张翎:《流年物语》,第291页。
② 同上书,第314页。
③ 李敬泽:《为文学申辩》,作家出版社2008年版,第246页。
④ 王德威:《现当代文学新论》,生活·读书·新知三联书店2014年版,第273页。

张翎对年代故事的偏爱,源于其渴望发现个人收藏的历史,期待细化年代中个人处境,以此作为对时代固化认知的一种反驳,以情感与信念托起小说人物千姿百态的命运。"每一个时代,在不同的家族历史中都有着各自的、甚至是迥异的记忆和诠释,这也是为什么书写同一年代同一事件的文学作品,会有许多个不同的版本。小说能做的,就是尽量真实地呈现一段私人版本的历史。"[①]《劳燕》选择1941年,《金山》定格1952年,《余震》回忆1976年,《流年物语》讲述1987年,《生命中最黑暗的夜晚》《何处藏诗》《死着》《心想事成》《家贼》通过相异题材,渐进式讲述2011—2017年。可以肯定的是,张翎的年代故事已完成了现实题材写作实践的蓄势,践行从历史中国转向现时中国。

[①] 张翎:《真相的对立面,不一定是谎言》,《解放日报》2016年6月19日。

性别书写

海外华文女作家创作的旧轨及新路

"海外华文作家小说专辑"① 集结了创作者陆蔚青、柳营、曾晓文、施玮、凌岚、凌珊、山眼，七部小说展现她们各自对人心的探察。陷于心灵撕扯的主人公，如同在幽暗隧道里遍寻出路，是不是有路？是不是出口的方向？作品既有质疑又有解决。

作品共性是现实题材。无论是海外故事还是中国故事，创作者立意是呈现当前生活的实际情状。小说不是围绕情绪来调度，而是围绕"问题"在结构，依循提出/解决的理路建构故事。她们不约而同地将创作笔力集聚于家庭，若进一步细分，又可将其分解为夫妻、母女、父女三组基本关系，诚然家庭还有通达社会的各条线索，但是代际无疑是常规的、直接的叙事起点。七个故事，讲述家庭成员的一段遭遇、一个念头、一项决定。

---

① 《香港文学》2020 年第 5 期"海外华文作家小说专辑"。

延续着代际论题及家庭周边，我们先把视点转向在昏暗中乱撞的母辈。《寻找安妮》和《在人间》是对中年女性当下心理诉求的一次披露。安妮，内心住着一位未成年的小女孩，她任性地以不断"逐新"来表明自己。陆蔚青实则抛出了论题：已过四十的安妮，依然稚气的言论及行为到底是不成熟还是童心？"我"以安妮为镜鉴己，理解她想要的只有自由。正如"无论咖啡多么浓甜，都盖不住冰块带来的寒凉。""自由是个美丽而诱人的字眼"[1]，安妮断然拒绝"以爱的名义被囚禁"。我们纯然地讶异并猜疑其"舍弃"举动，却忘记了自由本质的美丽和诱人，是值得人为之坚守与捍卫的。安妮的溺水而亡，与任何人无关，而是她确认了真实处境，即无论她如何热烈地生活，如何不顾一切地追求自由，最终结局，她还是会被拘禁在"鸟笼"里。从强生到"鹳鸟"，"爱"与"笼"始终并生共存，区别只是有形与无形。小说讲述安妮的故事，更深层问题是抛向安妮的闺蜜，"我们"焦灼地寻找安妮，安妮执着地寻找自我，"我们"总是会积极地观察他人，却躲闪着坦白自己。

安妮的出路是圣劳伦斯河。《在人间》的王霞又会怎样呢？柳营首先透露了王霞婚姻危机后，接踵而来的财务危机。于是，一场预先被算计过的饭局开始了。王霞的处境，从根本上看，是源发于心理的焦虑，焦虑的产生因少时对物质匮乏的恐惧，恐惧引发其不断追赶，不断追赶的成果以囤积的形式而得以展示。"一路人，全是人挤人，都得拼尽全力"，直至"马不停蹄

---

[1] 陆蔚青：《寻找安妮》，《香港文学》2020年第5期。

地奔进了2018年"①,王霞已年近半百了。婚姻无比脆弱,情意早已在怨恨中被彻底删除,丈夫从她的生命中悄然消逝,立即被一把抹去,而她与儿子的联系,此时依赖生活费来维系。当所有情感都主动抽离王霞时,金钱成为她最可信的灵魂支柱。与张鹏的昔日情谊,可以被迅速地换算成国库券、股票、基金。小说中最后出场的是一位患肥胖症的年轻司机,他环绕着类似电影里突然降临的"死神"的神秘感。两人的交流,加深了王霞对现状的无望,及其对没有出路的恐惧。司机多么努力地活,可是不能解决最基本生理需求。王霞会痛苦,正因为她始终积极选择、主动追赶,虽从没有被落下过,但危机不断迎面撞来。生活永远可以突然间"平地起裂缝",王霞"看到的却是一张张焦虑的脸、带着黑眼圈的眼,突然又觉得每一个人不过都是挣扎中的普通人"②。希望,恰如从她衣服口袋里滚落的橘子,年轻时候,掉一个就再捡一个,吃完一个,张鹏就送她一个。此时,王霞手边已经没有橘子了,也没有他人了。普通人居住于"活棺",不是大悲就是大喜。张鹏真能超然物外吗?每天那108个仪式性大拜,不也是规矩?从某种程度上看,张鹏和司机都是一尊"罗汉",前者是主动,精神成佛;后者是被动,受限于"肥胖",动弹不得。柳营道出某种实情,或许有一些悲观:现实是残酷的,生活填满不可承受的事件,它就是存在着你想变却无法改变的事实。故而,对待他人,不妨换位思考。我们在讨伐对方为什么非要沉沦苦海的时候,是否考虑过他们实在

---

① 柳营:《在人间》,《香港文学》2020年第5期。
② 同上。

无路可走？我想，这才是柳营小说的悲悯力量。

秋紫是自己找到了一条出路。丈夫在成为"异国水鬼"后，原本由其打造得井井有条，立刻撤出她即将开始的寡妇生活。一只写着"来自关心你的朋友"的吊篮，重新让秋紫看到了反抗绝望的希望，她决定试一把，就按照《寡妇生活指南》的传销指导那么干！物质制造的诱惑急速膨胀，迅速控制她，催促她搜索报纸的讣告栏信息，开发下家，扩展事业。她最重要的成就是抓住了杰登，并神秘莫测地夺去黄玉生命。当秋紫在集团年庆上秋波流转、万千风情的时候，她似乎已经成功证明她就是抓住了"光"的那个人。尽管她不择手段，但却是依靠自己从困顿中走出。邻居利卡多吐露的真相又将秋紫推回了黑暗之境——她原本是利卡多的猎物。现在，她真有可能"走"不出来了。小说以故事性为创作着力点，曾晓文埋设矛盾与翻转，营造等待天机泄露的紧张感，揭晓人性的诡谲和宿命的莫测。

凌珊笔下的晓霞，她"最美的时光"，还是有曲刚的日子。从中国到美国，每一次选择，她都能稳赢的秘诀：鱼和熊掌不可兼得。情与义经过精确计算，人生的轨迹依照程式设计。作品特点是呈现晓霞对放弃与保留的进退尺度，她正是"花样的年华，月样的精神，冰雪样的聪明"[1]，既明白自己现在要什么，又清楚自己真正要什么。

塔科夫斯基在《雕刻时光》里，借电影分析，探讨过个人与社会之间高墙矗起的原因，"人与人之间的关系变成了这样：人对自己没有任何要求，他自身脱离道德努力，转而寄希望于

---

[1] 凌珊：《最美的时光》，《香港文学》2020年第5期。

他人与社会。人们总建议他人容忍、牺牲自我,最终投身到社会建设中,自己却坚决置身事外,回避对世上所发生一切的责任。他们能巧立名目为自己的袖手旁观辩护,为自己不愿为大众的实名放弃个人利益辩护——没有人下决心,也没有人愿意自审并承担起对生活、对灵魂的责任"[1]。《寻找安妮》《在人间》《寡妇生活指南》都颇为生动地罗列人的不同私欲,对于安妮、王霞、秋紫来说,私欲恰是一度引领她们走出隧道的"光",安妮是求爱,王霞和秋紫求财且求爱,若只是单纯向外攫取,她们并不能走到出口,而会在一轮轮无限接近时,又被推回至更深处的暗夜。

《空道》里的秦川,享受着一位水晶般女人的爱与崇拜。在浪漫且艺术的家里,唯一不合适的是他自己。秦川"病"了,他觉得生活在唯美虚幻的布景里,"梦到自己一个人浮在极亮的光中,脚下的一小截铁梯虚飘飘的,再仔细看看,又不像是铁梯,而是自己的一截淡淡的灰色影子。他因为害怕这截影子被光淹没,害怕没了走回去的梯子,以至于没能太关注那道小门的外边"[2]。这一段梦境描写,准确揭开秦川一类人的精神病因。为失去自我而纠结,明知道可以有出路,但因为对自己的不信任、对未来的不确定,所以不敢放弃现有的一切。他在一种奇异的存在里,环境富足明朗,而心路蜿蜒幽暗。日本邻居奈绪的出现,令秦川体验到生机。他其实更多从奈绪处获得身份认同与情感认同:都是亚裔、都没有经济独立、都有无尽压抑难

---

[1] [苏] 安德烈·塔可夫斯基:《雕刻时光》,张晓东译,南海出版公司2016年版,第251页。
[2] 施玮:《空道》,《香港文学》2020年第5期。

以言说。"他天生的敏感一方面成全了他的写作,一方面却也扩大了他心中的每一道细细的裂痕。"① 安娜丈夫丹尼的开朗乐观正是秦川羡慕与嫉妒的。施玮设计了一处巧妙节点,横路的生死关头,秦川和奈绪之间信息阻滞,而丹尼却可以凭借浅显日语与奈绪交流。隔膜,体现出母题性质素,夫妻间、族裔间、文化间,都竖立着无法突破的藩篱,而相同语言是拉近陌生人距离的最简便路径。对于宛如困兽的秦川来说,他体验不到生命的质量及重量,"他怅然若失地感到自己正在放弃光明与安全,但若此刻不逃走,他也许会被淹死在这光明与安全中。自己是注定属于黑暗的吧?似乎只有在幽暗中才能放松地呼吸,虽然爱慕光,却不能在光中生活"②。事与愿违,突如其来的隔离,再一次将其逃离的念想打断。小说产生了一片奇妙的情感回环,当你在"隧道"独行,带领你走出去的那个人,并不需要相同的血缘、种族、国籍,而需要他心怀爱与信念。

近年海外华文小说,很重视对"新移民"子辈群体的心理透视,并对中国式家庭教育观念及模式实施深度反思。《消失》描写了一名华裔天才少女的逃离。家境优渥的三姐妹珍妮、安妮和茉莉,像"森林里迷路的弃儿"般战战兢兢。珍妮自出生后即背负使命——成为母亲设定的"钢琴家",她只需要弹钢琴。"为了保护自己的一双手,在家我从来没有摸过厨房里的任何刀具。从小到大,连一只苹果都没有自己削过——这是我的特权,我从来不需要插手任何家务——"③ 若从亲情里梳理出父

---

① 施玮:《空道》,《香港文学》2020 年第 5 期。
② 凌岚:《消失》,《香港文学》2020 年第 5 期。
③ 同上。

爱,"爸爸"就是客厅摆放着的景点"打卡"照片,就是生日准时送到的礼物,就是一年一度只在节日才降临的温情。冰冷的世界在珍妮身边运转了十几年,妈妈需要"我"成为什么样的人,就是家庭教育的终极目的。"我"到底需要什么,从幼时的不敢说,到青少年时的不想说。珍妮消失,是因为渴望另一个世界,"那个世界一切完好,没有突然的离别,没有消失,没有半夜时分空荡荡的站台,没有陌生人站在路灯下盯着我看"。一旦实践"消失","多年来的瞒与骗,在我驾驶的一路,渐渐远离眼前的长路。""我怕光"[1],在令其致郁的家里,珍妮连镜子都不敢直面,而在"消失"的第二天,珍妮就看到"阳光照在雪上,折射出非人的亮光"[2]。莱恩的视频里,出现的那位CNN战地记者,是逆光中"珍妮"的缩影。消失,是对光的主动迎接,而她挂掉母亲电话,扔掉父亲围巾,是与光明前程的决然告别。珍妮,怕两种光,一是钢琴家的光环,一是虚情假意的亲情光影。"逆光"中的珍妮,事实上给予其高中同学强大的心灵震撼:那位十一岁就试图自杀的天才钢琴少女,找到了非常规的隧道出口并义无反顾地跳了出去。

"邪恶"的艾丽莎策划并实施了复仇,她在报复自己的父亲。诺曼和卡西的私情,恰巧正面对抗着艾丽莎十四岁的青春叛逆期。扎实的细节提醒她,亲人与朋友间应有的信赖和责任,在情欲与物欲面前,荡然无存。内心的魔鬼怂恿她,若要惩罚钢琴老师卡西、追责父亲诺曼,可以从卡西最心爱的儿子——

---

[1] 凌岚:《消失》,《香港文学》2020年第5期。
[2] 同上。

克里斯下手。回家路上，意外雪崩正在夺走艾丽莎的生命，而随之而来的精神崩塌即将摧毁每一位涉事者，他们更重要的身份是父亲、是母亲——令其羞愧又负重的角色。

作家阿来在《云中记》内页中写道：写作这本书时，我心中总回响着《安魂曲》庄重而悲悯的吟唱。我列举这部小说，源于其深厚的生命质感和强大的文学张力。清新悠远，云淡风轻的抒情语言下，是鲜活结实的喜怒哀乐，滚热的情感，提醒你对一切世间的生灵屏息凝神、肃然起敬。[1] 结合近十年对海外华文小说的阅读，具体到人、到群、到世界，小说在刻画着紧张，宣示着矛盾，表达着对立，唯独不书写平庸。我姑且称之为"平庸"，是因为生活中很多故事就是特别寻常的，平淡到写进小说里，甚至会让人觉得匪夷所思。人与人的相处，积蓄着温暖和亲厚，情感往往收藏在寻常细节里。陀思妥耶夫斯基曾说生活比一切构思都离奇，生活它在自然地发生，而构思难免人工的痕迹。

人生四平八稳，转折意料之中，矛盾解决顺理成章，阅读的兴趣在这一系列刻意的或庞大或芜杂或常识中被消耗。同时，在创作者之前作品中，读者早已被打动的那个点没有偏移。高居翰欣赏晚明"吴门画派"张宏的《止园图》册，他认为其对于"止园"（位于常州武进）是框选结合写生。同样面对素材，其他画家会让自然屈服于行之有年的构图与风格，而张宏则逐步修正既有陈规，直到它们贴近视觉景象为止。进而，观者的视界与精神完全被画中内容吸引，浑然不觉技法与传统的存在。

---

[1] 阿来：《云中记》，北京十月文艺出版社 2020 年版。

与董其昌'无一笔无出处'相比,张宏选了一条相反的道路。① 文学作品正是有类似的写作思路问题,我觉得"贴"字很传神,如何不看着生活写、跟着生活写、猜着生活写,是创作的问题;如何表达出能令人感到真实的情感,是创作的难题。很多小说具有较强烈的表现欲,急切地想说出主题、技巧和立场,表明各种发现和结论,无形中造成作品十分"紧张","真"也都被"急"给逐层剥离了。"创作中最痛苦的是找到你想表达的内容与成品间最短的路径。"② 刻意经营的繁复,熟能生巧,而举重若轻的虚构,着实不易。

---

① [美]高居翰、黄晓、刘珊珊:《不朽的林泉》,生活·读书·新知三联书店 2012 年版,第 23 页。
② 安德烈·塔可夫斯基:《雕刻时光》,第 123 页。

自我认知
在享受与厌倦缠绕的情绪中，辨析自我内外的融与斥

  2019 年，"海外华语小说年展"启动，旅美小说家夏商与华东师范大学出版社合作，策划于 2019—2021 三年间，聚拢名宿、中坚和新锐海外华文创作力量，推出新作纸上年展。夏商解释"参展小说的标准"为"有潜力和实力的海外华语作家的作品"，故而"年展"彰显"开放性和包容性"，兼顾地域广度与文学厚度。2019 年第一季，十六位作家参展：白先勇、陈河、陈谦、陈永和、二湘、黄锦树、范迁、李凤群、凌岚、柳营、李一楠、黎紫书、王芫、夏商、张惠雯、张翎，2020 年第二季，十八位作家参展：陈济舟、陈瑞琳、黑孩、何袜皮、凌珊、陆蔚青、南桥、倪湛舸、沈乔生、施玮、山眼、舒怡然、唐简、唐颖、夏周、严歌苓、袁劲梅、曾晓文，2021 年第三季业已筹备完毕，仍是十八位作家参展：冰河、春树、柴春芽、虹影、顾艳、罗马兰、卢新华、钱佳楠、宋明炜、苏瑛、谢凌洁、肖铁、薛忆沩、应帆、颜歌、余泽民、朱大可、赵彦。

  从以上名单可见，五十二位参展人基本涵盖了当下海外华

语小说家的面貌。"年展"既是文学研究重要的资料储备,又是文学发展的阶段性见证。海外华文文学创作者和研究者一度从文化传播视角将文化隔膜预设为融入的必然障碍,但现今作品已较少一再强化文化差异,更注重考量个人的理想和行动匹配度,面临扑面而来的具体"问题",他们自然地从人推究原因,而不是从国预设不同。

在开启《海外华语小说年展2020》之前,我们先做一些前情回顾。第一季参展小说具备宽厚包容度,展现崭新的"落地"态度及"扎根"能力,华人群体对他国感受逐步从"悬浮""隔膜""边缘人""多余人"的认知习惯剥离,聚焦于个体活泼的当下体验。

第二辑十八部小说,进一步解决人如何与自己相处,作家从婚恋、择业、求学、社交等不同路向,通过对难题的淘洗,在享受与厌倦缠绕的真实情绪中,辨析自我内外的相融和相斥。各种或紧迫或棘手情境的描述与化解,都在鞭笞一系列的狡黠、敌意、恶念,终促成人生观的捏合重塑和人性善的再次唤醒。我认为,本次"年展"实现了人——人的情感——爱这三核心的递进式聚焦,因而我规划秘密、私念、窒息、困境、往事、善意六个观展入口,提示一些理解的可能性和感知的价值共识。

秘密

《太阳的女儿们》和《塑料时代》揭开"80后"年轻群体的少年秘密:一切阴谋是如何逃脱谴责的呢?杨树街47号,无论怎样被粉饰一新,都无法驱除丽丽的心魔。她唯一可感的光,恰是潜伏其心底，不时漾起的孽恋。如果陈济舟延续将创伤归咎为不伦孽缘的奇观化叙事，那么小说就会滑入固化模型，他适时阻止读者去继续窥探丽丽的童年经历，转而启动探究人类在爱掩护下施行的恶。那场盛大的嘉年华，实施记忆和幻想的一次释放。狂欢吸纳了所有被爱伪装、却从未被披露的恶意和恶行。"每个人都有一段自己的路"，人为屏蔽的秘密，伺机爬上心底反咬一口。

1996 年，"我"和王阳、猴子、阿四、张静厮混。三十多年后，"我"目睹混世魔王王阳，在爆破广治大厦时被炸死，死状惨烈。"我"又撞见与"我"一度若即若离的赵雨，竟收藏着性别错位的私隐。在真相和假相中，"我"无所适从，但真与假终会被一同碾成齑粉，成为合成人生的材料。同样处理隐秘，陈济舟选择伦理视角，何袜皮借助青春视界，他们都重视意象复合性产生的隐喻多义性。《塑料时代》的意义就在于能彻底消解一切的真，就像棉纶摸上去和真棉布一样，可它和棉花本质毫无关系。

私念

《百分之百的痛》是对亲情的试炼，在母亲因病住院至逝世的过程中，血亲的多重假面被轻易撕开，原以为牢不可破的亲情，早已被私利啃噬为蜂窝状。"我"的痛，一方面是母亲离世的伤感，一方面是姐妹离心的伤心。金钱操纵对亲情的场面式维系。"我"之所以还能在大家庭中被众人笼络，皆因持续性物质付出的情感置换。"百分百的痛"，摁住百分百爱的反弹，"我"爱"我"的亲人，故而才会对人伦塌陷深感锥心。成年后，曾一起长大的兄弟姐妹终究要各奔东西，谁都无法摒除私心私利。黑孩有很强的语言控制力，读者总能从琐碎细节描写中辨认出与自己现实生活的某些对应。至亲间的利益争端，孝道与私利的对峙，都恰如寻常人家真实遭遇的复刻。斯坦纳在阐释小说危机时强调"没有纪实文体的训练，没有按照自己的艺术和批评目的选择和重组生活的多样题材，小说家变成了焦虑的见证人。他不是观察的主体，而是观察的仆人。"[1] 当虚构已产生一定阅读惯性，结实还原日常的作品，反而稀缺，黑孩缝合纪实与虚构，又抹平两者界限，对幽暗心理的旋转式和内敛式刻画，建立起文本辨识度。

山眼《逃无可逃》肯定"雅丽"蜕变成"凯琳"的重生，但包覆她的被侵害阴影，亦步亦趋。冯天勇的背叛、吴嘉雄的伤害，以及漫无边际的闲言碎语都成为"雅丽"不可逃脱、"凯琳"刻意躲避的禁忌。正当她认为有能力屏蔽往昔经历的时候，噩梦再次攀缘，奋力一搏也许还能挤出一条路，于是，凯琳设下了一个借刀杀人的局。

窒息

《平行世界》《那些照亮我们世俗的光》《到山的另一边》《烈饮》四部小说延续并拓展了"新移民文学"对"陪读"模式的书写，创作者洞察中产阶层的心理失衡，同时文本也坦率表达，取悦并不是获取尊重和爱的正确途径。平行世界没有任

---

[1] 乔治·斯坦纳：《语言与沉默：论语言、文学与非人道》，第96页。

何相交点，从大的视角，母女和父女是两组平行；从小的视角，少莺、母亲、女儿、老王之间都横亘不可消弭的沟壑，实则为四组平行。南桥安非闯入者——亚当，一股外力瞬时介入平行世界，搅动起边缘混沌，但其死亡，又使每个区域归复边界分明。在个体世界之上，还有更浩渺的平行世界，被规则（"看得见的一套"）和潜规则（"看不见的一套"）掌控着。凌珊以回溯方式，跟踪知识女性世俗化的动态过程。《那些照亮我们世俗的光》里苏秀的性格填充着矛盾性：因顾忌世俗而滑向世俗。美国的家庭主妇并非需要被同情或奚落的群体，小说批判的世俗实质上依然由华人传统观念界定。由于苏秀没有获得所期待的安全与认可，她逐步失控，沦陷于从生育到育儿的存在范式。

舒怡然《到山的另一边》中隐藏着一位无处不在的"卡罗琳"。鸿鹄没料到卡罗琳在病逝后还能密布"痕迹"对其新家进行围剿。她曾毫不怀疑在打工餐馆与瑞蒙相遇，继而相爱、结婚，都是王子对灰姑娘命定的搭救。可当她搬入瑞蒙家中，才意识到卡罗琳魂灵埋设的深邃根本深不可测。她一再诚惶诚恐地呵护来之不易的幸福，可她既是一名演员，又是一个替身。

困兽犹斗的心态纵容一场《烈饮》。濒临精神崩溃的哲子，抓住一次12天的文学节活动作为心理调适。飞机上与 Will 的邂逅正好可以解救她。哲子格外在意自己的言行举止，披露其渴望被注视的欲望。喝下"长岛冰茶"，面对着初识的 Chris，她摇荡着醉意，失控发泄出青春之殇和中年之丧。唐颖创作了一系列精彩的女性形象，我认为独特性是揭示都市女性的"有度"，即进退有序和权责有据，能妥当处理理性和感性的关系，且又不恪守陈规。

困境

选择依赖勇气和执行力。《鸟巢动迁》《乔娜家的湖》《柔莉的拼板》《救人》需要对放弃与保留的两方收益做出评估,个体心理成长的表征之一就是可以坦然面对选择的后果。曾晓文埋设隐喻,将鸟巢搬迁与亲情修复拧合为明暗双线。朱利安筹划了365个日夜的音乐节即将开幕,此时电缆线上赫然出现莫名鸟巢,里面静躺的四只鸟蛋——它们成为音乐节的终结者。朱利安为"动迁"申请焦头烂额之际,儿子的求救短信,又给他致命追击。《鸟巢动迁》是以父子感情为核心的现实主义小说,对生存权的绝对推崇,敦促父亲重新检视代际关系和生死态度。

艾伦的事业危机,直接拽上乔娜与他共同应对接踵而来的经济危机,而乔娜对父亲帕特里克的积怨还没有丝毫和缓的迹象。心怀不轨的希拉里和里奥正用尽各种手段对艾伦诊所围追堵截。在结婚纪念日的这天,夫妻俩各怀心事地来到哈林湖。唐简探讨婚姻是一次选择,开办诊所是一次选择,现在申请破产又是一次选择。《乔娜家的湖》对自然之境的物感与光感把握显现出"印象派"质地。

《柔莉的拼板》讲述小姑娘柔莉是患自闭症的孩子,母亲小筝年近五十才怀上她。自闭症将其闭锁在个人视域,她不停地用拼板排列和组合自己满意的交往形态。海外定居十年,无社交的小筝也是另一种形式自闭。陆蔚青表达了母女的共同决定,她俩决意以一块独立拼板的姿态独立于所有拼板之外。

袁劲梅《救人》提出平凡人的历史，不落于书上，只漂流于日常。水码头镇成员都是农民，"说话的河"悉数记录他们的宗派和处世规范。最厉害的惩罚措施是隔离，所有人集体远离犯错的人。斯巴克默认了团体契约，他在孤立恐惧中被彻底驯化，但"反骨"托尼是否可以成为被救赎成功的对象？河水回馈的那一声"扑通"是对规训的宣战、对自我权利的坚持。

往事

《见面》《贵族》穿越今昔，演绎命运无常，主人公从回忆中辨认他人和自己。爱情蛰伏于时代，横生出坚硬的触角，扎进当前稳定婚姻与平和心境。陈瑞琳笔下的秦娥，即将与许文涛见面。这是她珍藏的一段迷恋。小说依循会面的时间线索，以秦娥心绪起伏一次次催醒记忆，汹涌的悔恨、不甘和疑问，扰乱其心神。新世纪海外华文小说中久违的校园题材，带来"那年土雨初歇，我在你身后，一轮清月为证"的清甜回甘。

很多源发于情感的痛苦，正在于失去了重回过去的可能性。阿良与夏女士在一次团队游中重遇了。沈乔生在主旨和人设两方面安排高贵与世俗的对比。夏女士是否已认出曾经的按摩女，成为贯穿《贵族》的待解谜团。阿良今非昔比，她用一系列挑衅的夸张举止来透露其身份，关键是必须在夏女士面前确立自信，可后者的旅行目的只为回溯已逝丈夫的存在记忆。高贵人格不需要物质包装，夏女士花费二十七年明白了这个道理。

倪湛舸在《异旅人》里曾生动刻画荒腔走板的新一代留学生，而《微云衰草》是她对历史的摩登书写。美术史家巫鸿以

"古今协商"讨论明代陈洪绶的"师古",可为华语小说创作者提供如何处理"古"的一点启发,他指出"'古'是当时绘画理论的一个流行概念,也是陈洪绶自己艺术理念的核心。……他并没有把'古'狭义地理解为绘画的风格和传承,而是在其所习'心学'的基础上将这个概念融入生活和艺术的根本志趣,与'奇''癖'等其他晚明流行观念互相融合以构成他自身的主体性。"[1] 倪湛舸的历史小说,跳脱类型小说的"戏说",突显人文精神,为历史人物和历史故事注入明晰的现代生命意识。作品穿越回南宋,以岳云和岳雷的双重视角,各自追忆岳家被时代主宰的身前事和身后事。岳云的离经叛道抵挡不住朝堂的拖拽,岳雷的循规蹈矩也仅保全其乱世偷生。云和草都随风飘摇,宋人的岁月不再平实静好,岳家史却在传说中被典型化。英雄梦,只剩一茎枯草,一朵素花,炎凉世态里,只有岳家人的血是热的。

善意

《爱犬颗韧》是一部动物小传,严歌苓再次强调平等和尊重,为"中国故事"的年代叙事提供了生动的、小切口的文学范本。颗韧在濒死母亲的不舍中,被文工团员带走,十六个月,它一边长大,一边融入这群少年的火热生命。在藏区相对艰苦的环境中,动物与人类共同挨过寒冷、饥饿和恐惧,颗韧吃力

---

[1] 巫鸿:《中国绘画中的"女性空间"》,生活·读书·新知三联书店 2019 年版,第 402 页。

地、不计前嫌地以忠诚和信任回报少年"暴虐的温柔"。小说最酸楚的场景是颗韧被处死,而最触动人心的情节是它的"邮递员"功能,即传递专属于"我们"的青春期亲密,因为只有它才能"懂得了我们这些穿清一色军服的男女都藏得很仔细的温柔"。"我们的日子里没有了青春,没有了恋爱,但是不能没有颗韧。"颗韧对人类的每一次凝视,都会瞬间拨动读者的悲悯。

夏周运用蒙太奇方法在《比长跑更长》穿插暗恋和初恋,青春成长题材特别考验创作者想象力的强度。车厢是富有张力的信息空间,为交流提供条件,也对可能牵涉的私密妥帖保护。"我"在回伦敦的火车上,偶遇卫一鸣。"我"不理解他要跑"伦马"的执念,直到他提及王曦月。微妙情愫你进我退般在两人间游走,曦月意外去世后,从其日记里,卫一鸣恍然大悟先前屡次错过了感情的潜在转折。"我"由此梳理了"我"与程昭浠的相识,开始期待着她的归来。一程归途,两个萍水相逢的年轻人交换了心事,校园内外的两段纯爱,让生命鲜活灵动起来。"比长跑更长"的是不灭的情意。

《傻娘》以戏剧性的人设,刻画平凡女性的善良。施玮以荷花的第一人称自述,叙述她从傻丫到傻娘的成长,遭遇被嫌弃、被遗弃和被利用后,依然以不设防的宽容与他人相处。即使父母的爱、夫妻的爱、子女的爱相继消失,荷花的想法和做法仍是不断赠予,企盼依靠一己之力找到愿意照拂自己的那束光。

学界对海外华文文学的评价存在过高和过低两个极端,这自然对华文文学的发展形成一些阻滞。如麦克卢汉所说,每一种母语以完全独特的方式教它的使用者如何看待世界、感知世界、在世上行事,"年展"以简约形式呈现文本,等待海内外读者的自主阅读与批评。我留意小说里每一次的人物沉默,很像中国画,万物起于空白,止于空白。沉默的延展性极强,可以是躲闪、思考、认同或者否定,由其制造的停顿,在心绪将溢时调整作品的叙事节奏。沉默,表明现阶段华语文学暂别对刺激和惊诧的过度反应,而宽宥着人生里波动的欺瞒与辜负。华语写作是一场征途,往哪里走,该怎么走,是作家需要思索的问题。任长箴拍摄《生活万岁》时说"进窄门,走远路,见微光",我想这也契合海外华文创作者对文学的热爱和华语的坚持。"年展"重要性是先铺设一条"回归"之路,为不同"身份共同体"的华语创作坚守者提供这一段看/被看之间的最短路径。

第二辑 抵达故乡的一种可能

如何习惯不由自主的命运

《劳燕》是张翎第二部以单个女性为主题人物的长篇小说。依据对其作品的阅读积累,读者会罗列出这些落点:一个人名、一对男女、一份情感、一种境遇。若留意作品英文名 *One Swallow to Remember*,我猜测张翎触摸着回忆的密道,还原一个人的故事。

小说是一个典型的"中国故事"文本,历史、年代、人物为叙事三元素。与张翎之前的"中国故事"相比较,人物设计的变动很小,中国江南女孩、美国牧师的创作思路被沿用,但故事形态具有明显的突破和创新,即淡化"家族"意象与中西交错模式;强化历史感与人称叙事。

《劳燕》主体人物有四位:姚归燕、传教士比利、美国军官伊恩·弗格森、中国军人刘兆虎。作品以1941年和1946年为节点,各自形成两大叙事圈。在1941年框架里,战争是关键词,"中美特种技术合作所"是坐标。四位人物的命运都因"二战"而被扭转,因为"战争把人生浓缩成几个瞬间,战争把一个人从生到死通常要经历的几十年,强行挤进出门和永别之间的那个狭窄空间"①。牧师比利怀着对和平生活的憧憬来中国传教，救助被日军凌辱的中国女孩阿燕，从此深陷信仰与情义的心理鏖战。伊恩·弗格森因爱国而参军，加入"美国海军中国事务团"，与少女温德自结识、相恋到遗忘。刘兆虎，机缘巧合地成为特训营学员"635"，虽曾因流言与陈见背弃了与阿燕的婚约，但终执意与其相伴至死。阿燕，身陷乱世，她从一位被侮辱被损害的乡村少女蜕变为坚毅独立的妇科医生。在1946年框架里，"故土"是关键词，"四十一村"是坐标。比利在归国途中死于"败血症"；伊恩回到美国家乡；阿燕和刘兆虎先后藏进"四十一村"，因阿美而重遇，经历牢狱与疾病，互相慰藉、互相牺牲，只因"战争把生命搅成肉泥和黄土，战争把爱情挤压成同情，把依恋挤压成信任，把肉体的欢欲挤压成抱团取暖的需求。"②张翎擅长"横斜操纵"细腻精准的细节，"不出于盘"地搭建小说内部结构。《劳燕》最撼人心魄的故事片段是"鼻涕虫"之死。战死的"鼻涕虫"终获得阿燕的谅解，"女孩终于把那具支离破碎的尸身缝成了一个整体"③。她趴在他耳边轻语："别着急上路，一会儿有人来看你。"开场锣鼓响起，全场沸腾，名角筱艳秋视线扫到台下一口棺材，瞬间失控，退场换一身缟素登台，改唱"穆桂英挂帅"。戏罢，她独自对那口棺材低语"好弟兄，姐姐算是送过你了，你好安心上路了"④。恩怨与大义、喧闹与寂静把战争制造的"痛"推向极致。

---

① 张翎：《劳燕》，《收获》2017年第2期。
② 同上。
③ 同上。
④ 同上。

张翎走进迷雾、理清际遇、揭开隐秘的目的,是为了说清楚人物如何在乱世应对命运。《劳燕》埋设谜底——《天演论》,"适者生存"成为阿燕得以从一场场苦难中踉跄幸存的人生哲学。"在这个狼烟乱世里,死是一种慈悲。不是每一个求死的人都能得到死,上天把死当作一样礼物,爱分给谁就分给谁。上天没把这份礼物给我,或者给阿燕,所以我们就得承受活着的残酷。"① 那么,她该怎么"活着"?"躲"无法使自己摆脱流言与贫穷的追捕。阿燕逐渐学会应对耻辱、应对死亡、应对分离、应对孤独。比利、伊恩、刘兆虎"在不同的阶段进入过她的生活,都把她引到了希望的山巅,又以各样的方式离开了她,任由她跌入绝望的低谷,独自面对生活的腥风苦雨,收拾我们的存在给她留下的各种残局"②。不断地遭遇、接受、适应,经历希望与失望的反复敲打,阿燕击退了命运的强悍,"她原先那层哀怨的薄皮再也裹不下她了,她把那层旧皮脱在身后,迎风长成了一个截然不同的新人"③。

作品新意体现在张翎将同一个人物拆分出三重身份,再由每一层性格对应一种乱世处境。不同于聂华苓《桑青与桃红》的处理,她不是表现分裂人格的各自对峙。"阿燕,温德,斯塔拉,它们是一个人的三个名字,或者说,一个人的三个侧面。你若把它们割离开来,它们是三个截然不同的版块,你很难想象它们同属一体。而当你把它们拼在一起时,你又几乎找不到

---

① 张翎:《劳燕》,《收获》2017 年第 2 期。
② 同上。
③ 同上。

它们之间的接缝——它们是水乳交融浑然天成的联合体。"① 小说以"阿燕"为核心，以年代为断面，以战争为背景，将姚归燕与刘兆虎的故事、斯塔拉与比利的故事、温德与伊恩的故事交错推进。伊恩点破了阿燕倾心于他的原因："刘兆虎，只是她的过去。……牧师比利，虽然生活在她的身边，总在时时刻刻地操心着她的未来。而只有我，穿越了她的过去，无视着她的未来，直截了当地截取了她的当时。我是我们三人中间唯一一个懂得坐在当下，静静欣赏她正在绽放的青春，而不允许过去和将来闯进来破坏那一刻美好的人。"② 从本质上看，阿燕是那只始终守着月湖的"燕"，而伊恩·弗格森、刘兆虎、比利牧师，如同"伯劳"，各自与燕子短暂相会又急速离去。张翎为三段故事设立了合拢点，比利说"每年的八月十五日，我都会按时来到月湖，静静地，耐心地等候你们的来临"③。这是作者埋设的对人性的信念，伤痛经过人间温情的反复洗涤，其浇筑的分开和重聚都是一种必然。

张翎在《劳燕》里延展"对话"的精度和广度，同时回忆性对话又与"二战"历史形成对接，衍生更深层面的事实认定和战争反思。巴赫金说"言语的对话意向，当然是任何言语所无不具有的现象。这是一切活语言的一种自然的目标。在接近自己对象的所有道路上，所有方向上，言语总得遇上他人的言语，而且不能不与之产生紧张而积极的相互作用。"④ 对话不仅

---

① 张翎：《劳燕》，《收获》2017年第2期。
② 同上。
③ 同上。
④ 巴赫金：《小说理论》，白春仁、晓河译，河北教育出版社1998年版，第58页。

激发主客体的理性，而且还能及时反馈两方的感性。张翎将《流年物语》的拟人化物语，进一步扩展丰富，继而形成语言的外循环与内循环。具体而言，外循环体系有两组对话组成，即人与人之间的对话，以比利、伊恩、刘兆虎的视角来分别陈述自己与阿燕的故事，诉说战争对一个女人命运的屡次干预；物与物之间的对话，由"蜜莉"与"幽灵"代替各自主人说话，表白男女难以言说的相爱与道别。内循环体系是第一、二、三人称的角色互换，通过不断地自述与他述、自审与他审，确认事件的真实，袒露内心的怯懦与自私。"离你报考训练营二十年之后，我再次在月湖与你相聚。那天是一九六三年八月十五日。在我认出你之后，我惊讶地拉住你瘦得像刀子一样的手，问刘兆虎你怎么变成了这个样子？到底发生过什么事情？你叹了一口气，说一言难尽。我上一辈子的事，需要另外一辈子才说得清楚。还是等伊恩来了，我一并告诉你们，我实在没有力气重复两遍。"[①] 伊恩是以第三人称的形式出现，而比利与刘兆虎的对话则以第一人称"我"与第二人称"你"交替展开，"我"（倾听者）引领"你"说出个人经历，"你"再以"我"（讲述者）娓娓道来。三种人称转化，制造叙事张力，令小说中比利、伊恩、刘兆虎的大篇幅独白不再是单调倾诉或是枯燥说理。

"交错"仍是张翎作品的稳定结构，但它在《劳燕》里不再显现为中西家族故事的交错，而转化为人物塑造的一种方法。三个人（比利、伊恩、刘兆虎）、三重身份（斯塔拉、温德、阿燕）、三维时空（未来、现在、过去），呈现命运交错与性格交

---

① 张翎：《劳燕》，《收获》2017年第2期。

错，巧妙配合这部小说中"三"的美学。需要指出的是，让叙事点、叙事线始终保持清晰和有序依赖创作者的文学功力。

《劳燕》没有将阿燕与伊恩的故事处理为一场相爱不能相守的爱情悲剧，而是暗示战争的另一种真相：美国青年对中国少女的快速遗忘。1992年，当伊恩看到阿美带来的"纽扣"时，他才开始迟缓地、笨拙地组接关于温德的记忆碎片；而阿燕也并没有"适苦欲死"的沉沦悲慨。战争让一个女人脱胎换骨，对于她而言，比利教会了"斯塔拉"生存的技能，兆虎与"阿燕"在逆境中相互扶持，而伊恩的意义是告诉"温德"爱应该是自由的。

故乡，在夜里，舒活筋骨

杨广全一家，因为阿意的回乡忙碌起来。十五年前，阿贵妈还没来得及追问："等你回来时，我还是原来的我吗？阿意已经走远了"①。

阿意的家，在五进士村，位于浙南和闽北的交界处，它有与众不同的绿，也有难以挣脱的穷。杨家三代儿媳的进门，都与"瞒"和"骗"脱不开关系。李月娇趁着夜色，逃跑过两次，但两次都是自己回来的，为了一双儿女阿贵和阿意，从此，她心无旁骛，变成了阿贵妈。她的婆婆年轻时，十年内跑了三次，正因为她确定再美的山水也镇不住一个"穷"，所以格外仔细地盯住儿媳，掌控住家。阿珠，从越南来，不断以谎言自保，可回乡已是奢望。

越南的儿媳，法国的女婿，出人意料地加盟同一个极其普通的中国家庭，并集聚在杨广全的家宴。张翎很精心地将所有

---
① 张翎：《廊桥夜话》，《十月》2019 年第 6 期。

的文化差异都消弭于中外孩子们集体参与的一场"老鹰抓小鸡"游戏里。"那些多元文化、身份认同的话题,都是大人的扯淡。融汇哪是书本可以教的?你把一群孩子放到户外,让他们去抢一个球,抢一只蜻蜓,谁还顾得上看你长什么肤色,说的是哪国语言?"① 她从童趣的裸露中,肯定了不同国籍、不同种族、不同地域的人,皆可经由爱的初心抵达亲密无间。

小说并置中国乡土的诗意和悲凉。"廊桥"既是中心地标,又是核心意象。"廊桥"具备空间性,它连缀历史、现时和未来。五进士村最"稀罕的是河上的那座廊桥,是道光年间建的,没用一根钉子,每一根椽子每一块木板都是用榫头自然连接。"② 它沟通杨家与村外,见证了又悉数包容婆媳两人,一次次"来""逃"和"返"。"廊桥"蕴含时间性。"廊桥像一只灰褐色的乌龟,横卧在那条没有名字的河上,前蹄在河的那头,后蹄在河的这头。"③ 它承载传统又接纳现代,白天的廊桥,目睹着乡村的新变;夜晚的廊桥,遍历着乡村的旧事。"夜里的廊桥"颇有特殊深意,从形态看,它依然存续源于史的苍凉及敬畏,"失去了白日的细节,只剩下桥身和桥拱的形状和线条,却带着一股白日没有的沧桑和威严,叫人不敢大声说话,仿佛开口就是冒犯"④。从内质看,廊桥切实安抚村里人对现代化不断逼近的焦虑,拨动游子对故乡的回忆和感情。通电,是五进士村步入现代化的重要节点,它制造的第一片光明,是廊桥率先

---

① 张翎:《廊桥夜话》,《十月》2019年第6期。
② 同上。
③ 同上。
④ 同上。

目睹的。"夜晚的廊桥永远是一片黑暗。灯光之下,她猝然发现了廊桥的皱纹和寿斑。桥里的每一个角落都结着蜘蛛网,桥壁修过多次了,每一次用的都是不同的木料,补丁太多,深深浅浅的,就有了许多颜色。每一层颜色,大约都是一个朝代。她见过的事,廊桥都见过了,而廊桥见过的事,她又知道多少?难怪她一惊一乍,廊桥沉稳如山。"① 光,将廊桥的全部细节和盘托出,凸显其历史内蕴和时代意义,更重要的是,廊桥能应对任何"变",保持着从容不迫、不悲不喜。

"夜"吸纳着情绪与观念,阿贵妈和阿意,都选择在夜色里、在夜行中,吐露真心。小说精彩情境是杨广全的"蹲",他守在桥头,等阿贵妈回来。烟头的微光在清冽夜里只是微弱喘息,但它燃烧着维护一个完整家庭的希望。"他们没找见你,就是好事。只要你在,你总会回来的,所以,我每天都来这里,候你"。② 杨广全一辈子的绵绵情话,已于首次接亲路上全数道尽,此刻,他在等待一个机会——坦白对妻子的真情。这一次夜谈后,李月娇不再逃走。

阿意与加斯顿在夜晚散步时的倾谈,令其更理解故土、更了解对方,升华人类对故乡的共通情感。小说由此提出一项重要论题:离开故土的人才有故土。"故土在她不在的时候,悄悄地蜕过了皮。蜕过了皮的故土,已经没有了先前的纹理和质地,剩下的只是轮廓。她只能站得远远的,才认得出它的样子。"③ 张翎散文集《废墟曾经辉煌》的"朝花夕拾"篇也关涉

---

① 张翎:《廊桥夜话》,《十月》2019年第6期。
② 同上。
③ 同上。

相关话题。两人对谈，意味深远地指出人类对还乡的共同期待。阿意没有锦衣，依旧归乡。"她从来不知道大雁会在夜间飞行。排的是一个人字，边角齐整得像一幅剪纸。大雁从来都知道路，从哪里来，到哪里去，所以飞起来才如此胸有成竹，如此纹丝不乱，如此旁若无人。"① 法国人加斯顿因选择先资助阿珠回越南探亲，而婉拒岳父母赴法，首先透露出他对故乡概念的无比尊重。其次，是否还有文化认同层面的暗示？加斯顿对妻子故乡流露出"不适"，法语却让加斯顿与越南籍嫂子阿珠无形中达成对法国文化的亲近。

女性依然是《廊桥夜话》审视的对象。张翎道出婚姻不同层面的缺憾。婆婆和阿贵妈经历了"骗婚"，婆婆逃跑三次，阿贵妈逃跑两次，儿女成为她们最终留下的根本动因，虽然跪与哭的挽留方式比较模式化。阿贵的婚姻依然笼罩着"骗"，但阿珠却是一桩买卖婚姻的主动参与者，她一系列伪装，目的是确保能在杨家安居。阿意和加斯顿实质无法全然交心。婚姻中原本应有的互相依赖与互相信任，裹挟着重重防备和犹疑。究其原因，我认为，阿意因原生家庭对个体成长的负面干扰，而对女性独立过于强调，因此她既骄傲又谨慎，不免将婚姻复杂化。同时，她的形象丰富性落实于观念双标，一方面固执地苛求女性自主，一方面竟又默许甚至纵容"阿珠交易"。因而，对女性自我价值的验证，张翎在作品中提示两条路。一条母亲的路，"圈"在杨家，"一年四季不是一条线，而是一个圆。她卷在这个圆圈里，即使迷路，即使丢失，也是在这个圆圈的某一段弧

---

① 张翎：《廊桥夜话》，《十月》2019 年第 6 期。

线上，永远绕不出去。一直到老，一直到死"①。一条阿意的路，通过竭尽所能的个人奋斗，离开山村，可她越想逃离反而越难以舍弃。阿贵、阿意两兄妹都因对方"拖累"，间接接受婚恋延期。阿贵因为筹彩礼钱，等待九年后娶妻；阿意因为体谅家庭，而一再摘取次选。但他们又殊途同归地走进相似的处境：配偶都有过婚姻，且带着孩子。若从本质上看，贫穷是造成所有婚姻困境的最根本原因。

故乡，化身藻溪，流淌在张翎小说里。"现代化的进程对人文地貌和乡情的蚕食速度太快了，我记忆中的故土已经消失。作为一个小说家，我能做的就是把记忆以文学的方式存留下来，希望我的生命消殒之后，我版本的故乡依旧在我的书中活着。"②《廊桥夜话》是她由远（离开）及近（归来）的解读乡土，阿贵妈背负着家，而阿意面对着故乡，家国情怀，落实到寻常人家，就是人与家/故土的依存，无论走多远，走多久，人"还是要回来"。

---

① 张翎：《廊桥夜话》，《十月》2019年第6期。
② 张翎：《故土，我的重荷，我的救赎》，载《废墟曾经辉煌》，浙江人民出版社2019年版，第93页。

家的狂想曲

在阿尔巴尼亚，有一种特产是"碉堡烟灰缸"，它是圆碉的模型。这个国家也被称为"碉堡王国"，遍布几十万个碉堡成为"奇观"。现今碉堡原本的御敌意义已被消解，而转换为日常生活的一方处所或一个景点。对于这个国家，陈河已写过《黑白电影里的城市》，《碉堡》依然是当下视角，伴随着"碉堡"被拆除或改造成酒店，阿尔巴尼亚原先尊崇的"宁死不屈"战斗信念被"逐利"精神所代替。小说里，"碉堡"是意象，保留着碉堡的原始功能性：观察、防御、进攻。自然，我们也不难联想到它的隐喻，即坚硬的壁垒，碉堡依然是一道自我保护的屏障，在小说里，横亘在国与国之间、家与家之间、人与人之间、意识与潜意识之间。但我还想指出这部作品中"碉堡"的一项特殊功能，它成为故乡和异乡在时空变换中保持互通的唯一途径。

读陈河小说时，我会不由自主地想到《克罗地亚狂想曲》，我一直认为小说与音乐的同质性是它们都以恢宏包裹伤感、坚韧与理想主义。《碉堡》依然如此，陈河调动了阿尔巴尼亚和义乌两个空间里的十八年，以"萨斯"为转捩点，推送出阿礼的前半生。"碉堡"的特殊性/普遍性意义互相转化，开篇"动乱后的地拉那"，首先将碉堡定位于日常。刘甘肃经营公司，阿礼成为帮手，四德和秀莲波澜不惊地过日子，中国人"团"在一起，防备和互斗被"安全"需要压制。"萨斯"危机的冲击，重新让黛替山军事碉堡现身，唤醒其战略性防御功能。所有人的生活节奏因萨斯被打乱，且强制人生迅速重新布局。阿礼被阻止入境后，被迫不断迎接亲人与朋友的猜忌、抛弃与伤害，他想到藏身于黛替山圆碉。"碉堡"在小说中至此变成一处实体，但无形的"碉堡"也陆续降临，它是各方力量都寻找的维护个人利益的一面面"盾牌"。因此，虽然战争结束了，但是"碉堡"仍无处不在，其战略性只是被暂时遮蔽，一旦遭遇利益交战，它狰狞毕露。小说叙事节奏的变化，依托"碉堡""无"/"有"之间的转化及反应。

陈河独特的文学思维不仅体现在阔达视野，还浸润于他很擅于用有趣故事承载人物的复杂个性。他的小说是能让你在记住故事的同时也记住人的。卡拉瓦乔和伦勃朗都是描画肖像的大师，他们都善于通过表情或者动作，直击心灵。陈河作品的传奇性和戏剧性更像卡拉瓦乔，具体到语言，作者不是在追求精准独白或对白，而是在营造紧张现场，进而提供一种对人的探索方法，从这个角度上说，小说具备可读性很强的情节。我认为陈河笔下的人物发散着感伤和忧郁的光影，他们对人生满怀憧憬，又频频迟疑。阿礼是浙江山区宗族里的第一个大学生，名字"潘崇礼"的"崇礼"内涵是对"仁义礼智信"中"礼"

的推崇。"礼"是陈河小说重要的精神向度，它是理解人性的入口。阿礼经历了事业和爱情的挫败，他依赖碉堡暂时栖身，看似躲避警察追捕，实际是保全尊严与自由。透过机枪孔，扑面而来的是由理想和诗意构筑的天地。从孔中看到的景象，是阿礼真实内心的反映。孔中世界与现实世界形成了有意味的反差：小中见大，孔中世界通达浩瀚自在；大中见小，现实社会集合阴谋冰冷。小说运用女性的一组对比，呈现对"礼"的守护与颠覆：秀莲对阿礼的迷恋、玛尤拉对阿礼的鄙夷。两个不同国家的女人，对阿礼的态度，折射着人性善与人性恶的鲜明对照。在得知阿礼遭遇追捕的消息时，她们同样惊愕，秀莲认为"也许可以试试。去机场给警察送点钱，他们会放阿礼进来的。"玛尤拉说"'你怎么回来了？你不是已经死掉了吗？你是鬼魂吗？你这个魔鬼，快走开。'玛尤拉眼睛里喷出了怒火，阿礼不明白她竟然会这样充满仇恨。"[1] 陈河一方面延续了文学作品对中国女性品质的常规表达，即她们对知识男性的主动崇拜，并指向普通女性与知识男性的互相拯救："阿礼，别难过，你已经到了地拉那，没有被赶回去，总有办法的。你是大学生，这个时候你不能再'水泥蛇'一样了，要拿出男人的气魄来。我会帮助你的，这里是两万列克，你先拿着，我再帮你想想办法。"[2] 在阿礼被及时救助的同时，他更是促成秀莲获得"爱"的觉醒。但我觉得男性反作用于女性这层表达似乎没有必要，小说的女性觉醒也是停留在身体层面，对其心灵解剖是浅尝辄止的。另

---

[1] 陈河：《碉堡》，《十月》2018 年第 6 期。
[2] 同上。

一方面小说却呈现有别于古典女性的"吉卜赛女郎"塑造方法，即将物质崇拜落实为一切行动的根本动因。雨果笔下艾斯美娜达在巴黎圣母院的广场上灵性舞蹈，《大篷车》里苏妮塔在复仇后放弃优渥生活跟随心上人莫汉继续流浪，《碉堡》的玛尤拉却为了财产必须让阿礼"死亡"。颇有意味的是玛尤拉一家空前团结，婚姻对于他们而言仅是一场交易，当家族利益受到冲击的时候，中国任意身份的男性都可以是被随意抛弃的对象，他们与中国人之间的碉堡是无法拆除的。阿礼和玛尤拉更大的分歧是家庭伦理观念，阿礼格外重视血缘，他苛求家的完整，因此冒险修理屋顶瓦片；他看重血脉延续，身处险境坚持探视儿子。而在玛尤拉看来，独立、自在、利益才是最核心的生存伦理。因此，"碉堡"的机枪孔可以通往阿礼的家，"他从枪眼里看到了整个地拉那城都在他的眼下，在晨光中闪闪发光。他搜寻着自己家的房子，在城市东部边缘和田野结合的部位，有一大片低矮的房子，他很快就找到自己家所在的位置，由于距离很远，阿礼看不清楚自己房子的样子，但他能确定就在那一个地方"[1]。这个家里，有自己的儿子，却并没有出现玛尤拉。

碉堡的防御意义不止于保护生命，黛替山碉堡的更大作用是让阿礼感到心理安全，这份安全是原先只有家乡泰顺山能给予的。碉堡枪眼通向一条神秘的时光隧道，它既是故乡的入口又是异乡的出口，它把世界汇聚于一点，这个点流动着希望、信念和力量，阿礼借此可以抵达精神满足："从碉堡的枪眼看见天空上挂着一颗冰冷钻石一样的启明星，而其他的星光已经消

---

[1] 陈河：《碉堡》，《十月》2018年第6期。

退，黎明即将到来"①。这就是命运最精彩的一个瞬间。我能理解作者的用意，安排脱险后的阿礼回到义乌后，异地重建黛替山碉堡，意味着主人公对真实自我的守护。秀莲至此才了解阿礼，"真没想到，阿礼这个老实人会有这么丰富的内心世界。她站到了碉堡的枪眼前，看着义乌城的灯火，幻觉眼前是地拉那"②。对于阿礼，"我建造了这个碉堡后，没有让别人知道，只有自己会秘密到这里待上一阵子，让自己的心平静下来，让自己成为碉堡，不再做噩梦"③。然后，就中篇的架构，小说开头的铺叙较多，人物枝蔓较为芜杂，而实际与故事紧密联系的是四个人。

"儿子的阿尔巴尼亚名字是斯堪德培，和他们的民族英雄一样。中文名字是潘安东，一个响亮的名字。阿礼在儿子名字里加了个'安'字，是为了冲和妻子玛尤拉吉卜赛血统里到处流浪的天性，盼望儿子以后会有个好的命运和前途。"④ 阿礼试图拆除与玛尤拉的"碉堡"，获取夫妻的亲密无间，但事与愿违，当他有了黛替山圆碉时，他的"家"已成为玛尤拉的"碉堡"，他爬上橡树、修补瓦片、与儿子做了心的手势，其实都是他试图对"玛尤拉"的突破。这道碉堡坚固无比，碎瓦就是"枪眼"，是阿礼回家的唯一途径。结尾设置了悬念，阿礼为了找回儿子，他不惜放弃一切与吉卜赛人一同流浪。阿礼守着义乌的"碉堡"，再次试图拆除与"玛尤拉"的"碉堡"，但真的能成

---

① 陈河：《碉堡》，《十月》2018 年第 6 期。
② 同上。
③ 同上。
④ 同上。

功吗？我认为似乎并不需要这样的安排，小说喻示着"碉堡"始终都在有形与无形中此消彼长。阿尔巴尼亚的"碉堡"因过于坚固而很难拆除，因此不去拆除也未尝不是一种妥当办法。

温州"反骨"

"我脑子里出现了李秀成在一个黑暗的仓库角落里,叼着一根香烟,用左手握着断线钳慢慢剪着钢筋头的画面。"[①] 这是《涂鸦》最后一处人物特写,至此,"涂鸦"之谜已破解,但李秀成还是没有真正现身。小说从寻找"涂鸦"之人开始,陈河将"涂鸦"事件相关者聚集起来,通过解析各自的叙述,完成对"他"形象及心理的侧写。由此我想,"涂鸦"也是一语双关,既是温州城里公共墙上匪夷所思的六字密码,又是创作者形似随心所欲实则针脚绵密的"讲故事"策略。

对于旅居海外三十多年的"我",故乡温州的历史细节逐渐地被驱逐进遗忘。"我"有意识地整理并记录,突然想起20世纪六七十年代,公厕墙壁上都写着一句十分莫名其妙的标语——"石银池入土匪"。于是,"我"决意解开此谜团。有没有"石银池"这个人?"入土匪"是什么意思?"石银池"和

[①] 陈河:《涂鸦》,《十月》2021年第4期。

"土匪"合在一起又有什么缘故?"涂鸦"是小说题眼,故事的线头就从"涂鸦"上的"石银池"三字开始滚动。陈河开篇就先运用了后设小说的方法,安排"我"借助网络,核实"石银池"身份。"我"赫然觉察原来这个名字曾出现于小说《布偶》,而其正是"我"(作家陈河)十几年前的作品。"我"无形中成了"涂鸦"的第一个叙述者。接着,"我"意外发现,"我"自以为虚构的"石银池"还真的存在,知情人陈渠来即将现身。他是第二个叙述者,"我"将事件复盘的起点定位在他曾经的生活场域。小说切换回50年代的温州老城西郭外,镜头拉近至坐在瓯江边寻找商机的陈渠来。他扎进街办工厂暗箱逐利,受命必须安置刺头"李秀成"。"涂鸦"之人的画像从此处落笔,"江边雀"——战斗英雄——机床厂工人形成三组由"他述"平涂的模块。真正的石银池出场,他是一名南下干部,可就因其一个随机决定,一名叫"李秀成"的工人——全家下放文成,抽出了"涂鸦"谜案的引线。李秀成执拗于否定命运安排,展示出"战斗者"的破釜沉舟,不惜采取各种极端方式扭转"被指定"的结局。第三个叙述者是陈渠来的朋友老裘,由他补叙陈渠来如何劝服李秀成落户街道厂,及两人如何就作坊生产达成协商,共同追随温州第一波私营经济发展。同时,他引入老单,插叙李秀成的两幕家庭悲剧(妻子抛家/女儿横死),揭示他能屡次在困厄中存活的心理动因。石银池的命运如何?第四个叙述者由石春兰(转述自石银池)担任。她补叙石家因"石银池入土匪"标语而遭遇的两代人悲剧,从某种程度上,其灾难之重反衬出李秀成的执念之深。偶然的"涂鸦"事件,时代任其持续发酵,升腾为一场风暴,全面锁住陈渠来、李秀成、石银池、老单等人的人生,而风暴中心的"石银池入土匪",不断向外扩散、向内钻探,渐渐隐入改革的浪潮和记忆的无限。

《涂鸦》是一部讲究叙事技巧的作品,补叙、倒叙、插叙、预叙糅合一体。从布局看,陈河运用了对比性复调,四位叙述者是四条独立的旋律线,有机叠置,构成多声部和声的故事形态。从细节看,他采用平涂与叠加相结合的叙事方法,一方面在"涂鸦"事件的追忆框中先平涂出施事者"李秀成",另一方面由家庭/社会搭建的两重视角,叠加出一个"不在场"的"李秀成"。他是既定秩序中的爆炸性元素,印刻于文本的"反骨"体质是"倒挂眉毛"的固执和"左手摇车床"的漫不经心。我认为这是陈河的一次创作新尝试,在《涂鸦》里全然借助侧面描写的途径,即以他人经历,令人物存在;以他人言语,令人物鲜活。而他之前的小说,如《沙捞越战事》《甲骨时光》《外苏河之战》都是从直接正面描写聚焦主人公。值得注意的是,"我""陈渠来""老裘""石春兰"四人部分,互相之间形成有序衔接,只讲述个人最精确的那部分回忆,谁也没有推翻他人的陈述,反而不断强化或者佐证对方提供信息的有效性。全知视角和限制性视角的交错,产生一种叙事诱惑,不断牵引读者在虚实交错的事件中穿行。一个灵活、偏执、勤劳、狡黠的李秀成一点点丰富起来,"石银池入土匪"的前因后果也得出一副完整拼图。小说关注温州的草根创业者,但他们没有卸下陈河小说一贯的"硬汉精神",我认为他一直从三个维度建立"陈河作品"辨识度:扎实的史料研究、主人公皆不甘心一成不变的生活、传奇性与英雄性的故事模式。

除了破解温州城的"涂鸦",小说埋设着另一条重要伏线:"温州模式"。陈渠来与李秀成表达民营经济发展的两条路径,即官方和民间,两股合力指向温州家庭化经济形式的初始形态。陈渠来成长于打索巷,它既是温州的交通枢纽,又是商品交易中心,永嘉山底西溪流域的山民(乡)与城市居民(城)在此聚集,山民卖土特产换取生活必需品。陈渠来瞄准"防风煤球炉"的潜在商机,他果断以街道公社名义成立街办工厂,获取当地政府庇护。1977年,他大胆接下加工一批车床件的"异地业务",一边忧心忡忡一边扑向巨大的经济收益。李秀成从国营厂退回街道厂时,坚持要一台车床,他比陈渠来更坚决地愿意"单干",地下作坊式生产及销售模式,将其培育成"磨具大王"。风云突变,李秀成逃往内蒙古,决定以鄂尔多斯为基地维护生意圈,一方面与东三省老客户开展业务,一方面继续完成乐清的订单。应该说,创业的成功与失败,并非其个人意识问题或者能力问题,而是改革试水期,政府和市场还未能给予民间个体经济充分的成长空间和充足的发展条件。陈河在小说中已经触及温州人及温州经济的顽强生命力,但他没有在中篇体量内着墨太多,他稳定住"人"的叙事重心。此后温州家庭作坊式经济体的繁殖和扩展,我们倒是可以从温州人项飙的《跨越边界的社区:北京"浙江村"的生活史》一书中获取相关信息。"浙江村最基本的结构特征是,通过每个人的相互连接、重叠的小网络撮合和扩展,它有很强的平面发展能力,却没有被组织的基础。"[1] 李秀成作坊体现出"关系丛"的雏形,它是人

---

[1] 项飙:《跨越边界的社区:北京"浙江村"的生活史》,第396页。

组织和运用的结果,其概念强调行动者对关系的认知、把握和计算能力。①

"落魄的人生,就这么完蛋了吗?别胡说了!喂,站起来!"2021年"彩虹合唱团"的这一首"站起来",献给改革开放初期的温州创业者,刻画先行者正面迎击时代的胆略与勇气。《涂鸦》引用里尔克诗句"我生活在不断扩大的圆形轨道,它们在万物之上延伸。最后一圈我或许完成不了,我却努力把它走完"②,贴切诠释这一代人的信念和执行。"一个黑暗的仓库角落,李秀成,叼着一根香烟,用左手握着断线钳,慢慢剪着钢筋头"③,神秘、静默且从容的情境感由黑暗和光亮的交替在引生,披露了海外华文小说"中国故事"新动向:陈河有准备在后续新作中将温州人作为一个历史主体来思考,提供"路在脚下,站起来!"的温州经验。

---

① 项飙:《跨越边界的社区:北京"浙江村"的生活史》,第419页。
② 陈河:《涂鸦》,《十月》2021年第4期。
③ 同上。

成长的路径

李凤群的小说不是以故事性见长,她的叙事节奏很慢,不制造大起大落与大悲大喜,作品的感伤质素会伴随读者思考的深入程度,显现弥漫。与《大风》大跨度的家族叙事相比,新作《大野》更加聚焦,作家调动人物心理的不断取舍以追随社会的各种浮动,而并非强化或者营造种种人物命运与历史事件的汇合,从这一点看,它跳脱开了"中国故事"常见的叙事套路。需要重视的是,"70后"女性的成长是《大野》所关注的核心论题,在桃出生于1978年,作品一方面表达写作主体与写作对象的相似情感体验,另一方面呈现"70后"身份共同体在改革开放四十年过程中的共同经历,而解开小说的密钥是"比较"与"依存"。

《大风》和《大野》都以人物心理建构,李凤群运用了绵密的叙述针脚,因此它们不适合跳跃式快读的方式,往往会因错过细节而混乱了故事的发展节奏,只有诚恳地从头至尾静心阅读才能理清头绪。我一度以为《大野》会是一部《桑青与桃红》式的作品，实际根本不存在两个人，而只是同一女孩的两重性格。谜底直到小说最后一章《相遇》才完全解开，确实存在一个共同时空，今宝和在桃得以相识相知。她们处于两种生长世界，野蛮恣意与按部就班，但动/静行动的边界模糊。小说引用《无地自容》歌词："人潮人海中，有你有我"，《大野》定位于关怀普通家庭的农村少女，跟踪她们屡次"从一种生活走向另一种生活"，就在追索与压抑里踩踏出不同的发展路径，夯实了自我肯定与自我否定的互相迁就、互相撕扯、互相压制。大众化的故事和人物构思，先期排除了极端情境和特殊人群，以纯粹素朴牵引读者的情绪呼应。

今宝和在桃互为镜像，男女两性互为他者，所有细节互相作用，如同中国建筑的榫卯结构，没有施加戏剧性描写的外力或重力，却将故事与人物严丝合缝地聚合在一起。在桃选择的路向是出走，我大胆猜测这个名字是与"在逃"谐音，李凤群有意识地赋予她特殊使命，一切离经叛道的行为都被用以肯定自己认可的选择。"我就确定了什么叫不爱，可是我还是一直在找爱，就像一堵墙，你站在墙的反面，你更想看到它的正面。"① 那么，在桃如何找到爱？她发现的有效途径是通过痛，"痛苦！不管这个痛苦大不大，这终究是痛苦。这痛苦就是粘合剂，贴紧了我和他。"② 在桃和南之翔的情感际遇，诠释了爱与痛的互相转化。因为痛（温饱）渴望爱（尊重），因为痛（尊重）追求爱（爱情），因为爱（爱情）再次产生痛（尊严）。今

---

① 李凤群：《大野》，《人民文学》2018 年第 10 期。
② 同上。

宝选择的路向是留下,为了照顾每位家人的感受,必须收藏并压抑自我,混沌度日。"她自己就始终处于无法分清的状态:什么时候做什么,应该爱还是恨,什么时候是哭的最佳时机。""最糟糕的生活就是这样缓慢的无声的耗损。她想象过不幸,像疾病、火灾、山洪暴发,或像鬼子进城这样不可控的极端事件,但是眼皮底下,生活中最大的磨难却是如此缓慢无声的磨损。这种磨损酝酿出眼下这种模糊的不可比拟不可言说的甚至说不上是痛苦的东西,带着温柔的暗黑的嘲弄意味,让人想哭。"[1] 这种"磨损的磨难",与"70后"作家张惠雯界定的"现代病"是同质的,它是"无法治愈的、现代的烦闷,那种挥之不去也无所寄托的欠缺与失落"[2]。今宝渴望被尊重(家庭与社会)、被爱(丈夫),但父亲临终的叮嘱"替我照顾好弟弟们"时时刻刻警示她将一切个人规划偃旗息鼓。"她突然对着镜子发出一连串的诘问:你是谁,这是哪里,这是在干什么?一惊之下,她猛地咳了一声。声音消失了。因为,她凭着自己的声音,感到自己心如死灰般的绝望。"[3] 由此可推断,在对比视阈下,细化温饱、安全、爱、尊重的需求层次其实是小说人物设计的一个重要基点。

小说耐心描画具有共性的成长诉求:在桃和今宝各自需求对方的生活。两人之间的通信,搭建起一条密道,构成了生命意义的互动。"在桃那大大咧咧的坐姿,随随便便的腔调,甚至天马行空、不拘一格的谈话内容,让今宝看到了一种生活的轻

---

[1] 李凤群:《大野》,《人民文学》2018年第10期。
[2] 同上。
[3] 同上。

盈,在桃身上有一种显而易见的自由气息。这种自由她似乎从来没有体会过,在父亲死之前,她隐隐约约有过、品味过,但现在,似乎已经消散,辨认不出它的模样了。现在,她认出了它,在一个陌生的姑娘的脸庞上。"① 在桃和今宝展示闯荡社会与相夫教子两种相反的生活模式,而其中却交织着激进与保守两股相同力道的成长冲动,互为"他者"的多义性被阐发。互相检视、体认与思考后,她们发现最优方案是回归,化繁为简,先前由个体构筑的理想自我的幻境被完全戳破。

《大野》呈现生于"70年代"的农村女孩的自我"成长",其动因是"你更向往自由,你渴望经历一些故事,遇到爱你的人,看重你的人,看看外面的世界,也看看别人怎么活"②。李凤群对它的价值既进行了分析,又给出了结论:人都会在心理向度内自我否定和自我肯定的反复过程中,理解自己、宽宥他人。在桃最终甘于平凡,享受安定,她不断"逃"的动因是"爱",为了年少的那场"青春梦",但重遇南之翔后的生活,是她主动推翻了以前一切的"自我肯定",而选择无尊严地画地为牢。她对"家"的回归,实际又否定其卑微的爱。今宝在循规蹈矩中抵抗顺从,从起先对婆婆权威的挑战,到一次任性出走,最为极端的是以跑步的方法与孕期较量,我们从中可梳理出今宝在被规范化中不断制造出"否定"的拐点。当遭遇丈夫破产、弟弟背叛,今宝对杏红说:"我很享受现在的生活,早上起来就知道一天要做些什么,要发生的事全在脑子里,一桩桩,

---

① 李凤群:《大野》,《人民文学》2018年第10期。
② 同上。

心里有底。我以前总是在等着什么，一直认为等下去有些人有些事就能变，现在呢，我不是在等什么，就是在过生活。想到这一天全都是为自己过，我的心里就特别踏实。我是真的觉得忍耐比自由更重要，因为忍耐向内，要是自己不折磨自己，旁人也折磨不了"[1]。成长中否定和肯定的攻守，制造着成长的过程与代价。

《大野》与《大风》分别围绕着"成长"与"寻找"不同母题，但它们却殊途同归到一个点：爱。无论闯荡还是固守，归宿为家，"我能记住的却是我的亲人，我爱过的、恨过的人，以及迷过路的地方，摔倒过的地方"[2]。埋设在两个女孩之间的感情伏线并非欲望、梦想、自由等宏大主题，而是相遇那刻，在桃令今宝"闻到了一种特别的味道，这种味道不让人疼痛，却让人产生幻想，这个味道让人想起了远方，想起了爱，想起了忧伤，同时又想起了——家，我的眼泪快要掉下来了。""爱是个好东西，爱也是个坏东西。爱产生一种力量。"[3] 大风和大野，都昭示着释放、追寻和坚强。大风，倏忽间起，导致张家四代飘忽不定的人生，爱却是《大风》里无形的风，在《大野》里依然指引着成长的方向。

沈从文在《三个男人和一个女人》里说有些过去的事情永远咬着他的心，说出来时，读者却会以为是个故事，没有人能够了解一个人生活里被这种上百个故事压住时，他用的是一种如何心情过日子。李凤群在创作谈中写道："我总会看见形象和

---

[1] 李凤群：《大野》，《人民文学》2018年第10期。
[2] 同上。
[3] 同上。

性格都迥异的姑娘并肩走在街上,如此不同,又如此合拍。……时间流逝,我的青春随之消逝了,这些姑娘们也消失了。她们散落在人间的各个地方。我常常想起她们的面容,常常追问:经过这么纷繁的时代,她们的人生,有怎样的经过,后来又达到了哪里?"[1] 台港暨海外"70后"华文作家,无论是写"中国故事"还是"他国故事",他们会主动思索"70后"一代人的独特体验。周洁茹剖析"70后"第一代独生子女的孤独,张惠雯揭示美国"70后"华人新移民的烦闷,李凤群反思改革开放时态域中"70后"的成长路径。"我是否挽留住了记忆深处那些与我一同长大的少女们?她们有没有达到真正的自由?我是否拉扯着她们一起走得更加光明?"[2] 李凤群在《暗自欢喜胜过锣鼓喧天》里提出了三个问题,答案都是"我不知道"。我认为《大野》是她用文学在挽留与她一同长大的那些少女,但她们以后会怎么样?用句通俗的话说:走一步看一步。这其实也正是写现时态生活的魅力。

---

[1] 李凤群:《暗自欢喜胜过锣鼓喧天》,选自《大野》,第397页。
[2] 同上书,第403页。

时间之流

1988年,在浙江湖镇,有一户人家,暴躁迂腐的父亲,柔顺善良的母亲,志大才疏的弟妹,勇敢坚韧的大姐。姐姐在乡镇小工厂上班,以微薄薪水养家,她的初恋在省城钢铁厂工作,她遭男方母亲嫌弃。一切约定俗成的安排,都无法摁压下穿梭在姐姐精神世界里的"一股强劲的欲破土而出之力"。《姐姐》的四十年就从流淌着江南诗情的文字间浸润显形。

都基于历史,城与人的关系通常有两种写作方式。一是从宏观视角,写城的地理结构、经济结构、家庭结构,人是城的基本元素,命运的"变"追随着城市的"变"。一是从微观视角,写人物的发展,由人的"变"带动城的"变"。《姐姐》属于后者。她蔑视乡镇的包办婚姻,藐视恋人的懦弱退守,又用不断的创新进取击溃邻里对个体创业者的偏见。小镇人将眼中、口中的姐姐故事,妖魔化为各自心中的版本,她始终被包裹于漫天卷地的流言蜚语之中,而她的种种行动,都在破除一个个谎言。一点一滴中挤出的真相,暗中启动世俗观念的转变,继而促成"湖镇"的新生。《姐姐》很重要的文学意义,就在它对于改革开放的呈现,不是通过跨越几十年的宏大叙事来揭示,而是顺时针走过姐姐成长的特定时间点,如就业(1988)、创业(1992)、成功(1995)、成家(1998)、转型(2005)、婚变(2009)、归乡(2017),记录女性个体的顺时而动、顺势而为。在故事之上,小说又推动更进一步的思索:这些女孩的想法和做法都是如何逐项打破旧秩序并植入新观念的?

同时,《姐姐》提出了新论题:改革的先锋是谁? 1988年以来,乡镇的"变"不是由父辈们在引领,而是由子辈们创造的,他们将饭店、麻将馆、商品房、旅游景点、批发市场一一放置于湖镇的版图,城乡、家庭、个人因此都持续获取着物质的量变与质变。姐姐们,仍会要求并追求个人精神的富足,她们将父辈视为参照物,不允许自己也同样浑噩地顺从和盲从。"整个小镇便快速地淹没在一团夜雾里,老街上零碎的灯光一点点亮起,有带了辣椒味的菜香从小巷里弥漫出来,正是晚饭的时候,姐姐闻着那延续了千年的烟火之气,牵住姆妈的手,一步步走进老街寂静的、古老的深处。然后,离开。"[①] 新与旧,正由灯光划开,子辈携带着母辈,穿越历史走进现代,姐姐决然地带着姆妈一同告别过去。

在"变"的大主题之下,小说内核中埋设历史和记忆的命题。"记忆是生命,由活着的社会产生,而社会也因记忆之名而建立。而历史则永远是对逝水流年的重构,既疑惑重重又总是挂一漏万。记忆是时时刻刻实在发生的现象,把我们与不息的

---

① 柳营:《姐姐》,《十月》2018年第6期。

现实扭结在一起；而历史则是对过往的再现。"① 巫鸿以"石碑"与"枯木"意象来阐释历史和记忆的关系。我认为，这段表述同样对当代小说书写年代故事有一定的启发性。很多作品的历史感辽阔却陌生，它实质上缺少蕴藏生机的"活"细节。"枯木"不是终结，它是"永恒变化中的链条"，蕴含着"复苏和青春的重返"的希望。创作在严谨地回到历史现场，作者严格运用经历蜕变再重构的记忆去复原历史。小说需要想象，但细节实应具有一定真实的、仍旧会活着的瞬间。"一切都在我的脑子里装着，清清楚楚，甚至某一天空气里的气味，街头某个人的表情，某一瞬间的声音，都在。"② 柳营点点滴滴地还原自己生活过的、发展了四十年的龙游。作品的宏阔表现为辐射几代人的行动和心理；而其微妙落地在他人成长皆由"70 后"姐姐的成长去带动。《姐姐》直接从生活场景和人物经历，唤醒不同代际的记忆。作者笔下的湖镇是灵动的，"木柴燃起的烟及锅里热腾腾的粥香混合成老街初晨特有的气味，沿着门窗瓦缝四溢出来，经了时光的老街在人间食香里伸出懒腰缓缓复苏"③。"民以食为天"，她把生活的"动"与"趣"收进厨房，运用了通感修辞，调动视觉、味觉、触觉一起工作。"食物和时间一样，是透明的，人在食物以及时间里穿行，经过了，消化了，那以为漏了洞的世界便又慢慢修复了。"④ 小镇景致不是停留在叙述层次，而是化为幽微的物感波动于读者心里。有多少普通

---

① 巫鸿：《废墟的故事》，肖铁译，上海人民出版社 2017 年版，第 40 页。
② 柳营：《姐姐》，《十月》2018 年第 6 期。
③ 同上。
④ 同上。

家庭，对历史在始终质疑或追索呢？又有多少普通人，对命运会永远抱怨或讨伐呢？记忆往往在逐步淡化苦难，明代的老街消化了所有的喧哗和躁动，每日准时从清晨的粥香中苏醒。

那么，记忆由谁来讲述？在小说中，我们可以看到以姐姐为核心，存在两个清晰的代际群体，其中每一个人物又承担各自的叙事职能。"每个人都在时间里往前，每个年龄段都不相同。"① 父辈：父亲（敌对）、姆妈（中立）、王汉（导师）、汪姐（导师）；子辈，杜安全（同谋）、凤妹（协作）、国文（对比）、潘水（对立）。父亲固守着传统观念，他只认可以气派的房子彰显自己身价与家族地位。对他来说，房子带来的虚荣心和满足感，足以诱惑他随时掰折子女的成长路径，"唯有房子可以帮助人获得存在的永恒感"②。正因为父亲的独断专横，反而敦促着姐姐不断去击退挫败感。姆妈也蜗居于家庭伦理，她可以毫不犹豫地牺牲自我，只为维护家的和谐体面。王汉并没有跳脱世俗拘囿，他既洞穿岁月，又循规蹈矩。他是姐姐最重要的同盟，可他只可以成为协助者，却不敢担当践行者。王汉的人生哲学凝练为"只是听，只是看"，"不敢有嘴巴"。姐姐可以解释生长于70年代人的性格矛盾：激进又保守。他们是有选择性的果敢，渴望培养自己、发展自己，又不得不时时提醒自己、克制自己。在面向事业冲刺时，他们喜欢创新；在面对内心真实时，他们不敢逾矩。

小说中非常有力量的表达是父女关系。父亲的怒火燃烧着

---

① 柳营：《姐姐》，《十月》2018年第6期。
② 同上。

姐姐的整段童年和少年，"即使到了三四十岁，在某些个黄昏，姐姐常会忘了自己早已独立长大，走过很多路，经了一些事，也会忘了自己已是他人妻已为他人母，甚至会忘了这几十年来所有的成长与获得，重新回到年幼时那个小心翼翼、战战兢兢的自己，赤裸无助地躲在佛像底座的'黑暗'之中"①。父女完全没有表面化的敷衍式和解，而是彻底的针锋相对。直到父亲去世前，姐姐对他的恨意才开始淡化。"姐姐时常想，如果连他自己的女儿都无力去接受他，又还会有谁去接受他？去爱他？"② 父亲是姐姐的阻力，也是其助力，姐姐想逃离原生家庭，又一再主动回去撑起家庭。亲情是她的软肋，飞得再高再远，引线也在自己家人手里攥着。

跟随着小说里的时间线索，扑面而来的都是生活的烟火气，它使得作品里的每一段时光都刹那透亮起来。对于小镇人来说，苦难就如同晨雾里的水汽，日日都会散去，"小镇和芦苇荡慢慢清晰豁朗开来"③。故事中，隐逸的王汉，就在这时打开铺门，点火烧水现包馄饨，准备迎接第一位客人。"老街依旧是静的，但在暗处里却藏着尖锐的躁动，不见声不动色，空气里渐渐浮起厨房里家常的浓香。"④ 家常，是《姐姐》最质朴的文学感染力。

"狭路相逢，勇者胜。"1988—2017年，一位叫"萍儿"的姐姐，把自己武装成"雌雄同体"，在与命运的轮番较量中，每

---

① 柳营：《姐姐》，《十月》2018年第6期。
② 同上。
③ 同上。
④ 同上。

场都是她胜出。新理念和新做法一直在重塑传统保守的家乡，姐姐是"变"的先行者，一点进步，都让她感觉到，"有了新的血液和力量，再回过来看老街上的人，似乎旧了，暗了，也不再觉得那么可怕了"①。

国文、汪姐、秀香、姐姐、凤妹都一样，"活着，就是为了这缕额头和膝盖上的自由之光"②。

---

① 柳营：《姐姐》，《十月》2018年第6期。
② 同上。

超脱离去和归来的阈限

张惠雯的四部小说集《两次相遇》(2013)、《一瞬的光线、色彩和阴影》(2015)、《在南方》(2018)、《飞鸟和池鱼》(2021)存在内在关联,他乡与故乡是作品的基础视界,她记录并修正自己在不同人生阶段对平凡日常的体认。如果说《在南方》是对他国生活的首次检视,那么新作《飞鸟和池鱼》是对家园记忆的重新确认,同时,后者还承接与《两次相遇》的连续性,它转达对故土"再次"目之所及的新变和心之所念的新知,演绎散文集《惘然少年时》记述的青春情怀。布鲁姆说短篇小说或许是一个又一个彼此相连的奇迹,张惠雯认同契诃夫,四部小说集致力呈现的事实,"它一直就是这样,一片没有任何奇观的平原,它的美平铺直叙得让人忧伤,像是生活本身:平铺直叙、令人窒息,又无穷无尽"[①]。那么《飞鸟和池鱼》又开始接纳人的各种选择。阈限体现出两种文化结构间开放的过渡区域,

---

① 张惠雯:《飞鸟和池鱼》,北京十月文艺出版社 2021 年版,第 189 页。

张惠雯破除其间的含混，离去与归来皆有理有据、有因有果，在进退有度的弹性生活里，人物以忍耐或坚持，规避极端性爆发，由不确定的行为初衷导向确定的结论，人性深渊的亮光正庇佑一切简单真实的念想与行动。

　　我必须直面"飞鸟"和"池鱼"预设的意象性，它自然是新小说集不可绕开的议题。被困与解救的对抗是两者产生矛盾性的根本动因。"池鱼"对"飞鸟"的艳羡，刺激它挣脱潜行的现实，于是远行（《寻找少红》）、重聚（《昨天》）、出游（《飞鸟和池鱼》）、回忆（《关于南京的一些回忆》）都成为"池鱼"向"飞鸟"的主动接近。意象的新意其实是从另外两个维度延宕开来。首先，"池鱼"和"飞鸟"两种处境的持续性动态变化。以同名小说《飞鸟和池鱼》为例。"我母亲"的一生是"飞鸟"和"池鱼"的共存。为母后，受缚于母职，女性由"飞鸟"坠落成"池鱼"；与孩子成长同步的自我重塑中，女性实为"飞鸟"和"池鱼"同体；年迈女性又被弃置于"池鱼"模式；失智状态下回归"童心"，女性无意识地再次变为"飞鸟"。虽然是短篇构架，但是张惠雯并没有将转化限定于一极，而是从生活复杂性中生发出两种意象互渗互转的复杂度。从某种意义上说，我认为她对这两组意象的开发，环绕着诗人里尔克在《暴风雨》里的哲思：被遮蔽着又被照耀着，我平躺在天空下面，像平原一样平躺；我的眼神张着像池塘，里面逃窜着同样的飞翔。其次，统摄两者之上的意象——"天使"。无论是在记忆中还是在现实里，"天使"既会遭遇"池鱼"和"飞鸟"两端情境，又会因势幻化为"飞鸟"与"池鱼"两种状态。"她"（《天使》）突然降临，在"我"的少年和中年，她两次抚慰我心、又两次粉碎我心。天使如同一场幻影和奇遇，出现也是灵光一现，随即了无踪影。时间消耗了她令人心惊的美丽，"她和以前不一样了！一个女人开始走向衰老，她不是即刻变得皱皱巴巴，而是那些形状好看的眼睛、眉毛、嘴唇犹存，但那层夺目的光泽没有了，像一朵花干燥了，失去了它难以形容的、魂魄般的润泽"①。"我"为什么依然视其为天使？"少年时，她让我燃烧过一次。而现在的我如同一个死灭的星球，根本不知道我的中心还有那么一点儿可以被引燃的东西，她来了，让我的身体和灵魂又燃烧了一次……她一直是那个至关重要的、闪光的幻影，是别的维度里的别的生活。"② 小说没有补叙"她"的告别，但这次重遇，是互相拯救，是"我"和她从各自游居的池塘向着天空的一轮跃起。我想，近年张惠雯笔下人物精神层面的痛苦，并非生存空间的转徙与文化差异的刺激，而是在忍和不忍之间难以决断。有趣的是，新作《飞鸟与池鱼》恰在解决这一论题。

《飞鸟和池鱼》保持张惠雯对女性问题的思考，坦诚当下女性的共性困境：你喜欢的人和你不喜欢的生活捆绑在一起。她运用无性别的写作方式标明性别态度。两性都可以担任故事主体，两性处境都可以成为叙事内容，她其实是以中性立场关照生活，从各自角度站位检视，获取对两性选择的理解和谅解。事实上，其作品对男性心灵层面的剖析被忽略了，男性形象特色在于剥离了根植于创作者本人性别的经验性，而更趋向理性。

---

① 张惠雯：《飞鸟和池鱼》，第228页。
② 同上书，第246—247页。

"他"实为"归来"系列中主导寻找行动的施事者。斯坦纳以梅里美的"卡门"为例,提出虚构作品的奇妙生命力,"无论卡门多么浅薄、怪异、轻浮,她与其他不朽的虚构人物一样,有一个核心的品质:她说出了我们的心声。像艺术中一切伟大的人物,她既是我们的镜子,又是我们的梦想"①。反观张惠雯小说,女性精神核更加饱满,以清醒的自我认知能力和强大的心理建设能力,建立女性独立的现实路标。依附是短暂妥协,在任何困厄面前,她们都具备以己之力解决难题的决断与执行;在任何诱惑面前,她们都能不加拖沓地适时抽身。

"我"于《良夜》的出场颇"丧","对于我这样一个已经浑浑噩噩地过了大半生的女人,一个在糊糊涂涂的恋爱和婚姻里虚掷了青春的女人,一个生过一场大病、差点儿死去的女人来说,还有什么比见到少女时代倾心的人更让人感慨的呢?当然,我对他的感情不过是虚幻而荒唐的,可这虚幻的东西却从未从我心里消失"②。"我"在毫无准备的情况下即将与小安独处,"我"想向他展现自己最好的一面,却无力修饰。"这只是梦,但我想到它其实包含着某个真实的东西,那就是,我再也不会见到他。我在黑暗中坐起来,刚醒时的惊惧消失了,除了那带有一丝绝望意味的凄凉感觉:我再也不会见到他。"③ "我"的成熟度体现为在情感和理智两方面都保持着警醒,重复给予自我心理暗示:"我再也不会见到他"。"我从窗帘的缝隙里看着

---

① 乔治·斯坦纳:《语言与沉默:论语言、文学与非人道》,第 303 页。
② 张惠雯:《飞鸟和池鱼》,第 86 页。
③ 同上书,第 109 页。

外面的天色逐渐透出灰白,毫无来由地感到一点儿快乐。"①"一点儿快乐"是"我"依然确信,心底还奔突着不曾熄灭的爱。《临渊》直视心灵黑洞。小说折返于两位素昧平生的男性对话,显影出一位缺席的女性。"钓鱼"充盈着隐喻,我们都会等待一个合适的倾听者,"我真的是个对什么都漠不关心的、心灰意懒的人,是我父亲瞧不起的没有本事的人"②。当蔡老师将其家庭隐私向"我"敞开时,"我"获得了被信任的满足感。可"我"陡然知晓照片里、简报里生动的姑娘,早已去世,与此同时,"我"一直向他回馈的也是一个虚假的自己。"我想,他煞有介事地给我讲了一个死者的事,讲得仿佛她是个活着的人,而我呢,我给他讲的故事则完全是虚构。"③ 在他乡生活的"我"女友,已去世的"他"女儿,在我俩刻意遮蔽的信息中,反而性格鲜明。"我觉得我平静了一点儿,甚至能够理解他了。我想,他能怎么办呢?也许那是他能找到的唯一的办法,也许他只能在那一次次谈话中使她复活……"④

张惠雯在新小说集中展示出处理物变/心变的优秀的文学控制力。"时间和空间是一组辩证,时间从空间中找到它存在的痕迹。视觉/触觉的联动是小说的艺术个性,时空的一切细节都已自在自洽地成为'处境'的组成单位。在一面镜子、一间住所、一方故土面前,对青春的顽固回忆,转身垂落为现实境遇的镜像,它同时拨动心理接受层面的正负指数,对遭遇的各种不幸

---

① 张惠雯:《飞鸟和池鱼》,第110页。
② 同上书,第168页。
③ 同上书,第190页。
④ 同上书,第187—188页。

与心绪的各种不平,以强化/淡化的方式去应变。"① 在确立心理描写的落点上,布鲁姆对亨利·詹姆斯的评价也适用于张惠雯小说。"他对灵魂本身直接的、亲近的洞见——不是灵魂中的情绪、扭曲和反常的形式,而是灵魂中被动的、敞露的,然而又健康的形式。"②

《飞鸟和池鱼》多采用今昔类比思维的故事模型,从感性的形象层切入,唤醒昨昔之感,由纹理层面的意象和意境,刻画心灵的各异性。张惠雯对感觉的表达,收敛为穿越物变后变异的心变,其文本就有贴切诠释。我认为她对心变,最出色的处理就是以复刻与讲述相结合的叙事方法揭示"无影无踪的坍塌感"。《昨天》里"我"与她都不可避免地遭遇下沉,因此无论是"我"主动寻访还是她接受邀约,都是从困局颓势中的反弹。期待中的相见,对于她,"她仰头望望天空,但天空中并没有什么可仰望的东西,没有星辰,没有月亮,只有几小片云,漂浮在颜色混浊的夜幕上。"③ 对于我,"她的笑容、神情全都模糊在夜色中。之后,我再也没有回头看,我害怕发现她的身影很快消失不见、她站的地方空空如也……"④ "我"这次任性的约见,试图支撑起坍塌的信念。

张惠雯作品讲究精致的"停顿",也可以认为是一种"留白",在给予和制止间抓住人的本质。"人的创造和堕落是同样

---

① 戴瑶琴:《时光,牵引出未曾坦言的情绪与念想》,《粤港澳大湾区文学评论》2021年第2期。
② [美]哈罗德·布鲁姆:《短篇小说家与作品》,童燕萍译,译林出版社2016年版,第81页。
③ 同上书,第78页。
④ 同上。

的事，而能够拯救我们的是我们内心的那点火花，这火花并不在人的创造之中，反而归于那原始的深渊。从那被毁掉的、创造的废墟中闪烁出的宏伟或者崇高，正是原始的深渊发出的亮光。"①《飞鸟和池鱼》集里的故事都是不同情态下的"临渊"，但谁也并不准备放弃他人、放弃自己，最终篇《关于南京的回忆》以"我"回到原轨收束，我没有被"细碎、无声跳跃的小光点弄得虚晃"②，"有时，独自一人的时候，当我想到他如今也快四十岁了、不知变成了什么模样，想到我后来过得很幸福、他也应该过得很幸福，泪水竟会涌满我的眼眶"③。《飞鸟和池鱼》实现了从一个阶段（他乡）过渡到另一个阶段（故土）的经验转折，它如同"废墟"的意义，从瘠地中再造沃土，同时将生命中美丽的碎片用文字珍藏下来。我想，贯穿全文的情感主线是"温柔善意，那在别人看来虚无缥缈的东西，也许最后会成了记忆里最好、最持久而稳固的东西"④。

---

① 哈罗德·布鲁姆：《短篇小说家与作品》，第230页。
② 张惠雯：《飞鸟和池鱼》，第171页。
③ 同上书，第286页。
④ 同上书，第110页。

"新"的女性与女性的"新"

　　1930 年，海格路的公寓楼，宛若孤岛，租客独门独户，自由来去，它正以独特秩序吸纳时代飘零人。《个人主义的孤岛》实则借助海格路和上海这两处具象的"孤岛"空间原型，聚合不同质地与结构的个人主义。"孤岛"并非贬义，自由、自我、自救、自立，是其基本构建元素。

　　唐颖与学者张真的对谈中，论及 30 年代无声片的女性塑造，讲述电影给予其创作灵感。对话中两个核心论题，对深度理解《个人主义的孤岛》有启发性。一是 1931 年上映的《银幕艳史》。我们可从其后部残片中看到，选择依附富家子弟的女明星王凤珍，面对方少梅移情舞女，她怒斥："我当你是人，所以牺牲了一切嫁给你，哪知道你把我当玩具一样，全没有半点诚心呢？"痛定思痛，她寻求旧友协助，复拍影戏，少梅再度向其频献殷勤，求与其和好。影片借此导向教育意义为"方之于王，已热极而冷矣，王又投身电影界，而方复由冷而热，此女子之所以贵自立也"。爱情背叛催动了王凤珍的女性意识觉醒，而重获成就感的同时,她在获取报复快感。这部"大女主"电影,描绘女性自立的重要性,但又将这种重要性切入挽回男性层面。一是女性群像,即"双生花"模式,30年代中国电影在《新女性》《三个摩登女性》《姊妹花》等作品中结构新型"姐妹"关系。《银幕艳史》居于1930年现场,《个人主义的孤岛》重塑1930年,两者共同指向同时期小市民阶层女性的身份问题、职业问题、家庭问题和情感问题,女性如何拥有"自己的房间"、又如何维护"自己的房间"成为创作者质询的关键点。影片对女性独立的描绘比较概念化,是一种电影对"新"(反封建)的追随。戴锦华接受硬核读书会访谈,提出现代女性是"五四运动"一个最重要发明,女性的议题和形象,从当年的新女性,到今天的自由女性,始终带有某种能指意义,它代表着新,代表着可能性,代表着被压抑和反抗,代表着创造新生空间。"新女性"是"新文化运动"推动者提出的新概念,《银幕艳史》将影业新局面与女性新追求融为一体,底层女性投身影戏,即为电影发展的时代证明。唐颖自觉探索在新旧交替、华洋杂处的历史语境下,女性经由"他塑"和"自塑"双规制,实现个体的思想成长,而思想进阶讨论又可细化为个人主义建构。她撇开对女性现代性的分析,以及惯性附着于女性形象的女性意识呈现,回归研究普遍人性,展示民间国际化场域内,普通女性如何以爱恨有因、进退有序、权责有度的处世哲学求存于乱世。明玉的内涵十分丰富,新旧两种观念同时争夺她,教育和处境引导她珍视自由,情牵宋家祥、创立小富春、婉拒李桑农、救援小格林、移居洛杉矶,皆是明玉在认识自己后的主动选择。因此,唐颖的创作策略是讨论特定时空的自救问题:海派文化是自救语境，孤岛是自救处境，个人主义是自救方法，性别是小说提供的自救实证。

明玉和金玉，拓宽"双生花"姐妹情谊，她们并非异体对比关系，而是同体互补关系。金玉参与了明玉早期精神塑形，"明玉自己，一次又一次忍让，她读了书，接受了文明熏陶，却没有让自己摆脱屈辱。她明白自己，她比金玉虚荣，她看重自己作为某个有身份的人的太太的头衔，她宁要好看的门面，内里的不堪可以藏起来"[1]。她去世后，明玉在海格路公寓感知其如影随形的魂魄，虽有托孤指涉，但更重要的隐喻是依然由金玉陪伴和见证明玉的个人主义征途。金玉与格林的情爱纠缠，从未磨损其独立念想，只有自己的房子、自己的事业、自己的孩子组合在一起，才能令金玉觉得安全。她的死亡，源发于安全感瞬时坍塌，她恐惧于守不住独立拼来的人生。明玉延续金玉路向行进，我认为小说滤过一段她的绝望。明玉的伤寒与宋家祥的死亡同步发生，金玉曾从鸦片迷烟里逃避心灵伤痛，而明玉因病昏迷，妥当地消解爱人去世的痛苦。昏迷，彻底让金玉从明玉体内分离出来，培育明玉从精神黑洞中复活的能力，促其个人主义最终成型。

那么，《个人主义的孤岛》解析的个人主义，是特指女性的个人主义吗？我想它最基本内涵是消解宏大，回归生活。赵鸿庆、李桑农、格林都坚持男性中心主义性别观，他们缺乏对女性的根本认同，更无意于协助女性创业。赵鸿庆对明玉施加暴力，实质是对其蜕变的恐慌，他充分暴露知识分子"新"的局

---

[1] 唐颖：《个人主义的孤岛》，上海文艺出版社2021年版，第85页。

限性,即"这个口口声声喊着自由民主口号的人呢,他在日本接受的新思想新理念,是不投射在女人身上的?在他的脑中,女人好像是另一种人。当他积极投身推翻满清国时,他并没有觉得自己在家里,仍是一个满清男人?"[1] 他将明玉视为私有物,阻断其些微僭越既定家庭秩序。赵鸿庆既享受革命赋予他的事业尊荣,又严密掌控家族所有人的命运,个人需求才是他一生行动的原动力。李桑农用信仰愿景实行道德绑架和感情索取,无视明玉的意愿及安危。除了金玉和明玉"双生"外,小说中李桑农和赵鸿庆也实为同类,两者颇为一致地物化女性,皆注重女性的有用性。中年李桑农正在复现赵鸿庆的轮廓与气质,他锁定明玉的"小富春"为最稳妥空间,用以承载其个人抱负。旅日时,赵鸿庆的暴虐和李桑农的温情曾给予明玉以迥异情感体验,李桑农汇集她对于美好爱情和理想伴侣的一切幻想。上海重遇后,她渐渐发觉李桑农需要一切助益,自己只是其最合适的一处借力。宋家祥也是个人主义信徒,他逃避家庭责任,追求真实爱情,注重生活品质,不加入任何团体,仅坚持按自己节奏安排个人生活。应该说,赵鸿庆、李桑农、宋永祥的人生观和价值观,都陆续介入明玉的个人主义,但她吸纳了宋家祥式的个人主义。

小说另一重新意是刻画俄国人在上海的离散。语言不通,生活不便,昔日的尊荣被践踏,"罗宋人"成为上海的寄居者,必须首先解决生存问题。玛莎和娜佳对留和走的不同态度及应对,表达俄国人对"失根"/"寻根"的理解。1988年,谢晋

---

[1] 唐颖:《个人主义的孤岛》,第84页。

改编白先勇小说《谪仙记》为电影《最后的贵族》，两部作品最大区别是影片补叙了20分钟"威尼斯"篇章。李彤在出生地偶遇俄罗斯小提琴手，她想知道：世界上的水都是相通的吗？老人为她演奏柴可夫斯基《如歌的行板》，诉尽思乡之情。他也在上海居住多年，曾在西餐厅拉小提琴，俄罗斯和上海都是他的故乡，此时他宁愿让俄罗斯的暴风雪把他活活埋葬。这一段故事与玛莎、马克、契卡、娜佳、鲍里斯的上海经验形成互证。俄国人在上海的旅居，与中国人的他国落地形成对照，交汇为人类共性层面的心理体验。离散都由生存诉求驱动，对于明玉来说，"她跟这些白俄一样，像无根的浮萍随波逐流，跟着生存走"[①]。格林、玛莎，和其他留在上海的外国人，有没有融入这座城市？小说揭示乡愁浸润于时间后虽被不断瓦解，但终不会消失，文本披露一个细节，即"激愤时人们通常只说母语"[②]。明玉半生学习日本，定居美国后，她越发意识到之前并不了解日本，转而探究日本历史。俄国贵族玛莎和英国大班格林都执意扎根上海，但其观念与中国伦理观并不兼容。融入与否，是个人选择和个人体验，无法被规约。小说提示外来者无论爱不爱其居住国，都不一定真正理解其深层文化，谈何完全融入？

时空不断塑造人和城市，美好和危险在不由自主轮转。"上海是她的救赎之地，也是她饱尝辛酸的地方。她从苏州逃到上海，在上海街头风餐露宿。进戏班子结束了流浪生涯，另一种

---

① 唐颖：《个人主义的孤岛》，第286页。
② 同上书，第278页。

艰辛开始。上天让她遇见了赵鸿庆，结束了漂泊的生活。"① 日本是她的二度救赎之地，她寻获新知，结识新人，但思想和行动仍受赵鸿庆钳制。上海和旧金山，见证明玉自我塑造的过程，对她而言，上海、东京、旧金山，变的是不同形态的"孤岛"，不变的是她认可的"个人主义"。

明玉的"独善其身"进一步论证"新女性"由时代造就，由自我成就，而坚守个人主义者终究自成"孤岛"。

---

① 唐颖：《个人主义的孤岛》，第96页。

岛，有形的与无形的

　　李凤群创作有自觉的问题意识。从《大江》《大风》《大野》到《大望》，改革开放四十年时间域里长江流域的乡土关怀是小说核心，而乡土书写中又包裹着人的自我塑造问题。"江心洲"已成为李凤群独创的文学空间，它吸纳每一代人对土地爱恨交织的情感。但"江心洲"（"大望洲"）在时代变局中的各种观望姿态，却令其回旋重重暮气，对人群流动的不悲不喜、对改革举措的举棋不定，造成"江心洲"人口流失严重和经济发展滞缓的局面："大望洲的年轻人，去了城市，大望洲的老年人，或进了坟墓，或去了城里。随着最后一批老年人的离开，大望洲最终成了无人居住的空岛，缄默不语，静静等候"①。李凤群坚守"贴地"写作，长江流域乡土反思在她作品中显现为两个现实主义写作方向：一是乡土与自然的关系，包含土地自身的生态特质及变化，由此论证严酷生存环境的真实；一是乡

---

① 李凤群：《大望》，花城出版社 2021 年版，第 10 页。

土与人的关系，包含人对土地的依赖和土地对人的回馈。若将四部长篇进一步细化，《大江》《大风》《大野》保持地域—家族—个人的内聚逻辑，落实于人/土地的关系阐释上，三者聚合成"外向型"视野，探究农村青年如何走出乡村。新作《大望》采用"内向型"视野，探究久居城市后，人因何回归乡村。四部作品完成离去和归来的闭环，《大江》默许青年人愤懑的爆发，支持他们坚定地走出去；《大风》跳脱形式层面的"走"，深入思考"离开"撬动的家族发展观重构；《大野》不再执着于"走"，它开始权衡出走与驻守的两向利弊；《大望》描摹返乡后，人/乡土的互相牵制和互相沟通。人物成长进程的心态变化和观念变化，引发人/故土逐渐松绑中的应激效应，与《大江》相比较，《大望》突破在人物不再任性地将一切命途不顺归结于乡土的落后、封闭和保守，四位老人的共同忏悔烘托出事实，即人的命运一直掌握在自己手里，所有人皆在对判定收益后的自主抉择中，自行扭转了人生路向。

《大望》构思幻想、符号和实在三重经验，首先从荒诞处境中解除直系血缘，亲情伦理被切断，子辈无须再顺从既定的关系模式。某一天，四位借住于子女家的老人被家庭和社会遗忘，他们恰如接二连三地坠入一个光滑U形容器，四处碰壁，攀缘无望。安逸的依附性晚年生活被瞬间击碎，老人们即刻接受凄凉晚景的考验，上海、南京、开城、十里镇并未念及各年龄段的实际难题，冷酷地制造物质困境迫其实时应变。他们不得不抱团求存，回大望洲成为唯一可行且可靠的选择，同步投入互相猜忌又互相搀扶的三十天孤岛生活。赵、钱、孙、李四位主人公，明显是符号化人物，他们揭示老年群体的相似心境与共性处境。"岛"（大望洲）是一个独立的时空载体，故乡不能漠视老人濒临绝望的境地，但有条件地接纳了他们，即四人必须真诚和坦诚地面对历史与现实。坚固的往事令其稍感安慰，也令其滑入恐惧。

段义孚在《恋地情结》中提出岛的重要性主要体现在人类的想象中，它或是亡灵的所在地，或是长生不老者的居所。岛屿也象征着人类堕落之前的恩福和纯真，因为有海洋相隔，所以大陆上的疾病无法侵染那里。同时，岛屿也有另一层含义，即短暂的逃避。① "江心洲"和"大望洲"都是岛的具象化，岛作为一种原属世界，对人物自我塑造形成有形/无形的双重捆缚，一方面受制于地理条件和自然环境，岛屿交通不便，持续发展能力不够、潜力不足；一方面青年人承受物质和精神的双重贫瘠，有才难展，有志难抒。岛，培育并助长孤立无援的无出路感。在《大望》里，李凤群淡化岛的空间意义，将其情感意义导向"短暂逃避"的心灵慰藉。"每一个角落都有过去的记忆，都有发生过事的痕迹，他们东看看西望望，好像过去几天暂时失去的好奇心都回来了。那种对眼下生活的敌意似乎消失了。"② 在上海与大望洲之间，四位老人只能从后者中获取自信心与认同感，他们实际是一直以如履薄冰的谨慎来消弭与城市的违和。相伴求生从群体性和个体性两向维度，充实岛的情感经验，大望洲向他们开放，提供基础生存条件，同时又营造孤岛隔绝，"人生和世界都是在这样的状态下，才有可能反弹出反

---

① 段义孚：《恋地情结》，第 176—179 页。
② 李凤群：《大望》，第 114 页。

躬自问的精神力量"①。我们察觉作者嵌入故事的主题并非剖析当前社会老龄化问题,而是以父辈被子辈遗忘为诱因,牵引出忏悔意识。"没有人愿意为不想干的、没有价值的事调查核实。我们四个老人,老这个字,就代表了一切,代表了没有价值,代表了无用,代表了遗忘。"② 私念和贪欲不会只蚕食年轻对象,年龄一直被默认为是能够抹杀一切罪恶的借口,小说结尾,赵、钱、孙殊途同归地汇入脸孔模糊的人群队伍,老无所依,无处可去,其命运仍然因喑哑而悬浮。他们缺乏对愚昧的批判和对劣性的悔悟,"从背影就可以看出那些人腹内空空,他们蓬头垢面,再少的头发也不能像这样乱长。它们暴露出不体面的日子,煎熬的日子,绝望的日子。现在,这些人无耳无目,不回头,自顾自地走他们的路。也许他们以为那些名字不属于他们,而属于别人。他们继续向前走"③。老李因悔罪得到救赎,"像我这样的人,还没有好好认罪,就把犯过的错一笔勾销,一身轻松地去享福,那会更让我不踏实,总觉得哪里不对劲"④。她的被隔绝幻境由此破除。"她回头看着这座小岛,依然坚固的青色房屋,脸盆粗的百年老树,被千万双鞋子踩踏过的泥巴土路,白色的像狮子一样的云朵,一切都像新的,远处有什么声音悠悠地传来,像是轮船在远处的鸣笛,又像是镇上新挂的那口大钟在试着敲响。"⑤ 此刻,老李感受着环绕于她

---

① 李凤群:《大望》,第5页。
② 同上书,第165页。
③ 同上书,第252页。
④ 同上书,第248页。
⑤ 同上书,第253页。

的寂静，源于她秉持正确的是非善恶观，冲破封闭的心灵孤岛。

为什么有血缘关系的子辈都不认他们？为什么原本相熟的邻里皆憎恨他们？四位老人曾受惠于自己的恶念和恶行，直接或间接地伤害了亲友，掩耳盗铃式地相安无事几十年后，寄居的城市可以将其过往一概无视或忽视，但故土逼迫其必须自审和他审。"谈话不涉及真假的时候，大家都看上去不错。"[1] 一旦发言者刻意隐瞒或掩饰，那么当即头疼难忍。老赵是医生、老钱是教师、老孙是村干部，其共性是德不配位，身份与行为的反差产生叙事张力，他们皆因私念造成他人家庭的悲剧。老李是四人中的唯一女性，却秉持重男轻女的狭隘观念，随意裁决孩子性命。一念间的救人和伤人可以改变双方命运，他们"心里悬着明晃晃的刀一样的东西"，选择性地遗忘或躲闪过失，不能解除当前被抛弃的困境。四人终于明白，只有做到明确真假、明辨是非、明晰权责，他们才得以在大望洲平安生活。故土，哪怕它已被后辈弃置，但依然存续着人性的真实和善意。"老，似乎本身有一种符号，这种符号遮蔽了其他的信息；这个符号否定了他们的声音，他们的威严，他们的体面，甚至是他们的眼泪。……没有人怀疑他们是坏人，只怀疑他们的病人。"[2]《大望》不同于描绘城乡空巢老人生活状态的文本，李凤群将往事、乡土、道义、伦理聚合，揭示因年龄而被漠视的道德问题，她在创作谈的追问："他们为什么逃避，他们知道自

---

[1] 李凤群：《大望》，第188页。
[2] 同上书，第77页。

己在逃避吗？逃避的后面是什么?"① 作者运用前跃式和回溯式相结合的叙事方法，围绕这三个问题，由四位老人主导对往日事件的钩沉及复盘。他们意识到了自己的逃避，也知道为什么而逃避，只有老李诚恳剖析逃避的原因，其他三人不约而同地顾左右而言他。

大望洲接纳等待悔罪的人，但它不会无原则原谅所有人。《大望》告诉读者，被社会遗弃的老人，因什么被遗弃，又因什么而被继续遗弃，小说耐人寻味地写出他人的原谅和自我的原谅都不是必定的，也不是触手可及的。人若失去严格的灵魂拷问，只将恶行轻描淡写地和盘托出，仍旧无法获得精神救赎。大望，必然诞生于严肃的自省、自查和自律之中。

---

① 李凤群：《大望》，第3页。

一张天罗地网

　　1983年,电影《岳家小将》上映,它出人意料地选择"岳二代"为主人公,呈现岳家五将,即岳云、岳雷、岳霆、岳霖、岳震营救被困牛头山的岳飞,其中岳云是男一号。少年时代,我在电影院看这部电影前,对于"岳家军"及其周边,就记住了岳母刺字"精忠报国"和"油条"("油炸桧")来历,电影没有触及这两类共识,反倒在当年武侠片常规的招式演练之外,增加了一条岳云和金兀术三公主银玲子的爱情线,创作者化用"罗密欧和朱丽叶"故事模型,依然由横亘于一对青年间的国仇家恨,扼杀一段恋情。银玲子为救岳家,或许更主要是为了救岳云,死在哥哥金弹子的箭下。她的死最终促成岳云,心无旁骛地成为岳家少主。作品既然定位在武侠故事片,那么选角的时候,格外看重演员本人的武术功底,岳云的锤,银玲子的鞭,一系列硬桥硬马的中国功夫,皆是影片核心卖点,可两人的暧昧情愫,才是电影最令人心动的部分,岳云的银袍银靴,银玲子的红袍黑纱,以浪漫充实影像表达和审美感受。观众都明白,作品刻意将爱情拔擢至宋金情谊概念层面，所有情感蛛丝马迹仍要服务于岳家救主和岳云救父的基本主旨。《岳家小将》编剧毕必成也同时担任《庐山恋》编剧，两部电影都采用以爱情化解立场对立的策略，一定程度上沿用中国古典小说相爱无法相守的爱情悲剧模式。

倪湛舸《微云衰草》刊发的时候，我立刻忆起《岳家小将》，小说同样聚焦岳家的少年英雄，文本从岳云和岳雷双重视域，再现岳云生死一线。它果断略去南宋历史背景中的岳秦对抗，另辟一条心理的路径，呈现一个被父权族权君权捆绑的青年，到底压制着怎样的诉求与爱恨，直至洒脱赴死。一旦失国或失爱不再承担故事核心，那么自然无须增设金国三公主或南宋三公主的戏剧性桥段，绕开"靖康之耻"细节后，岳云之死被清晰还原为一场人性主导的绞杀。《微云衰草》里的岳云，总是身着绛色长袍，它展示少侠的朝气锐气，更是包裹一颗左突右奔的心。《莫须有》从中篇《微云衰草》体量上，进行多向度拓宽。小说采用"罗生门式"结构，人物基于个人立场，陈述同一事件，每一角度都是对历史的一次修正，其实也是对事实的一种蠡测。真相来自全盘拼合，各种解释互相反驳又互相佐证，绵密地压实于历史肌理。秦桧，已被固化为岳家悲剧的肇事者，他更准确身份是一场悲剧的见证者和实施者。岳云是怀揣航海梦和侠客梦的少年，一再被推至岳家少主的位置，他未来无限可能激发君王无限想象，于是，他成为附着在官家心头的"鬼火"。岳飞的一生如同一枚多棱镜，他是一代名将，一位严父，还是遭遇妻子背叛的丈夫，以及手握军权的重臣，他一生的张扬与克制，都无法消除父子隔阂和君主疑惧。

岳云、岳飞、赵构、秦桧、岳雷身兼历史的聆听者与讲述者，倪湛舸的基本方案是将所有人定位于普通人，她从动机—行为的发展逻辑，解构对"莫须有"的固定认知。小说设计的多视角，不仅刻画岳云的成长，而且跟踪赵构的成长，他们在众人簇拥中被推进名利场，但随之任其野蛮成长，他们不得不自行抵挡明枪暗箭，在自保历练中，识人断事愈加敏感，行为处事更为果决。高宗自白："我原先只爱读诗赋画论，这些年硬着头皮研习经史，慢慢揣摩起南面之术来。"①

"莫须有"中翻滚着无可奈何。岳云不断逃避命运安排，岳云、岳雷、岳飞、秦桧的叙述都证实了这一点。但他逃不开父子伦理，甚至可以说，他只扛上了替父分忧的责任，却并未真正从心底接纳"北伐"使命。高宗与岳云无法成为朋友，两人间矗立着过于强大的"岳家"，赵构忌惮岳飞的军权，怕自己因被架空而受掣肘，选择主动出击，不断聚拢君权及相权。

《莫须有》是理性的，它将一切悲剧的发生都处理为顺理成章，而人物最终结局恰是特定时代里的最优解。秦桧也不放心岳云，但没有狠绝地将其推向死路，而赵构实际是先自己后江山，为两者绝对安全，必须排除岳家培育的一切隐患。秦桧反而最为悲情，先后成为金国和南宋两国掌权者的棋子，一生正面迎击被摆布的命数。对于高宗而言，岳飞和秦桧都只是南宋朝廷一员，岳飞是他对抗金国的挡箭牌，而秦桧是他铲除岳家的替罪羊。那么，岳家悲剧是否可以避免？小说通过对所有人物隐秘心理的抽丝剥茧，得出结论：这是一场注定的死亡，宋

---

① 倪湛舸：《莫须有》，上海人民出版社2022年版，第179页。

金之间、君臣之间、岳秦之间，矛盾的发生和发展皆由性格与时代决定，只不过庙堂和民间一度协同放大岳家事迹，无形中遮蔽了其他人命运。

金国完颜家也颇耐人寻味。完颜昌的死，又一次颠覆常识判断，人心之变会随时制造各个枭雄的覆灭、各个家族的覆灭、各个王朝的覆灭，从帝王到百姓无人可幸免。完颜家政权更迭，再次证实，虎狼金国的掌权者同样无法主宰命运。权力是诱因，秦桧是动因，岳云终难逃一死。而下棋人赵构呢？他真能独善其身了吗？危机环绕，偏安并不可得。

所有人都不敢面对自己。名利巨兽在官家、朝廷、岳家父子中逡巡着，伺机出击。余英时曾说人性就是大权在握或利益在手，但难以割舍，在权力和利益的关口，有人过得去，也有人过不去。"父亲总与我保持相当的距离，即便是面对面说话，他也宁可凝视别处。没有人愿意面对自己，无论官家，还是父亲，哪怕他们水火不容，水里的火燃烧着，渐渐湮灭，而火中的水缓缓流逝，直至干涸。水与火注定彼此消耗，那光之后的黑，热散尽时的凉，是我，自始至终都默默伫立在画面一角的我，那画面卷起他们的身影，如同长舌，来自不知名的巨兽，翻转、碾压、吞噬，自始至终，不发一言，不置可否。"[1] 李纲把持相权，岳飞控制军权，高宗在逐步收回权力的过程中，就像"一株疯狂生长的植物，顶着风雨，形态日新月异"[2]。他需要修饰自己的软弱，岳云正是他可以和岳飞较量的筹码。岳云

---

[1] 倪湛舸：《莫须有》，第139页。
[2] 同上书，第116页。

的软肋是为父亲活着,他早已洞悉官家和父亲之间的裂隙,"生比死更残忍,而比毁灭更为无情的,是建造。为了建造他的国,官家,不,不只是官家,而是任何讲究成效的建造者,都可以贪得无厌地索取,理直气壮地毁灭,索取我们,毁灭我们"①。既然无法阻止岳家被构陷,那么他可以自我毁灭成就伦理大义。

道家的天网,表示世界的整体性和统一性。原本只是宋金议和使臣的康王赵构,自登基后,不得不暗中铺设一张天罗地网。他非常清楚,他之所以能坐上皇位,并非凭其才华横溢,只因其是赵家南渡独苗,他需要尽快掌控朝堂为己所用,军权旁落必是个体和国体的心腹大患。"从北宋到南宋,原本分享的权力逐渐被皇帝和权相集中起来,官僚参议朝政的空间近乎于无,沮丧越来越普遍成为士大夫的典型心态。"② 积极议和其实是"攘外"的最佳方案,他得以在休养生息阶段"安内","聪明而务实的高宗可能把岳飞之死当作限制北方军阀们军权的一种方法。这些军阀的私人武装和高度独立的军队对政府的和谈来说是个很大的威胁。高宗可能希望重新建立重文抑武的秩序,就像太祖皇帝在宋初所做的那样。"③ 但他同时武断认定"岳家军"只听命岳飞,会受岳飞蛊惑与自己离心,事实上"岳家军不是一支私人军队,尽管其名称表明指挥官和士兵之间存在着深厚的羁绊"④。

"勇于敢则杀,勇于不敢则活。此两者,或利或害。天之所

---

① 倪湛舸:《莫须有》,第 135 页。
② [美] 刘子健:《中国转向内在:两宋之际的文化转向》,赵冬梅译,江苏人民出版社 2012 年版,第 77 页。
③ [加] 卜正民主编:《哈佛中国史》第四卷,中信出版集团 2016 年版,第 75 页。
④ 同上书,第 74 页。

恶，孰知其故？（是以圣人犹难之。）天之道，不争而善胜，不言而善应，不召而自来，繟然而善谋。天网恢恢，疏而不失。"①《老子》第七十三章"治国"指出天网宽大无边，任何人都逃不出。"勇于敢则杀，勇于不敢则活"，似乎给定岳家命运的精准解释。

---

① 饶尚宽译注：《老子》，中华书局2006年版，第176页。

第三辑

『新移民』如何自处？

逐"梦"之后

在《麦克白》第五幕第五场,麦克白说"人生如痴人说梦,充满着喧哗与骚动",由此,1928年,福克纳从他钟情的"南方故事"里挑选出"康普生"一家,记录他们的《喧哗与骚动》。应该说,《在南方》并不是局限于写美国南部风情,及生活于此的华人故事,而是张惠雯居住在休斯敦时的一种人生审视。小说既传承着福克纳的南方诗意,又反思20世纪70年代末赴美华人的"美国梦",而作品新意体现于集中展现"留学生"与"新移民"在"梦想成真"后的生活情境与心理诉求。

四十年来,当"新移民"的"物质梦"已然实现,是否精神的慰藉也纷至沓来?接下来的梦想又会是什么主题?张惠雯的"南方故事",事实已论及这两大议题。每一场梦,都会诞生欢乐与痛苦,并伴随着"喧哗与骚动",《在南方》的现实价值是关注海外华人现时之"梦",他们之前在追寻"美国梦"时,判断可以暂时搁置的东西,如信仰、忠诚、情感等,现今已聚合成一场新"梦",更是由其"难以实现"的特质而制造出不舍与不平,"如果你有幸和任何一个生活于幸福模式之家的人深谈,如果你能窥见哪怕一丁点他的内心世界,你几乎都会发现那种无法治愈的、现代的烦闷,那种挥之不去也无所寄托的欠缺与失落"①。同时,张惠雯运用独特的写作策略表现这种"现代病",即由场景激活人物再叙述故事。

《华屋》组合了多重矛盾。首先是房子的外表与肌理对峙。"墙漆、地板和楼梯的金属雕花扶手都非常讲究,看得出原来的主人相当富裕。如果不是姐妹俩为了省钱而把以前公寓里的旧家具悉数搬进来,它几乎会是一栋真正华丽而具有现代风格的住处。"② 其次是社区大环境和家庭小环境的莫名契合,它们竟都偏爱扶植心灵中孤寂的滋长。"在这样的环境中,大家都极尽陌生人之间的礼貌,但也努力维护着自己不可侵犯的孤立权利。每栋美丽的房屋仿佛一座岛,人们在自己的岛上自给自足、自成一体。"③ 最后是中国家庭观和西方个体性的复合渗透,姐妹两家出于各自私心放弃独立生活重组"华屋",清晰其中利弊可仍坚定维持下去。在这三个叙述层面,作者延续"留学生文学"和"新移民文学"对海外"安乐乡"生活的描绘:"这里有的是水的声音、风的声音、空中交错的枝叶碰撞摩擦等自然的声音,却没有人的声音。"④ 同时,她也洞悉华人难以实施"断舍离"的动机:"很难说哪一种生活更好,她只是常常怀念那种生活,但如果让她就此离开美国,她又不情愿,仿佛这里有她的

---

① 张惠雯:《关于幸福》,《联合早报》2017 年 2 月 10 日。
② 张惠雯:《在南方》,第 100—101 页。
③ 同上书,第 108 页。
④ 同上。

骄傲，即使这骄傲孤寂而冷清。"① 然后，小说又呈现海外"新生代"作家的思考视阈，惠雯剥离并提取"物质梦"新鲜感消遁后华人的选择：静怡不停地买衣服，因为"感到生活里快乐、新奇的东西不复存在了，害怕往后的时光将永远如此，一成不变却也毫不停歇地往前流逝……"②"他"在拉斯维加斯寻欢，因为"有时候生活令人难以忍受的痛苦、颠簸仅仅源于那么一点儿温暖的缺失，而他需要的就是这一点儿温暖"③。我认为，张惠雯小说已不再驻足于描写海外华人因隔膜而孤独、因悬浮而痛苦、因选择而纠结，而是刻画一种源发自不同细节的烦闷：家务琐事抑或微妙情愫，他们诚然接受文化差异、接受生存境遇，却无法享有精神的松弛与富足。

"在他乡"书写在美国华文小说中显现着不同形态。白先勇小说《安乐乡的一日》里，依萍总要"费劲地做出一副中国人的模样来"显示自己与美国人的不同，"白鸽坡"是她的安乐乡，又是她的精神牢狱。"新移民文学"表现的最终"融入"迎接着由理性评估制造的"压抑"。"40后""50后"美华小说创作者对于"出路"的思考，其实是基于现实生活的一种自我否定：不是"我想怎么样"，而是"我应该怎么样"。"70后"作家"来去"自由常态化，他们专心描摹世界的本来面目，并揭示生活的谜与悖论。《在南方》抛开了中西比较的传统写作思路，具体到人物塑造，华人由从中西价值观、文化观的对比中确立自己诉求，转向只专注自我，考虑个人所需。从某种程度

---

① 张惠雯：《在南方》，第109页。
② 同上书，第110页。
③ 同上书，第147页。

上说,国籍、种族、性别等原本被强调的元素已趋淡化。《岁暮》里她真正悲伤的是守不住"美丽、欢乐、活力和爱的权利"。《十年》相隔,膨胀的私欲在扼杀最珍贵的亲情。雅各布披着《暮色温柔》回乡,希望二十年后,他的同性感情不再面对父亲的"一把手枪"。《夜色》借珍妮丝与迈克尔的恋爱受阻,批判了华人对黑人的种族歧视。《欢乐》催化了"我"的落寞,"我"终于了解到母亲对于"我"的重大意义,"她"是"我"的他者,"我"通过"她",才得以辨别出真实自己。我推测,小说集贯穿着一条主线,惠雯通过勾勒和解析相异的心理世界,持续地追寻幸福的含义:真正的幸福不是言语的、不是形式的、不是仪式的、不是物质的,"是自由、跃动、漂移不定而又挥洒自如的,它是即坚固又柔软的"①。哈金的诗阐释着相似命题:"别再谈为自由而牺牲生命了,千万不要放弃那位欢悦的女人。跟她去吧,不管去哪里——深圳,长春,雅加达,曼谷。自由和爱情,都是为了活得更幸福。"②

那么,小说探究"幸福"的价值是什么?从《在南方》里浮现出的是"希望"。虽然"休斯敦的冬天更像秋天,晴朗的日子美丽明净,雨天则灰暗阴郁。稀稀落落的雨声把白天和夜晚连成一片,令人昏沉,整个城市像被这雨声掏空了,沦为一个废墟般的荒凉地方。但雨缓缓消歇的那段时间却很美,阴暗会慢慢收敛去某个地方,比晴朗更纯净的光线会释放出来,让街道、植物都透出一种重生版的光泽。"③ 而在南方乡村,"一些

---

① 张惠雯:《在南方》,第 275 页。
② 哈金:《哈金新诗选》,北京十月文艺出版社 2017 年版,第 75 页。
③ 张惠雯:《在南方》,第 246 页。

灰白的、边缘泛着紫色的云朵流散在天空中,雨后的小路微微发亮。……房前房后种满了任性生长的美丽植物"[1]。生活场域如同镶嵌入凡·高《麦田里的丝柏树》,滚动的云、张扬的树,蓄势着蓬勃的生命力。"他"的幸福是母亲的陪伴(《欢乐》)、父亲的幸福是女儿的信任(《夜色》)、雅各布的幸福是家庭的接纳(《暮色温柔》)、"她"的幸福是在寻找幸福的路上有一个旅伴(《旅途》)。因而,我推断,惠雯在每一个故事里设下的"彩蛋"是相信未来。

---

[1] 张惠雯:《在南方》,第211页。

《胭脂》的写作策略

如果我们只读《胭脂》这一题目,那么油然而生两种猜测:《胭脂》是一部写女性的小说,或者与女性有关的题材。我在看到小说标题的时候,瞬间想到《望月》,难道在专注书写粗粝现实的十年后,张翎又要重回古雅婉约?

诚然,张翎小说集结着很多约定俗成的界定,比如写年代、写代际、写家族、写中西、写女性、写情意。事实上,以女性为主题人物的作品并不多。若从二十年小说中梳理出玉莲、阿喜、芙洛、阿燕、胭脂这一人物脉络,可以发现作家用心雕琢的女性共性是"蒲苇般坚韧"。在各个创作阶段,张翎又都主动实施对女性个性的文学开发,运用各式的表现手段,如交错、历史、人称。《胭脂》特色,我认为是巧思,作者在全篇布局回环与反转。我又找到一种有趣的呼应,上篇、中篇、下篇的三个故事,却不经意间展示出张翎在不同时期塑造主题女性的方法。如果说上篇和中篇我们确似曾相识,下篇包裹着作者对文学与现实关系、严肃与通俗关系的新想法。贯穿《胭脂》的主线,应该是"假作真时真亦假,真作假时假亦真",真假混淆规范了"胭脂"的生存秩序。"谎言是一条绳索,结实、可靠、自给自足、永远不需要依靠外力支撑。它们把我的人生串成一个整体,我顺着它们摸索过去,就能轻而易举地找回出发时的自己。"① 假画、假话、假身世、假身份,奇妙地汇聚于女性的一生,而就是从这虚假营造的幻境,逐渐浮现出真善美的模糊轮廓。

学界对张翎小说的研究很充分,从总体上看,通识性论点落实在人物,是"女性";延伸于叙事,是"交错"。我曾做过一个实验,用大数据方法整合了张翎所有长篇的关键词,发掘出很多有趣的细节,其中就包含着三个基本结论:第一,"女性"确实是作者最关注的人群;第二,"交错"实际占据了太小的分量;第三,作者相信"眼见为实"。《金山》后,她刻意降低言情的温度;《阵痛》后,她格外留意叙事的方法。《胭脂》是环形结构,由"画"始由"画"终,张翎从起点陈情具象的真与假:"胭脂"的真情与"黄仁宽"的躲闪;在上篇结尾埋设抽象的真假:黄仁宽留给胭脂的"画"。同时,"胭脂"(外婆)传奇在上篇由她自己倒叙,在中篇和下篇被扣扣(神推)不断补叙,三部分合拢才是其生命整体。小说又开启了对话系统,在上、中、下篇中,对话无处不在,不同人物(胭脂、黄仁宽、扣扣、土豪、神推)轮流担任第一人称"我",讲述各自掌握的"胭脂"版本。相异故事的互补与撞击,不断推翻对"胭脂"的认识、不断推展对真相的刨根问底。

---

① 张翎:《胭脂》,《十月》2018 年第 4 期。

搜索胭脂的定义,"实际上是一种'红蓝'花,它的花瓣中含有红、黄两种色素,花开之时被整朵摘下,然后放在石钵中反复杵槌,淘去黄汁后,即成鲜艳的红色染料"①。我们常常关注它最终呈现出的颜色,而忽略其需要历经"杵槌"的敲打。应该说《胭脂》里,张翎聚焦在"杵槌",抛开对"胭脂"美学的描摹,而转向人生历练的展现。愿景在"杵槌"前或许是松散的,但在"杵槌"中得以凝聚,在"杵槌"后得以彰显。"杵槌"也很好概括张翎的创作态度,即对语言的锤炼。读者的口味,其实既在乎整体又在乎细部,从"面"上看故事、从"点"上看人物。《胭脂》总体构思是"生命的拐弯处的猝不及防",与《阵痛》类似,描写一个家族的三代女性。它割舍了《阵痛》的很多枝蔓,具体做法表现为在每一篇里只存留两个人物,从环境与人物互相作用中,寻求并强化女性生命力的爆发点。固然有客观上中篇小说篇幅的限制,但产生的实际效果是约束作者,用凝练的笔力使人物特质更为聚焦。《阵痛》《流年物语》《劳燕》里人人有戏,无论抽出哪一位,皆有单独成篇的话题性,也因为铺得开、写得细,难免会喧宾夺主。于是,小说主题人物会存有一种痕迹,即他们的命运被作者借助年代来勒紧。《胭脂》在叙事策略上,尝试"串珠式"结构,三者以血亲为纽带,又可独立成单元。

上篇,我姑且定义为"鸳蝴故事",与张翎早期三部长篇《望月》《交错的彼岸》《邮购新娘》内蕴的古典有所呼应。巧合的是,《胭脂》也恰以第一人称"我"的回忆去展开叙述。

---

① 张翎:《胭脂》,《十月》2018 年第 4 期。

"我知道世界上有很多种红,有的红沾了花卉的名字,理直气壮,跋扈张扬;有的红跌落在一种花和另一种花之间的缝隙里,没有名字,也没有名分。"① "跌落""缝隙""花"正是张翎早期小说最基础的女性人物设计。我认为,黄仁宽最成功的作品,是型塑"胭脂",他的存在佐证胭脂的身体成长与心理成熟。"跌落在缝隙里的花"的深层性格是坚忍及坚韧,"胭脂没有活在气泡里。胭脂享受得了最光鲜的日子,也吃得起世上最低贱的苦头。胭脂的柔软是骗人的假象,那层皮底下不仅有岩浆,也有石头。胭脂能活过所有的乱世,比任何一个凡夫贱妇还能"②。中篇的人物塑造方法似乎是向《金山》里"六指"时代的回归,呈现命运与历史的互动关系。二十二岁是分界线,"胭脂"最大转变是她对真相的态度:从求"真"到求"假",她不得不制造谎言以保全真相。"经过几个无眠之夜,我在苦思冥想之后,最终决定用一个大谎言来取代无数个小谎言。我以和她切割血缘关系为代价,省却了——修改她曾外公曾外婆、外公外婆和父亲母亲身世的麻烦。"③ 小抗承担"胭脂"经历的某种轮回,"我当年对我父母撒下的每一个谎,都在我女儿身上得到了报应"④。她的苦难依然源于"画",她也无师自通地对母亲撒谎。"轮回"仍旧产生可怕的结局,小抗也爱上了一个性格孱弱的男人,并留下了一个身体孱弱的女儿。扣扣得以在谎言保护伞下谨慎存活,而有一天,因避祸藏身衣柜却目睹外婆受

---

① 张翎:《胭脂》,《十月》2018年第4期。
② 同上。
③ 同上。
④ 同上。

虐后，患上永远长不大的怪病。遭逢特殊年代，当谎言膨胀到极致成为荒诞时，扣扣着实荒诞的病竟然痊愈了，这正是小说最耐人寻味的一次反转，也是很魔幻的一次复原。下篇是张翎对当下现实题材的开掘，不同于《流年物语》《死着》《心想事成》，地标回到巴黎，她尝试了许久不写的"他国"，延续《阵痛》阶段的女性思考，从某种意义上说，"神推"有几分"武生"的神采。作品集结了很多时代性元素：土豪、古董、郎世宁的画、推拿、医疗签证、明星梦、五十三岁，每一个关键词都有通达自由联想空间的文学玄关。最戏剧化的悬疑是"神推"认出家传画的即时，就迅速布局一盘棋，她精心设计了与土豪的每一刻关系推进。这部分有些刻意的环节是土豪也有一位叫"胭脂"的心上人。"胭脂，这是个他妈的什么名字？除了《聊斋》里的狐狸精，还有那个看《胭脂扣》看得入了魔的疯子，还有哪个脑袋瓜子正常的女人，会给自己取名叫胭脂？"① 《聊斋》《胭脂扣》《胭脂》因都与"胭脂"有关被联系到一起，《胭脂扣》电影与同名小说也不尽相同，我倒是觉得不需要推动这一层指涉。作者设想以同名"胭脂"在土豪与神推间建构更严密的人物关系，但事实上，神推由画及人的动机，经过上篇、中篇的危机与转机的夯实，已比较完备。"土豪"形象更为鲜活。"我说的是真话。只是先前说过了太多假话，这一句真话藏在那一堆假话里，像一小片云母混在一大堆沙子里，没人看得清楚。"② 精彩反转令人措手不及，他说的假话确实假的，但他

---

① 张翎：《胭脂》，《十月》2018年第4期。
② 同上。

以为的真话同样也是假的；他收藏的古董是假的，他认为的唯一真迹也依然是假的。"土豪不是土豪，神推不是神推。我不真出自名医世家，就像他不真是古董收藏高手。郎世宁不过是一张古绢上的假画，鸭嘴兽也只是一块普通的踩脚石头。他编造了一套神话来忽悠巴黎，我炮制了一串谎言来哄骗他，还有他手里的那张画。"① 土豪的悲哀是只有他永远处于假象而不自知。

真名就是"胭脂"的人，在小说中其实并不存在，而被赋予"胭脂"名字的人是吴若男和王素珊。名字是个符号，因此它没有义务去解释真相。那么，作品里的"真"到底是什么呢？首先，确实有郎世宁画作原型。我推测《胭脂》里的"画"是取材于台北故宫博物院馆藏的《仙萼长春图册》，"画上是一片树枝，茂茂地开着花，花丛里栖息着两只鸟。鸟说不出是什么鸟，翅翼上都有彩色羽毛，当然也不是当年的颜色了。两只鸟儿不看天，也不看花，却都扭着脖子，看着彼此。画工极是精致工细，花蕊和羽毛一根一根，历历可数。画的右下角，有一块黄褐色的斑记。那斑记中间深，外围浅，边缘模糊地扩散开来，像一朵开败了的茶花"②。这幅画，是外婆的魂，而在外婆魂的深处，记挂着情。"在丢失那幅画之前，在我还没有学会用文字写作文的时候，在我远还未真正懂得什么是爱情的时候，我就已经懂了，外婆说的辛苦，不是糊火柴盒的那种辛苦，也不是点灯熬油织毛衣的辛苦，而是心里牵挂一个人的辛苦。"③ 其次，血浓于水的亲情。胭脂与小抗、胭脂与扣扣、胭

---

① 张翎：《胭脂》，《十月》2018 年第 4 期。
② 同上。
③ 同上。

脂与父亲，无法割舍的都是血缘，在张翎所有小说里，它是无数的逃离、叛逆、怨恨与谎言都永远无法冲破的防线。"就在那天夜里，外婆给我讲了她的故事。当然，还有我的故事。我的故事是她的故事的枝蔓，而她的故事，则是我的故事的根。"① 亲情始终是张翎小说的情感根基。

《聊斋志异》里胭脂的痴恋没有错付，收获了鄂生真心；《胭脂扣》里如花回魂嘱咐"十三少"，她"不等了"，不原谅其怯懦与心机。《胭脂》里的"胭脂"没有坚持，也没有抗争，却选择了守望，她还是对美好心存期冀："那么多的假轰然相撞时，会不会撞出一星半点的真呢？"② 张翎给出了肯定的结论。

---

① 张翎:《胭脂》,《十月》2018年第4期。
② 同上。

既然黑夜已经来了，那就这样吧

是什么时候开始，我们阅读作品的过程中，不自觉地在小说人物世界内划分出一个"中年女人"群体？代际隔阂、夫妻矛盾、育儿焦虑、职业危机聚合出的中年女性面貌，在大小舆论风暴中被固化，于是，四十岁以上女人似乎逐渐和女性切割，额外接受傲慢与偏见的洗礼。人与人之间的聚拢，更主要是源于其共性处境孵化的共情心境，而非简单化的年龄界定。周洁茹近十年创作（小说和散文）都在关切香港"新移民"女性，她从生命不易的常识中抽取"我能活下去"的成长态度。宏大和崇高与《美丽阁》无关，这是一处人生小景。"她们"都已不再年轻，刻板地行走在家和店的两点之间，然而两者，皆是一座不能提供安全感的"阁"。烟火气的寻常故事常流转于烟波与嘴边，复杂和深刻又何尝不是创作者的一种叠加？小说讲述了未被道破的事实：命运不会迸发出那么多的壮阔波澜，街巷屋邨的小日子不需要披荆斩棘，日常小故事平淡到无话可说，而接受或许比抗争更需要耐心和勇气。

结合作品发表的时代语境，周洁茹曾关注的问题少女、留学生、独生子女、都市白领、底层女性，都是具备一定前瞻性的稀缺群像。她的小说，一直贴着城市写，故事在她住过的和正在住的城市里发生，没有缠绕于它的过去，只目视其当下，准确说，她坚定地写作她熟悉的、理解的这部分"现在"。住下来，才能看清人/环境的双向影响，才能接纳人/环境各自与时俱进的变。

2008年后，周洁茹写作不再只聚光于女孩的成长之惑，转而直面女性生存中遭遇的碎语与恶意。我们不需要刻意地赋予女性一个坚强人设，她们并没有抱怨，失望常态化早已令其放弃苦情。要不，写她们的反抗？对手是谁，是不是还得安排好胜算概率？2016年周洁茹在接受采访时说："如果我写的什么也能够让你哭，肯定是因为不在高处也不在故意的低处，任何一个站在旁边的位置，我在里面，我在写我们，我不写你们。如果我要写你们，我会告诉你。尊重他人的生存方式才能够得到你自己的尊重。诚实是写作的基本条件，如今都很少见了。"① 契诃夫指出现实生活中人们毕竟不是每分钟都在决斗、上吊和求爱，不是每时每刻都妙语横生。他们更多的是吃饭、喝酒、闲逛、说蠢话。周洁茹是与人物肩并肩站立的，她写的是她懂得的生活流，没有规划激励事件以调动各种行动。我想，"接地气"触动人心的究竟是重现熟悉的场景，还是唤醒类似的感情呢？

香港是一座桥，"移民"到"原住"之间没有横亘着转变

---

① 周洁茹：《在香港》，第306页。

沟壑，也无须预设"隔膜"，周洁茹展示"新移民"对环境完全具备迅速适应能力，这其实是体现时代性的真相。在构思《佐敦》的时候，她就写香港女性了，我们可以进一步窄化为"新移民"女性，她们是共同名字：阿珍、阿美、阿芳、阿丽。《女人，四十》（电影，1995）里阿娥的坚强隐忍，《回光奏鸣曲》（电影，2014）里玲子的孤独无援，悉数压实于阿珍们的"新"人生。她们都有一张灰暗的脸，整天都很忙，实际处境将其压榨到就濒死，她们一直在用永无休止的忍耐以续命，清晰认定"活着的人，要活下去。"令人心酸的是，阿珍们的"忍耐"动因，最终归于期待孩子有个好前途。丈夫事业失败，身体瘫痪，"成日坐在家里，成日成日坐在家里"，阿珍只觉得原来"整夜整夜不着家的他才更丢人"。"香港当然给你眼泪，香港也给你喜悦，但是为什么要笑过头？"① 香港"师奶"的大笑是炫耀抑或反讽，但阿珍和阿芳已经累得没有力气去笑了。

"那些空的女人，好像都集中在了这一个屋邨，美丽阁。"② 听她们闲聊的阿美，"整日都好忙，干不完的活"。女人对美丽的终身愿景与衰老的必然趋势形成反差，无聊的"说闲话"与奔命的"连轴转"形成对比。"香港的师奶，还会干点什么呢？阿美经常会去想，菲佣都干了，她们干什么？也许她们也不想干什么。阿美二十八岁认识老公，二十九岁结婚，一结婚就是师奶了，阿美对师奶这两个字没有意见，对阿美来讲，做成了师奶，也是一种福气。"③ 现实没有纵容"忙的"，也没

---

① 周洁茹：《美丽阁》，《收获》2021年第3期。
② 同上。
③ 同上。

有饶恕"空的",《佐敦》里制造"美丽"的黄金水宝石水和燕窝,继续出现在"美丽阁"的"太太组"时,也不是阿美的兴趣点。老公去世快一年,"她也没有什么太伤心,甚至不太记得起来"①;阿美现今兼顾饼店和家,日子都平平淡淡,也没什么好感慨。开头有一处意味深长的伏笔,丈夫离世后,只吃番薯,阿美倒慢慢胖了起来。究其原因,心理松弛下来的她,不经意间正一点点释放出压抑二十年的苦楚。小说刻画出耐人寻味的"耗",无论是阿美还是阿丽,抑或是《油麻地》《婚飞》里的阿珍,她们都是满怀希望到香港,旋即正面迎击着"耗",继而沉陷于"耗",最终不得不习惯"耗"。香港新生活没有最好也没有最坏,但它"耗"尽人的气血,"耗"培育慢性的精神折磨。深圳也有一间"美丽阁",小姐妹阿丽同样嫁了香港丈夫,两口子选择住在深圳。当阿美探望从油烟里泅出来的阿丽,后者坦言想结束这段绝望攀缘的婚姻。"我们不应该出来吗?阿丽说,我们不应该见到最好的吗?"② 我们感受到,阿丽还未耗完与命运较量一番的心性。从"打工妹"到"外嫁妹",1991年电视剧和周洁茹系列小说,表明她们都在"一样的天",都是"一样的脸",社会没有给予温情,姐妹却回馈了真心。小说《美丽阁》续写的恰是现时"外来妹"的路。在希望和失望的循环中,她们学会了不再憧憬,只关注现在。我想,她作品还有个特质,在各种困顿境遇中,女性都是提着一口气的,总不会让自己失了体面。

---

① 周洁茹:《美丽阁》,《收获》2021年第3期。
② 同上。

小说集《美丽阁》更是在开篇《佐敦》就撕开生活：阿珍没有身份证，老公瘫痪了，两个小孩正在上新来港儿童启动课程，结婚七年的所有积蓄只够在香港省吃俭用两个月。接着，小说一路陪伴阿珍从油麻地到佐敦。姐弟关于肉包子和面包的对话，强化阿珍一家的当前逆境。《佐敦》之所以能在一系列香港底层书写中脱颖而出，源于其不悲不喜的情感品质，文本如直梯，下行进程中没有盘桓某一层苦难的打磨，而是直接通达底层：还能坏到哪里去？同时，读者又追随阿珍、格蕾丝、阿芳的故事再次上行，小说诠释的生存信念逐步露出内核：活着的人，要活下去。

里尔克分析罗丹的创作个性，提出一个概念：表面。他认为罗丹塑造人体内外部时，主要关注于不计其数的生动表面，而他找到的方法，即把握遍布其视线所及处的生命，特别是对最细微的地方，加以端详，加以紧随。罗丹等待它走过，在它后面跟跑，他发现，身体全部活着，生命无处不在，且都一样的伟岸、一样的强健和诱人。比照周洁茹创作观，她从不在意详尽描摹一个故事的完整形态，而是将对生存的转达和对人的定格，放置于鲜活片段——外貌、动作、心理、语言构筑的统一体。因此，小说贯彻的游走型视点和幽微型落点，都服务于细节的可触可感可知。《拉古纳》就是一部动态小说，"寻找"成为动点，"我"和珍妮花这一天的奔波，既是找车位，又是找文学和艺术的希望。周洁茹以上菜为线索，不同菜品隐喻创作者的一次调整，牵引出文艺发展现状：人们对文学和艺术早已失去了耐心，无论创作者主动寻求何种变化，都无法推动作品赢得更多的关注和尊重。"我"的朋友珍妮花何尝不是如此，利用只可使用 15 分钟的停车位，5 分钟匆促看完画展。而"我"依然抱有理想主义，坚持作家可以被打死，但不能被打败。《盛夏》追忆着青春期的盛夏，它接纳酷烈和成熟。小说描述苏西在常州和"我"在北京的两段"逃离"经历，是一场圆梦，更是一次追梦，我俩不无感伤地确认原初的美难以追回，属于"我们的"盛夏就只有一次。

朗西埃进一步阐释里尔克对罗丹雕塑的理解，他从创作角度肯定"表面"的艺术性，提出"戏剧性的行动和雕塑的表面，它们基于同样的现实，即这生动的宏伟表面的变动，而将它扰动和改变的独特之力，就叫作生命"[1]。周洁茹专注于人的动态和动态中的人，"到……去"系列就是实例，她写作人物对生活之势的即时应对，但种种应对，并非服务于烘托此刻窘境，而在于揭示人性矛盾，生活之变启动理念之变和行动之变，理念之变和行动之变敦促心理之变，一切"变"皆折射生命的生动性。《婚飞》里阿珍必须处理离开还是留下的两难。女儿留学，夫妻俩无法承受一个月 3 万租金，解决方案是丈夫搬回学校宿舍、阿珍回内地居住。为了能让自己留港，她决意在米线店继续做工，以便能住上店里提供的村屋。作品没有描绘"新移民"的难，作者只用沉默和微笑迎击未来的残酷。《美丽阁》延续周洁茹一贯的创作风格，确立社会的截面和人群的局部，以生活流为架构，以意识流为肌理，以语言流为方法。

《美丽阁》中各种鲜活"表面"都最终指向了人的终极问

---

[1] ［法］雅克·朗西埃：《美感论：艺术审美体制的世纪场景》，赵子龙译，商务印书馆 2020 年版，第 173 页。

题。"生活就是关于这些终极问题的提问,如:如何找到爱和自我价值?怎样才能使内心的混乱归于宁静?以及我们周围无处不在的巨大的社会不平等和时间的一去不复返。生活就是冲突。冲突是生活的本质。作家必须决定在何时何地排演这种斗争。"[1]《布鲁克林动物园》聚焦于"我"的一段出租车行程,"布鲁克林"成为的士司机和"我"共同的情感容器,对于司机而言,协助他逃避现实;对于"我"而言,唤醒戳穿假面的动力。隧道建构时空穿梭,"布鲁克林"是一处地理实地,也是一个情感虚指,由其含混真假的特质制造冲突,司机说的故事和"我"说的故事,在的士封闭环境里显得虚实难辨。《51区》界定世界为一张网,而迷幻的"51区"是最终的救赎之地。"我"不敢放弃一切逃离地球,小说详述"我"与珍妮花关于一把梳子的争论提示着"我"对任何忽微小事都有记忆,因此,"我"注定没有勇气跟着服务员的大卡车离开此时困境,原地等待被救援隐喻我们终会回到既定轨道。

"你给你自己挣一个明天",阿美一边鼓励阿丽,一边自己忍不住笑了。笑,是作者对小说主旨升华的主动消解。"真要靠自己,只能靠自己。"[2]可是,靠自己,何尝不是只半遮半掩此刻的问题?她们还会不会有明天?明天真的是只要自己努力就可以挣来的吗?我们心存"明天"会到来的希冀。阿美、阿芳、阿珍、阿丽……继续过日子,明天,此时先随口说说罢了,既然所有苦难没有放过她们,那么就这样吧。

---

[1] 罗伯特·麦基:《故事》,第221页。
[2] 周洁茹:《收获》,2021年第3期。

弧线:"八十七"的谜底

"我",21世纪初移民到加拿大,四十岁的时候,接连遭遇事业和婚姻的失败。"我"决定当兵,加入加拿大皇家海军,从一名普通士兵做起。受训后,"我"成为加拿大军舰无线电密码员,被外派执行北约的维和任务。新移民、参军、北约三个关键词聚合的创造性在海外华文小说中,崭新且有冲击力。回到"他国故事"的《丹河峡谷》,为"新移民小说"最普识的域外生存书写提供新思路。

"我"为什么要去参军?奚百岭为什么要自杀?这两个问题控制整部小说的叙事节奏。读者为"我"和奚百岭决绝的中年选择而困惑。"我"快四十岁了,依然是中国国籍,突然想在加拿大进入军队,为"我"一直当成外国的国家去战斗。奚百岭,学术精英,但就业无门,不得不兼职做油漆工以维持一家生计,他踟蹰于回国施展才华的念想,可其妻子不由分说地抵制。两个主人公,直指向"新移民"群体"留学"和"移民"两种落地模式,在国内就已型塑的思维习惯和处事方式,业已嵌入他们移居海外后的物质储备与价值理念。《丹河峡谷》的思想核心是阐释"抉择"母题,比较两类人在现时代情境下,同时寻找精神出路的方式及途径。

应该说,奚百岭的"跳"与吴汉魂(白先勇《芝加哥之死》中的主人公)的"跳"虽相隔四十年,但还存在一定共性。他们都是留学生,学习冷门专业,皆因所有理想折翼于现实,不甘心沉沦又不知如何行进,深陷绝望泥潭。"我"也受缚在命运之网,但坚信终能破解眼前困局。去当兵,一个跃动着主观和臆想的决定,让"我"重获心灵自由。为什么要参军?"我正处家庭危机之中,喝酒沉沦,我很怕自己最后会成为一个酒鬼。如果我进了军队,就自然不会喝酒,会每天早起早睡,过上有规律的生活。然后在你的军人职业结束之后,有一份很好的终身福利,可以申请一份政府的工作,以我的技能应该是不难的。按照我目前的处境,这是一条可以拯救我的路,一条不需要挣扎不需要奋斗的捷径。"[1] 为什么是海军?我想,一方面,"我"或许可以像海明威笔下的桑地亚哥一样,以小搏大,轮番与自然一较高低。一方面,大海自始至终理解并接纳一切的怀乡情愫,"我"会从海的任意一点出发,回到故乡。陈河试图在不可理喻的荒诞中,渐进地探测世界丰富性和人心深广度。

"我"在参军故事中,是主人公。"我"在奚百岭故事中,是见证人。小说采用了零聚焦和内聚焦相结合的方法。我们若站在叙事起点,就不难发现,陈河的叙述方式也是从故事的中间开始——奚百岭紧急电话"我"给他捎回一条假蛇。开篇,

---

[1] 陈河:《丹河峡谷》,《收获》2020年第1期。

"我"是兼职的房产经纪,"他"看了半年房后才买了一个三十多万加元的小房子。行驶在高速公路的"我",圈守在小家内的"他",立刻被结合、被对比。小说第二章,由"我"讲述发生在温哥华和多伦多的"移民故事",埋设"我"要当兵的悬念。20 世纪 80 年代以来的"新移民小说",相对于 60 年代"留学生文学",它从"悬浮"执念中挣脱出来,以勇敢"落地"与努力"扎根",替代了之前的徘徊、犹疑和退却。陈河这部作品,对新移民小说又有所突破,他披露了"新移民"安居却并不能乐业的心理状态。他们再度情绪受困,发源于胸中蓄积着驻留原地的心理倦怠,它渐渐滋扰生活、蚕食心志,继而培育出蔓延态的空虚和厌世。作者提供两种应对方案:驯服或者被驯服。"我"理智地认知心结,而奚百岭决定"纵身一跃",如罗兰·巴特在《写作的零度》中所说,小说是把生命变成了一种命运。

夫妻俩的温哥华经历被弱化,它还是一般性的新移民奋斗史,只占据叙事链上的时间点,而"我"在较为平顺地"扎根"后,独特性的二次情感困境,承担故事的开始。这恰好佐证了当前海外华文小说"他国故事"题材写作的新动向:物质暂且富足了,精神无处安放。日本电影《追捕》里有"杜丘""跳下去"的经典对话,同样"跳还是不跳"与《丹河峡谷》的选择论实现互证。"如果你眼睛一直盯着桥下飞驶的车流,会有一种幻觉,仿佛底下是乌云翻滚阴气森森的另一个世界,它正要把你吸引进去。这种感觉让我使劲抓住了桥栏杆,怕自己掉下来。这座桥本身像个吊在空中的花篮,人们在这里迎接亡灵真是很合适。"① 奚百岭像蜘蛛,"吃了那么多知识,要吐丝去织一张网络,而吐的丝越多越密却把他自己裹得更紧"。② 当"我"初次站在401公路丹河谷大桥的时候,作家已经暗示此后"跳"事件出现的可能。我俩都决意从"英雄桥"辨识走出人生泥沼的路标。因此,面对不同对象,跳或不跳,终极目标都是抵达对自我的充分主宰。

我认为,陈河小说的艺术审美是大气磅礴,"硬汉精神"和英雄情结浸透在人物的气质与风度,从某种意义上看,这也是他的创作理念里中西文化观相融合的实证。"苦其心志,劳其筋骨,饿其体肤,空乏其身,行拂乱其所为","我"凭借镇定和坚毅,屡屡从绝境实现自救。"我们中有多少人能够坦率地说我们对流浪汉的简朴生活与无忧无虑的境况不感到有些羡慕呢?"③ "我知道我是做不到的,这个梦想比要成为一个富人要难上很多倍,简直就是没有希望。"④ "我"羡慕流浪汉,实质是向往他把持住无须顾忌的自由,映照出"我"深陷"茧"中的苦楚。"我"和奚百岭的"同"是清楚自己需要什么。"我"憎恶一成不变的生活,"我有了一家便利店,又兼职房产经纪人。我不喜欢我的职业,但又不知道该做些什么。"⑤ "我"甚至把店命名为"橡皮监狱",事实上,它切实困住了夫妻俩三年。"我和妻子的关系也慢慢起了变化,就像济慈的诗歌里写的一只花瓶,表面看起来还是一只花瓶,但是内部四壁被水和风

---

① 陈河:《丹河峡谷》,《收获》2020年第1期。
② 同上。
③ 同上。
④ 同上。
⑤ 同上。

侵蚀得布满了裂纹,轻轻一碰就可能破碎成一堆碎片。"① 妻子率先以提议离婚实现"出狱",她迅速奔赴了下一场物质先行的婚姻。"我现在已经没有家,孤独而自由。好吧,不管怎么样,我当兵的事已经没有什么顾虑和障碍了。"② 参军的祈望,把"我"从酒精世界中拖拽出来;严苛的训练,却有修补生活裂隙的功能,"我"领悟到只能由自己去主导不可阻遏或扭转的命运。

宋雨,已是更年轻一代新移民,她依然需要不断学习怎样融入异域生活。小说揭示出海外生存的真实境况:不同代际,都会受困于现实;不同代际,都需重新适应异国。宋雨们暂时因无法经济独立而无法选择自由,参军是一种迂回,而她主动委身于"我",借以冻结对未来的胆怯,在矜持与放纵间的游荡也是一次逃避。"我"作为新移民群体里的清醒者,确认死亡和逃脱都无法破解现实迷局,依循自己的内心,独行着前行,才能卸下包覆于心灵的重量。奚百岭承受各股力量的挤压,回国是他曾想到的最好的解决方案,而内因的保守与外因的家庭阻力,联合将其彻底击垮。小说有一场景,描述"我"在海上执行维和任务时,联想到电影《甲午风云》中的邓世昌。英雄的勇气和坚定附着于我,同时海的浩瀚与人的渺小形成对照。无论是奚百岭还是宋雨,他们本质上缺乏冒险精神,在不可知的未来面前,为了家庭集体而压制个体性的妥协,或许也是掩饰怯懦的借口。"我",加拿大海军上等兵,离开(祖国)和归来(祖国),生动诠释了"人不可以被打败"的海明威信条。

---

① 陈河:《丹河峡谷》,《收获》2020 年第 1 期。
② 同上。

"不坏,痛苦对一个男子汉不算一回事。"① 这是桑地亚哥漂在海上第八十六天的感悟。第八十七天,他打到了鱼。

"我"第一次站上丹河谷英雄桥,在"风中等待一个死者"。那天是迎接第87个在阿富汗战场阵亡士兵的遗体。"我产生顿悟,因为这一刻会看到生命中一扇阴沉沉的门打开来"。② 终于,奚百岭决定就从这里,用"跃下"画出一道"弧线"。与此同时,"我"在大海上执勤,目睹海浪翻滚出一片"弧线"。

---

① 陈河:《丹河峡谷》,《收获》2020年第1期。
② 同上。

董先生家的后院与春风旅社的天台

《长夜》用一次家庭宴会将海外华人成功者与失败者聚集在一起,以一场长谈开启两重人生的互观互审。起初,"我"怀着强烈的失恋挫败感来董先生家赴宴,竟遇见一度令"我"羡慕的冷先生。当一切关于他的传说都暴露出可供破解的线索时,成与败的界定正因对谈的展开而发生微妙的翻转。

从 2019 年短篇小说《路》开始,李凤群有意识地拓宽创作题材,《大风》和《大野》中对乡土的依恋和反思逐渐让渡于对现今都市论题的探索,特别是价值观和人生观对不同人群的心理干预。《象拔蚌》《长夜》两个新中篇都延续这一写作思路,后者更是"他国故事"书写的崭新尝试,但李凤群保持的艺术风格依然是结实的现实主义和精细的心理描写。

"我"欣然赴约,太渴望能立刻消化失恋痛苦。董先生的家"坐落在一个隐秘的位置,前门与主路之前隔着一大排密集重叠呈扇形香脂冷杉,与靠近房屋草坪附近的短叶松和红松合力形成一个天然屏障,巧妙地隔绝了主路上的噪音"①。秘境,为人物的坦诚以待创造保护,读者等待着舒尔茨在《春天》中埋设的那般阅读体验:"在悄无声息的沉默中,正在上演怎样一出阴郁的戏剧,一出被遮得严严实实的秘密戏剧,乃至谁也猜不出它、探知不到它"②。小说果然没有辜负我们的期待,冷先生确实是有故事的人。李凤群在阐释生活处境时,运用了一个生动意象"烙饼":"掀开一层,发现了另一层,又发现了一层"③。那么,我尝试层层撕开它,以缕清作品表里。

《长夜》第一层展现出成功与失败的不同面向。"我"名校博士,但刚遭遇恋情失败,即将迎接就业考验。冷先生气质卓绝,生活优渥,却出人意料地配有丑妻。屋内的嬉闹和后院的静默形成对比,"我"其实就在等着冷先生开口讲他自己。读者自然好奇夫妻俩如此显而易见的巨大外形反差是怎样能被无视的。数字"三"是作者设置的密码,协助"我"真正了解冷先生,更是指引"我"对个人困境生成原委的推理。三次被分手,让"我"一度盘桓于失败无法自拔;三次被感动,冷先生倒与妻子绝不相弃。因而,这一场谈话的重要性,是使我得以从冷先生的离心"三起"和创业"三落"里,参悟出成败要义。

故事第二层密布着一系列计算。消遣长夜的主要活动,原为一场牌局,"四个五十岁左右的中年男子,手持扑克,坐在走廊上的方形桌前"④,"我"和冷先生不参与活动,就已暗示着

---

① 李凤群:《长夜》,《收获》2020年第4期。
② [波兰] 布鲁诺·舒尔茨:《鳄鱼街》,杨向荣译,广西师范大学出版社2020年版,第229页。
③ 李凤群:《长夜》,《收获》2020年第4期。
④ 同上。

他们与现实世界主动保持一定程度的疏离。"我"的专业是计算数学,在"我"的科学世界里是无所不在的计算。冷太太姐妹俩思想差异鲜明,她看重不断投资以获取更大收益,而姐姐只迷恋具体的物,例如水蜜桃、手表和狗。当她获悉丈夫离意已决后,无纠缠无苦恼,从容抛出了足以令他不寒而栗的计算过程和预算结果。"可怜我老公这个人,过于单纯,不会算计,已经享惯了福,就算离婚他能分到一笔钱,这笔钱很快会被钱红拿去帮她哥哥盖房结婚;就算我不要他给女儿抚养费,他自己的父母兄弟还在伸手等他接济呢。这个社会对他,本来就不公平,这些担子太重了。没有人为他撑腰。算他去卖血,也维持不了多久啊……他得找一份月收入两万的工作才能应付得来。"① 冷先生的事业心更是在翻滚的赤字中被彻底摧毁。店面拆迁亏了二十多万,店铺开业半个月销售额不到五万,姐妹斗法直接切断了企业资金链。三次经营危机后,冷先生再无心恋战、无力挣扎。

  计算的目的指向小说最深层的操纵性论题。作品里多样态的人物经历,皆在阐释 Coder 和 Leader 的关系。解出最优解,是冷太太的生存智慧,而冷先生只专注即时利益,故而他在理念和方法两方面都居下风,直至完全沦为被掌控的对象。推理女王阿加莎·克里斯蒂有一部小说《底牌》,很巧妙地从心理学视角阐述控制与被控制的关系,它围绕一场牌局连接六个人(牌局四人、死者一人、侦探一人)的计算和算计。侦探波洛通过复核四个人的出牌情况,推导谁在说谎,而小说最精巧设计是

---

① 李凤群:《长夜》,《收获》2020 年第 4 期。

揭晓牌局的幕后玩家是死者谢纳塔。他一贯善于利用把玩人心来布局。牌局是考验人性的契机。张爱玲《五四遗事》凑了一桌麻将,谭恩美《喜福会》天天组麻将局,《长夜》里董先生安排牌局给"我""上课"。大家都在学习计算,大家都在适应算计。"我"虽然是计算数学专业,但"我"的认知能力是将师兄失败归结于时运不济,而没有真正分析学科特质,先验性地否定女友提议的转行可能。择业危机是分手的导火索,在观念分歧中,"我"原以为学了计算数学可以从事数值建模类工作,而女友认为转金融、精算更靠谱。计算数学、地质工程、金融之间的专业理解差异,包裹根本性的控制命题。"我"以为将数值建模用于石油行业,自然可以在就业时占得先机,但未能看透计算编程对于石油工程的工具性特征,相当数量研究者承担油藏开发的 Coder。反观金融,落实于本质,不能脱离数字,计算数学会成为实际的 Leader。冷先生追求自由的念头一直扑动,通过对物质收益的反复计算,他不自主地在金钱漩涡中急速下坠。三次被感动,事实上是对三次逃脱机会的主动放弃。冷先生的各种心机、各种念想、各种举动时刻暴露在妻子面前。冷太太跟随的眼神在悄无声息地蚕食丈夫的生命,他的痛苦松弛下来,再也没有愤恨,甘于做一名卖力的演员。相对于被控制的苦闷,他更加无法忍受独自生存的恐惧。"你为什么会觉得这跟钱有关呢?我们虽然过得清苦一点,但是这世上并不是没有钱就没有幸福,幸福跟钱是不相干的。"[1] 女友不可容忍"我"执拗地沉浸于 Coder 的生存逻辑,从未有 Leader 的人

---

[1] 李凤群:《长夜》,《收获》2020 年第 4 期。

生规划。但有趣的是，她与冷太太的想法却达成共识："真正在意外表的人，是不会在自己身上做文章的"①。冷太太始终把自己定位于高瞻远瞩的战略家和坚忍执着的执行者。她与詹姆斯·索特在《光年》里塑造的芮德娜体现出精神层面共性："似乎她的人生，在经历了各种低劣期之后，终于找到了一种与之相称的形式。天然去雕饰，随之而去的还有愚蠢的希望和期盼。她不时感到一种前所未有的快乐，而且这种快乐并非源于天赐，而是由于她自己的正确，她为此四处搜寻，毫无线索，不惜放弃一切次要之物——即使有些东西无可替代。她的人生属于自己。它不会再被任何人主宰"②。

李凤群在创作谈《春风旅社》里通过个人在天台夜谈和工厂邀约两个场景感受的落差，谈及颇为感伤的话题，"人，生来就不平等"③。"那是90年代初，是中国社会思想大突围的年代，是理想主义井喷的年代，是乡村开始向城市探询的年代，但是，属于我的，只有借着黑暗的掩护，才能与城里人谈笑风生。"④ 取舍的两难从作者经历中浮现，在《长夜》里再现。冷先生也曾在城市独自闯荡，遭遇三次暴击后，他意识到"大多数时候我们的面前虽然空旷无垠，但又有无形的屏障阻拦我们去任何地方。""人与人生来不同，因而一直到死，也将与任何人不同"⑤。小说中每个人都已屈服现实，也都将屈从现实。冷

---

① 李凤群：《长夜》，《收获》2020年第4期。
② ［美］詹姆斯·索特：《光年》，孔亚雷译，广西师范大学出版社2018年版，第313页。
③ 李凤群：《〈长夜〉创作谈：春风旅社》，《收获》公众号2020年7月16日。
④ 李凤群：《长夜》，《收获》2020年第4期。
⑤ 同上。

先生，拥有自由的代价是必须熬过经济负累；冷太太受制于相貌局限，故而理智挑选共同"战友"；"我"寄希望于名校强势专业能助"我"立业成家，浑然不觉只把握了其工具性；女友曾梦想与"我"相伴终生，可无法独立弥合人生观的巨大裂隙。董先生家后院的暮气置换了"春风旅社"天台上的朝气，人到中年，他们决意不再期待，他们学会了接受。

理想和现实的反差，永远是文学作品里人物行为或心理转向的动因之一，更是海外华文小说在塑造人物时的基本思路，我尝试解析出一条关于理想主义的线索：坚守（20世纪六七十年代）——放弃（20世纪八九十年代）——消耗（21世纪近十年）。《长夜》继续表达着现实对理想持续鞭打时理想逐步折损的动态过程。理想的实现不仅需要坚固物质基础，而且需要强悍意志。目前除了"我"之外，其他人都以"现实"为先，并表现出对搁置理想的心安理得。李凤群对人心基于现实取舍的共性发现及暴露是很敏感且深刻的。

"在今夜之前我的反思都走错了方向"[1]，当所有人的心理秘密全被曝光，"我"恍然大悟，体格和内心都一样 strong 的冷太太，才是唯一一位表里如一的人。到了昏白无声的黎明，该"我"来出牌了。密影中已挂上树尖的太阳金光，透露"我"已经做好了决定。

---

[1] 李凤群：《长夜》，《收获》2020年第4期。

逼真的虚构与幽暗的纪实

　　《贝尔蒙特公园》和《惠比寿花园广场》都在写一个由危机包裹的"局","我"被他人以各种爱的名义实施着情感绑架和道德绑架。真相渐次开启的同时,伴随着现今社会里生存困境的展示与人格的试炼。日本华人作家黑孩的小说能给予读者很特殊的阅读感受,其特色不在情节而在细节。一方面,作品完成日常生活的高度还原,我们时刻体验现场感与紧迫感,故事密布着由两性对话牵动的一切幽暗情绪起伏;另一方面,作品稠密的"真",既调动阅读兴趣,又培育文学共情。两部长篇都十分精密地刻画一位普通女性的信任感与安全感被逐步肢解的动态过程,同时表现她对假象的实时戳破及坚决还击。我认为,黑孩创作是完全不标榜女性立场的女性写作,致力于钻探人性深层的"暗黑"。

　　中日文化的比较,自然是黑孩作品包裹的重要母题之一。我梳理出其中蕴藏的"日本质"。第一,"新感觉派"。日本"新感觉派"作家强调感觉与情绪,择取一处细微的生活切口,探索命运的秘密或人生的意义。黑孩比较擅于体验式表达,她会从主体感受角度书写情绪和心绪,解剖微妙的恶念,不伪善、不隐恶,直接将或残忍或诡谲的真相进行无死角暴露。第二,"推理文学"。日式推理具有独特的设问思路和解题途径,近十年间作者持续设"悬念"推导"动机",在表现内容与表现方法两个维度拓展"本格派"和"社会派"。我曾将日华小说中体现的推理特性界定为"推理核",应该说,黑孩小说具备了"社会派"推理的某些特质,讲究见微知著,设疑和释疑都由人心来驱动,社会问题和人性问题缠绕在一起。《贝尔蒙特公园》需要破解的两个谜团,即丈夫为什么一再欺骗"我"?刘燕燕为什么肆无忌惮地欺侮"我"?第三,日本电影的叙事方法。我常觉得黑孩写作与日本导演小津安二郎及是枝裕和的电影存在一定程度的审美互通,初读者会觉得故事很淡,通篇在记述环绕主人公"我"的寻常琐事,从爱情与亲情的进退、理想与现实的挤压中,揭示社会的无情倾轧和亲友的彻底虚伪。若进一步判断黑孩的创作目的,伊伯特评价电影《东京物语》的一段话恰是对日本文艺作品的日常叙事做出了准确阐释:"角色是如此之平凡,以至于我们很快就认出了他们——有时候成为我们的一种镜像。它简述的是我们的家庭、我们的天性、我们的缺陷以及我们对爱与意义的笨拙寻找。不是说生计使我们变得过于忙忙碌碌、无暇顾及家庭,而是说我们通过忙碌的生计来保护自己,以逃避关于爱、工作与死亡的重大问题"[1]。衣食住行都是一块块碎片,一旦它们被拼合成型,真相缝隙里的残酷与荒

---

[1] 罗杰·伊伯特:《伟大的电影2》,第541页。

诞也随之曝光。《贝尔蒙特公园》无疑是高度写实——现实的扎实与心理的缜密，记录"我"同时对抗婚姻危机和职场暴力时最狼狈、最悲剧的一段人生，无数的恐惧、愤怒、孤独、痛苦肆意生长，但是"我"必须迅速接受、必须即刻解决。这是在日本，与"我"一般的普通人，常会遭遇的接踵而至的窘境，作品意义在于展现家庭生活和社会生活里随机丛生的各种矛盾之发展与结局，再反推其起因。

　　黑孩创作体现出一定的题材侧重，基于都市、日常、情感三个关键词。以空间为基点，作者营建起三重对比视域，即真假、善恶、中日。她的观察视角在亲历者与旁观者之间自由穿行，因此小说"逼真"得可怕，会令读者一再生疑：这到底是纪实还是虚构？女主人公在接续的困境中沦陷并自救，人性的幽微莫测于绝境时更是栩栩如生。与是枝裕和艺术理念相似的是，黑孩也重视对家庭、失去、慰藉、死亡等向度的思考。《贝尔蒙特公园》设置一组平行环境，即以黎本为中心的人类世界、以斑嘴鸭为中心的动物世界，通过两者的互渗与互证揭露日本的文化环境、家庭关系和社交网络。"我"对斑嘴鸭"贝尔"精心呵护，视它为唯一精神支柱。一旦"我"处于盛怒和绝望中，就迫不及待地赶去公园访问斑嘴鸭们，"在我觉得逐渐失去很多东西的时候，唯一没被摧毁的是生存下去的欲望。台风那天贝尔躲在木樽下面的情景一直印在我的脑子里，就像发动机给我输送着源源不断的动力。如果说我的人生是一个混合着污秽的故事，而贝尔便是故事中唯一的景色，就像脚下明媚的草地"[①]。

---

① 黑孩：《贝尔蒙特公园》，《收获》2020年长篇专号夏卷。

婚姻原本是"我"在异国抓住的孤寂慰藉,但"我"与日本丈夫之间永远横亘着价值观和人生观的巨大裂隙,"我"一直只称呼他为"那个人"。那么这一裂隙是什么?黑孩提出了一个核心词——"安全感"。尽管两人都认同家庭创造安全感,但对其的基本认知与呵护方式是截然不同的。"按我个人的理解,中国人对家的概念是传宗接代,日本人对家的概念则是生活的共同体。"①"我"要求绝对坦诚,丈夫讲求适度谎言。日本闺友小原曾为"我"解惑:"爱有很多很多种方式。比如黎本,跟你撒谎是他爱你的一种表达方式。你知道他那个人,考虑问题的时候只看眼下。眼下他不想你失望伤心,不想你担心。更主要是他怕你。怕你也是他爱你的一种方式。他真的非常非常爱你"②。丈夫一再隐瞒其在出版社被排挤直至被解雇的事实,目的是留住"我",维持住"黎本"共同体。而"我"在逐步获悉真相的过程中,信任感全然坍塌,安全感瞬时消失,"你把隐瞒说得好像是避免我焦虑恐惧的唯一方式,但是你瞒我一次,就等于失去了我对你一生的信任。我一辈子都没有办法再相信你"③。小说很精妙的处理是跟踪儿子雄大的想法,在父母互相难以沟通的状况下,他却出人意料地能够理解双方。文中有一段讲述"白"与"留白"的关系。中国"马夏"派山水曾影响日本绘画,像日本俳句诗人一样,"马远使用了最简练的方法,依赖了由形象所引起的,情绪上的联想,和包围形象的,那片

---

① 黑孩:《贝尔蒙特公园》,《收获》2020年长篇专号夏卷。
② 同上。
③ 同上。

空茫所挑起的言外之意,把他的主题笼罩在一片感性的声光中"①。实物与虚渺在视觉中分割,在心灵中交融,"我"追求的简洁纯粹的精神生活,可望而不可即,抵达审美极致的"留白"哲学却被雄大轻易掌握了。"'白'可以说是人性化了的环境。而'留白'是智者的一种生存方式,或者说是处事精髓。小小年纪的雄大能够读'白',我觉得是与生俱有的。"② 他懂得适时不言、退让、迅速止损,他自主的每一次选择:劝慰、劝和、劝离、择校、转校,都是运用"留白"方法维护个体安全感。

  刘燕燕是职场暴力的实施者。她不留情面地碾压新人,以维护自己的"前辈"权威。小说虽然用很多笔墨陈述她对于中国同胞的压迫与控制,但我更感兴趣的是她施加于山崎和坂本的心理魔咒。究其原因,刘燕燕对身边所有人植入日本职场观,而"我"信奉中国式宽厚退让,在日本,排他性的职业态度可能更有利于狼性职场环境。"此时此刻的感觉告诉我,也许我在记录系的存在不过是一个影子。孤独感并不能影响我。有时我甚至觉得孤独对我这样处在闹市的人是有意义的。但此刻袭击我的孤独是至今未曾体验过的,并非来自我的内心,不纯粹,不是我自己的。这种孤独是他人替我制造的,或者说特地为我设置的,是二手货,不伦不类。"③ 无法绕过"适者生存"的严肃命题,面对不适状况,无论日本人还是中国人,都需接受主

---

① [美] 高居翰:《图说中国绘画史》,李渝译,生活·读书·新知三联书店 2014 年版,第 90 页。
② 黑孩:《贝尔蒙特公园》,《收获》2020 年长篇专号夏卷。
③ 同上。

动撤退或者被动淘汰。山崎和"我"接连辞职,而坂本选择继续忍受。

黑孩以密集对话和繁复心理完成人物刻画和场面调度,语言追求真实且质朴。她很注重写"小",描摹一切事无巨细的生活、难以遮掩的情感、不攻自破的伪装,无论是时尚涩谷区的惠比寿,还是安静足里区的贝特蒙多,她都从相对的"闹市",借群体确立典型,通过观察人的行动,考验人的内心。"心"是一个重要意象,斑嘴鸭"小不点儿"的"胸脯上有个咖啡色的心形的模样"[1],这是共同精心照顾它的我、五十岚、大出共享的秘密。作者暗示着在令人已无限绝望的生活中,依然还深藏着爱,只有同样心怀爱的人才得以发现它。"在恐惧和不安的边缘,我仿佛可以看到另一面别的东西,也就是付出很大代价后才能得到的那个东西。我还不知道那个东西是什么,但我相信有一天会看见或者得到那个东西。"[2] 在黑孩所有小说中,"我"都不会放弃寻找。

是枝裕和曾解释如果他的电影中有一个共同信息,那么它存在于琐碎的日常生活中,而不是那些不寻常的事情。从"惠比寿"到"贝尔蒙特",黑孩采用纪录片式叙述方式,在言语的攻讦、嘶吼和冷暴力中,袒露两性灵魂的秘境,令阅读者看到自己,令所有人不寒而栗。"我总是觉得我身体里有另外的一个人,她与我的距离好像白天与黑夜的距离。而我知道,在这个地球上,白天与黑夜是同时存在的,打一个比喻,好像日本是

---

[1] 黑孩:《贝尔蒙特公园》,《收获》2020年长篇专号夏卷。
[2] 同上。

白天的时候，美国却是黑夜。黑暗从我的感觉里退出之后，明快会覆盖我，然后黑暗会再一次地覆盖我。这种反复好像会永远延续下去。我身体里的这种白天与黑夜的关系，外人根本看不出来，它好像是我同体的一个秘密，又好像是见不得阳光的一个思绪。"[1] 黑孩塑造在严酷现实敲打中，一系列不分国籍、种族、性别，只是同样失魂落魄的失败者，与欧美华文小说中经典的"边缘人"不同，他们依然会不断地适应、不断地习惯、不断地接纳，更是拼尽全力拯救自己，用冷酷、筹谋、虚情假意，还有未曾完全熄灭的爱。

---

[1] 黑孩：《贝尔蒙特公园》，《收获》2020年长篇专号夏卷。

心灵秘境

在数论里，1+1是哥德巴赫猜想致力于求证的问题，而莱布尼兹发现二进制运算法则后，1+1可以不等于2。《二人世界》提出一个当下存在于现实生活里的普遍问题：新生命的降临，会给原本稳定的1+1＝2式家庭带来怎么样的变化？同时，小说从微观解析女性心理的弹性，呈现其在外力（孩子）影响下发生的各种形变，由其制造的驳杂情感又会如何干预三人世界？张惠雯并不是在提供一项可能性解释，而是在揭示某种已成事实的答案：1+2会等于1+（2-1）。

小说的独特性首先是视角，它精细刻画特定群体的独一体验。张惠雯以"我"在初为人母后的一系列心理成长，探测当代女性精神的成熟度。孩子的哭声无孔不入地搅拌"我"的一切空间，烦闷密布于生存与自我。为了"他"的长大，"我"开始天天做减法，不再工作、不再社交、不再审美，最终归于"我"不再做妻子，就任职为专属男孩的母亲。小说真实演绎"二人世界"历经闭合—开放—闭合的动态发展，而推动变化的动力是女性的情绪,它在龙卷风式地升腾旋转着恐慌、焦躁、脆弱与暴戾。"我的生活会一直这样被他完全占据吗?所以爱的结果、婚姻、家庭生活就是这些没完没了的琐碎劳作吗?答案让她恐惧、浑身发冷,身心俱疲。"①

第91届奥斯卡最佳动画短片 Bao 描绘了独生子女家庭的中国式母子关系,剧中妈妈为了挽留住渴望离家独立生活的包宝宝,在极度失控中,突然选择一口将"他"吃下去。如果我们先搁置谈论母亲的教育自省,转向研究其"他者"——"父亲",电影依然很接中国地气,"父"时时缺席或逃避,却又被界定为危急时刻化解母子矛盾的谋士,几十年成长路上,就留下"她"用行动和言语宣泄自己的爱与恨,而"他"得以经营自己的温和、变通、善解人意。

Bao 是中国故事,《二人世界》是他国故事,但两部作品分别用视觉语言和文学语言捕捉到母亲的真实状态:"丈夫对她来说即使不是变得无足轻重,也已经处于紧紧环绕她的那个核心世界之外了"②。电影从情节层面展示亲情捆绑的失误,小说是在心理层面揭示母爱职能的难度。女性痛苦并非来自身体的疲惫,而是源于心理的压抑,其核心是一种慢性的自我损耗。除了自己,无人能全然同步地感受"我"的精神压力,对于每个母亲,心中翻滚的孤独都是崭新的个体性的。母辈与同辈的经验,是参照,但仍旧无法与"我"的体验完全重合。修复总是格外冗长和迟钝,没有同伴也没有助手,女性其实在精血未损

---

① 张惠雯:《二人世界》,《收获》2019年第2期。
② 同上。

耗殆尽前，先把以前的"我"吞进了肚子里，再逐步自主地疏通经络、丰满血肉，重塑出新"我"。

小说依然折射张惠雯对风景、天气等自然元素的敏感。与《两次相遇》《一瞬的光线、色彩和阴影》《在南方》三部作品集相似，《二人世界》的景物描写持续保持着印象派风格的画面感。"早晨的光线便昏暗如同薄暮。没有被风卷走的叶子最后终于被雨打落了，落叶木的树枝如今全都光秃秃的，只有街角对面的两棵松树，孤独的绿着。"[1] "光"是作品重要意象，它时而凌厉，时而轻盈，将时间、空间、情绪聚合在一起。"光从窗户上迅速扫进来，漫游过墙壁和大块的天花板。只是迅速滑过的一阵光，让很多东西突然明亮起来，却让别的地方阴影重重。"[2] 作者抓住了"光"的两个特点，以解释"二人世界"特质。一是波动，"我"、丈夫、男孩儿心理的多变与光的明暗、强弱有对应节奏。一是辐射，"我"—儿子、"我"—丈夫、父亲—儿子、"我"—旧友四组二人世界各具发散性影响力，互相角力。

《二人世界》深层意义体现在视角翻转制造"二人世界"定义的多样，"我""他""孩子"三主体对"二人世界"的定义是截然不同的。"我""成了一位心甘情愿的母亲，所有的耐心、爱都给了这个顽劣又温柔的小男人。"[3] "我"和男孩儿结构出稳态"二人"，能量链是母性的荣光，"她的每一天、每一个时间的确都被男孩儿和家务填满了。""她的生活、她的世界

---

[1] 张惠雯：《二人世界》，《收获》2019 年第 2 期。
[2] 同上。
[3] 同上。

变小了，小多了，小得只剩下他们俩围着个果核般的微型宇宙中心规律性地、日复一日地运转"①。"他"其实是最理智，又最贪心的，他和"我"最大分歧就在于他认定三人世界是个集合，里面必然包裹着二人世界，而这个二人世界，是"他"和"我"独享的，是"我"曾非常熟悉——只属于爱侣的。三人只是一个新的整体形态，由血缘构建，空间里仍然跃动着各个独立的个体及组合体，由爱情启动的"他/她"世界自然不会游离其外。男孩儿却很从容地完成从二人世界向三人世界的认知接受，他曾经"太爱黏着母亲，他们在一起的时间太愉快，于是只要她在，他就想尽一切办法不睡觉，延长这欢愉，一心一意要得到她所有的关注"②，而当其一天天长大，为准时获取爸爸的一个拥抱，就会主动守在窗前等待他归来。他和男孩儿都已清晰这个家是三人世界，可对于"我"，维护好"三"，的确是不可承受之重。

张惠雯很在意对人的幽微心理的探寻，并且她对人类的认知是与时俱进的，她有一定包容度，可以不理会经验主义。乔治·斯坦纳曾说："相比于邻人的苦难，我们对文中的悲伤更为敏感。"③ 这种敏感源于共情，我常觉得她在记录人物的瞬时变化。《二人世界》心理描写更贴近自然主义写法，客观、精准且张弛有度。麦克尤恩论及只有小说能呈现给我们流动在自我的隐秘内心中的思维与情感，那种通过他人看世界的感觉。我认为张惠雯小说的重要品质就在于此。在一部作品里，沟通和理

---

① 张惠雯：《二人世界》，《收获》2019年第2期。
② 同上。
③ 乔治·斯坦纳：《语言与沉默：论语言、文学与非人道》，第11页。

解统辖着他/她的想法,结局难以固定;在几部作品里,他/她的心理变化更是作者本人对现实论题理性反思后的文学修正式、批判式或认同式的回应。这是 AI 有一定驾驭难度的文学创作能力,它需要不断穷尽生活的复杂性与人的复杂性。比如"DeepBlue"1997 年通过"暴力破解"就能在国际象棋击败卡斯帕罗夫,而"AlphaGo"经过"深度学习",二十年后完胜柯洁,原因是围棋实时千变万化的数近乎无穷大。AI 小说可以给出很多人生解法,但它也许更加擅长人类共性问题域的文学写作。

在近二十年小说创作中,张惠雯一直都在表达根植于现实的纯净的爱,只是从《爱》的爱情转向《二人世界》的亲情,孩子让母亲明白了另一种爱,即"你会为之承受痛苦、做自己原本不愿甚至不能做的事却绝不割舍的爱"[①]。2018 年以来,她不断实践新的叙事方法,但真善美人性书写从未暂停。

"我"对二人世界的界定,实质上是与自我博弈后的妥协,那么这样的圈定是画地为牢吗?我觉得成为母亲后的"妥协"是归属女性成长的必经之路,作者跟踪"我"对孩子逐渐接受的心路,已将"我"的长大凝聚在一个个顿悟的瞬间。一旦点被连成线,"我"会踮着脚,数着这些点,最终冲破此时的"二人世界"。对于女性,它从不是完全闭合,而需不停地应对客体置换,或许下一部小说就会抵达其出口。

---

① 张惠雯:《二人世界》,《收获》2019 年第 2 期。

涨潮和落潮之间

20世纪60年代"留学生文学"和80年代"新移民文学",呈现台港地区留学生与中国内地新移民相异的他国经验。落叶归根/落地生根两阶段衍生的心绪,也非孤独寂寞可以概述,对出国价值的讨论,一度在"新移民文学"中被成功学表象遮蔽,它具有一定矛盾性,对于内地读者而言,其实是有热度的话题,但对于海外华文写作者来说,并不太愿意深入探讨。读者可以获取的信息,也以正向为主,即使是文学作品所描绘的艰难求存史,也因自我实现等宏大意义的包装而导向"值得"层面的确定。凌岚《海中白象》讲述的新移民故事,主要关注群体即20世纪90年代留学海外的中国内地留学生,小说以家庭为视角,记录其扎根后的他国经历。问题产生于他们与美国社会之间、与配偶之间、与子女之间,作品的突破体现在这一代人无法借鉴前人经验,只能采取个人摸索的方法,找到可以施行的路线,又渴望让二代少走弯路,于是执拗地悉数移交个体经验,子辈随之应对的抵触和抵抗,源于其也一直坚持自主探索个性化发展路径。

"谁能在皇后区过得很好？"凌岚在后记中提出了最有力量的问题。"我以'海中白象'比喻移民这个如今很流行的人生选项，移民他乡极有可能是一个耗费财力的生命奢侈品，徒然一梦。"① 小说集里多部作品，都涉及移民选择。《海中白象》叙述举家移民后遭遇的"家散"。"我和妈妈初到纽约的时候，老爸在纽约打工已经六年，修车，也搞装修。为了迎接我们，他用五分之一的积蓄，买了一辆七成新的丰田车。取车那天，一家三口坐在里面，我和妈妈都兴奋地说你开啊一直开到天边去，于是爸爸就开上了495高速，一脚踩紧油门，一路向东，开啊开啊！"② 父亲六年搏命的动力就是令"我们家"可以在美国团聚，如果说20世纪末新移民小说刻画重点是个人落地，那么凌岚作品展示的新变在举家落地。小说传达出很有价值的反差，即子辈长大后正迎向成功的坦途，而父母辈却又失败了。一辈子的失败者，成为笼罩新移民一代的魔咒，所有改变命运的努力，竟然皆徒劳，这是父辈们不愿意接受的事实。可令人心酸的现实披露：移民确实令子辈获得了发展机遇，但却未能消解盘桓于父辈群体的失意，小说牵动起两个代际各自的深层反思：移民值得吗？我是在为自己活着吗？《烟花冷》留下一组耐人寻味的姐妹对话。离开/留下两种选择，改变百合和百芹的命运，百合带着妹妹来到拿骚海滩，百芹兴奋地说："姐，这就是长岛内湾，外面就是大西洋啊！这比广州湾的海气派多啦！就是太冷了！"③ 气派只是表象的耀眼，纽约向东是通往冷漠和冷清的

---

① 凌岚：《海中白象》，北京十月文艺出版社2022年版，第341页。
② 同上书，第8页。
③ 同上书，第170页。

大西洋,请留意此伏笔,凌岚小说中多次出现大西洋,可与母国相隔的并不是它,而是太平洋。百合费尽心机扎根美国,就是为了享受这份孤独吗?同样的,我们以为所有苦难都可以扛过去,"心里有一个声音,告诉我不用担忧,易敏肯定可以扛过这次转折的,就像她每次都扛过来一样:到美国留学、改专业、找工作、失业、搬家、换工作,桑迪飓风时大树倒下压塌了一半的房顶,她带着五岁的小昼被疏散到公共图书馆,过了一个月才回到家,安歇,不也都扛过来了嘛"①。但易敏情况就是越来越糟,植物人状态的她,真的醒不过来了,她不会再给"缺席"爸爸任何补救的机会。

在对自己失望的状态下,新移民一代自然将成功愿景完全附着于子辈。《陀飞轮》和《消失》表达新移民二代对其父母所设定人生模式的无数次挣脱。父母的教诲如同时时冲击耳膜的鼓点,父母的期盼是倾覆于面的飞轮。"我在睡梦里听到一声声惊雷,那声音好像是舞会劲歌的鼓点,也好像来自我们体内。那声音犹如一个个旋涡从鸿蒙之初苏醒过来,在我们的身体里飞速旋转着,涌动着,那是一个个永恒不止又转瞬即逝的飞轮,朝我们压迫过来,吞噬着我们正在长大的身体。"② 珍妮的自杀和消失,都是彻底而决绝的反抗。若想主宰自己,只能与父母及原有家庭切割。于是,一个耐人寻味的选题重新浮出水面。选择移民是为了主导个人命运,而与父母分离;"子一代"反抗也是为了自我塑造,再次与父母分离。这两次分离,从本质上

---

① 凌岚:《海中白象》,第233页。
② 同上书,第102页。

看，都是"利己"的主动选择。珍妮的割腕，是一次宣战，而她的失踪，则是与中国人最重视的血缘及亲缘的完全剥离。华裔青少年该如何成长，"新移民"父母的内心是迟疑且焦灼的。孩子表现出的成功真是他们自主确定的路向？还是父母先立足中国教育经验再吸纳西方教育理念的作品？珍妮"陨落"事件表明，她最终不想再充当父母炫耀的艺术品。

我认为，凌岚小说是一个延续"思乡情结"的范例。海外华文文学"怀乡恋土"传统主题，并没有在新世纪"新移民文学"中断裂。它以另一种更为切实的形态出现，即从追求立业成家的宏大愿景，收缩为守护小家的现实祈愿。《海中白象》《消失》《豹》里不同身份和阶层的主人公，都渴望家庭完整。家人是创造安全感的最稳定团体，在论及"思乡"的时候，我们不自觉地一味从国的视域考察，忽略了对家这一层面的继续开发。同时，乡愁也从对故地旧人的怀念，转变为对异国同胞的本能关怀，《四分之一英里》提出了新问题。世界一体化的大背景中，一方面海量信息已破除中国内地对海外的好奇，一方面便捷交通消弭着中西距离，"这几年我没有太多对家乡的想念——反正所谓的家乡母国，坐一趟跨洋飞机，十六个小时就可以回去。我是怎么来的，我要到哪里去，这些高深莫测又非常基本的问题，在我决定移民的时候从来就没有纠结过，现在却时时纠缠着我，这不能不说跟西西有关，在这个广大嘈杂的都市里，她的悲惨经历牵动了我乡愁的那根神经"[1]。

"新移民"一代必须直面他们正在走向衰老。年轻时求存故

---

[1] 凌岚:《海中白象》，第312页。

事成为旧梦。凌岚将涨潮和落潮设为一组隐喻,"新移民"一代和二代都在经历:一方面喻示人生起伏,迎难而上,踏浪而行;一方面喻示生活危机,难以预测的命运起落。沈宁应对老麦的突然中风,米佳接受儿子成为植物人。沈宁梦回涨潮的海边,"她和老麦,两个孩子,米佳一家人,还有过去认识的好多人,他们站在夜色中的海滩上,一只手电筒打出光柱,把他们的目光引向海的深处"①。三十年后,他们其实已经位于海的深处,四周漆黑一片,只得转身探寻来自海岸的光束。《烟花冷》拓展"绿卡婚姻"题材,凌岚确立的是亚裔组合——百合和老路易,两人起先自然是为了利益各取所需,但在互相搀扶中,亚裔之间也萌生相濡以沫的感情。"这些经历了多年的龙卷风、暴雪、干旱、虫咬,终于活下来的树,它们会跟她说些什么?它们还记得独立节来这个看烟花的那个亚洲小老头吗?"② 孤独处境是共通的,不分成功者或失败者,不分性别,不分族裔。"利益婚姻"在《烟花冷》中经亚裔群体同样弱势处境的催化,也生出些真情。

《萍聚》并非简单描写老友相聚的故事,而是流转着悲情的分离。轰动一时的商业机密纠纷案终结了武松在美国的事业,若干年后,原本留在中国发展的弟弟武君却成功办理了移民。武松会不会回来?大家都在等待答案。醉意摇晃中,武松似乎出现于"我"眼前:"回家吗?我们一起走吧,我开车可以载你一程。他不作声。我又问了一遍,他还是不作声。我伸手推了

---

① 凌岚:《海中白象》,第76页。
② 同上书,第171页。

推,他抬头一脸茫然地望着我,说:要到哪里去?回哪一个家?无论时间过去多久,我们积累了多少阅历和经验,至少会有一两件事,对我们永远无解"①。至此,我们似乎又看到了那个现实——夹缝中的人,在中美之间移民了两次,武松拥有稳定的家了吗?

《海中白象》对新移民一代的反思是比较深刻的,凌岚小说敏锐地提示:"我们一直都活在时差里。"②

---

① 凌岚:《海中白象》,第290页。
② 同上书,第256页。

第四辑

十年

小说之势

每到年末,我们在回首这一年的海外华文小说的时候,总发现它奉献了惊喜。如同成长期的孩童,隔一段时间不见,人们更能感受其变化。历史的回声和生命的悸动在2009年欧美华文小说中撞击出夺目焰火,文学创作合力成强大的华文之势。

家国之梦

对于海外华文创作者来说,家国之梦沉重而又苍凉。他们将自己连根拔起移植到异国土地上,儒家齐家治国的家国梦伴随人生的困厄、精神的孤寂、文化的阵痛和自我实现的欣喜,它是驻扎在海外华人心中的执念。

家族是张翎小说的重要符号。"温州梦"与"异国梦"构成交错的两岸。《金山》让张翎心中的家国之梦获得拓展和深化。小说以恢宏叙事开启记忆之门,方家三代人在加拿大的求存经历,既锻造了一段华人传奇,又谱写了一曲家族悲歌。张翎检视着历史的年轮，用文字为"长眠在洛基山下的孤独灵魂，完成一趟回乡的旅途"。方得法脸上的刀疤，六指困守的碉楼，凝聚了两份刻骨铭心的现实经验。刀疤是华人为争取异国生存权所付出的代价，碉楼是留守故园的亲人孤独一生的凭证。张翎家国梦的内核始终是情。无论是得法与六指的苦情，锦山与猫眼的奇情，锦河与亨德森太太的畸情，还是锦绣与阿元的憾情，都丝丝入扣，令人嗟叹唏嘘。尤其六指的命运令人慨叹，她耗尽了生命元气等待一张去金山的船票，而当船票来临的时候，她一次次接受了命运的摆布和时代的戏弄。丈夫和儿子终埋骨异乡，让"六指觉得她生命中的男人，都是狮子口中的肉。她和金山死命地夺着她的男人她的儿子，可是她终究夺不过金山"①。作品对残酷现实的逼真再现给予读者强烈的心灵震撼，张翎的叙事风格随着《金山》由温婉典雅转向冷静犀利。

《寄居者》呈现另一种家国之梦。小说记录着被迫流亡的犹太人，企图在上海重组他们被战争打碎的家国梦，而这座冒险家的乐园阻遏其安居乐业的念想。彼得一家的家国梦跟随着他们在欧洲—亚洲—美洲之间的迁徙而辗转，核心就是血统的延续。彼得梦寐以求的美国护照，并不仅仅是他逃脱"终极解决方案"的通关文牒，更是家族传承的救命稻草。同时，小说也平行关注在美国的华人寄居者如何践行家国梦。"唐人街"就是May 父辈的家国梦再造。犹太人或华人都未能逃脱被物化的宿命，他们是某种意义上的"货物"。小说精彩一笔是描写彼得在中国人两支枪口对着他的情况下，依然强硬地要求以收费方式

---

① 张翎：《金山》，第338页。

救治伤员，而他又为了保障个人安全，冷静除掉了有可能知道他秘密的中国清洁工。一个悲凉的事实被揭开了：在危险混乱的年代，两个同样弱势的民族，互相之间竟然是不相干的，在生存面前，谁都是可以被任意践踏的草芥。

民族之义

海外华文小说的发展见证了华人从落叶归根到落地生根间的灵魂蜕变。对中华血缘/亲缘的捍卫和坚守是创作者秉持的民族立场与思想理念。陈河作品，为华人群体认知民族性提供新思路和新阐释。

陈河小说是2009年重要的华文收获。《黑白电影里的城市》《信用河》《无花果树下的欲望》《沙捞越战事》关涉中国、加拿大、阿尔巴尼亚、马来亚丛林，他复杂又惊险的个人经历，为创作建造庞大素材库。《沙捞越战事》是一部独特的战争题材小说，它钩沉和纪念在"二战"中牺牲的默默无名的华裔英雄。小说主人公周天化，如同电影《第一滴血》的Rambo，凭借勇敢、机智、禀赋、忠诚，成为名副其实的"丛林之王"，是英军功勋特工。周天化面对日军、英军、土著、游击队四支武装，从容不迫地传递情报，多次化险为夷，为扭转战局做出重要贡献。我认为，小说重要性并不是再打造出一部《第一滴血》，而是深刻探讨了民族本性及族群关系。中日关系是核心论题。陈河既展现了日本对东南亚的血腥控制和对生命的野蛮摧残，揭开华裔对日本军队的厌恶和仇恨；又精心刻画周天化与日裔渔民的深厚友情，例如他和熊本在战争间隙愉快地击掌喝酒、与香子姑娘的默默传情。在异国土地上，中国人和日本人都是无根的外族，他们背负着被驱逐的共同命运。日本渔民的淳朴善良与日本军队的狠毒凶残在"二战"背景里，形成耐人寻味的对比。小说一处细节透露了日裔美国人对居住国/母国关系的理解。当英国军队招募日裔翻译对抗日军时，日裔一时纠结矛盾，可日本的大藏相却早在1932年就明确告知日裔怎么做："你们出生在加拿大就是加拿大人，而且你们必须忠诚于你们自己的国家。伟大的大和民族精神和武士道要义就是要求每一个人必须死心塌地地去忠实于他自己的国家"①。周天化的抉择同样如此，参战源于反战信念，他信奉自己就是加拿大人。如此民族观的显现，无形中与积淀在中国人潜意识的传统民族观产生强烈冲突。对中国人来说，这确实是一种必须承认的事实允许，可又是一番冷酷的情感背叛。

两性之战

两性关系是海外华文小说的常见议题。2009年，陈谦《望断南飞雁》和虹影《好儿女花》，都以家庭为创作视角，从夫妻间激化的一场场两性大战中，强调女性的价值和尊严。

陪读夫人南雁（《望断南飞雁》）在丈夫沛平收获终身教职之际，决然成为出走的娜拉。年届四十，机械的主妇生活扼杀其对幸福的所有规划，她被强行驯化一整套"从属"和"依附"的为妻哲学。理想/现实的落差反复折磨着南雁，她最终选

---

① 陈河：《沙捞越战事》，《人民文学》2009年第12期，第121页。

择追寻自由和梦想。陈谦将语言锤炼得更为精致细腻,女性不愿始终背负家庭的壳,成为一只在自我实现征途中缓行的蜗牛。小说触及女性真实的心理世界、洒脱的生活态度、执着的人生追求,但还未能有创作题材的创新和人物刻画的突破。

虹影以《好儿女花》在 2009 年年末向男权射出一支利剑。题材的真实和敏感一度喧宾夺主,迎合受众对名人生活的猎奇和窥视。《好儿女花》是从虹影对女性尊严被亵渎的悲愤中开出的花朵,她通过母亲、姐妹和自己的故事,将女性在家庭中对男性卑微屈从的痛苦、无言隐忍的挣扎、放手释然的潇洒,层层揭开。女儿的出生促动她重新廓清个人和母亲的人生轨迹;生父之谜和丈夫之谜促发虹影对女性存在价值的纵深思索。《好儿女花》的语言仍旧透露出虹影作为诗人的敏锐与才情。对母亲和女儿真挚的爱,调动她求真的创作本性,而这正是她从《饥饿的女儿》开始,不断打开人性之门的唯一路径。

文化之辨

"边缘人"从於梨华、白先勇、丛甦、查建英笔下流转进了 21 世纪,而在现今欧美华文小说中,我们愈加觉察其文化使命即将终结,华人已不在文化夹缝中蜷缩和徘徊,而是从容实践文化的跨越和主宰。在 2009 年,中西文化比较依然是欧美华文小说的关注重点,对文化之异的强调早已让位于对文化之同的呼唤。"和而不同"是海外华文创作者对待文化之辨的共同态度。

沙石推出《玻璃房子》,小说特点是作者对西方世界中普通华人的关怀，不是视其为"边缘人"，而是将其放置入美国的主流社会中，甚至在某些时刻，他们可以充当美国人的拯救者。

袁劲梅《老康的哲学》，在老康和戴小观的冲突中，对比这一老一少的人生观和价值观，揭示文化差异是既定存在，不可强行扭转。"和而不同"才是当今海外华人文化观的恰当表达。"明摆着，两条海岸线对不上。对不上的地方就是他们各自守着的那片海岸的特殊之处。"① 袁劲梅用"海岸"意象分析中西文化关系，颇有新意。而悟不透此道理的老康，所信奉的家训——"躲和比"的处世哲学，已然过时。

《CHINA》是一部讲究唯美和浪漫的小说。它通过18世纪一位西方矿物学家魏瀚的中国游记，讲述中国瓷器艺术的灵秀神韵和精妙内涵。陈玉慧用闪烁着"莎剧"神采的小说介绍中西方制瓷的详细过程和赏瓷的美学标准。景德镇的温润静谧、紫禁城的神秘宏伟、青花瓷的典雅含蓄与异国恋情的隽永凄美交汇成一池伤情。卡尔维诺在《看不见的城市》里写道："在路过而不进城的人眼里，城市是一种模样；在困守于城里而不出来的人眼里，她又是另一种模样；人们初次抵达的时候，城市是一种模样，而永远离别的时候，她又是另一种模样。"② 这段文字恰可以用来注解魏瀚的人生。在小说中，澳门、景德镇、紫禁城都是中国的文化名片，魏瀚正是在对城的认识中，一步步接近中国文明的内质。小说在文化层的亮点是比较中西艺术，并表达对中西文明的共同尊重。

---

① 袁劲梅：《老康的哲学》，《人民文学》2009年第12期，第63页。
② ［意大利］伊塔洛·卡尔维诺：《看不见的城市》，张宓译，译林出版社2006年版，第126页。

还有三部小说加入了2009年众声喧哗。《赴宴者》和《红浮萍》，于中国内地首次出版中译本，同时，《海神家族》也跃入读者视野。三部作品，三个有意思的关注点。《赴宴者》通过一位下岗工人紧张刺激的"伪记者"经历，铺展开社会各色人等的写实人生。当下中国的热门话题和热门事件，在这部2006年构思完成的小说中竟然被一网打尽了。严歌苓贯彻一如既往的文学诚恳，揭示人生酸楚与人性复杂。《红浮萍》用时代、政治和人性三个关键词，串联起华人女子"平"的家族史。李彦从三代女性命运的书写中，袒露时代和政治对知识分子联手烙下的精神创伤且肆意纵容的人性扭曲。《海神家族》以妈祖为精神皈依，以寻根为叙事线索，通过三代台湾居民的家族故事，造就了一部失父史诗和乡愁史诗。

需要注意的是，2009年度欧美华文小说在故事性层面反复打磨，但缺少了一些个性独特的人物形象。典型环境中的典型人物，的确老生常谈，但回顾2009年，小说开发了环境典型，却很少精思人物典型。袁枚在《随园诗话》中说"诗虽奇伟而不能操磨入细，未免粗才；诗虽幽俊而不能展拓开张，终窘边幅。"[1] 欧美华文作家应更着力用笔之精，继而延展华文之势。

---

[1] 袁枚：《续诗品注》，郭绍虞辑注，人民文学出版社1963年版，第151页。

小说之镜

在回顾一年的文学实绩时，无论作家归属海外还是大陆，都在努力为中国当代文学留下好的作品。2014年的港台地区暨海外华文小说，仍旧是一面多棱镜，折射出人间世相和人生悲喜。

严歌苓在1月发表了《妈阁是座城》，哈金在12月出版了《背叛指南》，两部扎实的现实主义力作呼应了2014年小说创作的首尾。张翎在3月完成《阵痛》，而严歌苓在7月再次推出《老师好美》。应该说，在2014年，海外华文小说发表与出版的数量虽然不及前几年，但也是新意迭出，作家不仅提供对世界与人之间关系的多维度思考，而且着意筹谋创作转型。

客观分析，当前华文文学研究在作家论与作品论方向具有一定局限性，研究对象过于集中在已成名的"新移民"小说家，而学界对"70后""80后"作家缺乏相应的发现和培育。实际上在港澳台文坛和海外文坛已形成比较稳定的"新生代"创作群体，并出现一批有影响力的作品，需要强调的是，这批"新生代"主力军还应容纳出生于20世纪60年代末的创作者。李翊云、山飒、薛忆沩、董启章、葛亮、骆以军、张惠雯,对海外"新生代"的发掘会是世界华人文学研究的新生长点。

薛忆沩小说积蓄着强大的现实力量。出版于2014年的《空巢》通过描述一位八十岁老人被骗经历和焦灼心理,聚焦一连串新闻热点:养老、诈骗、传销。儿女双全的"我"被迫向原本陌生的群体:邻居老范、推销员小雷、心目中"儿媳"寻求心灵慰藉,甚至连自己一直鄙视的妹妹,也在"空巢"晚年成为重要精神支持。电信诈骗,是对"我"颇为自信的人生的一次羞辱,而亲生儿女的电话倒成为最终催命符。空巢老人,空的是房,空的更是心。"空巢"伴随"我"的青年、中年和晚年,夫妻分居两地和母子分处两国,"我"始终依赖工作和信念填补空巢的精神创痛。薛忆沩以关怀之笔揭示整个"空巢老人"群体最大的悲哀:在生命最后一程,能进入其心灵空间的都只是陌生人。

骆以军《脸之书》非常有趣,一个个小故事定格一张张偶遇的面孔。小说分为"末日之街""砸碎的时光""美少女梦工厂""月光港口""种树的男人""宇宙旋转门的魔术时刻""梦十夜"七个主题,容纳各色人等,他们于都市相遇,从嬉笑怒骂中经历失落与长大。"我们都渴望自己的心声被听见,并且受到重视与爱护,但是这个世界实在太拥挤了。当每个人都争先恐后拉高嗓门儿表达的时候,谁能够或是愿意倾听别人的声音呢……"[①]《脸之书》的意义,就是不断传达别人的声音。作家

---

① 骆以军:《脸之书》,广西师范大学出版社2014年版,第127页。

跃入每一个故事场景，通过对话，留住途人，逼迫他们交出只藏匿于网络空间的真实自我。本雅明说人群是一层帷幕，熟悉的城市如同幽灵般向游荡者招手。骆以军拨开人群，记录下游荡者的"脸"，他们不惜代价又不无悲情地努力闯入都市，正如这部集子中第一个作品的名字，书中写下的都是"感伤的故事"，它们遮掩人性的脆弱，见证现实的庸常。

我们必须注意张惠雯，她的小说涌动着创作纯真和文学诗意。我认为，海外有两位"70后"女作家的作品表现出了独特诗意：山飒小说是古典的诗意；张惠雯小说是现代的诗意。2014年，张惠雯写出《岁暮》，用细腻文字讲述同样细腻的感情，在"新生代"海外华人作家里，她的文学个性是去戏剧性，专注于低调而温暖的日常，这种温柔婉转的力量常常能比撕心裂肺或者魔幻诡谲更直击人心。

"留学生文学"与"新移民文学"的视点曾主要集中在域外生活，小说延续的一个母题是边缘人处境。而随着近年来"新移民"作家频繁"海归"，对当下中国的介入与记述成为新的创作热点。华文文学最扎实的受众群还在中国内地，当前单纯写海外生活的小说已经很难像20世纪90年代作品那样引起读者广泛的兴趣与憧憬，因为对海外的期待可以被迅速换算为一张机票的距离。另一方面，中国故事如果脱离中国现实生活，完全构筑符合西方审美的中国传奇，那么海外华文小说就是束缚自己，主动制造与中国当代文坛的界限。无法加入中国当代文学的发展进程，并与之对话，对海外华文文学实质是一种制约。中国故事的重塑和异域经验的再造是海外华文小说向中国当代文学的回归，就目前创作实绩看，它对文学市场形成了一定冲击。2014年华文小说是中国故事占据绝对优势，而更令人欣喜的是，都市题材成为中国故事的最大亮点。

2009年，严歌苓在《赴宴者》中将笔触转向21世纪中国都市。2014年，《妈阁是座城》与《老师好美》两部长篇，都在继续都市故事，严歌苓从新闻热点中剥离出戏剧性素材。

《妈阁是座城》选择了一个特殊职业：叠马仔；一个特殊环境：赌场；一个特殊群体：赌徒。小说以兼具新闻性和复杂性的"赌城"为背景，结合两大现实赌城：拉斯维加斯与澳门，浓缩为具象化的"妈阁"。人物奔波在不同的城市，每一座城都是真实的，作者的这种处理暗合"城"的主题，以及"城中人"的多样化经历，同时，真的"城市"与假的"妈阁"在审美上形成实/虚参差。在赌的世界，人性的贪婪是放手一搏的原动力，"赌"的巨大诱惑和收获，令人不可自拔地沉溺。这部作品的价值不是用新故事来强化"围城"的困境哲学，而是表达人被情感围困、世俗围困、自我围困的挣扎与痛苦。作者的文学想象挥洒在赌徒生涯的开始，梅晓鸥、卢晋桐、史奇澜和段凯文因不同原因聚集于赌场。但读者仍然不尽兴，这或可归于能被预知的常规结局，应该说，小说对赌徒故事的描绘还是一种常态化思考。

主人公梅晓鸥很少说话，而是借助"短信"来透露其复杂心理。"短信"是梅晓鸥对"城"中"我"的展示、遮蔽或颠覆，从文字中浮现出梅晓鸥的另一重自我，而她对短信的阅读，反成为她对自我多重性的审度与暴露。《老师好美》保留了"短信"这一道具，只是对象被置换为暧昧的师生，心理描写是该小说最重要的艺术路线。作品取材于一个发生在贵阳的真实事件：一场毁灭了三个家庭的师生畸恋。作者淡化新闻事件包裹的暴力与耻，而是构建了丁佳心、邵天一、刘畅的心理世界，由此推测事件的动因、发展与结果。被背叛的单亲母亲、深陷贫穷的天才少年、遭家庭放逐的富家子三个悲剧性人物，以有悖伦常的方式诠释各自命运里的重与轻。这部作品人物塑造的基石是马斯洛需求层次理论，严歌苓设想丁佳心的人生是将女儿与学生视为最重，但她也是有心理需求的独立个体，家庭不完整更加激发她对被保护、被爱、被尊重的渴求，因而她从男学生邵天一和刘畅那里享受着异性的崇拜、依赖与宠爱。邵天一和刘畅，同样是由于家庭的畸变造成性格的缺陷。丁佳心的出现，满足了他们对母爱的需求。为了获得对丁佳心的独属权，两人互相监视、互相攻讦、互相伤害。高考只是一个巧合的时机，它并非两个孩子心理扭曲的根本原因，如果说小说目的是批判高考，我个人觉得比较牵强，人物行为的深层动因是爱的缺失。另外，从《老师好美》里，可以发现严歌苓的一些艺术实验。三种人称迅速转换，作者以"我"走进丁佳心的内心，从老师和母亲的视角来认识刘畅和天一这两个"你"，继而又代表舆论，以"她"来议论"丁老师"的"耻"。丁佳心的自我认知是由自我、两个男孩和社会共同完成的。

　　在新世纪以来的海外华文小说中，历史、家族、女性一直是被反复书写的三个关键词，已经涌现出了太多值得分析的作品。而现今如何将这一"传统"题材写出小说应有新意与重量，是创作者必须思考和推敲的问题。茨威格在《昨日的世界》里说记忆是一种能力，知道如何整理记忆和果断舍弃。情感、成长、世事变迁，只有延展厚度和深度，才能激发出新意。

张翎《阵痛》通过一个家族三代女性的生育经历，再次将历史、家族、女性这三个关键词拟合在一起。小说按照时间线索，依次讲述上官吟春、小桃、宋武生的故事，刻画匍匐在大时代中如草芥般生命的生存之痛和精神之痛。吟春与勤奋，两个名字，两种身份，支撑起一片稳定的精神世界：普通底层女性对各种苦难始终有勇气面对和有气度接受。张翎对亲情题材有一种不自觉的偏爱，展示出极为从容的语言驾驭，她的写作从不缺乏隽永绵密的亲情细节，每部新长篇都会凝聚最动人的亲情片段。小说展现女性最细腻、丰富、坚强的一面，这一特点从亲情视界被培育。《阵痛》里吟春、小桃、武生，三代女人，都在得知怀孕的那一瞬，毅然决定留下不合时宜的孩子。经历了阵痛的生死关头，单亲母亲在养育女儿的过程中，母女之间的爱反而是一种笨拙而躲闪的表达。张翎描绘了潜伏在血缘中的神秘宿命：女儿始终在逃离母亲，但却在自己孕育新生命的艰难时刻，不由自主地急切依附母亲。由此证明，母亲是女儿稳固的精神归宿。张翎的文学语言犀利而准确，无论是对人物的刻画还是对人性的分析，都有牵动读者思考的魅力。

我还想谈及虹影，虽然她之前创作以小说为主，成长、自我、爱、人性，都是她乐于讨论的话题。她更是一位出色的诗人。2014年，她带来一部凝结着优美与哀愁的诗集《我也叫萨朗波》。《帮母亲擦泪》《非法孩子》《我也叫萨朗波》等诗，正是为小说《饥饿的女儿》和《好儿女花》中的母女关系提供了准确阐释。由此也提醒研究者，当前世界华文文学研究在体裁多样性的开拓上相对薄弱，诗歌、散文、戏剧更需要被发现，作家创作的丰富性也需要及时关注。

小说之念

若迅速搜索 2015 年间读过的海外华人小说，从心底跃出的词条，往往都是令人记忆深刻的作品。"年代故事"是属于 2015 年海外华人小说的关键词；古典化已成为海外华人作家明确的艺术要求。

华裔小说

2014 年末有条重要新闻，美国亚马逊年度最佳图书第一名被一位华裔女作家获得，*Everything I Never Told You* 为作者伍绮诗（Celeste Ng）赢得了众多国际粉。不得不说，出版界真是敏锐，2015 年 6 月，中文版《无声告白》发行。我们在阅读过汤婷婷、谭恩美、哈金、李翊云的小说后，又发现了伍绮诗。对于读者而言，每一位华裔作家都展现出独立的艺术个性，这就是阅读制造的快乐和幸运。

小说讲述的是与以往全然不同的移民故事，只关于压抑与自由。莉迪亚是公认的优质女孩，突然死了。家人、同学、邻居都十分震惊，大家得出共同结论：她一定是被谋杀的。随着调查展开，一家人的秘密也随之浮出水面。如果说，作者是通过揭示莉迪亚死亡的真相，解析一个混血女孩真实的情感、需求、理想，不如说是由此事件激发每个人（不分年龄、性别、种族）探索自己的潜能。悲剧成因，并非只是种族（华人）歧视和性别（女性）歧视，而是年轻人一辈子都被要求能满足别人（父母和美国）的期待。詹姆斯竭力摆脱被界定为"异类"的阴影，玛丽琳要证明在任何领域女性都能拔得头筹，内斯和莉迪亚背负父母的怯懦、不甘和野心。我常想，很多作家是一直努力用作品证明人的眼睛或者人的胳膊是好的，但没有说清楚为什么人是好的。"我们终此一生，就是要摆脱他人的期待，找到真正的自己"，《无声告白》主题句举重若轻地提出并解释人类普同性的问题，它满足了一部好作品的根本要素。

家庭教育是《无声告白》的基石，这是当前海外华人作品中较少涉及的题材。沈宁《莲莲和莫妮卡》曾明确以中西教育观对比为主题。与此不同的是，《无声告白》虽是中美组合家庭，但詹姆斯和玛丽琳却不约而同地以中国式"编织针"理念把孩子严密包裹于父母掌控中。莉迪亚以自沉于湖底控诉她的压抑和愤懑，内斯以逃离摆脱父亲施加的"理想"。即使是三兄妹、内斯、莉迪亚和安娜之间，也都是隔绝和陌生的。伍绮诗温情描述了兄妹的两次独处：一次是小时候，内斯带莉迪亚偷溜去湖里游泳；一次是濒临绝望的莉迪亚在哥哥房间仰望到浩瀚星空。寂静时，无声处，两人都瞬时体验到家庭长久封存的自由。内斯和安娜终将莉迪亚放在了心里，"将来发生的每一件事，我都愿意告诉你"。最终，倾诉让人不再孤独。

战争

2015年是中国人民抗日战争暨世界反法西斯战争胜利70周年，战争也成为文学创作的年度热词。在海外华人文学中，陈河于2009年发表的《沙捞越战事》独树一帜，在国籍和种族间如何取舍成为折磨"丛林之王"周天化的痛苦渊薮。阿列克谢耶维奇在其《锌皮娃娃兵》中提及战争让人时刻感受到人总是围着死亡打转。

袁劲梅《疯狂的榛子》是一部值得阅读与品评的作品。它描绘了"战争时代"，战争给予人的最大启示是珍惜"自由地活，自由地爱"。父辈"用艰苦的战争结束了战争，却没有彻底结束暴力"；子辈"走过了一条长长的，对付暴力和暴力后遗症的道路"①。

"疯狂"，可以是战争、时代、人性、爱情，是"浪榛子"B‑25和B‑24J，而南嘉鱼是名副其实的"浪榛子Ⅲ"，她的"疯狂"是离经叛道。小说最大亮点聚焦在《战事信札》，它既是范笳河战时生活的记录、中美友谊的见证，又凝聚着战乱时代的真情。

作品刻画的"战争"有两层含义。一是"二战"，由舒嗳、范笳河的故事来承载，但真实战争经历由第14航空军的马希尔战队来讲述。一是人性，由"青门里"两家人：南诗霞、黄觉

---

① 袁劲梅：《疯狂的榛子》，《人民文学》2015年第11期。

渊/舒嗳、颐希光去主导，回忆抗战与"文革"的受难点滴。范笳河临终写给舒嗳的祭文，承担《战事信札》续篇的文学功能，解开"浪榛子"身世之谜（舒嗳女儿）。宽阔的时空充盈在小说中，"分"与"合"引领叙事节奏。颐、黄、范三家终因血缘聚合在一起。

袁劲梅选择回首"战争"，不论小说主人公的年龄、性别、国籍，读者都能从文字中抽离出一条相似的人生轨迹，即"每一步都是迷失，直到我们找到正确的路"[1]。作者心中正确的路是什么？"地球的轨道只有一条，可以叫正道。"[2] 小说后半部分"浪榛子"的失踪大哥戚道宽和宋辈新的融入稍显叙事累赘，结尾在忠勇亭的家祭也有些程式化，略为刻意地营造一个大团圆。

《护士万红》（单行本出版时更名为《床畔》）也写了一个战争年代理想与现实撕裂的故事。严歌苓选择20世纪70年代的中越边境战争，却不同于《高山下的花环》的叙事视角，而是通过普通女护士在战争与和平时期持续的个人行动，重审个人主义、集体主义、英雄主义，并放置于时间线索中回溯和解读其时代价值与现实意义。万红牺牲个人一切"实体"幸福，如物质之欲、异性之爱、儿女之乐，执着地保护已成植物人的英雄张谷雨。在外人眼中，她的行为近乎偏执；而对她而言，信念不灭才是最真实的幸福。万红一再近乎疯狂地寻找证据来证实张谷雨不是植物人，根本原因在于这正是她确定英雄主义存

---

[1] 袁劲梅：《疯狂的榛子》，《人民文学》2015年第11期。
[2] 同上。

在的方式,也是证实自己人生观正确性确凿无疑的方式。严歌苓通过《护士万红》凝视与反思"英雄"的生命和"英雄"的行为,更是郑重地将英雄主义寄托在万红这个人物身上,等待它在当下的复活和持续。

"70后"

海外"70后"华人作家以不同于其他代际华人作家的"行走"姿态游历中西,向民间寻根。无论在乡村还是都市,平民成为他们投注深切关怀的对象,作品中顺势而下的是自由的情绪和缄默的感伤。

不同于"50后"的苦难和"60后"的质疑,海外"70后"华人作家的作品是节制的。他们习惯从日常叙事中,通过呈现模糊而暧昧的人际关系,逐步描画中国形象。而目前创作较为纯熟的"70后"作家,特别重视从"民族"和"传统"中寻求突破,守护中国文化与艺术,如山飒、葛亮、张惠雯。他们不会执着于将怀乡恋土的"乡愁"情绪直接倾泻笔端,而是在典雅语言中注入中国古典诗词的感时伤怀。从这个意义上说,海外"70后"作家更偏爱传统审美,倒是与"30后"(於梨华、白先勇、丛甦等)达成了某种艺术共识。

张惠雯《旅途》开启疗伤之旅,波士顿—洛杉矶—内华达州,空间与情绪由并行再至交融,行走的意义在于逐步清空心理郁结。若概括其短篇小说集《一瞬的光线、色彩和阴影》的艺术风格,那就是平静的忧伤。《月圆之夜》提到的"对于潜伏在心灵深处的情欲、恶念甚至某些纯真的渴求,我可以尽情猜测，却永远也无法确定"[1] 可被视为这部作品集的思想主线。张惠雯用清丽的文字，反转现代人情感世界的表里。每一个故事都陷入一种情境，作者陪伴读者共同推理行为的动因和事件的结局。纵观她近来的小说，对情绪的表达优于对故事的建构，作品独特性源自平和豁达的文学气度。

葛亮小说有非常明显的个人特质，传统与现代两种题材皆展现出他对自然、绘画、音乐、城市、历史的偏爱。新作《北鸢》充盈浓郁的古典情致，以华丽婉约的语言道尽卢文笙与冯仁桢之间的离情。发表于《人民文学》的《北鸢》（删减版），回到上世纪 20 年代军阀割据时期，将文笙先归置于孩童时代，代之以讲述昭如、昭德姐妹的一段动荡人生，塑造乱世女性的柔顺与坚韧。《北鸢》为柔性叙事，流动着昆曲婉转风流的气韵。与《朱雀》仅以"南京"作为写作地标不同，葛亮在《北鸢》中将"民国"视为历史叙述与文化发掘的主体。无论是文笙的漂泊，还是昭如的沉浮，"民国故事"涌动着绵长的"悲悯情怀"，它既收藏葛亮对人间世情的悲悯，又激起受众对平凡人生的悲悯。与白先勇不同，葛亮没有书写对自我境遇的悲悯，而白先勇在回忆民国风物时则多了一份对个体、对家族的今昔慨叹和生死叩问。

年代

在 2015 年华文小说中，年代故事是写作热点，20 世纪和 21

---

[1] 张惠雯：《一瞬的光线、色彩和阴影》，第 173 页。

世纪的特殊时期都成为创作者确立的时间坐标。

薛忆沩的两个"12月31日",比《空巢》精彩。他是喜欢写城市的作家,十分关注中国当下生活。《1999年12月31日》中叙事迷宫的线头是妻子留书出走,朋友死亡的噩耗、妻子留下的空白成为迷宫的组织。《2009年12月31日》,"X"临时决定回国奔丧,与恋人欢爱、与亲属争产、与同学聚会,依然难以抵消"X"被"家""人"共同"遗弃"的孤独。从创作思想看,无论是《1999年12月31日》还是《2009年12月31日》,薛忆沩都在告诉读者,庸常生活中依然有思想"花园",他从中窥见了无穷"可能",以及"可能"之间的小径。"这样的生活"就是两座"花园"的构造主题。

如果说《死着》是张翎对"何为真实"的思考,那么《流年物语》是她对"怎样叙事"的实践。从内容层面分析,张翎回归其最擅长的年代叙事,梳理20世纪50年代至90年代的序列化核心事件。创作视点在同一个家族的三代人里游走:全崇武—叶知秋—朱静芬,刘年—全力—全知—招娣,思源—欧仁。从技术层面解析,张翎首次用十个具体"物"为主线,组合三段浸透着悲情的人生。有意味的是,每一个物的生命都与一位主人的生命相呼应。河流、瓶子、麻雀、老鼠、钱包、手表、苍鹰、猫、戒指、铅笔盒,个体皆拥有超能力"天眼",它就像"世上编得最细密的筛子,没有哪一样东西能漏得过我的网眼"[①]。十个"物",本质上都是自由洒脱的,它们游走城市,穿梭人海,见证和保护各自主人的伤感、欢乐与耻辱。在流逝

---

① 张翎:《流年物语》,《中国作家》2015年第8期。

的光景里，人性的复杂诡谲遮蔽了真相，只能由没有悲喜的"物"来阐释特殊年代中生命的真实。

不可否认，我们在研究20世纪70年代"留学生文学"的时候，忽略了蒋晓云。今年，中国内地出版了《掉伞天》，作品是对20世纪70年代台湾人故事的再回首。蒋晓云的小说是小格局，但满含绵密的情意。男女的激情、怨情、留情、错情，在《掉伞天》《乐山行》《姻缘路》中被识破，故事包裹"鸳蝴派"的痴嗔怨叹和张爱玲的冷静隽永。《掉伞天》具有典型的现实主义艺术风格，作者笔下波澜不惊的日常，不经意间呵退了世间肆意的浮躁与焦灼。

由此，学界钩沉又引出不能被忽视的、归属张爱玲的《少帅》。它是年代作品，也是实事作品，小说讲述属于张学良与赵四小姐的1925—1930。张爱玲偏嗜历史特有的一种韵味，也就是人生味。小说没有密集出现标志性的巧思与警句，"惨淡经营的伏笔和结构"（《少帅》别册）建构《少帅》的"含蓄"美学。张爱玲对"人"和"世"的傲慢与偏见其实是读者最难以忘怀的。我们能感受到译者一直努力维护张爱玲的文学气质，可文本似乎缺少些扑面而来的思想锐气和艺术新意，平稳已消磨桀骜。

从近年累积的优质作品看，创作者普遍都更擅长"年代叙事"，回到他们熟知的时代、熟稔的人群，小说展现出颇为从容潇洒的创作笔力。现实题材，尤以华人当下的域外生活为创作对象，就趋于情节固化和人物扁平。需要指出的是，陈谦《无穷镜》以"No Evidence"打开了新思路，珊映这一人物设计虽是作者擅长的"科技白领"，但小说创作视角继《爱在无爱的硅谷》《梦断南飞雁》后，完成了有时代意义和生活新质的转向。

小说之谜

2016年台港地区暨海外华文小说的丰饶和有趣主要来自题材创新，我把它的关键词设定为"谜"，在冗杂的细节谜团中，隐藏着创作者对年代、历史、人性等核心问题的个性化表达与阐释。这些谜语，有一个相对集中的设计思路是逃离与寻找，错综复杂的线索铺设于历史、现实、家族的网络，最终被揭示的谜底是人世真心。当然，2016年出版的三个精彩长篇，是归属于2015年的重要文学收获。张翎《流年物语》、袁劲梅《疯狂的榛子》、葛亮《北鸢》以立足于改革开放、抗战、民国的年代叙事，传达生命体验与中国经验。

张翎说："《流年物语》颠覆了我自己对真相的固有概念，使我领悟到，真相的对立面，不一定是谎言，也许仅仅是另外一种真相。"[1] 小说趣味正在于无论是历史之谜、现实之谜还是心灵之谜，各种谜团的构成和解开都在呼应着一种可能，进而

---

[1]《解放日报》采访张翎，https://cul.qq.com/a/20160619/011674.htm。

投影出人生的种种图景,由此也使读者能对人性始终心怀敬畏和期待。

历史之谜

陈河《甲骨时光》是一部"甲骨"密码,虚实相间的故事不仅拨开了"甲骨球"的迷障,而且梳理了殷商历史与文明。这是2016年颇有特色的一部作品。它仍然是围绕"中国故事"主题,却提供了不同的叙事视角和叙事方法,将历史、文化、民族、神话、盗墓、灵异等多种元素融合在一起。沉厚的历史感和鲜活的现代感交互激荡,同时作用于小说的文学性与可读性,令人耳目一新。我认为《甲骨时光》的改名,确实优于原名《三折画》,它如同瞬间打开了时光隧道,让人物与读者共同穿梭于殷商和民国。陈河的写作技巧体现在将历史、年代、国别、宗教等常规性叙事元素依循严肃与通俗两条叙事链组合起来,用推理演绎的方法激发戏剧性。小说以中国文化象征"甲骨文"为叙事基点,合拢远古和民国,"甲骨球"的发现成为整部作品的枢纽。商周,以贞人大犬的写史故事来埋设"甲骨球"来历;民国,通过杨鸣条、蓝宝光、明义士、青木的中外寻宝故事来破解甲骨之谜。相比较而言,商周线叙事稍显冗赘,姬昌与商纣之间的囚禁之恨和杀子之仇,倒可以省略。《甲骨时光》精彩篇章是对"三折画"的破译,中、加、日三方势力齐聚安阳,在由来、解析、论证、实践四个角度详细推算出"甲骨球"准确位置,叙事链完整且灵动。贞人大犬和宛丘巫女,杨鸣条和梅冰枝,两组人物古今对应,喻示从神性到人性的回归。但在实际文学效果上，梅冰枝这个人物与设计初衷还是表现出一定程度的游离，性格略牵强空洞。《甲骨时光》最大意义是对既有写作模式的一次更新，拓展了"中国故事"的题材范畴，不再是单从年代、事件、人物等通识角度切入，而是扎实地设定以文化为突破口，将中国传统文字、中国历史故事、中国文化精神凝练于一个生动故事里，以扎实的中国古典文明建构小说风骨的宏伟气势。

《北鸢》也是2016年重要的历史题材小说，它延续了《朱雀》的创作思路，葛亮仍将中国故事以家族故事来承载，将中国文化以民国文化为场域。"风筝"意象是小说核心，内蕴"命悬一线"与"一线生机"的特殊释义，作者在种种不遂人意的人生中设迷局并解迷局，呈现危机与希望永恒并存的命运。2015年发表于《人民文学》第12期的《北鸢》只节选昭如、昭德姐妹在20世纪20年代十面埋伏的命途遭际。而全本《北鸢》是一部"大制作"，时间横亘军阀割据与抗日战争两处乱世，家族、性别、地域、诗画、曲乐、民俗被放置于"年代"框架之中，以卢、冯两大家族为故事架构，以文笙与仁桢的成长经历为叙事路径，小说道尽大家族的明雅之义与巧丽之情。《北鸢》在艺术设计上体现出一定程度的对称性，"文笙线""仁桢线"就如同葛亮放飞的两只"风筝"，牵引着卢、冯两家的上升和跌落、低回与突围。

现实之谜

海外华人文学一个有意思的创作现象是汉语作品常以书写

异国生活和域外经验为特点，如《又见棕榈》的苦、《芝加哥之死》的痛、《丛林下的冰河》的执、《少女小渔》的忍、《北京人在纽约》的喜，而英语作品更青睐以中国古代、近现代故事为创作蓝本。近年来这一趋势被扭转，越来越多的华文文学创作者致力于"中国故事"写作，特别集中在20世纪40—80年代的历史事件与民间景况，而华裔作家转向对西方故事的开掘和记录。因此，当华文文学再度出现能紧扣和反映他国当下生活的小说时，反而制造出题材新意，它直接冲破了读者对异域生活的思维惯性，即边缘人、隔膜感、他国梦，更重要的是能重构现时理想与现实的鏖战，哪怕是野蛮生长的欲望。"现在时"的华人故事不应该成为盲点或空白，它仍需要具象写照。

张惠雯笔下"新移民"故事格外观照个体的心理世界和情感空间。她写的是一种"现代病"，即"如果你有幸和任何一个生活于幸福模式之家的人深谈，如果你能窥见哪怕一丁点他的内心世界，你几乎都会发现那种无法治愈的、现代的烦闷，那种挥之不去也无所寄托的欠缺与失落"[①]。这几年，我阅读了《水晶孩童》《爱》《垂老别》《两次相遇》《岁暮》《旅途》《十年》《欢乐》后，发现2016年发表的《场景》则是她转向对女性内心探索的作品。一位普通的家庭主妇，虽过着安逸的中产生活，却早已对域外生活心生厌倦，"过去，曾经，她很骄傲，不担心变老，她想如果一个女人坚信她爱的人会一直爱着她，持久而忠诚，就不会害怕老去。现在，她逐渐明白了时间是什

---

① 张惠雯：《关于幸福》，《欢乐》创作谈，http://www.chinawriter.com.cn/n1/2017/0103/c404032-28994265.html?from=timeline&isappinstalled=0。

么，它像一个怪兽的影子，在你身上缓缓爬行、蔓延，从头到脚，直至完全地覆盖住你，把你丢弃在阴暗中"[1]。"她"巧遇了一位从中国内地来美国访问的作家。《场景》倒叙了"她"与作家间爱情的发生、发展与终结。相遇，打破了现有家庭生活的程式，"她"开始留意到了自己苍白生命里涌动的生机。理智是形态各异生活的亲历者和智者，它在最后关头拉住了"她"，协助"她"匆促结束这场爱情。"她"躲进怀念，定格与作家相处时的一个个场景，反复灌注和存寄"她"的真情，"她明白了过去不曾明白的那些滋味：激情、背叛、愧疚、恐惧、时光的无情，遗忘的残忍……你听到冥冥中传来的远方的音乐，你走过去，你经历了、记住了，那里面有刻骨的痛苦，也有生命所能给予你的最大程度的幸福"[2]。

陈谦《无穷镜》和《虎妹孟加拉》视角独特，都蕴含比较稠密的时代意义。《无穷镜》以美国硅谷高科技公司为叙事背景，以华人"新移民"中白领女性为表现对象，珊映、海伦、郭妍、安吉拉四个女性故事互为镜像，每个人的隐秘都因不经意间留下的 Evidence（证据）而被逐渐披露。作者揭示一种具有人类共性的 No Evidence（不留证据）式的本能戒备，人生不由得自己来掌控生活。珊映的创业逐梦以失去家庭为代价，而功成名就的海伦正是她的参照。"我知道，总是对别人的生活提建议很不美国，但我还是想对你说，其实梦想跟日常并不矛盾，我们中国人追求和看重的天伦之乐，是最本质的东西。"[3] 海伦

---

[1] 张惠雯：《场景》，《北京文学·中篇小说月报》2016 年第 3 期。
[2] 同上。
[3] 陈谦：《无穷镜》，《人民文学》2015 年第 1 期。

赢得的成功定位来自"贤妻、良母、好姐妹、出色科学家、杰出的工程师、良师益友"[1]，但无人知道她最渴望是成为小提琴手。陈谦似乎在暗示，正视个体内心，才能真正跳出 No Evidence 的布控，重获自由。

心灵之谜

小说密切地围绕着人、观察着人。李凤群《大风》和薛忆沩《希拉里、密和、我》殊途同归地揭示一个问题：身体逃离是比较简单的行为，而心灵的寻回却是相当困难的过程。这两部作品都不是以故事性见长的小说，由多个人物的心理叙述搭建故事主体，穿插复杂的身份谜团和情感谜团，需要依赖作家引领与读者理解的双向驱动，共同完成自我认知。

《大风》采用的叙事策略是将全部故事交于人物来讲述，因为每个人的思路和角度都有不同，所以铺就小说谜象丛生的事件虚实和路径分岔，应该说，读者必须诚恳地从头至尾仔细阅读才能理清头绪。张长工、张广深、张文亮、张子豪、梅子杰都极力要从"此在"中逃离出来，或因动乱、或因贫穷、或因尊严、或因家庭，可他们奔向"彼岸"途中，又极度惧怕"无根""无祖""无家""无父"的境况，迫不及待地寻根问祖。我认为，张文亮寻根行为的终极目的是为社会卑微者的既有尊严找到依据。可人与故乡之间不再能达成谅解，李凤群把人与故土之间的悲剧性关系推进一层：个人/乡土是互相挂念或互相

---

[1] 陈谦：《无穷镜》，《人民文学》2015 年第 1 期。

遗忘的,当人主动选择漠视和遗忘自己的过去,那么等你想寻回的时候,也终不可得,于是只能把他乡当故乡。"倦鸟总会归巢,而我们却将一去不返。"大风倏忽间起,为张家四代制造出飘忽不定的人生,但也正因为"风",让私生子梅子杰得以"悬在半空中瞧到的东西比在地面上多",可以清晰地审视他乡,审视家族,审视什么是谎言、什么又是真相。

薛忆沩小说《希拉里、密和、我》的故事在蒙特利尔发生,他以三个人物的经历重复提醒读者,血缘、爱情、乡愁是镌刻在生命里"最古老的喜悦和悲伤"。妻子的死、女儿的疏离、与韩国女孩的一次偶遇,使"我"想到可以去溜冰场释放并找回自己。"我"意外结识了两个健康的"病人":希拉里和密和。好奇心驱使"我"渴望获悉她们的秘密。希拉里自困情感之牢,密和纠结身世之谜,而两个谜的破译又逼迫"我"逐渐揭开真正的"移民"动机。"我"自以为窥探的是别人心灵,可实际上"我"被迫直面的是自己。"中国"成为三人故事联结的纽带,它是希拉里畏惧的地方、密和向往的地方、"我"逃离的地方,最终他们都因对"中国故事"的正视和理解而获得心灵救赎。

这个冬天的奇特,并非在异国遇到又失去两个谜一样的女人,《希拉里、密和、我》更大创意体现在探究了新移民"海归"的心路。薛忆沩安排"我"的回乡,思考一个全球化时代的共性问题:"移民最大的神秘之处就是它让移民的人永远都只能过着移民的生活,永远都不可能再回到自己的家。'回家'对移民的人意味着第二次移民"[①]。"我"的归来,与查建英《丛

---

① 薛忆沩:《希拉里、密和、我》,华东师范大学出版社 2016 年版,第 271 页。

林下的冰河》里"我"的回去,形成了相当有价值的对比。前者里的"我"与父亲和解,并尝试与护士长开始国内新生活。后者里的"我"回国后,没有发疯"跳楼",而是跳上飞机回了美国。薛忆沩对"我"的留下作出解释:"我决定回到已面目全非的故乡去。我知道我已经不习惯那里的空气和风气。我知道我已经不习惯那里的喜悦和焦虑。我知道,经过这15年的移民生活,我的故乡已经变成了异乡。或者应该说是我自己已经变成了异客?……在这个'全球化'的大时代,在这个信息共享的大时代,我们都变得无法理解对方了,我们都变得以为是对方变了……"[1]

2016年有一部必须被阅读的作品。白先勇说"人一生的挣扎都蛮值得同情的",Silent Night续写了《孽子》里深陷堕落的"青春鸟"被拯救后的生活。余凡、保罗、乔舅、阿猛,小说没有详述他们的具体生活处境,但作者却以一以贯之的悲悯抒情诉尽他们一生的精神困境。纽约"四十二街收容院"是救赎之所,它给予"边缘人"互相搀扶和互相慰藉的可能。白先勇小说如三十多年前一样,让人心泛涟漪,始终以生命不易、人间有情唤醒读者对一切人事的宽容和怜悯。

海外华人小说有两个方向需要特别被关注。一是通俗文学的发展。今年的通俗小说,在武侠、言情、推理、谍战等方面都已有一定数量的作品储备。比如薛海翔《潜伏在黎明之前》是兼具故事性和技巧性的电视剧作品。薛海翔与影视的缘分,在1998年写作《情感签证》时已有伏笔。作品采用"后设小

---

[1] 薛忆沩:《希拉里、密和、我》,第262页。

说"叙事技巧,围绕着作家"我"创作一个名为《情感签证》的剧本而展开。他不断打破所讲述故事的真实性,对逻辑、理性和秩序重新拆解,记忆和思想碎片的组接使文本生发出黑色幽默的意趣。二是"新生代"作家作品。山飒、李凤群、周洁茹、柳营、张惠雯、葛亮这批"70后"作家,都建立起独立的文学理念和艺术风格。

同时,我想说,年代故事也没有过时,它是有其独特意义的,"每一个时代,在不同的家族历史中都有着各自的甚至是迥异的记忆和诠释,这也是为什么书写同一年代同一事件的文学作品,会有许多个不同的版本。小说能做的,就是尽量真实地呈现一段私人版本的历史"[1]。不同阅历,积累不同经验,再结构不同故事,才能衍生与绽放五彩斑斓的人生和千姿百态的心灵。

---

[1] 张翎:《真相的对立面,不一定是谎言》,https://cul.qq.com/a/20160619/011674.htm。

小说之眼

小说之眼，是文本的最亮点，也是读者与作者以文学为媒介，心灵产生共鸣的精确坐标。2017年海外华文小说的"眼"，我将其概括为"情怀"。如果仅从出版或发表数量上讲，2017年是一轮次的"小年"，但不同地域、不同代际作家的作品，依然展示出当前的文学新意和未来的突破可能。

人·家国

"家国情怀"是海外华文文学绵延的主题，家国记忆、家国情感、家国使命的理念变化埋设于"落地生根"与"落叶归根"间的动态转徙。当前华文小说对"家国"的思考点已实现新的着陆：从海外处境/想象中国的思维范式，转为现时问题/现实中国的思路结构。同时，创作者对"家"的塑造主动规避集体经验的叠加，格外专注独立家庭的遭遇。

著名马华作家戴小华，携纪实文学《忽如归》归来，为家人立传，讲述"历史激流中的一个台湾家庭"的真实经历。作品延续"家国情怀"主题的传统性表达，聚焦于家族信仰与民族大义，"捐躯赴国难，视死忽如归"的爱国之情也是其家族风骨。持续的波动让作者深刻体悟"家"的信念传承，"豁达、淡定、勇敢地面对一切"。离乡之痛与思乡之切源源不断地激发戴小华的文学责任感。"归"是身体和灵魂的双重回归，在"归途"中所有的付出与忍耐都让个人收获了心灵慰藉和生命跃迁。

《光禄坊三号》首先是稠密的地标式"中国故事"，福州的地域性格和文化特色烙在街巷、建筑、饮食、语言之中；其次是"小家"化，即以沈一义为中心，将与之相关的人物结构出一个泛义"家庭"。陈永和在创作谈里称作品为 IDEA 小说，"它的特别在于都有一个很强生命力的想法，整部小说就建构在其之中，包括人物设计、情节走向、结构规划"。"在《光禄坊三号》里，IDEA 就是三份遗嘱。"[1] IDEA 核心更精准解释是"未知"，在这部作品中落实为"协商"与"共谋"，它躲藏于"遗嘱"背后，主导困境的构建与开解。因为沈一义留有遗嘱，与他相关的四个女人被聚拢到"光禄坊三号"。戏剧性迅速积聚在两个点：一是性格迥异的林芬（前妻）、冬梅（夫人）、龚心吕（恋人）、娄开放（崇拜者）即将开始的女人"暗战"；一是遗嘱的终极解密。四条叙事线又扩散为若干网络，缠绕着子辈的爱恨情仇，思维导图式的构思虽缜密但稍显细碎，难免重情节建设而轻人物塑造。

---

[1] 陈永和：《光禄坊三号》，《收获》2017年春卷。

范迁《锦瑟》进一步消解"家",而只突显人。与近年众多跨越不同年代,惊心动魄或者波澜壮阔的"中国故事"相比,这是一部慢节奏的小说。作者把几十年的历史变迁连缀于一个人的平凡生活。革命、爱情、人性,充满戏剧性元素的聚合,并没有撑开一把剑拔弩张的弓,反而耐心下起一盘攻守有度的棋。作品最骇人的细节恐怕也只是处决犯人的一张照片。主人公"他"一生全部的努力"不过完成了普通的生活。"叙述走进一条寻常不过的人生甬道,艾茉莉、阿香、珏儿、恽姐、毕婵,渐次陪伴"他"经历"初起,冒进,迷惑,热情与挫折,获得与丧失"[①]。人性的"恶",都可以跟随时间蓬勃而起又黯然而熄。《锦瑟》深意体现在"你所有的,只是你现时能感受到的一切,喜悦与悲伤,太阳与月光,同时交织成立体的人生。从任何角度看来,我们所经历的人生,不可能是最好的年代,也不可能是最坏的年代"[②]。扑面而来的种种苦难在生命之旅并不驻留,无论意气风发还是困苦委顿,都只是"华年"的寻常遭际。我认为,"他"是一个"方鸿渐"式的知识分子,前进与后退都在被推搡中完成,得到和失去也是基于性格的顺理成章。故事立意源自李商隐《锦瑟》,命途多舛隐身于"白云回望合,青霭入看无"的胸壑之中,"他"的人生要义被凝练为"此情可待成追忆,只是当时已惘然。"范迁着意饮食、建筑、围棋等"中国特色"的精致化书写,文化的典雅与行文的抒情相得益彰。

---

① 范迁:《锦瑟》,《收获》2017年秋季卷。
② 同上。

人·历史

历史是容量无穷大的题材库。"与自然相反,历史充满着事件;在这里,意外事件的发生和无限不可能性之奇迹的出现是如此频繁,以至于说它们是奇迹都听上去有点怪异。但在这里,奇迹频繁发生的原因仅在于,历史过程是人类自发创造并时时打破的,就人是一个行动的存在而言,他是一个开端。"① 历史"事件"与随之出现的"奇迹",为文学制造出素材和想象,并由"人"的行动勾勒出完整脉络。"在最好的现实主义叙事作品中,我们为自己意识到的真实所震动:我们根本想象不到我们翻开下一页时会出现什么样的真相大白,但当它出现后,我们意识到这也是必然的——它抓住了我们历来就了解的,不论是如何朦胧地了解的,经验的真相。"② 《芳华》和《劳燕》在2017年华文小说中热度最高,它们的共同点是作者改走一条历史密道去追索真相。前者审思青春情怀以揭露人性的复杂,后者重构年代情怀以刻画女性的坚韧。

"芳华"时代,"爱浑身满心乱窜",遭遇纯真时,它依然可以纯洁,也可以带着荤腥。郝淑雯、林丁丁、何小曼、萧穗子四个文艺女兵各怀秘密,主题是刘峰与各自的关系。小说从人潮汹涌的王府井切回三十年前的"红楼",逐步解开刘峰"触

---

① [美]汉娜·阿伦特:《过去与未来之间》,王寅丽译,译林出版社2011年版,第162页。
② [美]华莱士·马丁:《当代叙事学》,伍晓明译,北京大学出版社2005年版,第48页。

摸事件"的真相。大家共同记忆里存放着两次"触摸"。第一次，刘峰向林丁丁坦白爱情，正是她破口大喊的那一声"救命"，彻底翻转了刘峰的命运。第二次，他"拔刀相助"的托举，温暖并救赎了何小曼。严歌苓将他审与自审推理出的真相进行对质，"谁又能保证事情原来的模样就是它的真相？""雷锋式"的刘峰反而被来自花样女孩们的精神暴力推下"神坛"，根本原因是她们需要一个参照物，用以重新界定高与低，如果能将原本"高"的人毁灭，那会是最便捷可行的方法。

《劳燕》容纳张翎所付出的扎实田野调查和史料准备。创作初始，是由回忆录、剪报、照片，渐渐在她眼前呈现出战争的另一个版本。《向北方》之后，张翎实施由"轻"（言情）到"重"（历史）的文学转型。《金山》的文史精耕，全面浮现她对历史叙事的新认知和新实践；《阵痛》和《流年物语》突破固有中西交错构架，展示出全新构造：从中国叙事与历史叙事中剥离出"年代"，将其打磨成个人化的年代/人的私语、角力、悲剧美学。她在《劳燕》里更加主动地降低"言情"的语言温度，文本原先绵密婉约的古典美被减弱，而裸呈出粗粝厚实的现实质地。小说转向对战时真相的抽丝剥茧，揭开"中国战场"里"合作"状态下的中国平民与普通美国兵的"二战"经历。"交错"在《劳燕》里不被体现为中西方家族故事的交错，而是转化为人物塑造的一种方法。三个人（比利、伊恩、刘兆虎）、三重身份（斯塔拉、温德、阿燕）、三维时空（未来、现在、过去），揭示命运的交错与性格的交错，巧妙配合《劳燕》中"三"的美学。阿燕又一次生动诠释了女性生命的韧性。无论怎样密不透风的悲剧，她都能"用力踹出一个口子"，这般勇气和执行力也属于六指、芙洛、小灯、吟春。就如程抱一在《游魂归来时》中的诗句:"孤苦女人一无所有却能恢复所有。潮涌下,旱地返春,一岸又一岸酣然开启。"①

人·他国

从某种意义上说,"他国故事"写作是海外华文小说创作的一项使命。白先勇《谪仙记》、严歌苓《少女小渔》、少君《人生自白》、陈河《沙捞越战事》、张惠雯《岁暮》、陈谦《无穷镜》都在不同时间段从不同的观审角度,叙述华人"在他乡"的生存状态和文化接受。"但我已经不会像祖先那样,仰望明月高悬在马前或路旁,好捎话给友人和故乡。我飘落到祖先没有听说过的地方,须活出另一种坚强。"② 《路线图》和《金尘》又写出了久违的"西方故事"的新意。

王芫的语言果敢潇洒,小说集《路线图》展现都市人对生活多样态的理解。"为了维克托"就是父亲邱振峰的动力和借口。事业的挫折、家庭的危机,已是坚硬的真相,但所有的冰冷和恶念却被雪夜突然降临的"圣诞老人"劈开了。桑德斯与邱振峰有着相似的境遇,可他以"圣诞老人"的爱心和童心,真正地拯救了濒临被抛弃的维克托,同时唤醒了邱振峰的善意与真情。《路线图》里的安泊,每一次选择都先精心设计出"路线图",分析利弊、安排进度、权衡得失,最终目的都是为了更

---

① [法] 程抱一:《游魂归来时》,裴程译,人民文学出版社 2015 年版,第 112 页。
② 哈金:《哈金新诗选》,第 179—180 页。

顺利地成为"加拿大人"。然而,安泊与爱莉丝的母女情一次次制造了路线的拐点,理性终究让渡为感性,投机败于亲情。

曾晓文《金尘》的开场是"女蛇头"青姐的隆重出殡,"造孽者"受到众多"偷渡客"的礼遇,是对通识观念的公然挑战,悬念就已调动了阅读的兴趣。"偷渡"是华文文学很少涉及的题材,若从讲故事的角度来看,饱含充沛的戏剧性。作者对偷渡事件是一种常识性描写,但却颇为耐心地分述由"偷渡"而扭曲的各色人生。小说很精彩的落点是尖锐地指出人"逐利"的共性。陶霏抛弃了丈夫、金西背叛了法律、炜煊搁置了艺术,阿芸自愿冒着巨大风险"黑"进美国,青姐十年如一日地坦荡经营"带血"的事业。我觉得,曾晓文以长篇的储备暂时完成了中篇的创作,而这个题材能激发许多社会问题的暴露,很值得深入探讨。

人·自我

黎紫书《余生》是一部直击人性莫测的微型小说集。我特别喜欢《余生》设计的反差:尽管医生三番两次预告老余时日不多,他却惊人地活了很久很久。吊诡源于老余顽劣般的"求生"。《错位》里模范生"他"诚然已遭遇了车祸,而其盘桓内心的"自我"为了不辜负母亲的寄望,不得不附着于逃学的陈小光,继而仪式性地赶赴年终考试。"自我"是无所依傍的,它始终被动处于"错位"状态。每一则故事忽闪着主人公对待世界的狡黠,他们极力遮掩不想为人知的内心世界。保持冷静地理解生活、透彻地了解人,骆以军、薛忆沩、黎紫书,采用了相似的理性处理方法,尽量留白,创造思想回旋,然而人物越陷深思,生命就越发苦涩。黎紫书洞悉被掩藏的一个个自我,却秘而不宣,她始终还是相信人的心底都有一份恒久不变的真善美。

张惠雯的两部小说表现了截然不同的美国"南方故事",但都坚守现代人对生命的尊重、对自我的保护。我甚至想,《我梦中的夏天》里,"我"在寻找汉森农场时遇到的像从《断背山》里走出来的中年男人,是不是成了《暮色温柔》的原型?《我梦中的夏天》依托回忆营造出一种今昔对比的叙事效果。过去相对来说充盈着"美",连忧伤都是充满诗意的温暖,而如今是规则化的、程式化的,在平静中起伏对生活的绝望。《暮色温柔》发生在一对同性恋人的"回乡"旅途。戴维想倾听雅各布与亲人"十五年"隔绝的真相,雅各布想确认他的"出走"原因是否至今仍是故乡收藏的秘密。小说体现非常规范的欧美小说叙事节奏,张惠雯在与笔者的交流中告知,在创作时曾有意识地先用英文叙述一遍再转化为中文,但作品依然保持抒情的绵密纹理。"那是一条南方的乡村土路,路边的风景是荒草、灌木和稀落的农庄,突然中断的、长满荒草的灌溉渠,以及从灌木丛后一闪而过的、浑浊的无名河流。戴维想,那完全不像一个现代的故事,但它似乎又和这里的孤独、荒凉相得益彰。"① 土路、荒草、灌木、农庄、河流,一组"寒"和"瘦"的意象,铺就成萧瑟凄清的、归属于美国南方乡村"别有幽情暗恨生,此时无声胜有声"的意境,铺展开由同性恋、恐惧、谎言、出走、自杀等矛盾性元素组合而成的中(戴维)美(雅各布)故事。

---

① 张惠雯:《暮色温柔》,《长江文艺》2017 年第 10 期。

2017年还有一个引人注目的现象是"科幻热",年轻华裔作家的科幻小说被集中译成中文版在中国内地出版或再版,如特德·姜《降临》、刘宇昆《爱的算法 杀敌算法》《奇点移民》、鲍嘉璐《月球人》、陈致宇《特工袋鼠》。科幻更重要的现实意义体现在文学与科学的对话、文学与时代的对话、文学与世界的对话,相当数量的"70后""80后""90后"华裔作家抱有深邃的"宇宙情怀"。以此推论海外华人文学,年轻作家需要持续地发现,而不同类型的小说需要及时地关注。

小说之新

2018年海外华文小说新意迭出，"新"首先集聚为新力量、新题材、新思路；其次，"新"是三者形成"集合"，激发出作品的新质或新知。"新"的产生基于华文创作者的多年储备，是他们对历史/现实关系的思考—定位—实践。若从宏观视角检视，海外华文小说与中国当代文坛的关系也越发紧密：一方面，它重视及跟进当前中国热点题材；另一方面，它深入探究和持续开发"华文文学"母题。抛开"中国故事"/"他国故事"的分类，我将2018年海外华文小说关键词界定为：改革与个人、都市与乡土、传统与创新。

新创作力量，汇聚成两大群体。一是"80后""90后"华裔作者，他们喜欢将科学和文学有机结合，多元、浩瀚的宇宙思维影响创作视阈及选材。一是蛰伏多年的"70后"，他们已积累了一定数量的作品，在海外经历了较长时间的文学蓄势。固然，我们用"代际"来划定有先验性，淡化着作家的个性特色，并简化文学传统的内在传承，但立足于文本，它还是折射出一些共性的想法。李凤群《大野》和柳营《姐姐》，都是质朴的现实主义小说，作者用相当厚实、绵密的细节，还原了"70后"一代人的生活场景，反思40年改革开放对城镇的干预、对家庭的介入、对女性的重塑。近年来，当"中国故事"已成为海外华文小说的重要题材时，文学创作其实存在一种比较，即它提供着哪些不同的叙事视角和中国经验？我认为，从这两部厚重长篇里，已浮现出一个新的"代际"议题，即"中国故事"从"祖辈""父辈"，转向"我"辈。具体而言，是从仰望"父亲母亲"转向记录"哥哥姐姐"。典型例子是同主题"改革开放"，"刘年"（张翎《流年物语》）与"姐姐"（柳营《姐姐》），恰好展示两代人的不同经历：国企改制和民企创业。中国内地当代小说同样缺少"姐姐"的"中国故事"，改革给父辈制造出命运转机，而"70后"似乎被视为改革红利的享受者，倏忽间就已然长大。因此，追随"70"后的同步成长与同步心路，成为这两部小说的最亮点。

摆脱原生家庭是"70后"城镇女性"出走"的原动力，《大野》和《姐姐》回到20世纪70—90年代的生活现场，揭示可能的路向选择，比如爱情、婚姻、事业，也披露具有时代性的流行符号，比如"黑豹"或"张楚"。李凤群坦陈关怀"70后"的缘由："我总会看见形象和性格都迥异的姑娘并肩走在街上，如此不同，又如此合拍。……时间流逝，我的青春随之消逝了，这些姑娘们也消失了。她们散落在人间的各个地方。我常常想起她们的面容，常常追问：经过这么纷繁的时代，她们的人生，有怎样的经过，后来又达到了哪里？"① 柳营也提及相似的写作初衷："我想要写的《姐姐》，不仅仅是一个姐姐，而是一群普通的女性。她们在旧的城市或者乡村长大，由传统的父辈或者祖辈养大，然后一脚跨入这滚烫的、变迁着的时代里。在旧与新里，在传统与现代里，她们是一群在寻求物质独立的同时，也在突破中寻求精神独立的女性。她们被时代卷入，她们是见证者，也是旁观者，更是勇敢的探寻者。如果社会是个环，每个人都是环环相扣的。每一个环，都是可以照见另一个环的镜子，都有反光。你可以在那个反光里，那面镜子里，看见更为复杂的社会，以及身在其中的你自己。"②

《大野》调动人物心理的不断取舍以追随社会的各种浮动，而并非强化或者营造种种人物命运与历史事件的汇合，从这一点看，它跳脱开了"中国故事"常见的叙事套路。《大野》关怀普通家庭的城镇少女屡次"从一种生活走向另一种生活"，就在不断地追索与压抑里踩踏出不同的发展路径，夯实了自我肯定与自我否定的互相迁就、互相撕扯、互相压制。大众化的人物构思，先期排除了极端情境和特殊人群，以纯粹素朴牵引读者的情绪呼应。《姐姐》在主题、人物、环境、风物上，都是年代感的审美、事件、史实的高度吻合，以一个人的"变"带动一个镇的"变"。姐姐与故乡的关系如同地球的自转和公转，姐姐的自转制造了白天和黑夜，她围绕湖镇的公转，带来了一年四季。时间就在这样流逝，姐姐是实践者、王汉是旁观者，"馄

---

① 李凤群：《大野》，第 397 页。
② 《新京报》专访，https://baijiahao.baidu.com/s?id=1645469176523442917&wfr=spider&for=pc。

饨铺"是饱含象征意义的"树洞",四十年间,在这里传递着父母兄弟各自秘密的私藏和分享,实现了两代人的和解。

新力量同时关注乡村和都市。《沉默的母亲》《寻找少红》《交流电》《转盘》这四部小说背景虽是中西视野下的美国城市或中国乡土,但表达着"命运共同体"层面的人性悲悯与质疑。麦克尤恩在今年10月的中国演讲中,谈论人工智能时代文学的重要性,"只有小说能呈现给我们流动在自我的隐秘内心中的思维与情感,那种通过他人的眼睛看世界的感觉"[1]。张惠雯小说多发生在"都市",她会以第一人称去"代入式"解读"新移民"真实心绪,故事衡量不同人思想之间的关系,考察它们与容纳它们的社会之间的关系,而她最有力的创作变化,体现在迅速迸发出人物的"行动"。"少红"是二爷在凄苦一生中珍藏的自制"美梦","以至于他自己也信以为真,只是没想到我真的会去寻找少红"[2]。

当前"新移民文学"的中西双重审视,其更重要价值是"新移民文学"从"他者"(西方)反观"我者"(中国)的思考惯性被打破,而转换为"我者"(华人新移民)观审"他者"(西方本土)的思路。《在南方》《罂粟,或者加州罂粟》《被囚禁的果实》《离岸流》,都是对"他国故事"主题的拓展,即作品沉潜入都市及都市文化、作者分析移民"逐梦之后"的精神困境。张惠雯将"在他乡"书写放置于"现时之梦",物质富足的中产女性,受制于烦琐的生活细节,她们试图以自由之名

---

[1] 麦克尤恩人民大学演讲:"如果有一天人造人写出了小说", http://www.chinawriter.com.cn/n1/2018/1027/c403994-30366020.html?from=timeline&isappinstalled=0。
[2] 张惠雯:《寻找少红》,载《飞鸟和池鱼》,第47页。

的匕首划破家庭"围城"。责任始终是横亘于心灵的枷锁,于是主人公只能在回忆或倾诉中,享受精神的短暂愉悦与松弛。《在南方》是她从"新移民"的视角探询人类的处境,"去国籍化"地平视着蛰伏在女性心底的激进与保守。二湘小说具有充沛的现实性、话题度和想象力。《罂粟,或者加州罂粟》融合了移民、阿富汗战争、难民、战后创伤、死亡、孪生兄弟等元素,每一项都足够撑起宏阔的故事空间。她同样不是着眼在新移民个人奋斗史,而是以越南华裔士兵阮大卫的自戕,反省"人生最黑暗最残酷的记忆会给一个人带来多大的影响呢?"《被囚禁的果实》发生于东京,它戳穿盘桓在一位华人"作家"心中的种种私念。亦夫以血缘之谜和情爱之谜勾勒出东京的家庭形态、人际关系、都市阶层。罗文辉(井上正雄)将暗恋岳母惠子的"耻"感囚禁于心,接受与逃避的情绪波动不断制造灵肉分裂。《离岸流》依然是新移民对"选择"的解答,它通过红雨被打劫而招致流产的经历,揭示"荒凉肮脏"也是城市的一部分。同时,凌岚再次论证"接受"的命题,对于他国,"新移民"已不会因"隔膜"而"排斥","我们来美国时,谁也没有教过我们任何事啊","洛杉矶是一个海洋""我至今不会游泳"。[①]

新思路是越来越多创作者探讨"扎根"后的家庭问题与社会难题。20世纪80年代"新移民"的"二代"已成长起来,同时,大陆小留学生群体十分庞大,他们坦陈与之前两代"留学生"(20世纪50年代和20世纪80年代)全然不同的期望和梦想。"代际"是一个具有明确"问题意识"的切入点。迥异

[①] 凌岚:《离岸流》,《青年文学》2018年第4期。

于"名校梦"的纪实"鸡汤",《虎妹孟加拉》(陈谦)、《不一样的太阳》(刘瑛)、《啊,加拿大》(王芫)、《藤校逐梦》(黄宗之、朱雪梅)等作品不是摆出中西教育不同的事实,而是阐释基础性论题:"我们如何做父母,我们要给孩子什么样的教育"。伍绮诗的畅销新作《小小小小的火》,其焦点为美国家庭的"代际",它延续《无声告白》的主题:"我们终此一生,就是要摆脱他人的期待,找到真正的自己。"然而,作者的观察对象已发生了从子辈到母辈的平移:理查德太太"本人是那只冲破笼子飞向自由的小鸟,还是小鸟的笼子?"

张翎与陈河,也调整着思路,分别用《胭脂》和《碉堡》回归其初始最擅长的题材。两位作家都太会写故事,对技术的用心反而容易被忽略。在《胭脂》和《外苏河之战》中,他们都采用了"人物由主观角度轮流叙述"①。《胭脂》讲究构思,作者在全篇布局回环与反转。它是一个环形结构,由"画"始由"画"终,张翎从起点陈情具象的真与假:"胭脂"的真情与"黄仁宽"的躲闪;在上篇结尾埋设抽象的真假:黄仁宽留给胭脂的"画"。同时,"胭脂"(外婆)传奇在上篇由她自己倒叙,在中篇和下篇被扣扣(神推)不断补叙,三部分合拢才是其生命整体。小说又开启了对话系统,在上、中、下篇中,对话无处不在,不同人物(胭脂、黄仁宽、扣扣、土豪、神推)轮流担任第一人称"我",讲述各自掌握的"胭脂"版本。相异故事的互补与撞击,不断推翻对"胭脂"的认识、不断推展对真相的刨根问底。《碉堡》密布着隐喻。"碉堡"是具有多重

---

① 陈河:《外苏河之战》,《当代》2018年第6期。

指涉的意象，保留着它的基础功能性：监视、防御。自然，我们也不难联想到它的隐喻，即坚硬的壁垒，碉堡依然是一道自我保护的屏障，存在于国与国之间、家与家之间、人与人之间、意识与潜意识之间。我还想指出"碉堡"在这部作品中的一层特殊意义，它成为故乡和异乡在时空变换间保持互通的唯一途径。

同样，黄锦树和黎紫书也都是注重思辨与技巧的创作者。黄锦树"借用绘画的作法把雨标识为作品一号、作品二号、作品三号……至作品八号，在小画幅的有限空间和有限元素内，做变奏、分岔、断裂、延续。"[①] 文本巧妙结合了蒙德里安与康定斯基的绘画理念，虽然小说基调因迁延的"雨"而"冷"，但是《雨》并非全然由蒙德里安的几何式"冷抽象"构图，而是取材康定斯基的"热抽象"组合，显现为"相似元素的不寻常密集堆叠"[②]。《雨》系列的构思就像先用直线和横线结构出"胶林"深处的简约平衡：由父母兄妹组成稳定家庭，再用点、线、面的细节交错，如谎言、背叛、死亡、战争，打破平衡，直到"作品五号"，被拆成碎片的内忧外患，错落折叠后再次显形，最终由"作品八号"建构出地域（马来西亚）与汉语相融合的独特抒情。黄锦树写作似"飞鸟在那古树的最高处俯视人间烟火"，目睹生死往复循环，让记忆里的故乡不断"重生"。

还有两部小说分别以武侠与战争的途径通往历史。张北海《侠隐》以"卢沟桥事变"前夕为背景，张扬根植于北平民间

---

① ［马来西亚］黄锦树：《雨》，四川人民出版社 2018 年版，第 9 页。
② 同上书，第 216 页。

的侠义和气节。作品基点是中国武侠小说"复仇"母题,作者将传统与现代、日常与传奇的主题揉入环境描写、动作描写、语言描写,在汉语游走中触摸城市肌理。北平的风物风情接纳文学的浸润,这是很独特的文化感受和阅读体验,没有奇幻斑斓的武侠江湖,却有大气磅礴的京华烟云。现代感落实于人物,李天然和关巧红已非王度庐笔下的李慕白与俞秀莲,他们赫然具备自由活泼的爱情、勇敢洒脱的信念。《外苏河之战》坐标越南,陈河运用现实与历史交错的方法,借美国华人的家族式"寻根",开展对一段隐秘战史的寻访,以现实主义笔法,写战争中的人性。小说诚然有题材的独特、命运的跌宕,但我觉得其特点是在饱满的革命英雄主义中涌动着诗意,而这诗意是由昂扬、坚韧的正能量聚合成的发光体,这是海外华文小说中"中国故事"一大特色,这是海外华文写作者的一种特质。《外苏河之战》的文本张力诞生在"解密"过程中——读者对结果的偶然与必然的理性推演。赵淮海、库小媛、甄闻达看似不理智的行为,或参战或恋爱或死亡,由倒叙、插叙、补叙的方法进行不断交叠,若论证其成因,皆非匆促出现,而源发自人物的本性。战争无法包容"理想化",但写战争,陈河小说不是聚焦过程的酷烈,而是发现人性的温暖。

欧华作家余泽民在访谈中曾说"从事纯文学翻译的,绝对是与作家相提并论的一类人,是翻译领域的艺术家、思想者、苦行僧或极限运动员,文学的盗火者"[1]。山飒《巴黎圣母院》和余泽民《鹿》是两部优美译作。翻译,就如用汉语解题,在

---

[1] https://www.douban.com/note/665156126/?from=author&_i=1517444w3L48zB。

试探、转化与肯定中，达成文化的理解。两位译者都是中欧文化交流使者，余泽民向汉语世界的读者持续推介匈牙利文学大家凯尔泰斯、马洛伊、艾斯特哈兹、巴尔提斯、克拉斯诺霍尔卡伊、萨博，而山飒深耕"中国故事"的中国传统文化向度，小说《围棋少女》《柳的四生》《裸琴》取材中国古代史和近代史，精致化地构筑"琴棋书画"的文化内核。

　　文学的重要在于它能唤醒人暂放于心里的某类记忆，调动人情感的某种共鸣。创作不需要由"作家摆出一副孤独、忧伤，又具有文化敏感性的表情"[1]。应该说，海外华文小说中有些作品会显得太满，时空宏大、线索复杂、元素繁多，作者实际难以兼顾，也无法深挖。有选择性、有针对性的扎实书写，更利于构建稳定有序的内在秩序。而在故事之上，技术的精进也是值得思索的问题，比如语言的锤炼就是作家必须重视的。

---

[1] ［以色列］阿摩司·奥兹：《咏叹生死》，钟志清译，浙江文艺出版社 2010 年版，第 34 页。

小说之力

2019年海外华文小说在平静中酝酿着新变。所谓平静，是指没有出现现象级"长篇"话题，但新变，是明确且扎实的。若从形式与内容进行概述：首先，今年储备着一批精彩"短篇"；其次，贴近当下现实的"他国故事"重为亮点；最后，不同"身份共同体"作者注重对教育伦理、文学伦理的深度思考。

不难发现，作家主动慢下来，聚合现时、地域、文化、人物再次布局，探索真实性、情感性、思想性的深厚度与表现力，重新定位归属海外华文小说的特质及优势。

2019年是海外华文长篇小说的"小年"，年度首发作品不多，出版的单行本中多为往年已发表于各大文学期刊的佳作，如《大野》《姐姐》《锦瑟》。但短篇小说数量激增，文本质量较高，例如张惠雯《二人世界》《雪从南方来》《天使》《劝导》、柳营《旋转的木马》《卦》、李凤群《路》、黄锦树《迟到的青年》、陈永和《铃子小姨》、曾晓文《鸟巢动迁》、凌岚《鹦鹉螺》、哈南《诺言》、王梆《女巫和猫》、沙石《人间四月雪》、陆慰青《课业》。华文短篇展演着人性的微火,泯除了道义的预设。

张惠雯专注短篇小说创作,今年刊发了六部作品,她越发以洗练且诗意的语言讲述日常。《二人世界》是从自身经验对女性心理坚硬度与柔韧性的全力探测,她通过为母为妻的琐碎细节罗列,提醒女性去正视、去取舍、去接纳,在理解自己后重塑自己。我想讨论张惠雯小说"中国故事"和"他国故事"的关系,两者并非平行或交错,而是嵌套,保持他者(他国)视阈的反观。作者以间离立场关注当下,不回望历史现场,也很少取材于个人亲历或熟知的青少年时期,叙事攀缘人物的情感折线,没有悲怆、痛苦、拯救等宏大理念加持。《天使》可以与《两次相遇》《梦中的夏天》对照阅读,情节拥有共同点——男主人公期待并践行与昔日恋人(暗恋对象)重遇。小说的艺术质感浮现于情愫追随约期临近而肆意蛊惑和推搡心绪。三部作品都环绕"物是人非"的议题,但不再见(《两次相遇》)——不敢再见(《梦中的夏天》)——接受再见(《天使》)的动态变化,折射出作者对现实的包容和达观。"我"心中、梦中"天使"的美好不会被世俗亵渎。《天使》不是感伤"美"的现在破灭,而是肯定"美"的曾经存在。我认为张惠雯创作的成熟度落实于叙事节奏的处理,她可以在慢速和轻盈的讲述中控制住情感驻留,提示阅读者屡次折返某个人物或某处细节。

《旋转的木马》《诺言》是两个"走心"的文本。柳营出人意料地将母亲之恶埋设为痛苦之源,于是《姐姐》中亲厚的母女情,在《木马》里反转为恩将仇报的"暗黑"。"木马"一直凝聚着"我"残存的母爱记忆,母亲王秋梅归来后,无休止地利用与榨取"我"对她的不舍。"我"终决定不再软弱,坚决迎击。遭遇背叛和欺骗,"我"依旧相信世间真情,为孩子重建"旋转木马"。"诺言"由心理描写开启并维系,坚守和放弃皆需要心理建设。球场偶遇促成"我"与伊藤之间的诺言,它化身为"我的生物钟的某一时刻",哈南巧妙地将其设定为"我们似乎都在用恰如其分的缄默去恪守它,生怕变更它的形态"。两周后,"诺言"必须终结,伊藤结婚使它从妙不可言的期待转化为急于摆脱的包袱。

《路》和《铃子小姨》精准击中和解释人心复杂。一场暴雨澄清了"青春的轮廓",《路》关怀由"家庭"制造的"问题少年"。李凤群用虚实交错的方法展示老金和少年的心理博弈,雨势、灯光、对话、动作、情感五组力量在强弱上激荡回应。失爱是叛逆的动因,已破碎的家庭不能再令其复还完满,少年从侧身到仰卧的睡姿变化,喻示着他已放弃将个人恨意扩散至世界。辰和母亲铃子一同实施完美的死亡,火达成了身体的毁灭与信念的重生。"我"借助一本书和一幅画的讯息补叙出铃子刻意隐藏的法国十年浪漫史。铃子的死是一个谜,悬念推动性格的葱茏棱角从月圆花好中探出,恰当的留白显示控制力,掌控故事主次得当、强弱分明,陈永和还是沿用书信揭晓谜底。《铃子小姨》有一场别致的心灵对话,辰在"我"探视时,将"我"梳妆为"铃子",刹那"我"与镜中"铃子"心意相通,灵异般的秘道突然铺就,成全"我"在靠近铃子的过程中体认自己。

"幻"是《迟到的青年》和《女巫和猫》的文学气质。《迟到的青年》延续黄锦树作品的"潮湿"与变奏,他继续铺设悬念、迷幻、绮丽的语境,成长之快与死亡之慢打造出博尔赫斯式人物:"他"在反复"被弃"中,野蛮生长和自由闯荡。"迟到"虽屡屡拖慢其死期,可一次诡异的幸运实则源于一轮新的"被弃"。我觉得小说的深意体现在"他"被世界持续遗弃,同时又不断地由人为"机械式"再造,人生被循环地拼凑叠加为万花筒状的繁复与神秘,以至于再也无法剥离出本来面目。《女巫和猫》质地科幻,王梆讲究色彩、光线、构图结构的画面感与镜头感。从隔离区进入开放区,女孩化身为女巫,小炭变形为全息猫 DD。干旱和暴雨轮番击打世界,人的记忆会被技术清除,但情感难以彻底归零,女巫本能地亲近 DD,因为 DD(小炭)的生命来自外婆爱的赐予。

《鸟巢动迁》和《人间四月雪》都是以父子情为描绘重心的现实主义作品。前者埋设隐喻,将鸟巢搬迁与亲情修复结合为明暗双线。生存权高于一切利益的价值认同,敦促父亲重新检视父子关系和生死态度。后者承续交融文化隔膜和家庭问题的写作范式,误解—沟通—理解是小说主线。作品绷住紧迫感,被困雪山、与狼同行的父子,原本关系紧张且此刻处境紧张,一触即发的危机容不得钟老汉坦白个人所求,他在时刻准备为儿子牺牲自己。

"他国故事"是 2019 年海外华文小说的热点,其基本叙事要素仍是他国(空间)、当下(时间)、新移民(人),如虹影《燕燕的罗马婚礼》、二湘《暗涌》、黑孩《惠比寿花园广场》、方丽娜《夜蝴蝶》。作品的地域及视域虽互有差异,但都兼容既有生活的解体和重组,由黯然失色——焕然一新的对比实现矛盾解决。我想，对于地域性与个体性的倚重，当前海外华文小说的构思策略该是在地域性基础上打磨个体性，海外华文文学创作的进一步发展是研究各国文化，而不是取用一体化的域外文化概念。

准确说，《燕燕的罗马婚礼》发生于而非产生于罗马，城与人贴合，平行时空里的重庆/罗马由燕燕产生"纠缠"。相似年龄、背景、阅历的燕燕与露露，在凝重且率性的罗马，因王伦而结识。精神/物质叠加女性人物，重庆/罗马叠加故事，小说展现两个新质。第一，影像与现实互证"他国"。虹影将费里尼的电影和燕燕探访的实地比照呼应，同时《罗马假日》的童话与燕燕的夺爱颇有意味地成就一段"前世今生"模式的戏剧性接续。虹影说，"罗马不再是一座城，而是一个人，有血有肉，有悲叹有喜悦，有高潮有低落。他信心百倍，又勇气无限，像歌剧里的咏叹调。"[①] 据此立论，我认为燕燕和罗马在精神层面重叠在一起。第二，"山""水"隐喻阐释故土和人的关系。重庆是山城，是原乡，燕燕、露露还有虹影，都会回去。"水"是长江，它鼓励各种形式对自由的追求。作者"把心灵深处秘不可宣的那部分，用文字的形式呈现出来，通过江水贯通历史、现实和未来，去创造一个使之相遇的四维空间"[②]。两个女孩梯山架壑的求存，在罗马收获依心像意的圆满。

《暗涌》是一部跨越亚洲、美洲、非洲的大制作，所谓"大"，不是于时间累积，而是向空间开放。时间的关键词是

---

① ［英］虹影：《罗马》，重庆出版社 2019 年版，第 324 页。
② 同上书，第 312 页。

年代或家族，历经几十年、几代人，纵向地讲述今昔之比、灵肉之争；空间的关键词是国籍或地域，横向对比人类的极端遭遇与心理困境。《暗涌》创作难度在空间调度，作者需要先期将"贵林"放置于结构中心，通过思维导图式构架，厘清他与地域的关系、相关人物与地域的关系，更待解决的是要以隐线埋设各区域之间的联系。二湘作品铺展留学生走出校门后，由学生群体到中产阶层的个人发展史，从内容上补叙着"留学故事"，从对象上拓展了"移民故事"，特别是对现时"新移民"奋斗者的刻画。孤岛寂寞、夹缝呐喊，都不再是她着力的处境和心境，贵林们已无暇陈述问题，而要迅速解决问题。

《惠比寿花园广场》立足东亚，黑孩采取了事无巨细的"私小说"写作方式，高精度还原在日本"永居"的一对中韩情侣的相恋与相撕，剖析中、日、韩相似人伦情境促成的亲密与仇视。金钱危机一遍遍强化二人世界的裂纹，生动地揭示恶念和谎言一直潜伏于甜言蜜语，利益定然嘲弄既定原则。我们在没有文化使命干预的情况下原谅背叛，显性效果还是将自我从无休止的情义拉锯中解救出来，而他人的恶并不会因被宽宥而羞愧消遁。小说对欺和瞒的揭露途径是将韩子煊的预谋，即时给予各个击破，秋子对贪婪虚伪的念想即刻迎头痛击。衣食住行都是一块块碎片，一旦它们被拼合成整体，那么真相缝隙里的残酷与荒诞也被和盘托出。黑孩的观审视角自由地穿插于"亲历者"和"旁观者"，她坦陈无所谓丑陋的哪国人，世人都有丑陋，秋子与韩子煊的速食恋情，揭晓"爱是悲切的，悲是深沉的，爱和忧伤一样完美，一样可以放之四海"①。我认为这是一部难得的不用标榜女性立场的女性书写，秋子睥睨男性的强硬与妥协，以断舍离冲破两性和谐的镜花水月。

欧洲华人"闯世界"经历在方丽娜小说集《夜蝴蝶》中汇聚。《蝴蝶坊》悲悯挣扎在城市底层的女性，她们周旋应酬各色男性，欧洲对于其而言，希望与灾祸都是未知。《魔笛》透露青春期男孩的情感萌动，在师生恋与异国恋中阐释爱和责任。二十年后，麦戈文回国探亲，老师桑雅已患精神分裂症，她因不堪误解而完全自我封闭，只记住将麦戈文的秘恋守口如瓶。"魔笛"也是莫扎特最后一部歌剧，小说《魔笛》与莫扎特《魔笛》实际具有同步性的情感演进，歌剧里王子塔米诺与公主帕米娜终成眷属，第一幕中一段经典二重唱就以《知道爱情的男人》命名，麦戈文决意以无保留的爱砍碎桑雅内心的冰海。

当世界华文小说致力于中西文化比较时，家庭伦理是常规的、重要的切入点，它与教育观一度捆绑在一起。2019年有四部"灰色"中篇：陈谦《哈蜜的废墟》、二湘《母亲节的礼物》、凌岚《桃花的石头》、黑孩《百分百的痛》，颇为一致地探讨同一个论题，即摇摆不定的母女关系，但共同挖掘出触目惊心的人性恶，阴谋、报复、欺诈、利用交替出场，废墟、礼物、石头是别开生面的亲情斗法的精神图腾，时刻激活百分百的心灵之痛。需要指出的是，前三篇小说披露代际矛盾衍生的"痛"，而第四篇名为"痛"，实则雕琢深入肺腑的爱。

越来越多孩子"被"留学，其显现出与之前两代"留学

---

① 黑孩：《惠比寿花园广场》，《收获》2019年第6期。

生"（20世纪50年代和20世纪80年代）全然不同的知识储备与个性表现。感觉的过程是由物质向心理内化的过程，"格式塔"心理学派的"同构"提出心理现象是一种"场"效应，必须借助源发于主客体需求的力的推动而实现，这两种力杂糅并回旋于代际，继而在场内产生应力及应变效应，引发心理变化，促发相关行为。《哈蜜的废墟》由代际间的应力和应变推导出行动，将陈谦在《虎妹孟加拉》中业已启动的对新一代留学生精神世界的探索，又推向深层。哈蜜一家谜团重重，哈妈的密集布控和严防死守是抵御更是进攻。中国母亲摆出的一致论调"都是为了你好"，成为抽取孩子所有自由、梦想和欲望的最恰如其分的理由。"我"认定哈妈对哈蜜管教行为失当，正因为她习惯以"为你好"施行道德捆绑。哈老补充了畸形母女关系的根源环节，他是悲剧肇事者，但令人惊诧晚年的他，驯顺承受慢性被杀。小说种种翻转设计意味深长，苛求平等的"我"变成新的"哈妈"，善良柔顺的哈蜜实为施行罪恶的凶手，神经质的哈妈原是性暴力的受害者，受虐的哈爸才是全部苦难的罪魁祸首。失母失父后，哈蜜获得了自由，但作品也同时暗示：死亡也能让父母得以解脱。

　　《沉默的母亲》和《桃花的石头》题材相似，都以新移民"二代"为写作对象，挑选"母亲节"为起点。十七岁的珍妮向母亲抛出了怀孕消息后，周瑷琦迅速地与医生、与前夫、与自己的过去恢复联系。她开始排查女儿成长轨迹上的蛛丝马迹，质问自己：她究竟是不是女儿口中的控制狂。当瑷琦必须安置棘手的孩子时，她无意中引爆出珍妮的身世秘密。放下执念、放过自己，是与女儿、与命运、与世界的和解。桃花的母亲叶曦极为强势,她将任何取舍和行为都标明有用性与实用性。但桃花,"在她的意识和潜意识里反复掂量,拷问,追逐,成为她的道路,梦魇和源泉"。"无儿无女无母亲"是最受新移民"二代"喜爱的生存格局,"石头"是约束,"回声"是自在,桃花虽踢出了那块"石头",但她既无机会也不敢说出真实想法,"从来都是妈妈说话她听着。在妈妈面前,她永远是一个没有自主的存在"。《桃花的石头》抒发的母女关系真实又悲情,子辈压抑真我的目的是怕伤害着母辈一丁点儿,而母亲放弃自己、放手一搏的目的都是希望孩子永远顺风顺水。

"80后"美国华裔作家王苇柯的畅销小说 CHEMISTRY,也是从新移民二代群体,对同样问题提供另一种解释。父母的永恒理由——"我为你好""你最好";"我"的永远回答——"我会尽力加油工作""对不起""好的"。即使"我"无比厌恶做一只"绵羊",极度渴望化为一只"蜘蛛",可"我"找不到"我"的甲壳。小说中引用 J. K. 罗琳在哈佛大学 2008 年毕业典礼上的演讲:"责怪父母掌握方向盘,给你带错了路,这理由可是有时效性的。一旦换你自己开车了,你就得承担全责"[1]。如果反思"我",那么父母的干涉其实是借口,更深层原因是"我"自己对独立没有做好准备。

诚然乡土、历史、成长仍是"中国故事"的核心视点,但创作者介入的路径与方法都呈现出新变化。《廊桥夜话》《爱犬颗韧》《长河逐日》《我和我的东瀛物语》《微云衰草》《故国宫卷》,居于唐宋明清、浙江、西藏、马来、日本等截然不同的时

---

[1] Weike Wang, *Chemistry*, New York: Alfred A. Knopf, 2017, p. 63.

空域，但聚焦文本价值，历史现场在被发现、传统文化在被研究。小说确实书写历史之变中的躁动不安和成长之变里的落落寡合，然而此次钻入历史与文化的人文关怀，不是飘忽的、死灰的、个人的，它因切实可感而抵达共情。

农村是张翎很少涉及的创作题材，她在《廊桥夜话》里，思考着造成贫困的原因和结果，转达浙南乡村在"变"与"不变"中传承的悲凉和诗意。"廊桥"既是中心地标，又是核心意象。它具备空间性，连缀起历史、现时和未来，又沟通杨家与村外，见证并包容婆媳两人，一次次地"来""逃"和"返"。"廊桥"蕴含时间性，它承载传统又容纳现代，白天的廊桥，目睹着乡村的新变；夜晚的廊桥，遍历着乡村的旧事。"夜里的廊桥"更是颇有深意，从形态看，它依然保有源于史的苍凉及敬畏；从内质看，廊桥切实安抚村里人对现代化不断逼近的焦虑，调动游子对故乡的回忆和感情。通电，是五进士村步入现代化的重要节点，它成就的第一片光明，是廊桥率先目睹的。光，暴露了廊桥的纹理和姿态，它在任何"变"的面前，保持不悲不喜。需要强调的是，"故乡以外都是他乡"命题，与薛忆沩的"二次移民"论点，具有一定的同质性，两者结合，提供诠释新世纪家国情怀的新角度。

融汇动物、人、年代等元素的《爱犬颗韧》被收录进严歌苓新作《穗子的动物园》，作者再次强调普同性的平等和尊重，为"中国故事"的年代叙事提供了生动的、小切口的范例。颗韧凝聚着文工团员的青春记忆和人性美好，动物与人类共同挨过寒冷、饥饿和恐惧。我认为，小说最感动人心的细节不是颗韧被处死的场景，而是它独特的功能，即传递专属于"我们"

的青春期的互相亲密,因为只有它才能"懂得了我们这些穿清一色军服的男女都藏得很仔细的温柔"。

我无法精准定义"非虚构",但可以确定的是真实性必为根本要素,"开掘到的每一时段每一事件,都须竭尽全力还原真实,真实才能通向答案,真实才能见证那个消失了的时代"[1]。《长河逐日》和《他和我的东瀛物语》都以作家的个人家庭史为素材,讨论战争及人性等重大命题。文学记录的目的是确定生命对于个体及家庭的意义、和平对于世界及人类的意义。我认为,两部作品真正地拓展了海外华文小说的创作视野。基于"被推着走"和"自己走"的两重处境,元山里子从日本军人视角反思战争、反思人性、反思命运。绝境中,中国船夫救助元山俊美,直接激发出他对回乡的渴望、对日本军国主义的质疑、对违背人性暴行的抗议。薛海翔寻踪马来,实际是洞悉结果后的求因,历史被梳理清楚,真相也呼之欲出,"寻父"事实上填补着父亲、母亲、"我"三段人生里的空白。作者钩沉父母在马来/苏北封存的革命往事,与此同时,纯粹而坚韧的革命信念从记录的文字里喷薄而出,使命感与一代革命者的理想无缝黏合。

《凄清纳兰》(赵淑侠)、《甲骨时光》(陈河)、《裸琴》(山飒)都是以中国古代史为素材的海外华文小说实例。倪湛舸《微云衰草》将帝王将相一径还原为凡人,作者塑造"反骨"岳云和"清流"岳雷,两人性格迥异,但皆洞明世事、恪守孝义。轻松诙谐的行文一方面消解南宋岳飞抗金史的悲壮,一方

---

[1] 薛海翔:《〈长河逐日〉创作谈》,《文汇报》2019年8月2日。

面表达岳家全部选择背后的身不由己。施玮的《故国宫卷》以现代对《韩熙载夜宴图》修复为叙事线索，串联"进门""丹脸""聆音""繁弦"等十组画境共置古今，从文化探赜索隐，复活历史、还原"夜宴"。

4月东京和5月法兰克福的两次华文文学国际会议，分别引领日华与欧华各个代际作家群的集体亮相。创刊三十年，"立足香港，兼顾海外"的《香港文学》特设"90后"栏目，集聚中国、海外华文小说创作新力量。2019年海外华文小说最有新意的文学创作是提供差异性的海外生活和扎实型的"非虚构"写作，我们看到了新题材、新人群和新想法，但涉及人生路向的选择分歧中暴露的价值观差异，仍是较为表面的事实陈述。好的创作，不只是崭新的平面，更要延展成深邃的立体。

小说之维

2020年海外华文小说并没有显现为一个创作"小年",仅发表及出版的数量,就超过了2019年的年度报表。如果说2019是"短篇年",那么2020年再次出现"长篇热"。通过细读,我发觉海外华文小说没有悄无声息地滑过庚子年,它依然在很努力地求新求变,创作阵地、文学现象和艺术追求聚合的亮点,应该被知晓与被了解。

与大地亲近

精细化与精准化的在地性书写,已经攀越从"落叶归根"到"落地生根"的惯性思路。东南亚华文小说具备浓厚的本土性特质,写作者一直保持与土地的亲厚,他们甚至无法自拔地探究乡土的历史脉络与文化内涵。黎紫书《流俗地》,与张贵兴和黄锦树的"雨林小说"不同,它专注特定时代语境内女性内省的书写。如同"盗梦空间"的设计,作者从银霞的梦中,搭建一座记忆宫殿，人与人的层叠、经历与经历的穿越，接受/抗拒这组矛盾永远对心灵造成撕裂感。生活就是这样的匪夷所思，马华小说并不魔幻，没有经历的事情，不代表就不会发生，更不代表它的奇异。马来西亚的底层女性，艰难地、执拗地渴求为个体而活。银霞是盲女。盲，到底怎么理解？眼睛看不见就是盲？我想，不必纠结于看/不看。《流俗地》保持静默，银霞不是明亮世界里黑暗的那一个存在，而是原本黑暗世界中光亮的指引。她和环绕其生命的女性，一齐踉跄着追出暗夜，两者呈现为主线和辅线的关系，似乎后者性格中最耀眼的光点都指向银霞的生命旅程，积蓄她能与黑暗缠斗一生的能量。

第八届香港"红楼梦奖"首奖作品是张贵兴的《野猪渡河》，小说在婆罗洲砂拉越猪芭村铺开一片生死场，大地将战争中弥漫的人性狰狞一桩桩牢记于心。《香港文学》特设两期东南亚华文短篇小说专辑，作品的造型意识都很强。《暗涌》《孤独的叔叔》关注大地的过去，拨动丛林的往昔，重复无法剥离的宿命。《想瘦》《有用的石头》《蚀屋》关注大地的现在，解析人类互相理解和自我理解的必然难度。对于大地的感情，创作者一边诅咒，一边难以割舍。

可靠的现实主义

现实主义写作是海外华文小说的主流，史实、现实、事实紧密结合，创作者的共同追求是从细节复现眼睛没有看到的微妙，重释原本理所应当的事情。阿奇博尔德·麦克莱什提出诗人的劳作就是与世界的无意义和死寂抗争,陈河、张翎、李凤群、张惠雯四位作家立足已参透历史—文化的生活世界,当面对所有的逝去,人们会决定继续漠视还是与之和解?

八十六天依然没有打到鱼的"圣地亚哥"鼓励自己:"不坏,痛苦对一个男子汉不算一回事。"《天空之境》仍然是喧杂与茂盛缠绕的硬汉世界,这是陈河的文学个性。在玻利维亚和古巴,他耐心地收集史料,继而拼合出如微尘般英雄的脸孔和躯体。"李"寻找奇诺,后者曾经和切·格瓦拉一起打游击,"李"十多年的心愿就是能从各种被糅杂的历史线团里,清理出真实奇诺的轨迹:奇诺 CHANG——胡安·巴勃罗·张,中国人,秘鲁共产党的领导人。小说在接通历史现场之后,打捞起1849 年的秘鲁华工史:二十年间有十几万苦力通过死亡航行经意大利抵达秘鲁。叙事逻辑进一步推演,"为什么中国移民后代中会出现奇诺这样的游击队员?"三部胡安之书复盘往事。陈河面对彼时与此刻,将切·格瓦拉的路、奇诺的路、南美洲华人的路、"李"的路从原先的南辕北辙,捏合为严丝合缝。

"我"为什么要去参军?奚百岭为什么要自杀?这两个问题控制《丹河峡谷》的叙事节奏。自杀不出人意料,而一个 21 世纪初移民到加拿大的华人,四十岁,突然决意从一名普通士兵做起,加入加拿大皇家海军,这一事件更富冲击力。为什么要参军?"按照我目前的处境,这是一条可以拯救我的路,一条不需要挣扎不需要奋斗的捷径。"[1] 加入海军的心理动因又是什么呢?我想,一方面是自我实现的诱惑力,"我"终于可以像海明

---

[1] 陈河:《丹河峡谷》,《收获》2020 年第 1 期。

威笔下的桑地亚哥一样，以小搏大，与世界一较高低；一方面是精神还乡的吸引力，大海自始至终理解并包容一切的怀乡情愫，"我"可以从海的任意一点出发，回到故乡。

《路》（2019）透露出李凤群的创作转型，她对乡土的依恋和反思逐渐让渡于对现今都市问题的探索，特别是价值观和人生观对不同人群的心理干预。《大望》《长夜》《象拔蚌》环绕养老、婚姻、性别三大论题。《大望》刻画现实的荒诞与伦理的坍塌，乡土在主动/被动的城市化过程中遭受扭曲。某一天，四位借住于城市的老人被遗弃，不得不抱团挨过互相猜忌又互相搀扶的三十天孤岛生活。赵、钱、孙、李，实质是类型符号，各自标示着一种代际相处模式。孤独是老年群体的相似面容和共性处境，大望洲既不能隐恶，也不能无视煎熬和绝望。

海外华人里的成功者与失败者在《长夜》对谈，他们正被"操纵"不断蚕食。小说揭晓现实对理想持续鞭打时理想逐步折损的动态过程，但新意是披露人不再逃离的原因，即相对于被控制的苦闷，独自生存更令人恐惧。成功和失败的辩证性猛然以一种新视角被论证。《象拔蚌》延续《大野》从姐妹情谊中反思女性处境的方式，槿芳失去自我的痛苦，在小说中流泻一地。

张惠雯《飞鸟和池鱼》拓展了母子关系的思考界域。她写出了颇为感伤的第二度转折——母亲和孩子的角色必须互换。"如果不是头发几乎全白了，她那样子就像个幼稚的孩子。生活完全变样了，我指的就是这个：她变成了一个孩子。而我变成了她的什么呢？我得像对待孩子一样小心而耐心地对待她、密切留意她的一举一动。我们两个倒换了角色：前三十年，我是她的孩子。现在，她是我的孩子。"① 母亲从拯救者成为被拯救者。失智母亲失而复得，"我感到心脏重新在我的胸腔中平稳地跳动了。现在她再也飞不走了，我抓住了她，抓得很结实、很紧。我和她又连在了一起，无论是身体还是命运……这比什么都好。"② "飞鸟""池鱼"是近两年张惠雯小说的接续性意象，成为母亲，女性由"飞鸟"变成了"池鱼"；自我重塑后，女性实为"飞鸟"和"池鱼"同体；衰老年迈时，女性又被弃置于"池鱼"模式。

《拯救发妻》讲述素昧平生的曙蓝和史密逊太太，如在"地狱"相遇。它是张翎近年很少涉及的他国故事题材，小说一边补叙"毁灭"，一边预期"重建"。张翎一扫多疑、抑郁、心力交瘁、孤独无助的失婚心态，刻画女性在危机逼近时的逻辑性和执行力，她们没有悲情地思忖命运的错付，而是思路清晰、杀伐果决地拯救自己。人生就是从一次次试错中确立令自己最为舒适的生活方式。小说遗留两个思考：两个地狱相遇，会成为一个天堂，还是成为一个更大的地狱？提姆，会不会和元林一样，成于野心也败于野心？海伦和曙蓝，互为对方的心影。

流动的美

海外华文小说中游走着感性的文学曲线，它是中国文学抒情性的承续。绘画艺术的嵌入令小说翻转出迷人光泽，由纹理

---

① 张惠雯：《飞鸟和池鱼》，《江南》2020年第2期。
② 同上。

空间生成的"情动"辗转于流动性的时间。斯坦纳分析"巴洛克"式小说的稠密意象,认为"鲜活的段落是在触摸读者的手,它们有着复杂的听觉和乐感,光线似乎在明亮的窗花格一样的语词表面嬉戏"①。他很精妙地解释笔触、感觉、光和感官之间的关联。《玫瑰,玫瑰》《昨天》《涟漪》《关于南京的回忆》都是张惠雯的"回忆系"作品。《昨天》选择视像的"变",折射过去与现在的差异,衡量各式人生路径的选择。她对目之所及的描摹格外精准。《涟漪》调动结构的"变",整体是动态化构架,故事受"涟漪"力的推动与回环而陆续翻转。开篇"我"的独白披露作者对"变"的敏锐。"在流动里,它们具有了一种与静止状态下不同的东西,仿佛超越了物性,具有了某种类似生命隐喻的力量,常常让人联想到时间、生命本身。"② 这段叙述,提示了小说中"变"的深层共性,即从"物象"的"物性"中揭示生命。斯宾诺莎将情感理解为身体的感触,这些情感和感触会随着身体活动力量的变化而变化,张惠雯在表达抽象的情感的观念时,非常精心描绘情感的物质性存在。"创造中的心灵犹如行将燃尽的炭火,某股力量无形中升起,这股力量源于内心,它何时光临?何时又离去?本性中清醒的部分无可奉告。"③ 如何去查实清醒的那部分呢?她提供的方法是创作者和阅读者同样怀有敏感、善意和温柔的心灵,去体验与之息息相关的生活,智慧就有机会从真挚的关怀里瞬间绽放。

柳营总蓄着一道光,是慰藉他人的,也是指引自己的。她

---

① 乔治·斯坦纳:《语言与沉默:论语言、文学与非人道》,第324页。
② 张惠雯:《涟漪》,《野草》2020年第5期。
③ 彼得·巴里:《理论入门:文学与文化理论导论》,第23页。

的笔下时常冲击与回荡着三股情意,对亲人、对故乡、对自然。隐居山林的特定时间和特殊情境,督促她主动沉淀并梳理往昔。《旖色佳》细述了一段有 Bank(狗)、湖水、炉火和蒲公英的山林生活。"健康的食物、新鲜空气和干净的水,才是我们存在的必需,其他的一切都是延伸,如何伸,是深还是浅,是虚还是实,是装假还是做真,是去理解世界的复杂性或者抱以偏执狭隘,完全取决于个人对这个世界的态度和认识。"[①] 自然创造着条件,慷慨地为我们化解一切浮躁焦灼和惊魂未定。可是,柳营没有停留在平面,在作品里,她将牵挂放置于错落的三处:旖色佳、加州、龙游,从一堆堆的记忆叠影里辨认出自己。

动物寓言

《小站》的主角是一只熊。与《爱犬颗韧》相似,严歌苓基于动物—人的关系,解释时代、人、信仰、真相、爱等创作中的常设论题。Wojtek 与黄毛构成叙事双线,由荣新侠掌握叙事节奏。严歌苓借熊的驯化,暗示人的驯化——没有仇恨、没有愤怒,只有怕。当黄毛成为人类宠物后,它已然失去在自然界野蛮生长的能力。人对于如何活下来又如何活下去,同样毫无头绪。小说最刺痛人心的场景是退伍后的荣新侠,只能去马戏团看望黄毛,它彻底失去了自由,沦为被观赏的"物"。荣新侠与他昔日的部下,"没有一个在笑,所有脸上都挂着泪"。他们何尝仅仅是为心灵伙伴的落魄而伤感?激扬的青春与卑微的中年形成尖

---

① 柳营:《旖色佳》,《作家》2020 年第 12 期。

锐反差,滑稽、荒诞、被侮辱和被损害的,如黄毛,如自己。

阔别文坛三十年的黑孩,交出与东京密切相关的两部都市小说:《惠比寿花园广场》和《贝尔蒙特公园》,曾看《东京爱情故事》长大的"70后",再次确认同龄人在东京的奋斗;正看《东京女子图鉴》的"90后",考量外乡人是否能从大都市"入海"。在世界一体化的大格局下,黑孩截取他国闯入者从青年到中年的年龄段,在东京的求存、对东京的爱恨。日剧总试图将生活导向光明,于是避开敏感的阶层问题,刻意为个人成功开辟一些道路,不断暗示:都市会承载梦想。黑孩以亲历者的身份,在《贝尔蒙特公园》里刻画了"动物世界"般的日本职场,秩序和尊卑无处不在。山崎和"我"的抑郁症,是其作为淘汰者,身处"达尔文主义的试验田"的应激反应。她们都是低职位的下级,刘燕燕不容置疑的权威,是由其前辈身份所确立,她无须考虑压迫对象是什么国籍。《惠比寿花园广场》中秋子养了一只名为"惠比寿"的猫,隐喻着她与惠比寿之间的关系:越想抓住,越得不到。《贝尔蒙特公园》里,斑嘴鸭是"我"、五十岚、大出共享的秘密。动物无差别地回馈所有爱它的人类。职场是"动物世界"掠夺的一面,斑嘴鸭和猫是"动物世界"情谊的一面。与欧美华文小说中经典的"边缘人"不同,黑孩小说里的新"东京人"格外克制,他们不断习惯,更是拼尽全力保护自己,用冷酷、筹谋、虚情假意,还有未曾完全熄灭的爱。

问题小说

陈谦小说辨识度是"职业性",理性解析人的处境,并解决人的困境。人物怎么进入或陷入一个境地的原因、摆脱它的方法,以及脱身需面临的后果,是一条清晰的创作主线。《木棉花开》既有明确的问题意识,又有难得的科学性和逻辑性,小说条分缕析地推进创作者探寻真相的思考过程。"被扔掉的孩子"准确说是劳丽、辛迪、戴安,她们都需直面身份认同问题。戴安恐惧,因生母跨国寻找,生生将其从现有的舒适圈拖拽出来,原本的自我认知被瞬间打破,完美母亲是她个人一厢情愿的虚拟设定,"为什么被抛弃"的追问令其受困于情绪障碍。小说的特殊性体现为描写两个代际、两种境遇的亚洲弃婴,跨越时空的沟通和慰藉,无论是因战争被弃,还是因处境被弃,孩子内心的伤痛只能依赖时间和真情才能逐级淡化。

神秘失联是《黄玫瑰陷阱》第一悬念,开头和结尾,形成了埋设与解开的闭环。陈永和小说还是裹覆着一层悬疑。一雄说、虹说、宁静说,形成多声部叙事,将他审与自审相结合、他审与他审相结合,多角度探测一雄的精神痛苦。中国和日本的父母都不约而同地采取不容置疑的强力干预,介入青少年人格塑形。小说主线是国际婚姻家庭里相爱相杀的母子关系,势同水火的父子关系以辅线形式,对母子关系形成了缠绕、佐证和冲击的三重作用。"陷阱"周围被层层叠叠地压实了太多太深的爱。一雄和小松都是中日家庭教育的牺牲品。太宰治生平的引入,目的是为一雄最终的弑母和自残提供必然性:"肉体无法承受他的活"。

凌岚《消失》描写了一名华裔天才少女的逃离,从儿童立场讨论中国式家庭教育观念及模式。珍妮自出生后即背负使命——成为母亲设定的"钢琴家",她只需要弹钢琴。冰冷的世界在珍妮身边运转了十几年,妈妈需要"我"成为什么样的人,就是教育的终极目的。"我"到底需要什么,从幼时的不敢说,到青少年时的不想说。珍妮消失,是因为渴望另一个世界,"那个世界一切完好,没有突然的离别,没有消失,没有半夜时分空荡荡的站台,没有陌生人站在路灯下盯着我看"①。莱恩视频里的 CNN 战地记者,是逆光中"珍妮"的缩影。11 岁就试图自杀的天才钢琴少女,惧怕着钢琴家的光环与虚情假意的亲情光影。

倪湛舸从宋代史的摩登书写中暂时转向较为稀缺的外国人题材。亚当在《逃避寒冷之地》的抵达—离开—归来,是地域的接纳,也是人心的接纳。作者从时间的逆流中,为安娜、贝蒂、亚当难以直言的情感纠葛寻求妥帖解释。加缪《不贞的妻子》成为某种暗示,"不贞"是传统/现代观念的对抗,安娜被家庭囚禁二十年,暮年已至,她决意唤醒埋藏于心底深处的欲望少女,离婚,搅动起平静生活呈分崩离析。人性的善,最终令一对已经心无旁骛地各自开始新生活的夫妻,再次因责任和道义而复合。

新世纪二十年,海外华文小说或许没有显示出大的突变,但仍然有多元多维的小突破不断制造欣喜。我们从作品中接受现阶段海外华人的生存景况,了解移民二代、三代的价值观差异,特别是感受着中国传统文化从一段沉寂的蛰伏中,再次跃动并迅速燃烧的生命力。"青山一道同云雨,明月何曾是两乡"

---

① 凌岚:《消失》,《香港文学》2020 年第 5 期。

在 2020 年格外深入人心。我不能断言海外华人小说蓬勃发展，我只想说它不会放弃。"90 后"华文创作者已拓展"留学生文学"的写作思路，表现对科技和异质文化的充分吸纳，而对纯粹感情的渴望与珍视仍旧生生不息。"前辈"作家继续开发中国文化的多样性。哈金用传统的史料研究方法从李白诗歌中寻找其行迹线索，构建李白的社会文化网络，完成《李白传》，恰与数字人文的文学地理学研究方法实现互证。《李白传》提供了重要的文学经验，华人创作可以突破"求存"题材层面的"落地"，在与历史文化语域的对话中构思自身文化传统"落地"。设身处地与冷眼旁观的二元立场自然会引发认识论差异，因此海外华人的故事，无须被惯性地认定成苦情戏码或"凡尔赛体"，认真地读一下再给出判断吧，读者也应该坦诚地于现实中确定真实的细节、认定真实的情意。

"有情"的文学：海外华文小说五年综述

中国故事和他国故事依然是 2016—2021 年海外华文小说的最基本题材域。创作者从"时间斑点"确立典型的时代故事，继而将落点放置于具体"问题"的提出及解决。小说从新形势、新事件和新材料构思，致力于塑造海外华文文学的辨识度。各地区的文学社团，积极聚拢华文写作者，以集合优势提升华文作品的关注度与影响力。"新生代"创作力量切实推进华文文学深广度的发展，一批关涉域外生活、地域传统和中国文化精神的现实主义力作从中国性和在地性两个层面，展示海外华文小说的文学实力与潜力。我以"有情"概括五年间华文小说总体特征，从生存、成长、改革、历史、科学问题，选择特色鲜明的作品，诠释海外华人的生命情怀、家国情怀和宇宙情怀。

生存问题

生存是海外华文小说最贴近生活样态的论题，它折射繁复的新情况，浮现华人必须面对的各种难题。"留学生"题材依然继续收缩，除了再版的《异旅人》，未能出现更多有特点的留学生小说或校园小说，同时，"新移民"落地求存故事也在锐减。创作者能够自觉抛开惯性的文化求异写作，转为表现个人对他国的平稳融入。中华文化具备能够适应不同情境而进行调适重构的特性[1]，中国的文化资本都被柔性地、巧妙地、恰当地投注于特定情境之中[2]，生存写作，有必要从文化传播转向文化涵化，进而真正打造海外华文小说的独特性。

黑孩"东京三部曲"——《上野不忍池》《惠比寿花园广场》《贝尔蒙特公园》，跟踪20世纪90年代留学东京的华人三十年的都市生活。她抛开苦难叙事，不预设成功者或失败者，叙述华人进入再融入日本的过程。於梨华在《又见棕榈，又见棕榈》中曾分类"有形的苦"/"无形的苦"，应该说，黑孩偏重刻画"无形的苦"，即个人如何忍耐又如何化解纠结缠绕的爱恨。秋子是三部曲的核心人物，她屡次正面迎击亲情、爱情和职场三重危机，反叛性令其有勇气一次次击碎日本文化中"共同体"观念。不受任何利益捆绑、不被任何道德绑架，坚定地保持自我使秋子得以从逆境中抽身。黑孩精细度量华人女性的感性与理性，而理性可以战胜感性，佐证实在的女性独立。秋子从涩谷区惠比寿搬迁至足立区贝尔蒙特，表露其不愿意被东京驾驭。

黎紫书小说"在地性"根源于文化浸润和生命情感，生活

---

[1] 孔飞力：《他者中的华人——中国近现代移民史》，第196页。
[2] 同上。

圈、性别圈和文化圈的叠合夯实在地书写，这三大圈层是华人亲缘关系中地缘、血缘和神缘的某种变体。《流俗地》披露多元文化在微观层的沟通进程，"流俗地"真实含义，应是锡都（抽象）和组屋（具象）的组合，黎紫书以记录家乡怡保多族群的凡俗人生为创作目的。小说以民间信仰，演示中华文化元素在马来西亚重置且拼装的"过程和原则"。"组屋"时代的社群生活不复存在，华人群体发展依然步履维艰，社会未能践行对女性的全面认可。光的闪现，是真的新生，还是再次陷入旧轨，小说没有给出答案，可能这正是人生真实态，谁也不能决断未来，只能期待未来。《余生》也是黎紫书另一部现实题材小说集，它保持对普通人的理解与悲悯，洞悉都市人遮掩自我的缘由。贺淑芳创作潜入琐碎日常史里倾听马来西亚族群角力中滚动的偏见、声音和感受，小说捕获着剩余——那些在历史与社会语境中未能占一席地位的零碎、卑微与微不足道[1]。"他人的想法和感情往往只是一种局限的指导。只能靠着想象来填补，或渡入自己的情感与思索。因为这层渡入与变形，'现实'切换在另一条水平线上走，仿佛这一现实的界面是个侧倾的倒影。"[2] "湖面如镜"正是这一创作观点的隐喻。黄锦树令记忆里的故乡不断重生，《雨》系列就像先用直线和横线架构"胶林"深处的简约平衡，再用透视，显现碎片化的内忧外患。《迟到的青年》仍旧是循环论，人生被反复层叠翻转，以至于再也无法剥离出本原面目。

---

[1] 贺淑芳：《湖面如镜》，中国友谊出版社2020年版，第4页。
[2] 同上书，第5页。

凌岚《离岸流》有一个重要论题，即新一代"新移民"已经完成双重接受，一方面明确"文化隔膜"事实，不会先验地排斥域外，一方面辩证看待他国文化，接纳他国的多面性。"新移民"的"落地"诠释"小马过河"寓言，只信任自身实践。恐惧因尝试而被破除，顾虑因了解而被化解，凌岚准确把握了现时"新移民"生活观。亦夫《被遗忘的果实》从都市和人的关系，解读日本文化；从家庭和人的关系，探究灵肉分裂。作品没有强烈的中日界限意识，而是熟练运用日本类型小说优势，以推理引领"探察"，由自我监测自身行为，辨别人心不同面向。小说沿着时间线索，折射中国人眼中的日本，它颇有特色地以东京的春夏秋冬跟踪日本的热烈与阴郁。方丽娜《夜蝴蝶》描绘华人闯欧洲的经历，欧洲的诱惑和危险左右底层移民女性的决断。这一系列故事是时代性悲剧，首先她们知识储备与生存技能匮乏，没有充足的职业选择；其次当前欧洲经济大环境颓势，无法给予移民充分发展机遇；最后，她们背负改善国内家庭物质条件的使命。小说传达出一种反讽，深渊和天堂竟横亘在女性与其亲人之间。

成长问题

海外华文小说既始终关切同辈人的个体发展，又重视不同代际间的沟通。"留学生文学"和"新移民文学"给予的方案，已无法全然适用归属移民二代及三代的当前境况。成长问题，追随着人生观与价值观的焕新。陈永和、黑孩、亦夫、陆蔚青、刘瑛、陈谦、李凤群、柳营、凌岚、伍绮诗、王苇柯等作家，从共性/个性、西方教育观/中国教育观、国际家庭/中国家庭，表现现时青年与父母的紧张关系。同时，创作者不断拓宽成长内涵与外延，从表象性长大，转为肌理性适应力增强和承受力提升，张惠雯作品表达学会正确对待生命是抵达成长的标志。

《在南方》《飞鸟和池鱼》收录了张惠雯近五年的主要短篇小说，两者存在内在关联，在"在地"与"还乡"基础视界内，记录并修正作者对生活的体认。如果说《在南方》是首次审视他国生活，那么《飞鸟和池鱼》是再次印证家园记忆，同时，《飞鸟》还接力《两次相遇》，它揭示观察者对故土"再次"目之所及的新变和心之所念的新知，并接续散文集《惘然少年时》的青春情怀。我认为张惠雯小说是对个体成长的跟踪与反思，并借由自己成长凝视他人成长，这种成长并非仅为年龄增长抑或角色转换，而是心理成熟度的累积。她展现她感觉到的一切，以轻盈灵动的文学讨论沉重问题，如乡土变迁、性别对立、人格异化、悲悯与敬畏的丧失，进而向读者提示解读世界的路径和共情人性的方式。张惠雯拥有写作物变/心变互动关系的出色控制力，她摆脱传统写法，即从生存空间的转徙与文化差异的刺激中描摹人心之变，却转入幽微心理，"不甘"和"烦闷"更准确透露人物精神层面的痛苦。

李凤群《大风》、《大野》、《大江》（修订版）、《大望》具有难得的结实的亲历性和真实性，调动个人对土地的所有感受和情绪。小说以她曾生活的"江心洲"为背景，建构地域—家族—个人的内聚逻辑，阐发人与土地的关系，核心议题是解析农村青年如何走出乡村又如何融入都市。江心洲对于父辈而言，接纳长江携带的资源与危险，他们认定家宅与江心洲为一体，永不离岛等同于永不离家。对于年轻一辈而言，江心洲只是一处孤岛，贫穷现状令其自然而然地将所有认知都只倾注于"孤"，岛和家仍为一体，但岛内恒常的静止孵化更年轻代际对家绵延的恨意，他们决然切断个体与岛的亲缘共同体关系，断然拒绝了解乡土情感和文化伦理。改革开放的文化场内，作者规划农村青年的激进和保守、乡土传统的顽固和变通、改革的动力和阻力三个维度，提供了21世纪中国长江流域乡村书写的全新文学经验。渴望平等被注入作品经脉，文本蒸腾着时代焦灼感，农村青年因阶层固化而承受人生固化，先行者不断从自我否定和自我肯定的反复中，从土地出发又回归土地。李凤群对中国农村真挚的"有爱"和"野心"，赋予作品重现现实的逼真和流畅。《大风》《大野》《大望》展现"钝刀割肉"之痛，刻画青年追求个体价值的期望逐步被乡土消耗、磨损、蚕食，直至他/她被驯化为下一辈青年人前行的阻挡者。希望、失望和绝望撕开"江心洲"精神黑洞，青年被裹挟进他人境遇和个人境遇的互证，清晰预见到未来，自己会被"江心洲"既定家庭伦理和处世哲学吞没。

柳营《姐姐》详细描绘"70后""姐姐"实为家庭支柱，如何舍弃自己、成就家庭的生命故事。小说独特性体现为他人成长皆由姐姐成长带动，姐姐无条件接纳被强加的家庭重负。青春无法复苏，并且她还将耗尽气血地搀扶整个家族走下去。《姐姐》揭示"团"得太紧的家庭模式，"姐姐"表现出70年代生人的性格矛盾，即创新与保守的统一，她们的牺牲实质是较为普遍的社会现象。很多女性小说反复讨论女性的身体发现与自我发现，《姐姐》结合现实，陈述更接地气的真相："70

后"姐姐,清醒认识自己,也正因为清醒,她却选择了对她而言更为珍视的亲情,才做出为家人奉献的决定。《旖色佳》描述一场柳营与女儿于林间狂舞狂笑,"我站在山林的公路中间,在女儿面前,一次次地跳起被埋在记忆里的舞蹈。似乎有一股神秘永恒的力量将所有的过去与现在联为一体,将那个不安茫然的、不曾真正完全接受的过去与此时此刻的自己连为一体"[①]。这段文字启示着"姐姐"在柳营后续创作里,或许能纵容自己在人生轻装上阵。

陈永和《黄玫瑰陷阱》,陈谦《哈蜜的废墟》《虎妹孟加拉》,王芫《路线图》,亦夫《牙医佐佐木》都是关注代际问题的作品。《黄玫瑰陷阱》的意义是揭晓国际家庭和日本家庭同样扭曲的代际关系。中国母亲与日本父亲,都操纵儿子命运。密实的爱将两位少年——一雄和小松,不容置疑地推向漆黑无明的成长暗面。陈谦在《哈蜜的废墟》拓展被操控者此后人生。中国母亲摆出一致论调"都是为了你好",成为抽取孩子所有自由、梦想和欲望的最恰如其分的理由。如果说玉叶饲养老虎,是对失父的抗议,那么哈蜜从谋划弑父中,转型为新的"哈妈",伦理模型的复制令所有人心惊。王芫小说集《路线图》里母亲安泊,习惯在每一次抉择前都规划"路线图",分析利弊、安排进度、权衡得失,是为了女儿更顺利地成为"加拿大人"。但王芫仍对人物保持充沛善意,她以亲情逆转"路线",让理性终究让渡为感性。《牙医佐佐木》则批判放任式养育,原生家庭缺陷造成人格缺陷,人格缺陷又再次强化家庭缺陷,子辈的恨意驱逐了良善。

---

① 柳营:《旖色佳》,《作家》2020年第12期。

改革问题

海外华文小说在 21 世纪前十年显现"中国故事"创作热潮,但其聚焦 20 世纪 50—70 年代,从而历史与年代缠绕,出现一批同质化小说。近五年,创作者关注改革开放四十年,亲历的年代经验,令"中国故事"逐步从戏剧性中解绑,焕发生机。同时,改革带动观念更新,华文作家对中国的理解、对人性的认知都在深入,于是,海外华人再次"归来"的价值及意义被厘定。

李凤群《大江》(修订版)绘制改革曲线,起点是个体经济的萌发。"江心洲"在 1977—1978 年与现代化展开首轮接洽。水泥船的出现,为江心洲人创造机遇,但其更大意义是让后者意识到——世界上有其他的水路生活。文本既交代农民从事个体经济的自发性,分工越发细化,"生意"成为江心洲生活的主要内容;又暗示崭新人生观正在形塑,他们要求物质与精神同步发展。江心洲人相信只要豁出命去,敢干,谁都真能成功。改革解决交通问题,为经济发展铺路,可也破坏了江心洲的自然生态,截断中国农民对土地的悠长情感。李凤群描绘资本逐步侵蚀乡土和人的过程,无论谁都被物欲拖拽着无限下陷,这才是吴保国破产后体会无助和绝望的根本原因。

陈河《涂鸦》补充与《大江》(修订版)同时期温州城镇改革经验,小说呈现另一种形态的地方民营经济模式。温州特征是"贫穷迫使人们必须尽量变通才能生存,自立传统引导人们掌握种种异乎寻常的生存技巧。"① 作品从 1978 年雏形期的"温州模式"解读社会转型和人心浮动。陈渠来与李秀成提示民营经济发展的官方与民间两条路径，两股合力指向温州家庭化经济形式的初始形态。陈渠来以街道公社名义成立街办工厂的创业失败，并非其个人意识问题或者能力问题，而是改革试水期，政府和市场还未能给予民间个体经济优厚的发展条件。张翎在《流年物语》同样触及经济改革和观念改革，改革开放创造的机遇，唤醒了蛰伏的刘年，从温州到上海，从中国到法国，他竭力保障家庭的物质富足，但其内心的自由念想也随之复苏。

　　海外华文创作者和研究者一直关注故乡/异乡两向融入障碍，在留学生文学与新移民文学中共现一个论题，即在他国融不进去、回中国也融不进去。薛忆沩《结束的结束》佐证且提升了"回归"："移民最大的神秘之处就是它让移民的人永远都只能过着移民的生活，永远都不可能再回到自己的家。'回家'对移民的人意味着第二次移民。"② 同时，他辩证地剖析"我"与"家乡"在"二次移民"后的关系，"我决定回到面目全非的故乡去。……我知道，经过这十五年的移民生活，我的故乡已经变成了异乡"③。"我的家乡不可能理解我在异乡经历过的喜悦和悲伤，也不需要理解我在异乡经历过的喜悦和悲伤。"④ 归来，实质为人/故土双方由陌生再熟悉的过程，它就是一场重新开始。

---

① 孔飞力：《他者中的华人——中国近现代移民史》，第 36 页。
② 薛忆沩：《希拉里、密和、我》，第 271 页。
③ 同上书，第 262 页。
④ 同上书，第 271 页。

历史问题

历史为海外华文小说创作者储备丰富素材，近五年作品涉及古代史、近现代史、当代史、地方史、世界史，作品表达中国文化的守正创新，强化海内外华文小说中"中国故事"的区分度。

《甲骨时光》《裸琴》《元年春之祭》《微云衰草》《故国宫卷》运用五种不同方法诠释中国古代史和艺术史。陈河将殷商/民国以寻找"甲骨球"为线索连缀在一起，《甲骨时光》更新"中国故事"的既有写作模式，调整为以文化为落点，创新地将历史、文化、神话、盗墓、灵异等多种元素融为一体，中国传统文字、中国历史故事、中国文化精神被巧妙地化入一个故事性极强的解密核。山飒重构历史现场，深耕"琴棋书画"文化主题。《裸琴》是她将中国古典音乐融入小说创作的一次尝试，借历史人物及历史事件，全方位解读琴材、琴音、琴曲、琴道。一方面，她从琴的结构、琴的音色、琴的演奏角度，阐释"琴"的质，呈现中国古典音乐的视听美感。另一方面，她从琴情、琴禁、琴的三籁，探究琴"道"，阐释"天地人"三位一体的中国哲学。陆秋槎的推理小说《元年春之祭》贯彻"原始主义与现代技巧"的结合，试图"以一种现代西方的文学类型来书写一种古代东方的道统"[1]。他谈及创作中除了引用《礼记》与《楚辞》，还参看十三种古典文献，解释中国传统文化的"礼"

---

[1] 陆秋槎：《元年春之祭》，第243页。

"仁""射"。倪湛舸《微云衰草》以"古今协商"的方法，赋予历史人物和历史故事明晰的现代生命意识。小说穿越回南宋，以岳云和岳雷的双重视角，各自追忆岳家被时代主宰的身前事和身后事。施玮《故国宫卷》特色是构筑"进门""丹脸""聆音""繁弦"等十组画境，现代与历史双线交错，共同服务于还原"韩熙载夜宴"现场。

地方史是海外华文小说地域书写的有力支撑。"想写某个地方就必须自私到底。一心只思考你要写的地方。你的触角必须时刻警觉，对当地的环境和细节保持敏感。"① 张翎创作《劳燕》的时候，从田野调查和史料搜集中寻求走进温州"玉壶"的方法。回忆录、剪报、照片、地方志，渐渐在她眼前拼合出战争的另一个版本。小说以1941年和1946年为节点，各自形成两大叙事圈。小说对民间生活的抽丝剥茧，揭开"中国战场"的"合作"状态下，中国平民与普通美国兵的"二战"经历。她立足"中美特种技术合作所"第八训练营的史料发现，共现不同国籍、性别、身份的人——姚归燕、传教士比利、美国军官伊恩·弗格森、中国军人刘兆虎，在中国战场的创伤与牺牲，披露"战争把生命搅成肉泥和黄土，战争把爱情挤压成同情，把依恋挤压成信任，把肉体的欢欲挤压成抱团取暖的需求。"唐颖《个人主义的孤岛》从"二战"时期上海的国际化切入，提出塑造女性的新思路，即女性拥有了"自己的房间"后如何维护且扩大。中、英、俄、日，四国人都聚集于"孤岛"，捍卫各自对个人主义的理解，到底怎样的个人主义才能在此时此地游

---

① 《巴黎评论》编辑部：《巴黎评论·女作家访谈》，第329页。

刃有余？明玉式生存方案成为最优解。作品讨论特定时空的自救问题：海派文化是自救语境，孤岛是自救处境，个人主义是自救方法，性别是小说提供的自救实证。武侠小说《侠隐》以"卢沟桥事变"前夕为叙事背景，张北海借李天然和关巧红，推崇隐匿于街巷的江湖侠义。小说注重书写北平风景、风物与风情，传承民国"北派"武侠对民族大义与英雄侠情的创作流脉。

《天空之境》具备宏阔的国际视野。陈河远赴玻利维亚和古巴搜寻，他试图解决"为什么中国移民后代中会出现奇诺这样的游击队员？"奇诺 CHANG——胡安·巴勃罗·张，中国人，秘鲁共产党的领导人，曾和切·格瓦拉一起打游击。小说价值还表现在陈河钩沉1849年的秘鲁华工史：二十年间有十几万苦力通过死亡航行经意大利抵达秘鲁。陈河通过复盘三部胡安之书，聚合切·格瓦拉的路、奇诺的路、南美洲华人的路、"李"的路。

戴小华纪实文学《忽如归》采用家族史写作思路。她记述"历史激流中的一个台湾家庭"的真实故事，以弟弟罹难经历的记叙，讲述一家人如何秉承"捐躯赴国难，视死忽如归"的家族风骨。

结语

作家综合选材和表达建立个人风格。读完一部小说，牢牢记住了这个故事、这个文笔、这个作家，于是收藏了一种过目难忘的阅读体验。创作难度和作家功力体现在如何处理相似题材，当前海外华文文学发展掣肘是充盈重复的构思、类似的人物,甚至雷同的感情。作家必须经过创作实训,这并非说一定要通过写作训练班,而是一定要经过若干年"多写"实践。重复写的过程,也是个人辨识度建立的过程。作家是很神圣的,文学爱好者不一定能成为作家,而作家一定是文学爱好者。没有热爱,怎么能有持续写的动力呢?写作需要触觉和灵性,有很多特别会讲故事的作家,我想说的是,会讲故事是一种很重要的能力,它演化出聚引读者的魅力,但会讲生活更为重要,同时,若作家一旦失去历史态度和现实关注,那么他/她讲的也就仅是一个故事而已。

环境蕴含的价值始终是依托其对立面来定义,离开旅行与异乡的概念,家园就会失去意义。[①] 中国故事/他国故事是海外华文创作者应该思考的两端,2016—2021年海外华文小说留意到两者平衡,作品的文明互鉴意义愈加清晰。"80后"颜歌与钱佳楠在中英双语写作中取得突破;"90后"夏周、琪官、春马、吴启寅、邓观杰,推出融合传统文化、都市文化、青年亚文化的小说新作。他们或回溯青春,或描绘旅居生活的孤独感,讨论抽象的存在、死亡与宿命命题。陈谦《无穷镜》、王苇柯《中国女孩》、王梆《女巫和猫》率先调动科学思维介入文学,而华裔作家的科幻小说助推全球"科幻热"。文学与科学的对话,启动由想象力驱动的"思想实验",科幻小说凭借其理性虚构特质,又从科学与文学中独立出来,以作为本体论意义层面的文化主体,探索着当前一系列伦理论题的新阐释。

---

① 段义孚:《恋地情结》,第151页。

参考文献

一、学术专著

袁枚：《续诗品注》，郭绍虞辑注，人民文学出版社 1963 年版。
［法］热拉尔·热奈特：《叙事话语　新叙事话语》，王文融译，中国社会科学出版社 1990 年版。
［英］雷德蒙·威廉斯：《文化与社会》，吴松江、张文定译，北京大学出版社 1991 年版。
［美］拉尔雯·比尔斯：《文化人类学》，骆继光、秦文山译，河北教育出版社 1993 年版。
［苏］巴赫金：《小说理论》，白春仁、晓河译，河北教育出版社 1998 年版。
［英］詹·弗雷泽，刘魁立编：《金枝精要——巫术与宗教之研究》，上海文艺出版社 2001 年版。
［美］苏珊·桑塔格：《反对阐释》，程巍译，上海译文出版社 2003 年版。
李泽厚：《历史本体论》，生活·读书·新知三联书店 2006 年版。
［南朝梁］刘勰：《〈文心雕龙〉译注》，周振甫译注，江苏教育出版社 2006 年版。
饶尚宽译注：《老子》，中华书局 2006 年版。
［英］特里·伊格尔顿：《甜蜜的暴力》，方杰译，南京大学出版社 2007 年版。

李敬泽：《为文学申辩》，作家出版社 2008 年版。

［英］毛姆：《随性而至》，上海文艺出版社 2011 年版。

《巴黎评论》编辑部：《巴黎评论·作家访谈 1》，黄昱宁等译，人民文学出版社 2012 年版。

费孝通：《乡土中国》，北京大学出版社 2012 年版。

［美］高居翰、黄晓、刘珊珊：《不朽的林泉》，生活·读书·新知三联书店 2012 年版。

［美］罗杰·伊伯特：《伟大的电影 1》，殷宴、周博群译，广西师范大学出版社 2012 年版。

［美］刘子健：《中国转向内在：两宋之际的文化转向》，赵冬梅译，江苏人民出版社 2012 年版。

［荷］高罗佩：《琴道》，宋慧文等译，中西书局 2013 年版。

［美］乔治·斯坦纳：《语言与沉默：论语言、文学与非人道》，李小均译，上海人民出版社 2013 年版。

［美］詹明信：《晚期资本主义的文化逻辑》，张旭东编，陈清侨等译，生活·读书·新知三联书店 2013 年版。

［美］彼得·巴里：《理论入门：文学与文化理论导论》，杨建国译，南京大学出版社 2014 年版。

陈国球、王德威主编：《抒情之现代性：抒情传统论述与中国文学研究》，生活·读书·新知三联书店 2014 年版。

［美］高居翰：《图说中国绘画史》，李渝译，生活·读书·新知三联书店 2014 年版。

［美］王德威：《现当代文学新论》，生活·读书·新知三联书店 2014 年版。

［英］弗里曼·戴森：《宇宙波澜：科技与人类前途的自省》，王一操、左立华译，重庆大学出版社 2015 年。

［苏］安德烈·塔可夫斯基：《雕刻时光》，张晓东译，南海出版公司 2016 年版。

［加］卜正民主编：《哈佛中国史》（1—6），中信出版集团 2016 年版。

［美］哈罗德·布鲁姆：《短篇小说家与作品》，童燕萍译，译林出版社 2016 年版。

［美］孔飞力：《他者中的华人——中国近现代移民史》，李明欢译，黄鸣奋校，江苏人民出版社 2016 年版。

［美］罗伯特·麦基：《故事》，周铁东译，天津人民出版社 2016 年版。

毕飞宇：《小说课》，人民文学出版社 2017 年版。

单国强主编：《石渠宝笈》（1—4），北京大学出版社 2017 年版。
［美］巫鸿：《重屏》，文丹译，上海人民出版社 2017 年版。
［美］巫鸿：《废墟的故事》，肖铁译，上海人民出版社 2017 年版。
［英］布莱恩·考克思　杰夫·福修：《量子宇宙》，伍义生、余瑾译，重庆出版集团 2018 年版。
［美］段义孚：《恋地情结》，志丞、刘苏译，商务印书馆 2018 年版。
叶舒宪：《原型与跨文化阐释》，陕西师范大学出版社 2018 年版。
［法］布尔迪厄：《区分：判断力的社会批判》，商务印书馆 2019 年版。
［美］巫鸿：《中国绘画中的"女性空间"》，生活·读书·新知三联书店 2019 年版。
［法］迪迪埃·埃里蓬：《回归故里》，王献译，上海文化出版社 2020 年版。
［法］雅克·朗西埃：《美感论：艺术审美体制的世纪场景》，赵子龙译，商务印书馆 2020 年版。
［德］斐迪南·滕尼斯：《共同体与社会》，张巍卓译，商务印书馆 2020 年版。
王明珂：《华夏边缘》，上海人民出版社 2020 年版。
项飙：《跨越边界的社区：北京"浙江村"的生活史》，生活·读书·新知三联书店 2020 年版。
［美］罗杰·伊伯特：《伟大的电影 2》，李钰、宋嘉伟译，广西师范大学出版社 2020 年版。
《巴黎评论》编辑部：《巴黎评论·女性作家访谈》，肖海生译，人民文学出版社 2021 年版。
［法］亨利·列斐伏尔：《空间的生产》，刘怀玉等译，商务印书馆 2022 年版。

二、作品

路遥：《人生：路遥小说选》，青海人民出版社 1985 年版。
路遥：《早晨从中午开始》，中国文联出版公司 1993 年版。
沈从文：《从文自传》，人民文学出版社 1997 年版。
［美］於梨华：《又见棕榈，又见棕榈》，江苏文艺出版社 2010 年版。
［美］於梨华：《在离去与道别之间》，二十一世纪出版社 2003 年版。
［美］谭恩美：《喜福会》，程乃珊译，浙江文艺出版社 1999 年版。
［奥地利］茨威格：《昨天的世界——一个欧洲人的回忆录》，徐友敬、

徐红、王桂云译,安徽文艺出版社 2000 年版。

[美] 裘小龙:《红英之死》,上海文艺出版社 2003 年版。

[意大利] 伊塔洛·卡尔维诺:《看不见的城市》,张宓译,译林出版社 2006 年版。

张翎:《金山》,十月文艺出版社 2009 年版。

张翎:《余震》,华东师范大学出版社 2009 年版。

[以色列] 阿摩司·奥兹:《咏叹生死》,钟志清译,浙江文艺出版社 2010 年版。

[法] 帕特里克·莫里亚诺:《青春咖啡馆》,金龙格译,人民文学出版社 2010 年版。

张惠雯:《两次相遇》,上海文艺出版社 2013 年版。

骆以军:《脸之书》,广西师范大学出版社 2014 年版。

[法] 程抱一:《游魂归来时》,裴程译,人民文学出版社 2015 年版。

[法] 山飒:《裸琴》,人民文学出版社 2015 年版。

张惠雯:《一瞬的光线、色彩和阴影》,上海文艺出版社 2015 年版。

周洁茹:《请把我留在这时光里》,花山文艺出版社 2015 年版。

陆秋槎:《元年春之祭》,新星出版社 2016 年版。

[英] 威廉·福克纳:《八月之光》,霍彦京译,北方文艺出版社 2016 年版。

薛忆沩:《希拉里、密和、我》,华东师范大学出版社 2016 年版。

张翎:《流年物语》,北京十月文艺出版社 2016 年版。

周洁茹:《岛上蔷薇》,江苏凤凰文艺出版社 2016 年版。

[美] 哈金:《哈金新诗选》,北京十月文艺出版社 2017 年版。

张翎:《劳燕》,人民文学出版社 2017 年版。

周洁茹:《到香港去》,太白文艺出版社 2017 年版。

[马来西亚] 黄锦树:《雨》,四川人民出版社 2018 年版。

[美] 詹姆斯·索特:《光年》,孔亚雷译,广西师范大学出版社 2018 年版。

周洁茹:《罗拉的自行车》,北京时代华文书局 2018 年版。

周洁茹:《吕贝卡和葛蕾丝》,海天出版社 2018 年版。

张惠雯:《在南方》,北京十月文艺出版社 2018 年版。

[英] 虹影:《罗马》,重庆出版社 2019 年版。

柳营:《姐姐》,北京十月文艺出版社 2019 年版。

张翎:《废墟曾经辉煌》,浙江人民出版社 2019 年版。

周洁茹:《在香港》,广东高等教育出版社 2019 年版。

阿来:《云中记》,北京十月文艺出版社 2020 年版。

[波兰] 布鲁诺·舒尔茨:《鳄鱼街》,杨向荣译,广西师范大学出版社 2020 年版。

[日] 黑孩:《惠比寿花园广场》,上海文艺出版社 2020 年版。

[马来西亚] 贺淑芳:《湖面如镜》,中国友谊出版社 2020 年版。

李凤群:《大野》,北京十月文艺出版社 2020 年版。

周洁茹:《小故事》,北京十月文艺出版社 2020 年版。

[日] 黑孩:《贝尔蒙特公园》,上海文艺出版社 2021 年版。

李凤群:《大江》(修订版),北京十月文艺出版社 2021 年版。

李凤群:《大望》,花城出版社 2021 年版。

[马来西亚] 黎紫书:《流俗地》,北京十月文艺出版社 2021 年版。

唐颖:《个人主义的孤岛》,上海文艺出版社 2021 年版。

张惠雯:《飞鸟和池鱼》,北京十月文艺出版社 2021 年版。

陈河:《天空之镜》,人民文学出版社 2022 年版。

[美] 刘宇昆:《狩猎愉快》,四川科学技术出版社 2022 年版。

凌岚:《海中白象》,北京十月文艺出版社 2022 年版。

倪湛舸:《莫须有》,上海人民出版社 2022 年版。

Yiyun Li, *A Thousand Years of Good Prayers*, New York: Random House, 2005.

Ted Chiang, *Story of Your Life*, Northampton: Small Beer Press, 2010.

Celeste Ng, *Little Fires Everywhere*, New York: Penguin Books, 2017.

Weike Wang, *Chemistry*, New York: Alfred A. Knopf, 2017.

后记

这是一部轻盈的作品。我始终认为，论文与书评的共同目的都是平和地令你能对文中提及的书，产生阅读兴趣。它不是我的炫技，从概念的叠加与术语的缠绕上，说自己明白而读者不明白的话。我喜爱的小说，需要有逻辑、有速度、有力量、有感情，同样，我也一直努力写出能与之匹配的小文章。落笔第一句话总是最难，盯着一个新文档，莫名想做除此之外的其他所有事情，比如打捞失踪多年的小物件，比如家庭大扫除，比如精耕厨艺，甚至寻找失联多年的老友，什么难，就做什么。我逃避写，真不知道该如何指向小说最打动人的那个点。

2009年6月，我从英国回国，各种家务事缠绕，已经很久没有写一个字。11月的时候，女朋友王杨约我写世界华文小说年度综述，我开始被动阅读，必须全面了解当年的华文小说，一边读书一边恢复文学的感觉。如今回首，2009年度是第一篇，接下来，就写了十年。最简单的道理，见多识广，如果没有量的积累，那就很难判断和取舍有代表性的作品。有时候心喜，发现小说太好看了，有时候挣扎着读下去。现在，有意识地关注并细读华文小说已经成为一种习惯，我也会从日常阅读中，选择其中一些写长评。我确实很注意在每年综述里，推一位"新"作家，当然，所谓的新，比较的是既有市场认识度。我并没有勇气只选择自己最心仪的小说，留在年度那篇大文章里。

《时间的斑点》以近十年世界华文小说为核心，由问题引领，且立足文本细读。在第一辑中，我提供在地性、硬边写作、技术流、地球人、推理核、科学思维、都市法则、文史互渗、性别书写、自我认知十大论题的思考，第四辑聚合我于十年间撰写的海外华文小说年度综述。第二辑和第三辑的书评大部分已经发表于《文艺报》《文学报》《文汇读书周报》《人民日报（海外版）》《中华读书报》《新京报·书评周刊》等纸媒，以及《收获》《人民文学》《十月》《小说月报》《芙蓉》等文学期刊的微信公众号。作为华文文学二十年发展的见证者，我只是讲讲个人读书感受，或许还有对华文文学发展的期待，如果你能走进我提及小说的世界，由此也获得喜悦或苦涩的体验，那其实都是你在了解你自己。

2018年，我开始做"和光读书会"，两年时间里，它都依赖"爱心发电"。我和学生们坚持了，在一起做视频，写文章，拍照片，偶然还去设计海报，甚至还有会场ppt，很欢乐。2021年突然迎来了成果爆发期。谁也没有刻意经营，也没有发展规划，就像我们的公号，依靠不定时推文来续命。我特别感激中国作家网、《文艺报》、《香港文学》、北京十月文艺出版社的编辑团队，愿意给"和光"平台，愿意给理工科热爱文学的小朋友们畅所欲言的机会。"和光"书评，或许是下一本书集结的召唤。现在，我除了教书，还成了书评人，所有文字，都在证明兴趣才是研究的动力。

感谢我的责编，亲爱的欢欣，为这部书的一切辛苦付出。

真心感谢我的儿子，这十年，我带着你到处行走，到处画画。陪伴你的成长，对我而言，才是最重要的事情。你现在已经是一个小伙子了。我会继续选择坐在时间的阳面写作，让我们的生命都立刻饱满起来。

图书在版编目(CIP)数据

时间的斑点：新世纪世界华文小说的问题与阐释／戴瑶琴著 .—上海：上海社会科学院出版社，2024
ISBN 978－7－5520－4325－9

Ⅰ.①时… Ⅱ.①戴… Ⅲ.①华文文学—小说研究—世界—现代 Ⅳ.①I106.4

中国国家版本馆 CIP 数据核字(2024)第 023067 号

时间的斑点——新世纪世界华文小说的问题与阐释

著　　者：戴瑶琴
责任编辑：刘欢欣
封面设计：夏艺堂艺术设计+夏周
出版发行：上海社会科学院出版社
　　　　　上海顺昌路 622 号　邮编 200025
　　　　　电话总机 021－63315947　销售热线 021－53063735
　　　　　https://cbs.sass.org.cn　E-mail：sassp@sassp.cn
照　　排：南京前锦排版服务有限公司
印　　刷：上海盛通时代印刷有限公司
开　　本：890 毫米×1240 毫米　1/32
印　　张：12
插　　页：2
字　　数：270 千
版　　次：2024 年 6 月第 1 版　2024 年 6 月第 1 次印刷

ISBN 978－7－5520－4325－9/I·516　　　定价：69.00 元

版权所有　翻印必究